"十四五"国家重点出版物出版专项规划项目

重大出版工程规划

中华元典学术史丛书

总主编
李振宏

文心雕龙
学术史

戚良德 著

山东城市出版传媒集团·济南出版社

图书在版编目（CIP）数据

《文心雕龙》学术史/戚良德著. —济南：济南出版社，2022.11

（中华元典学术史／李振宏主编）

ISBN 978-7-5488-5444-9

Ⅰ.①文… Ⅱ.①戚… Ⅲ.①文学理论—中国—南朝时代 ②《文心雕龙》—研究 Ⅳ.①I206.2

中国版本图书馆 CIP 数据核字（2022）第 221291 号

《文心雕龙》学术史
WENXINDIAOLONG XUESHUSHI

出 版 人	田俊林
图书策划	朱孔宝　张雪丽
责任编辑	王小曼　范　晴　李　晨
装帧设计	牛　钧

出版发行　济南出版社
地　　址　山东省济南市二环南路 1 号（250002）
发行热线　0531-86922073　67817923
　　　　　86131701　86131704
印　　刷　山东临沂新华印刷物流集团有限责任公司
版　　次　2022 年 11 月第 1 版
印　　次　2023 年 1 月第 1 次印刷
成品尺寸　148mm×210mm　32 开
印　　张　13.5
字　　数　295 千字
定　　价　88.00 元

（济南版图书，如有印装错误，请与出版社联系调换。
联系电话：0531-86131736）

总　序

从春秋战国到秦汉之际，中国历史经历了一个长达六百年的大动荡、大变革时代。在这场深刻的历史变迁中，此前思想文化领域中各种处于萌芽状态的意识形态、哲学观念、历史意识、宗教神学、文化科学等，都以成熟的形态凝聚、荟萃，而涌现出一批文化元典，为后世中华文化的发展，奠定了一个义域广阔的开放性基础。这些文化元典，包括传统所谓"六经"和先秦诸子之书，历史地奠定了中国文化的发展道路，塑造了中国文化的精神面貌，中国传统文化的文化基因，就深埋在这批文化典籍之中。

这批文化典籍以及后世原创性的具有开创意义的文化典籍，传统称之为"中华经典"，从20世纪90年代开始，人们改用"元典"的称谓。这一改变确有深意，但却为人留下疑惑。以笔者之见，这一称谓的改变，反映着文化观念的一大进步。"经典"表征着典籍的神圣性和权威性，经典思想意味着它的只能遵循而不能分析和质疑的属性，经典思维束缚了思想的发展。我们知道，马克思主义哲学的本质属性是其革命性和批判性，它要求我们以科学理性的态度对待传统文化，要求我们从对

"经典"膜拜和盲从的传统积习中解放出来,以更科学的态度对待传统,以更理性的态度研究传统。从"经典"到"元典",这一典籍称谓的改变,意味着我们对传统文化的研究,正在走上更为科学而理性的道路。那么,何谓"元典"?

元者,始也,首也,意谓"第一"和"初始"。这是中国最早的一批文化典籍,对于后世思想文化的发展,具有初始意义。

元者,大也,意谓宏大而辽阔。这批文化典籍提供的思想场域,涵盖了后世中国思想发展的诸多问题意识,具有全覆盖的特点。

元者,善也,吉也,有美好、宝贵和嘉言之意。这批文化典籍提供了后世中国最宝贵、善良和美好的思想修养资源。

元者,基也,根也,具有基础、根本、本源之意。这批文化典籍是后世中国文化的基础和出发点,一切思想元素都来源于此,一切思想的发展都以此为根基。

元者,要也,有主要、重要之意。这批文化典籍不是中国文化典籍的全部,但却是中国文化中最重要、最核心的部分。

总之,"元典"包含有始典、首典、基本之典及大典、善典、宝典等意蕴。"元典"称谓,既在某种程度上包含了传统的圣典、经典之义,又避开了对传统典籍非理性尊崇的嫌疑。

这是笔者以前曾经做过的表述,转述于斯。这批文化元典,包含了中国文化的基本要义，奠定了后世中华文化的发展方向，但并不意味着由文化元典所奠定的文化精神是一成不变的。从先秦元典到现代的中华文化，是一个生成、发展、传承、演变而不断提升的历史过程，是一个思想发展的生生不息的过程。

思想发展的动力何在？马克思、恩格斯说过："思想的历史除了证明精神生产随着物质生产的改造而改造，还证明了什么呢？"（《马克思恩格斯选集》第1卷，人民出版社1995年版，第292页）的确如此，中国元典精神的发展，就是和中国社会经济的发展、中国历史进程的演变，平行而进的。中国历史的每一次变革，以至每一个新的历史时代，都催促当时代哲人从元典著作中寻找答案，并从新的历史条件出发，对元典著作做出符合新时代需要的创造性阐释，为时代的发展提供精神动力。这种不断地返本开新的思想创造活动，就形成了生生不息的元典文化的学术史、思想史。

历代学人对元典精神的时代性阐释，都是元典文化精髓在更高层次上的发扬和转换，是将原有文化元典本已蕴含的文化意蕴在新形势下重新发现、重新唤起，并赋之以新的生命活力。这样，历代学人对文化元典的重新阐释，就构成了中华文化精神的发展史。我们今人所继承的中华文化传统，就是这样伴随着时代的发展在不断的阐释中形成的。中国文化精神，不仅深埋在固有的文化元典中，也活跃在历代学人对元典不断阐释的学术史之中。而要认识今天中国文化的基本精神，理解这种文化的思维特性，洞彻我们的民族心理，就需要下功夫去做元典学术史的研究工作，并把研究的成果向社会推广。济南出版社策划出版的这套《中华元典学术史》丛书，立意就正在这里。本丛书的组织者，希望我们的社会大众，能够在这套书中，看到我们民族文化的精髓和内核，了解中国思想文化发展的历史轨迹，明白民族文化的发展趋势和历史走向，从而更加科学而理性地看待我们所传承并将继续发扬光大的民族文化传统。

从这样的著述宗旨出发，我们要求著述者坚持学术史研究最重要的方法论思想，深刻揭示元典著作被不断阐述、返本开新的时代内涵，从中国历史的发展过程中阐释元典精神的生命力；

从学术史著述的基本特性出发，我们要求著述者严格遵循传统的"辨章学术、考镜源流"的学术史逻辑，清晰地描述元典精神发展演变的历史线索，以揭示中国文化精神的思想轨迹；

从本丛书的社会使命出发，我们要求著述者偏重从思想史的角度，梳理元典思想发展的线索，而不囿于传统元典研究的文献考订方面，将读者定位于社会大众，希望社会读者能够真正得到思想的启发；

从本丛书的预期效果出发，我们要求著述者恪守"学术著作、大众阅读"的著述风格，要求在坚持学术性的同时强调可读性，把适合大众阅读作为在写作方面的基本原则。

经过几年的努力，本丛书终于要和读者见面了。自我检视，这些著述已经实现了丛书设计者的初衷，达成了预期目标，可以放心地交给社会大众去接受检验了。当然，文化著述的最终评判者是读者，是真正喜欢它们的社会大众。我们真诚地希望丛书可以唤起人们对元典文化的热爱，唤起人们对自我文化传统学术史和思想史的关注，从民族文化的历史脉络中汲取营养，从而更自觉地承担起传承中华民族优秀文化传统的历史使命。

李振宏

2022 年 7 月 20 日

目　录

引　言 / 01

第一章　刘勰与《文心雕龙》之作 / 09
　　刘勰的家世与生平 / 10
　　刘勰的传世著述 / 23
　　《文心雕龙》之作 / 32

第二章　《文心雕龙》的学术体系 / 43
　　《文心雕龙》的性质 / 44
　　《文心雕龙》的体系 / 56
　　《文心雕龙》的理论 / 68

第三章　唐宋《文心雕龙》的影响 / 89
　　唐宋文论与《文心雕龙》 / 90
　　《史通》与《文心雕龙》 / 125
　　《文心雕龙》的三大版本 / 145

第四章　明代的《文心雕龙》评点 / 155
　　明代文论与《文心雕龙》 / 156
　　明人评《文心雕龙》 / 174
　　《隐秀》篇之补文 / 197

第五章　清代的《文心雕龙》研究 / 211
　　清代文论与《文心雕龙》/ 212
　　黄叔琳《文心雕龙辑注》/ 244
　　纪昀评《文心雕龙》/ 252
　　章学诚论《文心雕龙》/ 262

第六章　20世纪"龙学"的发展 / 273
　　现代"龙学"之奠基 / 274
　　大陆"龙学"之发展 / 280
　　台湾"龙学"之繁荣 / 286
　　两岸"龙学"之交汇 / 294

第七章　20世纪"龙学"八大家 / 309
　　黄侃与范文澜 / 310
　　李曰刚与杨明照 / 329
　　詹锳与王元化 / 346
　　牟世金与王更生 / 364

第八章　百年"龙学"与未来之路 / 381
　　百年"龙学"地图 / 382
　　超越现代文学观念 / 388
　　还原中国文论话语 / 395
　　回归中华文教传统 / 401

主要参考书目 / 408

后　　记 / 417

引　言

　　《文心雕龙》问世于公元 6 世纪初，至今已经 1500 余年。1500 多年来的《文心雕龙》传播、接受和研究史，即为《文心雕龙》学术史。这一漫长的学术历程可以分为两个大的阶段，一是前"龙学"时期（20 世纪以前），或谓古代"龙学"时期；二是 20 世纪以来的"龙学"史，或谓现代"龙学"时期。在漫长的前"龙学"时期，《文心雕龙》在中国古代文化领域有着广泛的传播，尤其是对中国古代文论的渗透和影响，可以说无处不在；但对《文心雕龙》这部书的专门研究，相对则比较薄弱，主要是文本的校勘、典故的解说以及原文的征引，对词语文意的训释尚且很少，更谈不上系统的理论研究了。因此，自《文心雕龙》产生至清代的《文心雕龙》学术史，主要是这部义论著作的传播和接受史，尤其是该书对中国古代文论的影响和渗透，但由于其被接受的方式主要是隐而不显的，故对其传播和接受的具体情况，我们已有的研究和考察还非常薄弱，大多数情况下甚至付之阙如，需要进行大量的工作，予以认真的分析和比较，从而真正把握《文心雕龙》之于中国文论的"枢纽"意义。

　　进入 20 世纪以后，数位国学大师开启了近代《文心雕龙》研究之路，奠定了现代"龙学"的基石，他们是刘师培、黄侃、刘咸炘、钱基博等。正如牟世金所说："中国古代的许多学者，对《文心雕龙》做过大量不可磨灭的工作，但除校注之外，大都是猎其艳辞，拾其香草而已。真正的研究，还只是近几十年来的事。但这块古璞一经琢磨，很快就光华四溢，并发展成一门举世瞩目的'龙学'了。"① 詹锳曾指出："辛亥革命以来，在大学讲授《文心雕龙》始于刘师培，黄侃继之。刘师培未发讲义，当年罗常培曾用速记法作了记录，整理出来，发表的只有两篇，取名《左盦文论》，见西南联合大学中文系编的《国文月刊》。"② 牟世金则以为："近代《文心雕龙》研究的奠基者当推黄侃。黄氏《札记》开始发表于1925年的《华国月刊》，到1927年，集二十篇为《文心雕龙札记》，由北平文化学社出版。……黄氏《札记》虽问世稍晚，但它是在1914至1919年讲授《文心雕龙》于北京大学期间撰写的。把《文心雕龙》作为一门学科搬上大学讲坛，这是有史以来的第一次。……这说明从黄侃开始，《文心雕龙》研究就是一门独立的学科：龙学。"③ 同时，近代著名国学大师刘咸炘于1917至1920年完成《文心雕龙阐说》一书，该书成为《文心雕龙》诞生以来第一次对《文心雕龙》全书进行逐篇阐释的理论专著。这也说明，《文心雕龙》研究开始走出单纯校注和征引的阶段，走上理论研究和全面阐释的近现代"龙学"的新征程。

牟世金是自觉而系统地开展近百年"龙学"史研究的第一人。早在20世纪60年代，他就发表了《近年来〈文心雕龙〉

---

① 牟世金：《"龙学"七十年概观（上）》，《社会科学战线》1987年第3期。
② 詹锳义证：《文心雕龙义证》，上海：上海古籍出版社，1989年，"序例"，第5页。
③ 牟世金：《"龙学"七十年概观》（上），《社会科学战线》1987年第3期。

研究中存在的几个问题》一文,对此前的《文心雕龙》研究进行初步的总结。到了20世纪80年代初,他借为《〈文心雕龙〉研究论文选》(齐鲁书社,1987年)作序的机会,写出了《〈文心雕龙〉研究的回顾与展望》一文,对几十年来的《文心雕龙》研究进行了较为系统的总结。1987—1988年,牟先生在《社会科学战线》分三期连续发表了4万余字的《"龙学"七十年概观》的长文,对近现代"龙学"的形成和发展做了系统论述,可以说是第一部"龙学"简史。显然,牟先生是带着明确的学科意识来总结近现代《文心雕龙》研究史的。他说:"《文心雕龙》研究发展成一门有校勘、考证、注释、今译、理论研究,并密切联系着经学、史学、子学、佛学、玄学、文学和美学等复杂的系统学科,是有一个过程的。这个过程大体上分为'龙学'的诞生、发展和兴盛三个时期……"即"从1914到1949年的三十六年,可说是龙学的诞生时期"[1],"1950至1964的十五年为龙学发展时期","1977年至今的九年为龙学的兴盛时期"[2]。

  近二十年来,有关"龙学"史的著作已出版了多种,首先是杨明照领衔主编的《文心雕龙学综览》(上海书店出版社,1995年),虽非以"史"为名,但实际上是对《文心雕龙》研究史,特别是近现代"龙学"史的一次全面总结。该书撰稿者包括7个国家和地区的70多位中外学者,全书60余万言。这样一部由海内外学人共同编撰的大型著作,在当时的大陆还是一件创举。该书的编纂是鉴于当时还没有一部比较全面反映《文心雕龙》研究概况的资料。全书分为七个栏目:一是"各国

---

[1] 牟世金:《"龙学"七十年概观(上)》,《社会科学战线》1987年第3期。
[2] 牟世金:《"龙学"七十年概观(中)》,《社会科学战线》1987年第4期。

（地区）研究综述"，二是"专题研究综述"，三是"专著专书简介"，四是"论文摘编"，五是"学者简介"，六是"索引"，七是"附录"。该书在一定程度上达到了编撰的初衷，成为"龙学"的重要工具书。

其次是张文勋的《文心雕龙研究史》（云南大学出版社，2001年），该书以客观翔实的第一手资料系统梳理了自唐宋以来的《文心雕龙》流传与研究概况，尤详于民国以来的《文心雕龙》研究。张先生把《文心雕龙》研究的历史划分为五个时期：一是唐宋时期，尚未有对《文心雕龙》的专门研究，但《文心雕龙》对唐宋文学还是产生了有形无形的影响；二是元、明、清时期，研究工作已在较广的范围内展开；三是民国时期，这是"龙学"形成的准备阶段；四是中华人民共和国成立后的25年，这是"龙学"勃兴的时期；五是改革开放的15年，《文心雕龙》研究成为显学，从而走向社会、走向世界。张先生即以此为线索，对《文心雕龙》产生以来的传播和研究史进行了要言不烦的叙述，该书确乎是一部系统而精要之作，具有一定的开创之功。

第三是张少康、汪春泓、陈允锋、陶礼天的《文心雕龙研究史》（北京大学出版社，2001年），全书共分四章，第一章叙述《文心雕龙》在古代的传播、影响和历代对它的研究（自《文心雕龙》产生至1840年），第二章叙述近现代《文心雕龙》研究（1840—1949年），第三章叙述当代《文心雕龙》研究（上，1950—1978年），第四章叙述当代《文心雕龙》研究（下，1979—1999年）。该书规模达到70余万字，较之张文勋的《文心雕龙研究史》更为翔实，是迄今为止规模最大、内容最为充实的《文心雕龙》研究史。尤其是其于《文心雕龙》在古代的传播情况用力至勤，在掌握大量第一手资料的基础上，较为深刻地揭示出《文心雕龙》在古代的重要影响。该书与张文勋的《文心雕龙研究史》同年出版,同样成为《文心雕龙》研究史的开创之作。

第四是汪春泓的《〈文心雕龙〉的传播和影响》(学苑出版社,2006年),该书是汪先生参加上述张少康所主持的《文心雕龙研究史》工作的连带成果,虽然其中部分内容经过精简后进入了上述研究史,但其作为一部独立的学术著作,仍有着不可忽视的价值和意义。该书最大的特点是资料极为丰富,有不少资料乃汪先生第一次发掘利用,其开创之功值得表彰。该书着眼清代以前《文心雕龙》的传播和影响,其研究时段属于笔者所谓前"龙学"时期;较之清代以后的"龙学"史,古代"龙学"史的研究更为艰难。汪先生不惮烦琐,对这段漫长的"龙学"史精心钩稽、奋力爬梳,有些研究内容极为精细,可以说填补了不少空白,从而使得该书具有重要的学术价值。

第五是李平的《〈文心雕龙〉研究史论》(黄山书社,2009年)。全书选择"龙学"史上的一些重要问题进行研究,不少论述颇富己见。重要论述有:黄侃的《文心雕龙札记》为现代"龙学"的奠基之作,范文澜的《文心雕龙注》则登上了一个新的高峰,两书均为《文心雕龙》研究史上的里程碑;杨明照的《文心雕龙》研究取得了许多凌越前贤的成就,在"龙学"研究史上树起一座丰碑;詹锳的《文心雕龙义证》将当代《文心雕龙》的研究推向了一个新的高峰;王元化的《文心雕龙创作论》不仅对一些理论问题进行了深入探讨并提出真知灼见,还将个人自觉的方法论意识和古今结合、中外结合、文史哲结合的研究法综合运用;王更生在台湾"《文心雕龙》学"研究方面称得上是承前启后的关键人物,其"龙学"成果具有"百科全书"式的气派；牟世金的《文心雕龙》研究成就高、贡献大、学风严谨，其"龙学"成果涉及面广，在《文心雕龙》校注译释和理论研究方面都做出了极大的贡献，堪称"龙学"功臣。

第六是朱文民的《刘勰志》（山东人民出版社，2009年），实际上亦属于"龙学"史著作。全书分为五篇：第一篇为"家世 生平"，对刘勰的族源、家世、信仰以及生平等进行了介绍；第二篇为"《文心雕龙》"，分别介绍了《文心雕龙》的性质、结构和内容，《文心雕龙》的主要版本，《文心雕龙》的主要思想；第三篇为"佛学"，分别介绍刘勰的佛学著作和佛教思想；第四篇是"学术研究"，分别介绍了国内团体学术活动、国际学术研讨会、刘勰及其著作的研究成果；第五篇是"历史遗存 纪念物"，分别介绍了南定林寺和北定林寺、梁建安王造剡县石城寺石像碑以及纪念物。此书内容丰富，资料翔实，别开生面，但在分析和评价刘勰思想的一些提法上仍可进一步商榷。

第七是牟世金的《台湾文心雕龙研究鸟瞰》（山东大学出版社，1985年），是到目前为止大陆唯一一部全面介绍台湾地区"龙学"成果的专著。该书对1985年以前台湾的"龙学"做了全面介绍，并以作者多年研治《文心雕龙》的心得，本着"知无不言"的态度，就"龙学"的诸多问题，与台湾学者展开了严肃认真的讨论。牟先生认为，台湾"龙学"与大陆"龙学"同为中华文化的组成部分，有着割不断的联系，有着高度的一致性。他指出，海峡两岸的文坛艺苑，都程度不同地面临着现代派的挑战。我们都尊重自己的民族和文化传统，我们都有责任发扬民族文化之精英，不能数典忘祖而仰人鼻息。因此，在文学理论上必须建立起我们自己的"分析线路""批评标准"和"研究方法"，一句话，就是要走我们自己的道路，使我们的作品、批评和理论,都具有中国作风和中国气派。他认为,台湾的《文心雕龙》研究,正是在这种背景下形成"显学"的,因而是值得我们予以认真总结和借鉴的。

第八是刘渼的《台湾近五十年来"〈文心雕龙〉学"研究》(万卷楼图书有限公司,2001年),该书共设有八章和四个附录。第一章为"绪论",阐述研究动机、研究状况等,第二章为"台湾龙学史综述",第三章为"台湾龙学界概览",第四、五、六章分别介绍"台湾《文心雕龙》研究的具体成果",第七章为"台湾龙学的特色、地位价值与影响",第八章为"结论"。四个附录分别是四个表格,如"台湾近五十年来《文心雕龙》研究论著统计表及趋势图"等。刘渼博士的这部台湾"文心雕龙学"研究史,内容丰富,资料翔实,结构严谨,体现了王更生及其弟子的文章风格。但该书资料运用有重复之嫌,有些措辞亦欠妥当。

第九是戚良德的《百年"龙学"探究》(上海古籍出版社,2019年),该书以对百年"龙学"的多角度把握为基础,集中力量对中国大陆百年"龙学"最重要的成果和问题予以探究。对百年"龙学"的总体把握,尽量还原其历史的本来面貌,全力呈现其不同的时代特点。对民国时期的"龙学",该书发掘出刘咸炘这位在"龙学"上不为人知的重要人物,具有一定的填补学术空白之功。对20世纪的大陆"龙学",该书重点研究了三大家(王元化、詹锳、牟世金),对他们的"龙学"成就进行了较为全面深入的探讨。对当代"龙学"的发展和走向,则提出从儒学和中国文化的角度,对《文心雕龙》进行多维视野的考察和研究,以还原《文心雕龙》与中国文论的话语体系。

此外,王更生的《台湾近五十年〈文心雕龙〉研究论著摘要》(文史哲出版社,1999年)和《岁久弥光的"龙学"家——杨明照先生在"文心雕龙学"上的贡献》（文史哲出版社，2000年）两书也是有关"龙学"史的专题之作，其他如戚良德编的《文心雕龙学分类索引》（上海古籍出版社，2005年），李建中主编的《龙学档案》（武汉大学出版社，2012年），李平的《二十世纪〈文心雕龙〉研究史论》（花木兰出版社，2012年），黄端阳的《范文澜〈文心雕龙注〉研究》（文史哲出版社，2012年）以及杨倩的《明代〈文心雕龙〉接受研究》（中国社会科学出版社，2016年）等著作，或为近百年"龙学"史专题资料及研究，或为古代"龙学"史某一时段专门探讨。

在上述相关研究成果的基础上，本书对《文心雕龙》学术史进行较为系统而简要的叙述，希望对1500年来《文心雕龙》一书传播、影响、接受和研究的学术历程进行梳理和概括，即对上述两个大的时段进行相对均衡的关照。就前"龙学"时期的《文心雕龙》学术史而言，本书除了注意各个时期对《文心雕龙》的有限研究之外，将以主要力量关注《文心雕龙》在中国文化尤其是中国文论发展过程中或明或暗的影响。如上所述，就《文心雕龙》的专题研究来说，漫长的前"龙学"时期并无系统的理论著述，但《文心雕龙》这部书的潜在影响，却从其甫一问世便开始了，其影响之深远、广泛而巨大，我们以前可能是认识不足的。相对而言，20世纪以来的"龙学"史则较为单纯，主要是对《文心雕龙》这部书的系统整理和研究。本书在力图把握其发展脉络的基础上，提出"龙学八大家"的概念，并集中力量介绍和评述其学术成就。这样的安排和处理，主要是希望与已有相关著述相比，本书可以富有自己的特点，并能在有限的篇幅之内，凸显《文心雕龙》研究的历史成就，同时在此基础上，找到"龙学"发展的未来之路。

第一章
刘勰与《文心雕龙》之作

在中华文化史上，以一部书而名垂青史者不乏其人，刘勰正是其中的一位。至于以什么样的书流芳千古，则各有不同。刘勰留给我们的书叫《文心雕龙》，这是一部什么性质的书呢？前人和今人有各种不同的说法。举其最为典型者，明人张之象说："盖作者之章程，艺林之准的也。"清人黄叔琳则谓："盖艺苑之秘宝也。"清人谭献认为："文苑之学，寡二少双。"鲁迅则说："东则有刘彦和之《文心》，西则有亚里士多德之《诗学》，解析神质，包举洪纤，开源发流，为世楷式。"周扬指出："《文心雕龙》是一个典型，古代的典型，也可以说是世界各国研究文学、美学理论最早的一个典型，它是世界水平的，是一部伟大的文艺、美学理论著作。"然则，刘勰何人？何著此书？

刘勰的家世与生平

刘勰，字彦和，东莞莒（今山东莒县）人。东晋时，莒县已沦陷，晋明帝在京口（今属江苏镇江市）侨置南东莞郡，刘勰祖、父即居于此。

根据《梁书·刘勰传》记载，刘勰祖父刘灵真，为南朝宋代司空刘秀之的弟弟。刘秀之乃司徒刘穆之的从兄子，《宋书·刘穆之传》称刘穆之乃"汉齐悼惠王肥后也"[1]，刘肥乃高祖刘邦长庶男。故刘勰祖上便可追溯至汉高祖刘邦。但有研究者认为，《梁书·刘勰传》的这句话是不尽可靠的，正因如此，《南史·刘勰传》就把这句话删掉了。另外，《南史》以家传为体例，以同宗同族者合为一传，其中穆之、秀之一宗并无刘灵真、刘尚、刘勰等人；且秀之、粹之兄弟皆以"之"字为名，不太可能有一个名为"灵真"的弟弟。所以，刘灵真一宗可能与刘秀之一宗并无关系。据此，研究者一般认定刘勰乃出身贫寒庶族。但对《梁书》所谓"宋司空秀之弟也"这句话以及《南史》的删节，尚有不同的理解和看法，对刘勰的出身也就有着不同的解

---

[1] ［梁］沈约：《宋书》卷四十二，北京：中华书局，2011年，第1303页。

释。比如，有研究者指出刘勰可能出身于一个道教世家，"灵真"之名或与此有关，这是值得注意的。刘勰的父亲刘尚，官至越骑校尉。《梁书·刘勰传》有"勰早孤"① 之语，则或以其父早卒，史书没有关于刘尚的更多记载。

关于刘勰生平，由于史料之缺乏，大多问题难有定谳。如其出生年代，早至宋孝武帝大明四年（460），迟到宋明帝泰豫元年（472），诸家持说不一。刘勰在《文心雕龙·序志》中曾两次谈到自己的年龄，这无疑成为考定其生平尤其是生年的最为珍贵的资料。一则云："予生七龄，乃梦彩云若锦，则攀而采之。"② 则刘勰梦于何年，便成推知其生年的一个关键之点。牟世金指出："按彩云乃吉祥之兆，所谓五彩祥云是也；刘勰又能攀而采之，则吉兆之中，又示刘勰少有奇志，当时正壮心满怀也。由是可知，其父必卒于本年之后。"而"其父殁于何年"，便成"推断此梦系年之重要依据"。③

《梁书·刘勰传》谓"勰早孤，笃志好学"，但并未明言其父刘尚的卒年。台湾王更生、龚菱、李曰刚诸先生皆以刘勰三岁，"父尚病卒"，然均无所据。牟世金则对此做了全新考证。据《宋书》等记载，元徽二年（474）五月，桂阳王刘休范举兵反于寻阳，直入建康朱雀门。右军将军王道隆、领军将军刘勔等皆战死，越骑校尉张敬儿以诈降而将刘休范杀掉。牟先生又据《宋书》《南齐书》《隋书》之《百官志》以及《宋书·沈攸

---

① ［唐］姚思廉：《梁书》卷五十，北京：中华书局，2011年，第710页。
② ［梁］刘勰：《文心雕龙·序志》，戚良德辑校：《文心雕龙》，上海：上海古籍出版社，2015年，第286页。
③ 牟世金：《刘勰年谱汇考》，成都：巴蜀书社，1988年，第11页。

之传》等考定,"刘宋时之五校尉,必非各置一人"①。而据萧道成《尚书符征西府檄》可知,萧在讨伐沈攸之时,同时派出五校尉中的屯骑校尉三人。因此,平定桂阳王刘休范的建康激战中,既有越骑校尉张敬儿参加,而同为越骑校尉的刘尚亦自应战于其中。据《资治通鉴·宋纪十五》记载,当时建康皇室兵力已全部投入激战,境况极为惨烈:"中外大震,道路皆云'台城已陷',白下、石头之众皆溃……宫中传新亭亦陷,太后执帝手泣曰:'天下败矣!'"②据此推断,身为越骑校尉的刘尚很可能为此战而献身。由此,刘勰七龄之梦的系年便得重要依据,从而为考定刘勰生年奠定了重要基础。

二则云:"齿在逾立,则尝夜梦执丹漆之礼器,随仲尼而南行。"③这是刘勰谈到自己年龄的另一句重要之语,其关乎《文心雕龙》成书乃至刘勰向沈约献书之年的推断,更可以佐证刘勰之生年。就《文心雕龙》撰年而言,清人刘毓崧已详考其成书、献书之年,一据《时序》以证其书必成于齐和帝之世;二据沈约之"贵盛"以证负书干约亦在同时;三据梁初刘勰起家奉朝请,以证沈约延举之力,正在"书适告成"之后。诚如牟先生所言,"三者互证,理周事密"④,其主要成果,已不容抹杀。在强调"所举三证必互为表里,构成整体,方为确证"⑤之

---

① 牟世金:《刘勰年谱汇考》,成都:巴蜀书社,1988年,第13页。
② [宋]司马光编著:《资治通鉴》卷一百三十三,北京:中华书局,1956年,第4180页。
③ [梁]刘勰:《文心雕龙·序志》,戚良德辑校:《文心雕龙》,上海:上海古籍出版社,2015年,第286页。
④ 牟世金:《刘勰年谱汇考》,成都:巴蜀书社,1988年,第60页。
⑤ 牟世金:《刘勰年谱汇考》,成都:巴蜀书社,1988年,第64页。

同时，牟先生亦指出："写成三万七千字之《文心雕龙》，短则数月，长则数年，都有可能。且纵定《时序》篇成于齐末，又何以知全书必成于齐末？沈约之'贵盛'，固为重要线索，然献书求誉，非关军国大政，又何必待其贵盛之极？"① 因此，他对《文心雕龙》之撰年做了更为精审的考订。

首先，牟先生指出，《文心雕龙》之撰，并不以刘勰校定经藏"至齐明帝建武三四年，诸功已毕"② 为前提，而是刘勰于建武五年以后，"以主要精力撰写《文心》，而协助僧祐撰经之任务，亦未尝中断"③。其次，又据《时序》颂齐和帝而无东昏推知，此篇必写于中兴元年十二月东昏被杀之后；而中兴二年三月二十八日，萧齐王朝结束，则《时序》及其以下五篇必成于中兴二年元月至三月二十八日三月之中。《文心雕龙》写作的大致进度便可由此推知，即"三月内完成六篇，约每月两篇"，"但前二十五篇难度较大、篇幅较长，估计至少每月可得一篇。如是算来，上篇费时二十五月，下篇费时十二月，全书约三年可成。另一年左右为继续佐僧祐撰经，故总计仍需四年完成《文心》"④，则《文心雕龙》一书撰成于梁武帝天监元年（502）。由是，其始撰之年亦可得而明，即始撰于齐明帝建武五年（498）。据《序志》所谓"齿在逾立"而撰《文心雕龙》之说明，则刘勰生年便得有力证据。再次，细酌刘毓崧三让，牟先生考订刘勰负书干约不在齐末和帝之时，而在萧梁王朝就绪

---

① 牟世金：《刘勰年谱汇考》，成都：巴蜀书社，1988年，第7页。
② 范文澜注：《文心雕龙注》，北京：人民文学出版社，1988年，第731页。
③ 牟世金：《刘勰年谱汇考》，成都：巴蜀书社，1988年，第52页。
④ 牟世金：《刘勰年谱汇考》，成都：巴蜀书社，1988年，第53—54页。

后之下半年内。从而,《文心雕龙》之撰年及成书、献书之年都得以更为确切而有力的考定。正是以此为基础,牟先生厘定刘勰生于宋明帝泰始三年(467),应该说,这是较为可信的。

《梁书·刘勰传》又说:"家贫不婚娶,依沙门僧祐,与之居处,积十余年,遂博通经论,因区别部类,录而序之。今定林寺经藏,勰所定也。"① 这几句话包含了有关刘勰生平的几个重要问题:一是所谓"家贫不婚娶",研究者一般据此推断刘勰其人终身未婚,但实际上未必如此。此句与下面"依沙门僧祐"之句相接,说的显然是青年刘勰的境况;至于"十余年"之后,走出定林寺的刘勰是否婚娶,其实是不一定的问题,只是史书未有明文而已。二是刘勰不婚娶的原因是什么?因为《梁书》以"家贫"与"不婚娶"相连,故以"家贫"而致"不婚娶"可谓顺理成章,但实则或有不然。杨明照曾指出:"按舍人早孤而能笃志好学,其衣食未至空乏……非即家徒壁立,无以为生也。如谓因家贫,致不能婚娶,则更悖矣。"② 这一推论是有道理的。更重要的是,下文的"依沙门僧祐"则透露了其不婚娶的一个重要原因,那就是杨先生所谓"一言以蔽之,曰信佛"③。三是刘勰与僧祐的密切关系,所谓"与之居处,积十余年",这是刘勰最美好的青春年华,也是他一生中最重要的学习阶段。可以想见,僧祐以及佛学在刘勰一生中将会有着难以磨灭的印记。四是所谓"博通经论",这里的"经论"当然是佛学之经

---

① [唐]姚思廉:《梁书》卷五十,北京:中华书局,2011年,第710页。
② 杨明照:《梁书刘勰传笺注》,《文心雕龙校注拾遗》,上海:上海古籍出版社,1982年,第391页。
③ 杨明照:《梁书刘勰传笺注》,《文心雕龙校注拾遗》,上海:上海古籍出版社,1982年,第391页。

论,这说明佛学是青年刘勰最重要的学习内容之一,而且学习的效果良好,他已经成为一位佛学专家。五是所谓"定林寺经藏,勰所定也",这说明刘勰不仅学有所成,而且有着不少佛学成果,大量的成果可能属于对佛经的整理,其中也应该有一些他个人执笔的著述。所谓"为文长于佛理,京师寺塔及名僧碑志,必请勰制文"①,"长于佛理"的刘勰可能不只有碑志之文。

当然,今天看来,刘勰在定林寺完成的最重要的作品还是《文心雕龙》。对此,《梁书》的记述颇为耐人寻味。其云:

> 初,勰撰《文心雕龙》五十篇,论古今文体,引而次之。其序曰……既成,未为时流所称。勰自重其文,欲取定于沈约。约时贵盛,无由自达,乃负其书,候约出,干之于车前,状若货鬻者。约便命取读,大重之,谓为深得文理,常陈诸几案。②

第一,就《梁书》这段记叙所用笔墨而言,可以说不惮辞费,不仅全文引录了近千字的《序志》,而且这段叙述亦是精心而为,生动传神,这说明姚思廉对刘勰著《文心雕龙》是非常看重的。然而第二,叙述的顺序是倒叙,也就是说对一个曾经为官的刘勰来说,撰写《文心雕龙》并非刘勰一生之中最重要的内容,差不多只是一段花絮而已。第三,《梁书》对《文心雕龙》这部书的基本认识是所谓"论古今文体",这是非常特别而

---

① [唐]姚思廉:《梁书》卷五十,北京:中华书局,2011年,第712页。
② [唐]姚思廉:《梁书》卷五十,北京:中华书局,2011年,第710—712页。

重要的,体现了史学家对一部论文之作的认知,值得重视。第四,所谓"既成,未为时流所称",这一记述的客观性无疑是令人信服的,应该说这样的结果也在刘勰预料之中,这恰恰说明刘勰干的是一件费力不讨好的事情,然则,我们这里姑且不论他何以要做这样的事情,仅就刘勰既精通佛学而又"搦笔论文"而言,其对佛学与儒学的态度,就是一个令人深思的问题了。至少可以肯定,这二者在青年刘勰的心目中是并行不悖的,都是重要而值得倾力而为的。第五,刘勰"欲取定于沈约"之念不可小觑。一方面是明知自己所做乃费力不讨好之事,另一方面又知道"约时贵盛,无由自达",却仍然要请其鉴定,只能说明作为小人物的刘勰有着高度的自信和执着。第六,刘勰"取定于沈约"之举令人刮目相看。所谓"负其书,候约出,干之于车前,状若货鬻者",《梁书》的这几句描述传神生动,把一个放下身段、只求成功的年轻刘勰的形象惟妙惟肖地刻画出来了。这一高情商的举动说明,刘勰一开始就不是一个书呆子,所谓"安有丈夫学文,而不达于政事哉"①,可谓良有以也。第七,沈约的态度及其一系列举动令人佩服。作为历仕宋齐梁三朝的勋贵以及文坛领袖,面对一个名不见经传的刘勰拦路而呈上的著作,沈约"便命取读"之举,已然显示了其非同寻常的气度和胸襟,而"大重之"的态度,则说明其识人、爱才的雅量和品德;至若"谓为深得文理",则不仅证明其作为文坛领袖,可谓名副其实,更显示出刘勰一开始的信心乃是其来也有

---

① [梁]刘勰:《文心雕龙·程器》,戚良德辑校:《文心雕龙》,上海:上海古籍出版社,2015年,第282页。

自;最终则有"常陈诸几案"的结果,这样的结局大约就连自信的刘勰也是难以想象的。

或许正有沈约的称赏之功,天监初年,刘勰"起家奉朝请",开始步入仕途。值得注意的是,彦和为官的第一站是中军将军临川王萧宏记室之职,一则萧宏乃梁武帝之弟,可见刘勰颇受皇室信任,二则记室之职正可发挥其文才,则其顺利出仕确乎不能与《文心雕龙》之作无关。刘勰仕途之值得提及的另一个职位是"太末令",虽任职时间不长,但"政有清绩",则所谓"达则奉时以骋绩"①,可以说刘勰做了一次实践,虽为牛刀小试,亦可谓得偿所愿。此后,刘勰又成为仁威将军南康王萧绩之记室,并兼昭明太子萧统的东宫通事舍人。萧绩亦为梁武帝之子,可见刘勰自从踏上仕途,便与萧梁王朝有着密不可分的关系,尤其是其为东宫通事舍人七八年之久,其与昭明太子萧统的关系可谓令人瞩目。之所以如此,除了萧统是太子,更重要的是他编有著名的《文选》一书,今天看来,这部在中国文化史上有着巨大影响的文章选本,无论选文标准还是著作体例,或许都不能与《文心雕龙》无关,《梁书·刘勰传》也说"昭明太子好文学,深爱接之"②,似乎他们二人有着良好的关系是不待言的。然而,牟世金指出:"考昭明之爱接文士,见于《梁书》者甚夥。……昭明之'好士爱文',信非虚言。其于刘勰,固'深爱接之'矣,然生无一言可志,别无一语相赠(刘勰奉敕回定林寺撰经实已解职),死无一事相关(刘勰必

---

① [梁]刘勰:《文心雕龙·程器》,戚良德辑校:《文心雕龙》,上海:上海古籍出版社,2015年,第282页。
② [唐]姚思廉:《梁书》卷五十,北京:中华书局,2011年,第710页。

死于昭明之前，详后）。然则比诸上举数人，虽亦'爱接'，实差之远矣。"① 这确乎是一个不得不察的问题。一个值得注意的细节是，刘勰和萧统的年龄相差甚远，刘勰做东宫通事舍人之时已经年近半百，萧统则不过是一个十岁的少年，虽其精警异常，但以彦和之成熟和智慧，所谓"深爱接之"，多半只是史家的推想之言。更重要的是，人们往往忽略了，刘勰虽有"论文"的成功之作，却是以"摛文必在纬军国，负重必在任栋梁"② 为理想的，这与"好文学"的昭明太子可能正有着"三观"的不同。

实际上，仕宦之路上的刘勰所关注的问题，也确乎与文学无关。《梁书·刘勰传》有这样一段较为详细的叙述：

> 时七庙飨荐已用蔬果，而二郊农社犹有牺牲，勰乃表言二郊宜与七庙同改。诏付尚书议，依勰所陈。迁步兵校尉，兼舍人如故。③

可以看出，刘勰不仅已经在官言政，而且可以说对时势洞若观火。对于"好文学"的昭明太子而言，祭品的选择或非当务之急，甚至根本就未曾注意；但对痴迷佛教的梁武帝而言，祭祀之时的"已用蔬果"还是"犹有牺牲"，则可能至关紧要了。这里的"诏付尚书议"以及"依勰所陈"的结果，正说明刘勰

---

① 牟世金：《刘勰年谱汇考》，成都：巴蜀书社，1988年，第97、99页。
② ［梁］刘勰：《文心雕龙·程器》，戚良德辑校：《文心雕龙》，上海：上海古籍出版社，2015年，第282页。
③ ［唐］姚思廉：《梁书》卷五十，北京：中华书局，2011年，第710页。

已然成为一个合格的政治家,而"迁步兵校尉"的结局虽或在意料之中,但也不能不说是令人欣喜的。

历史的吊诡就在于,此一时也彼一时也。当佛教律学名匠僧祐去世之后,作为其得意弟子的刘勰被梁武帝派往定林寺"撰经",客观地说,这样的安排可谓知人善任,合情合理。然而,对正欲"奉时以骋绩"的刘勰来说,则不啻为一生抱负和理想的破灭。其升迁与佛教有关,其罢官亦因佛经之缘,岂非成也萧何败也萧何。《梁书·刘勰传》说:

> 有敕与慧震沙门于定林寺撰经,证功毕,遂启求出家,先燔鬓发以自誓,敕许之。乃于寺变服,改名慧地。未期而卒。文集行于世。①

我们不能贸然说此时的刘勰已心灰意懒,但到人生的晚年方"启求出家",则确乎难说这是欣然之选。这里有两个问题,一是所谓"未期而卒",一是所谓"文集行于世";前者关乎刘勰的卒年,后者关乎刘勰的作品,都极为重要而引起研究者的讨论。

史料之缺乏,几乎使有关刘勰生平的每一个问题都聚讼纷纭。关于刘勰卒年,较之其生年分歧更大。牟世金曾汇总刘勰卒年众说,早至梁普通元年(520),迟至梁大同五年(539),享年短者仅55岁(如兴膳宏之说),长者则有73岁(杨明照之说),相距近20年之久。范文澜先生推断刘勰卒于普通元、二

---

① [唐]姚思廉:《梁书》卷五十,北京:中华书局,2011年,第712页。

年（520、521），影响较大，但由于"徒凭推想"①，故难成定谳。范说之后，影响较大的有李庆甲、杨明照等先生的考定。李先生据宋释祖琇《隆兴佛教编年通论》等释书的记载，考定刘勰卒于中大通四年（532），为一些著述所采信，如1999版《辞海》便取李说。然而，《梁书》《南史》均未明言刘勰卒年，时至南宋，诸释书又从何得知刘勰表求出家的具体年代？且将刘勰卒年延至532年，十余年之中，刘勰所任所在，则是需要认真探究的问题。

牟世金将有关刘勰卒年诸说大别为二：一在梁普通初年，一在萧统卒后，进而推断："虽两类之间互有歧异，察其关键，唯在何年奉敕与慧震于定林寺撰经。"②而奉敕撰经必在刘勰迁步兵校尉之后，始与本传相符。牟先生在《刘勰年谱汇考》中详稽《梁书》诸传，列出自天监元年（502）至中大通三年（531）三十年间曾任步兵校尉者二十四人，核以《隋书·百官志》所载梁世官制，考定刘勰迁步兵校尉之职当在天监十七年（518）而止于天监十八年（519），从而证实刘勰奉敕撰经必在天监十八年（519），并推断刘勰卒于其后第三年，即普通三年（522）。长期以来，不少论者都把刘勰奉敕撰经与萧统之卒联系在一起，从而刘勰之卒亦每与萧统之卒紧密相关。牟先生列举大量史料，力证"刘勰之奉敕撰经、燔发出家，均与萧统之卒了不相关"③，进而认为刘勰卒于中大通年间的说法是不可靠的。

不过，这里有个重要的问题，刘勰奉敕与慧震沙门于定林

---

① 范文澜注：《文心雕龙注》，北京：人民文学出版社，1958年，第730页。
② 牟世金：《刘勰年谱汇考》，成都：巴蜀书社，1988年，第108页。
③ 牟世金：《刘勰年谱汇考》，成都：巴蜀书社，1988年，第116页。

寺撰经而至"证功毕",需要多长时间?范文澜认为,撰经"大抵一二年即毕功"①,牟先生亦认为"其说近是",并指出:"按此度撰经,并非新著或始编,唯予僧祐之集辑,重加整理与增订;或有部分序文,亦修定于此时。故大抵始于上年而毕于本年。"②亦即始于天监十八年(519)而完成于普通元年(520),故其推断刘勰卒于普通三年(522)。然而有研究者指出,刘勰撰经"一二年即毕功"的说法是靠不住的。贾树新根据有关资料推算,刘勰等人受敕撰经的撰经量约七千五百卷,进而认为:"以依居时撰经的量数与年数比例为据,则受旨撰经需时约十五年,才能证功毕。"③杨明照亦称:"撰经仅有二人,当非短期所能竣事。"④韩湖初则指出:"梁武帝敕令刘勰与慧震二人撰经,是由此二人主持该项工作,而非撰经仅此二人。……此次刘勰与慧震撰经任务要繁重得多,决非一、两年所能完成,时间也要长得多,参与人数亦远不止三十人。"并认为"贾先生的推算可信无疑"⑤。此外,朱文民根据唐道宣《广弘明集》所载有关慧震撰经功毕返回荆州的时间,指出其应与刘勰撰经功毕"遂启求出家"大体同时,进而推断其卒年"非大同三年即次年也"⑥。应该说,这些考订各有自己的依据,因而都是有一定道

---

① 范文澜注:《文心雕龙注》,北京:人民文学出版社,1958年,第731页。
② 牟世金:《刘勰年谱汇考》,成都:巴蜀书社,1988年,第104页。
③ 贾树新:《〈文心雕龙〉历史疑案新考》,《文心雕龙研究》第一辑,北京:北京大学出版社,1995年,第226页。
④ 杨明照:《梁书刘勰传笺注》,《文心雕龙校注拾遗》,上海:上海古籍出版社,1982年,第410页。
⑤ 韩湖初:《牟世金先生考证〈文心雕龙〉成书年代和刘勰生卒之年的贡献》,《中国文论》第三辑,上海:上海古籍出版社,2016年,第229页。
⑥ 朱文民:《刘勰传》,西安:三秦出版社,2006年,第331页。

理的，但将刘勰撰经时间延长至十五年甚至更长时间，衡诸《梁书·刘勰传》所谓"于定林寺撰经，证功毕，遂启求出家"的轻轻一笔，总让人有不甚踏实之感。换言之，范文澜所谓撰经"大抵一二年即毕功"之说或略有估计不足之处，但其需时不会太长的思路与《梁书》之记载是大体符合的，因而仍是有其可信之处的，则牟先生所谓刘勰卒于梁普通三年（522）之结论，亦当不至于与事实相去甚远。

刘勰的传世著述

刘勰一生传世的著作，最为著名的当然是《文心雕龙》一书。除此之外，尚有两篇文章为人所知：一是近三千字的《灭惑论》，二是两千余字的《梁建安王造剡山石城寺石像碑》（字数均指不加标点符号而言）。前者为论体，后者为碑文，展现了刘勰在不同领域的写作才华。由于《灭惑论》对研究刘勰思想倾向具有重要意义，因而其著作年代便成为一个问题。正如李庆甲所说，《灭惑论》撰于齐代还是梁代的分歧"是带有原则性的"，"因为它涉及对刘勰思想、世界观的形成、发展和《文心雕龙》思想体系属于儒家还是佛家这样一些重大问题的分析与评价"[1]。在相当长的一段时期之内，《灭惑论》撰于刘勰后期之说几成定论，以至于研究《文心雕龙》思想者不敢问津《灭惑论》，《灭惑论》之"道"似乎与《文心雕龙》之"道"水火不相容。牟世金的《刘勰年谱汇考》以全新的考证，论定《灭惑论》撰于齐世，且撰于《文心雕龙》之前，为充分利用《灭

---

[1] 李庆甲：《〈关于《灭惑论》撰年与诸家商兑〉之商兑》，《中华文史论丛》1984年第4辑，第106页。

惑论》全面研究刘勰思想以及《文心雕龙》思想体系提供了重要依据。

《灭惑论》撰于梁代的主要根据，其一是"碛砂藏本"《弘明集》已题《灭惑论》作者为"东莞刘记室勰"，而刘勰两任记室均在梁时；其二是收编《弘明集》的《出三藏记集》编成于梁。关于第一点，杨明照指出："至碛砂藏本目录《灭惑论》下题'记室刘勰'，正文《灭惑论》下题'东莞刘记室勰'；汪道昆本则均题'梁刘勰'。后人追题，未足为训。"① 此种情形，史所多有。清刘毓崧论《文心雕龙》成于齐时说："至于沈（约）之《宋书》，成于齐世祖永明六年，而自来皆题梁沈约撰，与勰之此书，事正相类。"② 纪昀论《文心雕龙》成于齐世则举《玉台新咏》而谓："据《时序》篇，此书实成于齐代。今题曰梁，盖后人所追题，犹《玉台新咏》成于梁而今本题陈徐陵耳。"③ 这种后人追题的情形，显然并非题者有误，而是以作者活动的主要朝代而为言，并不以著作成于何时为根据，也就难以据其所题而论定其著作年代。关于《出三藏记集》的编撰，牟世金《刘勰年谱汇考》详究僧祐《法集总目序》，考定此序撰于公元499或500年，不出齐世，从而确认齐世已有十卷本《出三藏记集》，而其十五卷本乃梁天监年间补成。牟先生乃详列十卷本《弘明集》的全部目录，其三十四目，撰者三十家，刘勰以外的二十九家，除东汉人牟子之外，皆为晋、宋、齐三

---

① 杨明照：《刘勰〈灭惑论〉撰年考》，《古代文学理论研究》第一辑，上海：上海古籍出版社，1979年，第179页。
② ［清］刘毓崧：《书文心雕龙后》，《通义堂文集》卷十四，南林刘氏求恕斋刊本。
③ ［清］黄叔琳注、［清］纪昀评：《文心雕龙辑注》，北京：中华书局，1957年，第23页。

代之人，其中难以容纳梁世作品。①《灭惑论》成于齐代，作于《文心雕龙》之前，可以说根据是较为充分的。因此，正如韩湖初所说："到了二十一世纪初……学界齐代说似有定论之势。"②如周绍恒认为，《灭惑论》"当是撰写于齐永明年间（公元484—493年）"，它可以说是刘勰为佐释僧祐编辑经藏的"资格证书"③；陶礼天亦指出："《灭惑论》的创作时间当在南齐时期，而不少学者主张其作于梁代的说法，似是不能成立的。"④ 不过，韩湖初认为，齐代并不具备产生《灭惑论》的客观条件，故他还是赞同李庆甲《灭惑论》撰于梁天监年间刘勰任萧绩记室任上之说。⑤

除了上述可以肯定的刘勰著述，尚有一部六朝子书与刘勰相关，那就是著名的《刘子》一书。该书五十五篇，近三万言（不加标点符号），或称《流子》《新论》《刘子新论》等，其作者谁属，向无定论，计有刘勰、刘昼、刘歆、刘孝标、袁孝政等诸说。通过几代研究者的爬梳，已基本排除刘歆、刘孝标、袁孝政等人著作《刘子》的可能性，问题的焦点集中在刘勰、刘昼二人。近世学者持刘昼说者颇多，计有余嘉锡、杨明照、

---

① 牟世金：《刘勰年谱汇考》，成都：巴蜀书社，1988年，第40、44—48页。
② 韩湖初：《〈灭惑论〉撰于梁天监年间刘勰任萧绩记室任上——关于〈灭惑论〉撰年齐、梁两说评议》，《中国文论》第五辑，济南：山东人民出版社，2019年，第183页。
③ 周绍恒：《〈灭惑论〉与刘勰依沙门僧祐的关系》，《怀化学院学报》2002年第21卷第3期。
④ 陶礼天：《刘勰〈灭惑论〉创作诸问题考论》，《文心雕龙研究》第四辑，北京：北京大学出版社，2000年，第66页。
⑤ 韩湖初：《〈灭惑论〉撰于梁天监年间刘勰任萧绩记室任上——关于〈灭惑论〉撰年齐、梁两说评议》，《中国文论》第五辑，第179页。

王叔岷、程天祜、傅亚庶、皮朝纲、谭家健、孙蓉蓉、周绍恒、李隆献、李政林（韩国）等人，而持刘勰说者亦复不在少数，计有王重民、林其锬、朱文民、涂光社、韩湖初、游志诚等人，其他如张光年、胡道静、杜黎均等均赞同刘勰之说而无多申论。应该说，《梁书》和《南史》的"刘勰传"于《刘子》一书皆无所载，《隋书》记其书又不记作者，这可能是一些学者之所以慎言《刘子》为刘勰之作的一个重要原因；同时，已有愈来愈多的学者认为，北齐人刘昼可能亦不具备撰著《刘子》一书的条件。因此，到目前为止，很难说有确切的证据证明《刘子》一书究出何人之手，故而另有一些学者认为该书既非刘昼所为，亦非刘勰之作，而可能出自第三位刘姓作者之手，曹道衡乃此说之代表，其云："我看《刘子》可能是另一位刘姓学者所作，归诸刘勰和刘昼都出于后人臆测，未必可从。"①

不可否认的是，单纯从历史材料和版本著录而言，《刘子》一书的作者确乎和刘勰有着密切的关系。一是《旧唐书》明确著录为刘勰，则其是否可信，这是一个很关键的问题。据其《经籍志·叙录》所言，《经籍志》所据的《群书四部录》完成于开元九年（721），此距刘勰去世已经二百年。从《梁书》的无所记到《隋书》的不知作者，再到"两唐书"的明确作者，其厘定《刘子》一书的作者为刘勰的根据是什么？这实际上是一个谜，但其中的可能性和可靠性至少有一半，乃是不容忽视的，轻易否定或者完全相信都是不足取的。二是敦煌遗书《随

---

① 曹道衡：《关于〈刘子〉的作者问题》，《中国社会科学院研究生院学报》1990年第2期。

身宝》是一个重要的证据，其中所题"流子刘协注"，王重民据此断定"刘子刘勰著矣"。① 这里虽有"流子"不同于"刘子"、"刘协"不同于"刘勰"，"注"不同于"著"等问题，但敦煌手抄本原本多用俗字或同音假借等字，故这句话确乎可以视为《刘子》刘勰著的又一个重要记载。三是唐释慧琳《一切经音义》所载，一曰"刘勰，梁朝时才名之士也，著书四卷，名《刘子》"②，一曰"刘勰，人名也，著书曰《刘子》"③，所记虽未尽确切，但有关《刘子》作者，也是一个值得注意的记载。总之，这些言之凿凿的历史证据应该是林其锬、朱文民、涂光社、韩湖初诸位先生力主刘勰为《刘子》作者的根本原因。

然而，我们又不能不说，无论思想还是文风，《文心雕龙》《刘子》两部书有着明显的不同之点。其一，《刘子》的思想较为驳杂而不具有完整的体系性，儒、墨、道诸家思想皆有接受而尚未融会贯通，或原本不主一家。《文心雕龙》的思想也并非定于一尊，而是深受南北朝以来思想融汇潮流的影响，但刘勰显然经过了自己的消化吸收，儒释道融为一体而皆为"论文"之用，这与《刘子》之中各家思想的游离状态是不完全一样的。正因如此，其二，《刘子》所体现出来的作者的思维水平、认识能力，与《文心雕龙》相比是有一定差距的。诚然，二书的内容不同，认识角度、论述方式自然有异，但一个人的认识水平反映在对所有问题的认识中。与《文心雕龙》的体大思精相较，

---

① 王重民：《敦煌古籍叙录》，北京：中华书局，1979年，第186页。
② ［唐］释慧琳：《一切经音义》卷九十，《续修四库全书》第197册，上海：上海古籍出版社，2002年，第545页。
③ ［唐］释慧琳：《一切经音义》卷九一，《续修四库全书》第197册，上海：上海古籍出版社，2002年，第554页。

《刘子》一书整体而言是有明显不同的。宋濂《诸子辩》谓其"绝无甚高论",又说"然时时有可喜者"①,这两句话可以说比较准确地说明了这部书的价值,那就是其中有不少思想的火花,甚至精辟的见解,但总体的思想理论水平是不高的。这应该也是它在思想史上未能受到充分关注的原因。其三,《刘子》的文辞较为"古拙",可以说主要追求达意,这与《文心雕龙》的富丽精工、淋漓酣畅有着明显不同。晁公武谓其"辞颇俗薄"②,虽未免苛刻,但与《文心雕龙》相比,确有高低雅俗之别。其四,《刘子》关于"文"的基本见解与刘勰有所不同,如《贵农》篇说"雕文刻镂,伤于农事"③,此说近于墨家而与《文心雕龙》之旨相左,这是一个应该引起注意的问题。不难理解,一个像刘勰这样以"雕画奇辞"④、"雕缛成体"⑤为追求的文论家,似乎很难说出《贵农》篇这样的话来。其五,《刘子·正赏》一篇与《文心雕龙》最具可比性,其观点近于刘勰,但论述却似乎尚未达到《文心雕龙》的水平,这或许说明其受到刘勰的影响,其作者熟悉《文心雕龙》。总之,从《刘子》与《文心雕龙》的比较而言,似乎很难说两部书的作者为同一人。不过,必须明确的是,一般而言,两部书思想倾向等方面的同或异并不能从根本上证明其作者是否为同一人。正如牟世金所

---

① [明]宋濂著、顾颉刚标点:《诸子辩》,香港:太平书局,1962年,第40页。
② [宋]晁公武撰、孙猛校证:《郡斋读书志校证》,上海:上海古籍出版社,1990年,第517页。
③ 林其锬、陈凤金集校:《刘子集校》,上海:上海古籍出版社,1985年,第63页。
④ [梁]刘勰:《文心雕龙·风骨》,戚良德辑校:《文心雕龙》,上海:上海古籍出版社,2015年,第181页。
⑤ [梁]刘勰:《文心雕龙·序志》,戚良德辑校:《文心雕龙》,上海:上海古籍出版社,2015年,第286页。

说：“首先应根据史实以认识其思想，不可据思想以推论史实。”① 这是我们必须遵循的原则。

其实，在漫长的中国文化史上，难以搞清作者的著作多矣，《刘子》一书的情况并不足为怪；但这个问题之所以愈来愈引人瞩目，主要因其涉及鼎鼎大名的《文心雕龙》的作者刘勰。如果近三万言的《刘子》一书确为刘勰著作，则刘勰及其《文心雕龙》的研究（"龙学"）当有一番新的面貌。这就是《刘子》一书作者归属问题的敏感所在。正因如此，早在三十多年前，程天祜《刘子作者辨》一文便有如下论断：

> 近来，学术界有的论者重新提出《刘子》的作者问题，认定《刘子》的作者是刘勰而不是刘昼或其他人，并主张在《刘子》书名之下，直接署名梁刘勰撰。这不能不引起人们极大的关注。如果论者确有的据，则对既往之《文心》研究有如爆发一次九级地震，一切都要翻一个过，取得一次学术研究的重大进展。但是如果张冠李戴，以讹传讹，则不啻于一池清水中，滥施朱黄，把已经相当复杂的刘勰思想研究搅成一锅粥。在二十世纪的八十年代如果发生这么一场混战，于学界是幸耶？抑是不幸？②

程先生进而指出："《刘子》的作者问题，对于刘勰、刘昼其人及《文心雕龙》《刘子》的研究都是关系重大的事，必须慎之

---

① 牟世金：《刘勰年谱汇考》，成都：巴蜀书社，1988 年，第 48—49 页。
② 程天祜：《〈刘子〉作者辨》，《吉林大学社会科学学报》1986 年第 6 期。

又慎，不可轻信，不可偏执。"①

应该说，程先生的上述论断并非耸人听闻之谈。比如，上海古籍出版社1985年出版的林其锬、陈凤金《刘子集校》题署为"［梁］刘勰撰"；巴蜀书社1988年出版的杨明照《刘子校注》一书，则题"［北齐］刘昼撰"；中华书局1998年出版的傅亚庶《刘子校释》之"图书在版编目（CIP）数据"为"（北齐）刘昼著"。2012年，华东师范大学出版社推出林其锬130万言的《刘子集校合编》，《刘子》作者当然还是认定为刘勰。2019年，台湾文津出版社出版了游志诚《刘勰〈刘子〉五十五篇细读》（上册），其在书名中特标"刘勰"，即是强调此书作者问题。在此情形之下，不仅一些研究《刘子》的文章在作者问题上显得无所适从，而且在不少问题上的探讨也面临进退无据的状态，甚至予以回避；可以想见，这对《刘子》之书的研究反而是不利的。因此，较之《刘子》一书作者到底谁属的问题，该书是否刘勰之作这一问题，在某些情况下可能显得尤为突出和重要。换言之，《刘子》一书的作者到底为谁，在史无明文的情况下，尽可从容商榷；但这本书有无刘勰著作的可能性，或者可能性有多大，则是一个需要首先解决的重要问题，即使难以一时做出定论，亦当有一个基本的原则。

毫无疑问，有关《刘子》的作者问题，其关乎刘勰，研究刘勰生平自不能视而不见；而到目前为止，可以说仍以林其锬的考证最为翔实。三十多年前，林其锬、陈凤金便考定其作者为刘勰，只是当时态度颇为谨慎，认为只是一个"初步推论，

---

① 程天祜：《〈刘子〉作者辨》，《吉林大学社会科学学报》1986年第6期。

能否成立,还有待于进一步深入的考证和研究"①。2014 年,林先生发表总结性长文,其云:"笔者通过三十年的研究,认为《刘子》的作者确实是梁刘勰,自南宋以降的异议不足为凭,剥夺刘勰对《刘子》的著作权,乃文坛千载冤案,应该本着实事求是的态度恢复历史的原来面目,从新、旧两《唐书》的著录,肯定'《刘子》刘勰著'。"林先生同时指出:"《刘子》是刘勰晚年的成熟之作,篇幅虽比《文心雕龙》略小,但所涉及的领域、所蕴藏的思想、在历史上(特别是唐代)发生过的社会影响,都远超《文心雕龙》。因此深入研究《刘子》,发掘其丰富思想资源,无论对研究刘勰、研究《文心雕龙》、研究中国中古时期社会思想史,还是作为今日重构中华文化新体系的借鉴,都有重要的学术意义和实际意义。"② 不可否认的是,较之三十年前,今天认为《刘子》乃刘勰之作的学者确乎越来越多了,因此,研究刘勰的生平及其著述,必须认真对待《刘子》一书。

---

① 林其锬、陈凤金集校:《刘子作者考辨》,《刘子集校》,上海:上海古籍出版社,1985 年,第 389 页。
② 林其锬:《〈刘子〉作者综考释疑——兼论〈刘子〉的学术史意义》,《文史哲》2014 年第 2 期。

《文心雕龙》之作

一个饶有趣味的问题是，身居佛寺且"博通经论"、而又"为文长于佛理"的刘勰，何以精心结撰《文心雕龙》这部"论文"之作？

《序志》有云：

> 夫宇宙绵邈，黎献纷杂；拔萃出类，智术而已。岁月飘忽，性灵不居；腾声飞实，制作而已。夫肖貌天地，禀性五才，拟耳目于日月，方声气乎风雷：其超出万物，亦已灵矣。形甚草木之脆，名逾金石之坚，是以君子处世，树德建言。岂好辩哉？不得已也。①

显然，刘勰虽然人在佛教寺院，其基本的人生观和价值观却是著名的"三不朽"思想，所谓"君子处世，树德建言"，这与古人所谓"大上有立德，其次有立功，其次有立言。虽久不废，

---

① ［梁］刘勰：《文心雕龙·序志》，戚良德辑校：《文心雕龙》，上海：上海古籍出版社，2015年，第286页。

此之谓不朽"① 之说乃是一脉相承的。他明确指出，人生天地间，本就是"超出万物"的，而其"拔萃出类"者，靠的是"智术"，如欲"腾声飞实"，也就必须留下自己的"制作"，这便是"树德建言"的根据。这里，刘勰引用孟子的话，为自己辩解说："岂好辩哉？不得已也。"即是说，为了"树德建言"不得不辩，这也就意味着，第一，刘勰认为他的《文心雕龙》一书多有辩驳之言，而不是一部平庸乏味之作；第二，作为一部"论文"之书，既多辩驳之语，则其论述的对象必有不得不辩的问题；第三，其引孟子之语的深意还在于，他将秉持诸子之道，立一家之说，所谓"标心于万古之上，而送怀于千载之下"②，则《文心雕龙》之作，虽为"论文"，却决非一般的诗文评。

事实上，《诸子》篇正是这样说的："诸子者，述道见志之书。太上立德，其次立言。百姓之群居，苦纷杂而莫显；君子之处世，疾名德之不章。唯英才特达，则炳曜垂文，腾其姓氏，悬诸日月焉。"这与《序志》之论何其相似！所谓"丈夫处世，怀宝挺秀；辨雕万物，智周宇宙。立德何隐？含道必授。"③ 可以说，在刘勰的心目中，所谓"树德建言"，其实只是一个问题，那就是留下自己的著作，只不过这并非一般的著述，而是必须以之"立德""含道"。那么，什么样的"制作"方能符合这样的要求、达到这样的目的？对此，刘勰有着成熟的考量。

---

① 杨伯峻编著：《春秋左传注》（修订本），北京：中华书局，1990 年，第 1088 页。
② ［梁］刘勰：《文心雕龙·诸子》，戚良德辑校：《文心雕龙》，上海：上海古籍出版社，2015 年，第 109 页。
③ ［梁］刘勰：《文心雕龙·诸子》，戚良德辑校：《文心雕龙》，上海：上海古籍出版社，2015 年，第 108—109 页。

其云：

> 予生七龄，乃梦彩云若锦，则攀而采之。齿在逾立，则尝夜梦执丹漆之礼器，随仲尼而南行；旦而寤，乃怡然而喜：大哉，圣人之难见也，乃小子之垂梦欤！自生人以来，未有如夫子者也。敷赞圣旨，莫若注经；而马、郑诸儒，弘之已精，就有深解，未足立家。唯文章之用，实经典枝条。五礼资之以成，六典因之致用；君臣所以炳焕，军国所以昭明：详其本源，莫非经典。而去圣久远，文体解散。辞人爱奇，言贵浮诡；饰羽尚画，文绣鞶帨：离本弥甚，将遂讹滥。盖《周书》论辞，贵乎"体要"；尼父陈训，恶乎"异端"：辞、训之"异"，宜体于要。于是搦笔和墨，乃始论文。①

这段话受到人们的普遍重视，实在是因为其中蕴藏着极为丰富的信息，乃是理解刘勰及其《文心雕龙》的一把钥匙。

刘勰首先叙说了自己的两个梦。在如此重要的一段话之中说梦，若非痴人，则必有其深刻的寓意。第一个少年之梦，正如牟世金所说："彩云乃吉祥之兆，所谓五彩祥云是也；刘勰又能攀而采之，则吉兆之中，又示刘勰少有奇志，当时正壮心满怀也。"② 然则，"壮心满怀"而欲建功立业的方向是什么呢？这便是这个少年绮梦的另一个寓意了，那就是文章之道。所谓

---

① ［梁］刘勰：《文心雕龙·序志》，戚良德辑校：《文心雕龙》，上海：上海古籍出版社，2015年，第286页。
② 牟世金：《刘勰年谱汇考》，成都：巴蜀书社，1988年，第11页。

"彩云若锦"，其寓意所在，正是刘勰心目中的文章。《序志》有云："古来文章，以雕缛成体。"①《情采》则说："圣贤书辞，总称'文章'，非采而何?"又曰："其为彪炳，缛彩名矣。"②《总术》更谓："视之则锦绘，听之则丝簧，味之则甘腴，佩之则芬芳；断章之功，于斯盛矣。"③ 显然，刘勰欲"攀而采之"的五彩祥云，其实正是令其向往的锦绣文章。第二个成年之梦，实则把第一个美梦的寓意予以明确展现，那一片彩云确乎是文章；同时，这个文章关乎儒家人文之道，不可等闲视之，所谓"唯文章之用，实经典枝条。五礼资之以成，六典因之致用；君臣所以炳焕，军国所以昭明：详其本源，莫非经典"。如此，刘勰之"论文"，也就确乎"立德""含道"而不容置疑了。

然而，"论文"之必要性又在何处呢？难道仅仅因为"敷赞圣旨，莫若注经；而马、郑诸儒，弘之已精，就有深解，未足立家"，便转而另辟蹊径、退而求其次而"论文"吗？显然不是。所谓"去圣久远，文体解散"，这才是必须"论文"的当务之急，"文体"之"解散"乃因"去圣"之"久远"，则此一任务之重要性决不亚于"注经"，甚或过之。《梁书·刘勰传》说《文心雕龙》之作乃"论古今文体"④，殊为洞见。那么，这里的"文体"是什么？"解散"又是何意？简而言之，《文心雕

---

① ［梁］刘勰：《文心雕龙·序志》，戚良德辑校：《文心雕龙》，上海：上海古籍出版社，2015年，第286页。
② ［梁］刘勰：《文心雕龙·情采》，戚良德辑校：《文心雕龙》，上海：上海古籍出版社，2015年，第193页。
③ ［梁］刘勰：《文心雕龙·总术》，戚良德辑校：《文心雕龙》，上海：上海古籍出版社，2015年，第247页。
④ ［唐］姚思廉：《梁书》卷五十，北京：中华书局，2011年，第710页。

龙》所谓"文体"有两方面的含义，一指文章体裁，即上篇"论文叙笔"之各种"文笔"；二指文章体格，即《宗经》所谓"故文能宗经，体有六义"① 之"体"，亦具体化为"体性"之"体"，亦即所谓"数穷八体"之"体"，近于文章风格之义。因此，所谓"论古今文体"，一方面是考察古往今来的文章体裁演变，另一方面则与齐梁文坛的所谓古今体之争有关，是对文章体式风格的讨论。所谓"文体解散"，也就与这两个方面都有关系。刘勰的解释是："辞人爱奇，言贵浮诡；饰羽尚画，文绣鞶帨：离本弥甚，将遂讹滥。"即是说，文章由追新逐异而带来语言的浮华和诡异，同时伴随着过分的修饰和雕琢，结果文章脱离根本而形成"讹滥"之风。看起来，刘勰所谓"解散"，侧重于文风问题。然而，这里所谓"离本弥甚"，这个"本"指的是什么？联系上文来看，这里的"本"当然是指儒家经典，所谓"唯文章之用，实经典枝条"，"经典"自然是文章之根本，"离本弥甚"者，"去圣久远"之谓也。需要进一步研究的是，对文章写作而言，儒家经典之本具体意味着什么呢？首先便是文章体裁的规范，《宗经》有云："故论说辞序，则《易》统其首；诏策章奏，则《书》发其源；赋颂歌赞，则《诗》立其本；铭诔箴祝，则《礼》总其端；记传盟檄，则《春秋》为根。"所谓"百家腾跃，终入环内"，所谓"禀经以制式，酌《雅》以富言"，进而才是所谓"文能宗经，体有六义"。② 所

---

① ［梁］刘勰：《文心雕龙·宗经》，戚良德辑校：《文心雕龙》，上海：上海古籍出版社，2015年，第14页。

② ［梁］刘勰：《文心雕龙·宗经》，戚良德辑校：《文心雕龙》，上海：上海古籍出版社，2015年，第14页。

以，在刘勰这里，文章体裁、体式、体格是密切相关的，则所谓"文体解散"便是一个文章写作的综合问题，既关乎体裁的根本规范，又有对整个创作过程及其文风的指导和锤炼。其最终的目标，刘勰借用一个词来概括，那就是"体要"，亦即切实而简要。刘勰说，《尚书·周书》论述文辞，提倡切实简要而不尚奇异；孔子陈说教导，则反对异端邪说，他们均言及"怪异"的问题，正说明文章应该以切实简要为根本。这个"体要"，刘勰不止一次地言及，可以说是他对文风的根本要求，而所谓"文体解散"，意味着当时文坛缺乏的正是"体要"之风，这也正是其"论文"之重任所在。

当然，刘勰"论文"的必要性还在于六朝文论存在的问题，也就是文章理论的发展未能跟上文章本身的步伐，没有很好地回应或解决文章发展过程中的问题。刘勰说自己之所以回避"注经"之途，是觉得以注释儒家经典而言，前代的马融、郑玄等大儒已经发挥至极致，因而很难超越了；而他之选择"论文"之途，也就意味着，就六朝文论而言，显然缺乏马、郑这样的人才。实际上，以论文之作而言，随着魏晋以来创作风气的兴盛，研究、评论之作在所多有，应该说不乏值得注意的论著。以"弥纶群言"为目标的刘勰，自然不能忽视这些著作；然而，他又何以觉得他们不像"注经"的成就那样"弘之已精"呢？这便有着着眼点的不同了。《序志》有云：

> 详观近代之论文者，多矣。至如魏文述典，陈思序书，应玚《文论》，陆机《文赋》，仲洽《流别》，宏范《翰林》：各照隅隙，鲜观衢路。或臧否当时之才，或铨品前修

之文；或泛举雅俗之旨，或撮题篇章之意。魏典密而不周，陈书辩而无当；应论华而疏略，陆赋巧而碎乱；《流别》精而少功，《翰林》浅而寡要。又君山、公幹之徒，吉甫、士龙之辈，泛议文意，"往往间出"：并未能振叶以寻根，观澜而索源；不述先哲之诰，无益后生之虑。①

显然，这里提到的曹丕的《典论·论文》、曹植的《与杨德祖书》、陆机的《文赋》、挚虞的《文章流别论》以及李充的《翰林论》等著作，皆可谓"近代"论文的代表作。他们或对当时的作家进行褒贬抑扬，或对前人的作品进行衡量品评；有的指出文章或雅或俗的风格，有的则对文章的题旨加以概括和总结。然而，《典论·论文》所论问题虽然较为细密，但只是谈到了有关文章的几个问题，因而显得不够完备；《与杨德祖书》显示出论辩的才华，但其所辩却并非十分恰当；《文赋》构思巧妙，而且深入创作的内部，体会到写作的甘苦，但显然过于琐碎；《文章流别论》在文章体裁的研究上是精到的，但不能结合具体的文章写作，所以不切实用；《翰林论》比较浅显简明，但缺乏要领。刘勰认为，他们"各照隅隙，鲜观衢路"，也就是只论及文章写作的某些方面的问题，而没有着眼文章的全局，不能从总体上对文章问题进行把握。除此而外，桓谭、刘桢、应贞以及陆云等人的"泛议文意"之作，刘勰也进行了考察。其结论是他们都未能从枝叶寻找根本，由波澜追溯源头，也就是局限于

---

① ［梁］刘勰：《文心雕龙·序志》，戚良德辑校：《文心雕龙》，上海：上海古籍出版社，2015年，第286—287页。

泛泛而谈，没有抓住文章写作的根本问题；而且他们忽视前代圣贤的教导，对后人的思考也就没有多少益处。

看起来，刘勰对"近代"文论之作的评论确乎有些苛刻，但一方面，这些评论可以说基本上是符合实际的，并非无端指责；另一方面，刘勰在这里有其具体的出发点和针对性。实际上，《文心雕龙》之作，乃是充分继承了刘勰所谈到的这些文论著作的思想成果的；刘勰之所以在这里着重指出它们的不足，乃是为了说明自己要超过前人的"弥纶群言"的志向。所谓"振叶以寻根，观澜而索源"，所谓"述先哲之诰""益后生之虑"，这样的要求显然不再是随意的诗文评；对刘勰来说，所谓"臧否当时之才""铨品前修之文"，所谓"泛举雅俗之旨""撮题篇章之意"，所谓"巧而碎乱""浅而寡要"，所谓"泛议文意，往往间出"，可以说都属于小打小闹，而他要做的则是"立德""含道"。其实，究其根源，这里是目标和标准的不同，所谓"铨序一文为易，弥纶群言为难"，其重要的区别在于"虽复轻采毛发，深极骨髓"①，即是说，对综论为文之道而言，看上去一些属于细节的小问题，实则可能关乎根本和要害，所谓牵一发而动全身，决非一般的诗文评可比。

至此，我们方能真正明白刘勰何以说自己"岂好辩哉？不得已也"。其不得不辩者在此，其真正要辩的问题亦在此，尤其是其以何种方式而辩更在此了。实际上，我们读《文心雕龙》，并不觉得它像《孟子》那样滔滔雄辩，更没有毕露的锋芒和针

---

① ［梁］刘勰：《文心雕龙·序志》，戚良德辑校：《文心雕龙》，上海：上海古籍出版社，2015年，第287页。

锋相对的观点，刘勰何以认为自己不得不辩呢？这就是刘勰思维方式的特别以及《文心雕龙》的伟大了。事实证明，刘勰实现了自己的理论目标，《文心雕龙》做到了对已有文论著作的全面超越，从而达到了所谓"笼罩群言"的理论境界，这不仅因为上述非凡的理论气魄，而且还在于刘勰将这种理论气魄和胸襟具体化为高屋建瓴的理论原则和研究方法。《序志》说：

> 及其品评成文，有同乎旧谈者，非雷同也，势自不可异也；有异乎前论者，非苟异也，理自不可同也。同之与异，不屑古今；"擘肌分理"，唯务折衷。①

这正是刘勰所辩的内容和方式，在他的行文之中，并不有意回避与前人相同之见，关键是决不人云亦云、随声附和，而是察其情势、辨其真伪，认定其确为理之所存的不易之论，也就是不可能再有别的说法；至于与前人所论不同的见解，那也决不是有意标新立异，而是衡诸事理，不允许苟同已有的结论。无论赞同旧说还是反对前论，决不以其为古人之论还是今人之说作为判断的标准，而是慎重取舍的结果，即通过自己认真、仔细而具体的分析，力求得出无过无不及的正确主张，并最终得出全面而公正的结论。"擘肌分理"者，分毫不爽也；"唯务折衷"者，恰如其分也。这样的理论境界，也就无怪乎我们感觉不到毕露的锋芒了。

---

① ［梁］刘勰：《文心雕龙·序志》，戚良德辑校：《文心雕龙》，上海：上海古籍出版社，2015年，第287页。

应该说，刘勰的这段话不难理解，也经常为古往今来的研究者所引用。但一方面，真正准确把握这个看似简单的"同"与"异"，真正做到"擘肌分理，唯务折衷"，实在是并不容易；另一方面，刘勰所追求的这个恰如其分的理论境界，还并未被真正予以理解和重视。人们往往把刘勰的这一研究方法等同于一般的折衷调和，从而有意无意地忽视其理论的创新色彩。实际上，刘勰所谓"折衷"，其最终成果乃是一种极高境界的理论创新。只是这种创新不同于一般的标新立异，而是充分尊重已有研究成果，在全面审核和慎重衡量之后，提出一种更为精确和符合事实的结论；这一结论既包含了前人成果之正反两方面的经验和教训，又融汇了作者新的思考，尤其是在"度"的把握上做到不偏不倚而追求中庸之境，从而形成一种立论稳妥而论述全面的思想。在《文心雕龙》中，刘勰的各种理论最突出的特点，便是看上去颇有调和色彩，既不同于激进的前卫之论，又不同于守旧的保守之说，其实皆为不同于前人成说的新见解，乃是一种视野更为宏阔、气势更为庞大的理论境界，也就是刘勰自己所谓"弥纶群言"。无疑，从人类思想发展史来看，人们往往更重视某种理论令人耳目一新的独特性，看重其能否"成一家之言"，而容易忽视具有集大成性质的思想理论所具有的创新色彩。刘勰自觉地以"唯务折衷"为其理论追求，使《文心雕龙》成为"笼罩群言"之作，毫无疑问首先具有集大成的性质，但其思想实质则是创新，且为一种更高层次的理论创新。作为这种创新的直接成果，《文心雕龙》不仅从著作规模、论述范围等方面完成了空前的建构，也不仅从总体的思想内容上做到了全面的超越，而且在理论范畴的创设、论证和规范等方面更有着非凡的成就,从而不仅树起一座理论的丰碑,而且具有了经典之意义,成为中国文论著述不可企及的范本,也成就了中国文论独特的话语体系,所谓"文苑之学,寡二少双",斯之谓也。

第二章
《文心雕龙》的学术体系

《文心雕龙》全书五十篇,最后一篇《序志》具有"序言"性质,正文部分四十九篇,自《原道》至《程器》,说明刘勰之作以"道"为根本,最终落实到文人之成"器",显然符合《周易·系辞》所谓"形而上者谓之道,形而下者谓之器"之意,其结构经过精心安排而部伍严整,其思想观点之间讲究次序而回环照应、互相补充而逻辑严谨,形成一个完整、精密的庞大理论系统。所谓"体大虑周""体大思精",在中国文论史上,具有如此宏伟建构之著作,确乎是独一无二的。但也正因如此,欲准确把握《文心雕龙》之体系就成为一件并不容易的事情。牟世金从20世纪60年代便强调研究"《文心雕龙》自身的理论体系",认为"有探讨刘勰自己的文学理论体系的必要",此后不断推出相关研究成果,被称为"最执着于探索《文心》体系的学者"。其何以不遗余力地对《文心雕龙》理论体系进行坚持不懈的探索呢?他说:"搞清刘勰的这个体系,对我们进一步深入研究《文心雕龙》,准确地认识其成就和不足之处,都可提供重要的依据。"

《文心雕龙》的性质

　　《文心雕龙》是一部什么书？这是一个看起来不成问题的问题，自古以来却有着不同的认识和结论，其关乎对这部书理论体系的把握，不得不辩。如所周知，在《四库全书》中，《文心雕龙》被列入"诗文评"之第一，似乎还是颇受重视的，这样的安排也就很少有人提出异议。然而，近代国学大师刘咸炘说："彦和此篇，意笼百家，体实一子。故寄怀金石，欲振颓风。后世列诸诗文评，与宋、明杂说为伍，非其意也。"[1] 他认为，《文心雕龙》乃"意笼百家"的一部子书，将其归入"诗文评"，是不符合刘勰之意的。其实，以今天的观点看，"子书"与"诗文评"未必有绝对的高下之别，但所谓"与宋、明杂说为伍"，说明在刘咸炘的心目中，《文心雕龙》乃是富有体系的著作，并非散漫的"杂说"，这显然是符合其理论实际和刘勰的著述初衷的。以此而言，《四库全书》对《文心雕龙》的认识和安排确乎是有些问题的。

---

[1] 刘咸炘：《文心雕龙阐说》，《推十书》（增补全本）戊辑，上海：上海科学技术文献出版社，2009年，第959页。

无独有偶，现代学术大家刘永济虽然把《文心雕龙》当作文学批评之书，但也认为其书性质乃属于子书。他说："刘勰《文心雕龙》一书，为我国文学批评论文最早（约成于公元500年以前）、最完备、最有系统之作。……此书总结齐、梁以前各代文学而求得其规律，复以其规律衡鉴各体文学而予以较正确之品评。……历代目录学家皆将其书列入诗文评类。但彦和《序志》，则其自许将羽翼经典，于经注家外，别立一帜，专论文章，其意义殆已超出诗文评之上而成为一家之言，与诸子著书之意相同矣。……彦和之作此书，既以子书自许，凡子书皆有其对于时政、世风之批评，皆可见作者本人之学术思想（参看《诸子》篇），故彦和此书亦有匡救时弊之意。吾人读之，不但可觇知齐、梁文弊之全貌，而且可以推见彦和之学术思想。……按其实质，名为一子，允无愧色。"[①] 一方面，《文心雕龙》为我国文学批评论文最早、最完备、最有系统之作，另一方面又"超出诗文评之上而成为一家之言"，"可以推见彦和之学术思想"。刘永济之论更为具体而明确，可以说是对刘咸炘之说的进一步发挥。

其实，把《文心雕龙》作为"诗文评"，以之"与宋、明杂说为伍"，固然有一些问题，但把《文心雕龙》当成子书，亦未必符合刘勰自己的定位，虽然这可能符合他的学术志向和理论胸襟；毕竟，他自己是用"论文"来明确称呼自己的这部《文心雕龙》的。那么，我们能不能找到更为准确的界定《文心雕龙》一书之理论性质的说法呢？笔者以为，较之"诗文评"

---

① 刘永济校释：《文心雕龙校释》，北京：中华书局，1962年，"前言"，第1—2页。

和子书说，明清一些学者的认识可能更为符合刘勰的著述初衷和《文心雕龙》一书的性质。

明人张之象论《文心雕龙》有曰："至其扬榷古今，品藻得失，持独断以定群嚣，证往哲以觉来彦，盖作者之章程，艺林之准的也。"① 较之《四库全书》的定位，张之象的看法显然更为准确，评价也更高。所谓"持独断以定群嚣，证往哲以觉来彦"，不仅指出其"意笼百家"的特点，更明白无误地肯定其创为新说之功，从而具有继往开来之用；所谓"作者之章程，艺林之准的"，则具体地确定了《文心雕龙》一书的性质，那就是文章写作必须遵循的"章程"和"准的"。清人黄叔琳延续了张之象的这一看法，论述更为具体，其云："刘舍人《文心雕龙》一书，盖艺苑之秘宝也。观其苞罗群籍，多所折衷，于凡文章利病，抉摘靡遗。缀文之士，苟欲希风前秀，未有可舍此而别求津逮者。"② 所谓"艺苑之秘宝"，与张之象的定位可谓一脉相承，都肯定了《文心雕龙》作为文章写作章程的独一无二的重要性。同时，黄叔琳还特别指出了刘勰"多所折衷"的思维方式及其对"文章利病，抉摘靡遗"的特点，从而认为《文心雕龙》乃"缀文之士"的"津逮"，舍此而别无所求，这样的评价自然也就不"与宋、明杂说为伍"了。

清代著名学者章学诚则有着流传更广的一段话，其曰：

---

① ［明］张之象：《文心雕龙序》，杨明照校注拾遗：《增订文心雕龙校注》，北京：中华书局，2000年，第958页。
② ［清］黄叔琳注、［清］纪昀评：《文心雕龙辑注》，北京：中华书局，1957年，"序"，第1页。

> 《诗品》之于论诗,视《文心雕龙》之于论文,皆专门名家,勒为成书之初祖也。《文心》体大而虑周,《诗品》思深而意远;盖《文心》笼罩群言,而《诗品》深从六艺溯流别也。①

这段话言简意赅,历来得到研究者的肯定,因而经常被引用,一些论断已成为对《文心雕龙》的定评。但笔者以为,章氏论述较为笼统,其中或有未必然者,需要进行认真分析。从《诗品》和《文心雕龙》乃是中国文论史上两部最早的专书(即所谓"成书")而言,章学诚的说法是有道理的,但仅止于此而已。这里所谓"论诗"和"论文"的对比是并不准确的,实际上二者显然是并不对等的;所谓"《诗品》之于论诗,视《文心雕龙》之于论文",这样的类比显系未搞清六朝"诗""文"概念的粗率之说。《诗品》确乎为论"诗"之作,且所论只限于五言诗;而《文心雕龙》所论之"文",却决非与"诗"相对而言的"文",乃是既包括"诗"也包括各种"文"在内的。即使《文心雕龙》中的《明诗》一篇,其论述范围都超出了《诗品》,更遑论一部《文心雕龙》了。所以,所谓"皆专门名家"云云,这样的说法实在是不伦不类,两部书的性质和意义乃是根本不同的。当然,假如抛开章氏的对比,其于两书本身的评价倒是较为准确的,尤其是对《文心雕龙》的两句评语,一则曰"体大而虑周",一则曰"笼罩群言",这确乎是符合实

---

① [清]章学诚著,叶瑛校注:《文史通义校注》,北京:中华书局,2014年,第648页。

际的，是应当予以肯定的，但这并非对《文心雕龙》一书性质的论说了。

与章学诚的论述相比，清人谭献的说法就不一样了，其云："并世则《诗品》让能，后来则《史通》失隽。文苑之学，寡二少双。"① 不得不"让能"者，之所以"失隽"者，原本不属于一个重量级之谓也。不是说一定要比出一个谁高谁低，更不意味着"让能""失隽"者便无足轻重，而是说它们的论述范围不同，理论性质有异。所谓"寡二少双"者，乃就"文苑之学"而谓也。《文心雕龙》乃是中国古代的"文苑之学"，这个"文"不仅包括"诗"，甚至也涵盖"史"（刘勰分别以《明诗》《史传》论之），因而才有"让能""失隽"之论；若单就诗论和史论而言，《明诗》《史传》两篇显然是无法与《诗品》《史通》两书相提并论的。章学诚谓《诗品》"思深而意远"尤其是"深从六艺溯流别"，这便是刘勰的《明诗》所难以做到的。所以，这里有专论和综论的区别，有刘勰所谓"一隅之解"和"万端之变"② 的不同；作为综合性的"文苑之学"，刘勰的《文心雕龙》乃是"寡二少双"的，谭献之论是高度概括的，又是极为准确的。

令人遗憾的是，当西方现代文学观念传入中国之后，我们对《文心雕龙》一书性质的认识渐渐出现了偏差。我们先看鲁迅的著名论断，其云："篇章既富，评骘遂生，东则有刘彦和之《文心》，西则有亚里士多德之《诗学》，解析神质，包举洪纤，

---

① ［清］谭献：《复堂日记》，石家庄：河北教育出版社，2001年，第118页。
② ［梁］刘勰：《文心雕龙·知音》，戚良德辑校：《文心雕龙》，上海：上海古籍出版社，2015年，第276页。

开源发流，为世楷式。"① 这段论述颇类章学诚之说，得到研究者的肯定和重视，实则仍有不够准确之处。首先，所谓"篇章既富，评骘遂生"，虽其道理并不错，却显然延续了《四库全书》的思路，把《文心雕龙》列入"诗文评"一类。其次，所谓"东则……西则……"之论，乃是"诗文评"归类的必然结果，《文心》与《诗学》的对举恰如《文心》与《诗品》的比较，如果后者的比较不确，则前者的对举自然也就是不当的。诚然，《诗学》不同于《诗品》，并非诗歌之专论，但就其与《文心雕龙》的论述范围相比而言，《诗学》之作仍是需要"让能"的。从而，第三，所谓"解析神质，包举洪纤，开源发流，为世楷式"，这四句用以评价《文心雕龙》则可，用以论说《诗学》则未免言过其实，尤其是"解析神质，包举洪纤"二句，当是专就《文心雕龙》而发，至于"开源发流，为世楷式"二句，用于评价《文心雕龙》固然名副其实，以谓《诗学》当然亦无不可。

鲁迅之后，传统的"诗文评"演变为文学理论与批评，《文心雕龙》也就理所当然地成了文学理论或文艺学著作。1979 年，中国古代文学理论学会在昆明成立，仅从名称便可看出，中国古代的文论之作已然等同于西方的所谓"文学理论"，作为中国古代文论的代表，《文心雕龙》也就成为继承和发扬中国古代文学理论的重点研究对象。1982 年，首届全国《文心雕龙》学术讨论会在济南召开，翌年，中国《文心雕龙》学会在青岛成立，

---

① 鲁迅：《题记一篇》，《鲁迅全集》第八卷，北京：人民文学出版社，2005 年，第 370 页。

正是在这次重要会议上，周扬对《文心雕龙》做出了高度评价，他说：

> 特别是《文心雕龙》，在古文论中占有首屈一指的地位，它是中国古文论中内容最丰富、最有系统、最早的一部著作，在中国没有其他的文论著作可以与之相比……这样的著作在世界上是很稀有的。《文心雕龙》是一个典型，古代的典型，也可以说是世界各国研究文学、美学理论最早的一个典型，它是世界水平的，是一部伟大的文艺、美学理论著作。我看可以称得起伟大两字。在文论这个范围里，一千多年前能写出这样的著作，恐怕世界上很难找出来……它确实是一部划时代的书，在文学理论范围内，它是百科全书式的。①

一方面给予《文心雕龙》高度的评价并肯定其崇高的地位，另一方面则把《文心雕龙》限定在了文学理论的范围之内。这基本上是20世纪对《文心雕龙》一书性质的认识。显然，较之《文心雕龙》一书的实际，较之刘勰自己的定位，这一认识既比不上刘咸炘、刘永济等人的子书说，更比不上张之象、谭献等明清人的上述说法了。

当然，在文学理论的主流学说之外，也有少数研究者注意关照刘勰的著作初衷，力图认识《文心雕龙》的本来面目。如

---

① 周扬：《关于建设具有中国民族特点的马克思主义文艺理论问题》，《社会科学战线》1983年第4期。

王运熙指出:"人们一提到《文心雕龙》,总认为它是我国古代最有系统的一部文学理论书籍,其性质相当于今天的文学概论那样。我过去也是这样看的。诚然,《文心雕龙》对不少重要的文学理论问题,如文学与现实的关系、内容与形式的关系、文学批评的标准和方法等等,都做了系统的论述,发表了精到的见解,理论性相当强,不妨把它当作一部文学理论专著来研究;但从刘勰写作此书的宗旨来看,从全书的结构安排和重点所在来看,则应当说它是一部写作指导或文章作法,而不是文学概论一类书籍。"[1] 应该说,王先生此论是具有实事求是的初衷和勇气的,但在文艺学的语境下,一方面这样的论说被视为对《文心雕龙》地位的轻视,自然很难得到呼应和赞同,另一方面这个所谓"写作指导或文章作法"亦与所谓文学理论相对而言,也就很难说是符合《文心雕龙》的理论实际的。

又如詹锳认为:"通过几十年的摸索,我感到《文心雕龙》主要是一部讲写作的书,《序志》篇一开始就讲得很清楚:'夫文心者,言为文之用心也。'过去有人把《文心雕龙》当作论文章作法的书,也有人把《文心雕龙》当作讲修辞学的书,都有一定的道理。但这部书的特点是从文艺理论的角度来讲文章作法和修辞学,而作者的文艺理论又是从各体文章的写作和对各体文章代表作家作品的评论当中总结出来的。"[2] 此论首先认定"《文心雕龙》主要是一部讲写作的书",然后又明确地把文艺理论与"文章作法和修辞学"统一起来,而真正统一二者的理

---

[1] 王运熙:《〈文心雕龙〉的宗旨、结构和基本思想》,《复旦学报》1981年第5期。
[2] 詹锳义证:《文心雕龙义证》,上海:上海古籍出版社,1989年,"序例",第1页。

论视野则是美学。詹先生说:

> 《文心雕龙》研究文采的美,因而以"雕镂龙文"为喻,从现代的角度看起来,《文心雕龙》中所涉及的理论问题属于美学范畴。然而以《文心雕龙》为代表的中国古代文艺理论,毕竟不同于西方的文艺理论。西方文艺理论的鼻祖是亚里士多德的《诗学》,其中所研究的主要对象是史诗和戏剧,因而一开头就离不开人物形象。罗马时代讲究演说,西方的古典文学理论和修辞学,有一部分是从演说术中总结出来的。我们今天从美学的角度来研究《文心雕龙》,不能不和西方的美学对照,却不能生硬地用西方的文艺理论和名词概念来套。①

从美学的角度认识刘勰的"雕镂龙文"之说,确如牟世金所说:"美学和文学两说并不矛盾,但如果说《文心雕龙》的某些内容不属文学理论,美学则有更大的容量。……视《文心雕龙》为古代美学的'典型',可能给龙学开拓更为广阔的天地。"② 同时,詹锳亦清醒地认识到《文心雕龙》"毕竟不同于西方的文艺理论",因而"不能生硬地用西方的文艺理论和名词概念来套",这是非常正确的。

与王运熙、詹锳两位先生上述观点都不同的是台湾王更生的看法:"时至晚近,由于明、清诸儒校勘评注的贡献;民元以

---

① 詹锳义证:《文心雕龙义证》,上海:上海古籍出版社,1989年,"序例",第2—3页。
② 牟世金:《"龙学"七十年概观(下)》,《社会科学战线》1988年第1期。

来,文坛先进又竭力推阐,目前由国内到国外,整个学术界人士,对它的研究也有了突破性的发现;不幸的是大家太拘牵西洋习用的名词,乱向《文心雕龙》贴标签。说它是中国最具系统的一部'文学评论'专著,刘勰是'中国古典文论专家'。可是,我们经过反复揣摩,用力愈久,愈觉得《文心雕龙》自有它独特的面目。因为我国往昔对作品多谈'品鉴',无所谓'批评',这种西方习见的名词,用到我国传统的著作上,总觉得有点不对劲。即令是勉强借用,而《文心雕龙》亦决非'文学评论'或'文学批评',这种单纯的意义所能范围。"① 可以说,王先生的这些分析都是切中要害的,把《文心雕龙》当成中国最具系统的一部"文学评论"专著,把刘勰当成是"中国古典文论专家",并非绝对错误,但"总觉得有点不对劲"。那么,应该怎么说?王先生指出:

> 这种"振叶寻根,观澜索源",述先哲之诰,益后生之虑,既有思想,又有方法,思想为体,方法为用,体用兼备的巨著;不仅在六朝时代,是文成空前;就是六朝以后,也无人继武。我说《文心雕龙》是"文评中的子书,子书中的文评",最能看出刘勰的全部人格,和《文心雕龙》的内容归趣。②

可见,王先生乃统一"诗文评"与子书之说,以《文心雕龙》

---

① 王更生:《文心雕龙导读》,台北:华正书局,2004年,第10—11页。
② 王更生:《文心雕龙导读》,台北:华正书局,2004年,第13页。

为"文评中的子书，子书中的文评"。这一说法既照顾了刘勰自己所谓"论文"的出发点，又体现了其"立德""含道"的思想追求，确乎更加切合刘勰的著述初衷与《文心雕龙》的理论实际。不过，所谓"文评"与"子书"皆为传统之说，他们的相互包含毕竟是一个略带艺术性的说法，王先生之所以将"文评中的子书，子书中的文评"二语加上引号，大约也是觉得，此虽颇有概括性，却又并非一个准确的定义。

着眼于《文心雕龙》的独特价值和历史地位，笔者认为可以从以下五个方面把握《文心雕龙》一书的性质。第一，它是中国文论的元典。中国文论浩如烟海，但是，真正可以称之为元典的著作，我觉得只有一部《文心雕龙》。"元典"是武汉大学冯天瑜教授提出的一个概念，所谓"元典"，就是首要之典、根本之典。《文心雕龙》是中国文论的元典，就是说中国文论后来很多著作、很多理论，特别是很多范畴，都是从它生发出来的。第二，它是中国古代文论和美学的枢纽。枢纽者，关键也，《文心雕龙》是中国古代文论和美学的一个关键环节，不仅创造性地融汇了六朝之前的理论成果，而且完成了中国文论和美学范畴、体系的基本话语建构，奠定了此后千余年中国文论和美学的话语范式。第三，它是中国文学的锁钥。《文心雕龙》是中国文学的紧要之处，或者说，我们要打开中国文学的宝库，就必须用《文心雕龙》这把钥匙。比如我们中国古代讲"《文选》烂，秀才半"，但要读懂、读通《文选》，就离不开《文心雕龙》。《文选》的选文标准，《文选》的文体分类，和《文心雕龙》都密切相关；《文选》所选文章的写作方法，更是《文心雕龙》研究的主要内容。因此，《文心雕龙》是打开中国文学宝库的一把钥匙。第四，它是中国文章的宝典。我们今天所谓"文学"，是从西方引进的一个概念，事实上中国古代叫"文章"。但中国古代的"文章"比我们今天的"文学"宽广得多，包括众多的实用文章和文体。要写好这些文章，读《文心雕龙》是一个捷径。也就是明代张之象所说的"作者之章程，艺林之准的"，清代黄叔琳说的"艺苑之秘宝"。第五，它是中国文化的教科书。《文心雕龙》的"文"，不仅不等于今天的"文学"，而是范围宽广得多，而且其地位也重要得多。重要到什么程度呢？那就是《文心雕龙·序志》篇所说的："五礼资之以成，六典因之致用；君臣所以炳焕，军国所以昭明。"[1] 即是说，社会生活的各个方面——政治、经济、军事、仪节、制度、法律，都离不开这个"文"。因此，《文心雕龙》虽是一本文论著作，但这个"文"不同于今天的"文学"，则所谓"文论"也就不等于今天的"文学理论"，刘勰的论述实际上提供了一部中国传统文化的教科书。汪春泓亦认为："刘勰是南朝时期乃至整个中国文化史上的巨人，《文心雕龙》博大精深、包罗万象，可以称之为中国古代文化的百科全书。但是《文心雕龙》以美丽的骈体文写成，写作宗旨在于'论文'，文化作为一个至大无外的概念，其中文章或文学正是中国文化的高度结晶，看《文心雕龙》对于中国文学发展所产生的影响，也是文化史研究的一个重要方面。"[2] 这是非常正确的。

---

[1] ［梁］刘勰：《文心雕龙·序志》，戚良德辑校：《文心雕龙》，上海：上海古籍出版社，2015年，第286页。
[2] 汪春泓：《〈文心雕龙〉的传播和影响》，北京：学苑出版社，2002年，第136页。

《文心雕龙》的体系

《文心雕龙》全书五十篇如下:

原道第一、征圣第二、宗经第三、正纬第四、辨骚第五;

明诗第六、乐府第七、铨赋第八、颂赞第九、祝盟第十、铭箴第十一、诔碑第十二、哀吊第十三、杂文第十四、谐讔第十五、史传第十六、诸子第十七、论说第十八、诏策第十九、檄移第二十、封禅第二十一、章表第二十二、奏启第二十三、议对第二十四、书记第二十五;

神思第二十六、体性第二十七、风骨第二十八、通变第二十九、定势第三十、情采第三十一、镕裁第三十二、声律第三十三、章句第三十四、丽辞第三十五、比兴第三十六、夸饰第三十七、事类第三十八、练字第三十九、隐秀第四十、指瑕第四十一、养气第四十二、附会第四十三、总术第四十四;

时序第四十五、物色第四十六、才略第四十七、知音第四十八、程器第四十九、序志第五十。

第二章 《文心雕龙》的学术体系

最后一篇《序志》相当于全书"序言（后序）"，对《文心雕龙》的书名含义、写作缘起、指导思想、结构体系以及著述态度等方面做了说明，是阅读和理解全书的一把钥匙，我们上面已对其中的几个方面进行了介绍。在谈到《文心雕龙》的理论结构和安排时，刘勰说：

> 盖《文心》之作也，本乎道，师乎圣，体乎经，酌乎纬，变乎骚；文之枢纽，亦云极矣。若乃论文叙笔，则囿别区分：原始以表末，释名以章义，选文以定篇，敷理以举统。上篇以上，纲领明矣。至于剖情析采，笼圈条贯：摛神、性，图风、势，苞会、通，阅声、字。崇替于《时序》，褒贬于《才略》，怊怅于《知音》，耿介于《程器》。长怀《序志》，以驭群篇。下篇以下，毛目显矣。位理定名，彰乎大《易》之数：其为文用，四十九篇而已。[①]

即是说，《文心雕龙》分为上、下篇，有类《周易》的"上经"与"下经"，上、下篇各包括二十五篇，合为五十篇，正好符合"大易之数"。所谓"大易之数"，范文澜说："大易，疑当作大衍。"[②]《周易·系辞上》有曰："大衍之数五十，其用四十有九。"[③] "衍"者，演也；"大衍之数"亦即天地演变之数。其

[①] [梁] 刘勰：《文心雕龙·序志》，戚良德辑校：《文心雕龙》，上海：上海古籍出版社，2015年，第287页。
[②] 范文澜注：《文心雕龙注》，北京：人民文学出版社，1958年，第743页。
[③] 高亨：《周易大传今注》，济南：齐鲁书社，1979年，第524页。

实，刘勰所谓"大易之数"，亦可视为"大衍之数"的另一种说法；"易"者，变也，变化、演变之意。东汉著名经学家马融认为，"大衍之数"包括太极、两仪（天地）、日月、四时、五行（水火木金土）、十二月和二十四气，合为五十之数。古人认为，"太极"乃产生天地万物的根本，所以成为后天之用者，便是除"太极"之外的"四十有九"了。《文心雕龙》真正论文的篇章，当然不包括《序志》一篇，这便是所谓"其为文用，四十九篇而已"。刘勰以自己的著作篇目符合"大衍之数"，既表明其乃精心结撰、自成系统之作，也包含着这样的意思：一部《文心雕龙》，可以说概括了文章的千变万化，论述了写作的全部问题，所谓"按辔文雅之场，环络藻绘之府，亦几乎备矣"①；确如清代纪昀所说，刘勰是"自负不浅"②的。

上面这段话是刘勰对《文心雕龙》理论结构体系的说明，历来受到研究者的重视，但对它的解读却并不容易，需要我们用心体会。刘勰的叙述可以分为两个层次，第一个层次为："盖《文心》之作也，本乎道，师乎圣，体乎经，酌乎纬，变乎骚……若乃论文叙笔，则囿别区分……上篇以上，纲领明矣。至于剖情析采，笼圈条贯……崇替于《时序》，褒贬于《才略》，怊怅于《知音》，耿介于《程器》。长怀《序志》，以驭群篇。下篇以下，毛目显矣。位理定名，彰乎大《易》之数：其为文用，四十九篇而已。"第二个层次为："……文之枢纽，亦云极矣。……

---

① ［梁］刘勰：《文心雕龙·序志》，戚良德辑校：《文心雕龙》，上海：上海古籍出版社，2015年，第287页。
② ［清］黄叔琳注、［清］纪昀评：《文心雕龙辑注》，北京：中华书局，1957年，第437页。

原始以表末，释名以章义，选文以定篇，敷理以举统。……摛神、性，图风、势，苞会、通，阅声、字。……"下面我们分别予以说明。

第一个层次是对《文心雕龙》学术体系主干的说明，所谓"盖《文心》之作也"，说明这段话是叙述《文心雕龙》一书的结构和体系，不是论说文章写作本身的问题。按照这个体系说明，《文心雕龙》首先分出上、下篇，上、下篇中各自有着不同的内容，结构也并不相同。"上篇"为：本乎道，师乎圣，体乎经，酌乎纬，变乎骚；论文叙笔。"下篇"为：剖情析采；崇替于《时序》，褒贬于《才略》，怊怅于《知音》，耿介于《程器》；长怀《序志》。全书则是：其为文用，四十九篇。

第二个层次是对第一个层次中各部分内容的具体说明。首先是"文之枢纽，亦云极矣"一句，是对"本乎道"五句的附带说明，因为有这一总括，加之这五句概括的句式相同，所以认为这五句有着相同的性质，在《文心雕龙》学术体系中可算作一个大的部分，或称为总论，这是合理的；但通常用"文之枢纽"来概括《文心雕龙》的总论，其实是不对的，至少是不准确的。"亦云"之语已经明确表明，所谓"文之枢纽"，在这里只是一个附带的说明，"《文心》之作"才是中心问题。我们可以选用"枢纽"来概括这个总论，因为"枢纽"一词与"总论"有着某种共通性，但必须明确，这个"枢纽"是《文心雕龙》的"枢纽"；至于所谓"文之枢纽"，乃是刘勰顺带说明的另一个问题，亦即这五个问题对文章写作而言，也带有根本性，是关键问题。正因为有这种不同，所以牟世金曾强调"枢纽"

不等于"总论"①，只是我们以前未能从这个角度来理解牟先生这一看法，实际上若以"枢纽"指称刘勰所谓"文之枢纽"，则其与《文心雕龙》的"总论"确实不是一个性质的问题，因而牟先生所说是完全正确的。其次是"原始以表末"四句，这是对"论文叙笔"的说明。第三是"摛神、性"四句，这是对"剖情析采"的说明和概括。

但是，这里有不同的看法。即"摛神、性"四句和"崇替于《时序》"四句，这两个四句怎么理解、其与"剖情析采"是什么关系？大多数研究者认为"摛神、性"四句是对"剖情析采"的说明，而"崇替于《时序》"四句则是单独的一个部分，每一句话都概括一篇，其性质相当于"本乎道"五句，只是刘勰没有用一个词来统一概括它们。实际上，我们已经说明，所谓"文之枢纽"，虽然是刘勰对"本乎道"五句的概括，但这是从文章写作角度的一个概括，这个概括只是一个附带的说明；就"《文心》之作"而言，刘勰对这五句同样是没有概括的。以此而言，"崇替于《时序》"四句的性质确乎是有类"本乎道"五句的。但有研究者把这四句也归入第二层次，认为它们同样属于"剖情析采"。即是说，刘勰的"剖情析采"共有八句话，用了两类句式说明，中间可以是个分号。

实际上，一直是有研究者主张"剖情析采，笼圈条贯"可以贯彻到"崇替于《时序》"四句，即所谓"'剖情析采'管到底"②，因而认为《文心雕龙》的"下篇"都属于"剖情析采"，

---

① 牟世金：《〈文心雕龙〉的总论及其理论体系》，《中国社会科学》1981年第2期。
② 王弋丁：《文心雕龙译析》，桂林：广西师范大学出版社，2012年，第323页。

王弋丁说:"我认为《时序》等五篇,不必另外分出来作第四部分,可以统统属于'剖情析采'部分。"①应该说,这么理解也有一定的道理。认真研究《时序》等五篇的理论问题,也都关乎"情采",都有着情采的角度。从这个意义上说,认为这四句与"摛神、性"四句都属于"剖情析采",是完全可以说得通的。

然而,细细体会,"崇替于《时序》"四句与"摛神、性"四句还是不同的,这是大多数研究者将其作为一个单独部分的根本原因。有什么不同呢?首先,从刘勰的行文叙述来看,"剖情析采,笼圈条贯"之语,与前面"论文叙笔,则囿别区分"之语性质相同,"囿别区分"之后用了四句话概括"论文叙笔"的方式,同样的道理,"笼圈条贯"之后的四句,则是概括"剖情析采"的内容,这不仅仅是个用语形式的问题,事实上也是如此,"摛神、性"四句概括了十九篇内容;与之形成鲜明对照的是,"崇替于《时序》"四句乃是具体的——说明,其性质类似于"本乎道"五句。这是"剖情析采,笼圈条贯"这一概括不可以贯彻到后四句的最为明显之处,否则,也就说不上"笼圈条贯"了。其次,虽然"崇替于《时序》"四项都有"情采"的角度,都涉及"情采"问题,因而从这个意义上说是可以属于"剖情析采"的;但刘勰之所以采取了不同的叙述方式,则又说明,其必有超出"情采"的内容,这个超出的内容,与"摛神、性"四句相比,刘勰——说明的这几篇,所论明显不再完全属于写作问题,而是以文章的发展、欣赏、批评等内容为中心了。正因如此,不少研究者认为它类似于"本乎道"五项,

---

① 王弋丁:《文心雕龙译析》,桂林:广西师范大学出版社,2012年,第8页。

是针对《文心雕龙》全书的一个单独结构。进而，借助用"枢纽"概括"本乎道"五项的做法，也给它一个概括，王运熙曾谓之"附论"①，应该说，这是有道理的。笔者也曾与"文之枢纽"的附带说明相类比，称之为"文之知音"②，也就是说这个《文心雕龙》的"附论"，对文章而言，这些问题的中心是"知音"问题。从理论性质而言，这些认识和概括都是有一定道理的。

因此，立足于刘勰自己的安排，除了《序志》篇以外，《文心雕龙》的学术体系分为四个部分的内容，可以概括为枢纽论、文笔论、情采论和崇替论。若用今天的理论语言进行概括，则可以称之为总论、文体论、创作论、发展论。同时，还有两点需要略加甄别。一是在"情采论（创作论）"十九篇之中，又明显分出两个部分：前六篇（《神思》至《情采》）为写作的基本原理问题，可以称之为"文理论"；后十三篇（《镕裁》至《总术》）则为具体的写作方法研究，可以称之为"文术论"。二是关于"崇替论（发展论）"的名称，如上所述，有研究者称之为"附论"，亦有"综论""外总论"等称呼，以与"枢纽论"或"总论"相对；多数研究者则称之为"批评论"，实则并不准确，原因很简单，《时序》等五篇所论述的问题显然超出所谓"批评论"的范围，这部分确有文章鉴赏和批评的重要问题，但所谓"崇替""褒贬""怊怅""耿介"等用语，说明刘勰的根本目的乃是文章事业的发展问题，因此或可借用刘勰的"崇替"之语概括之，用今天的话来说，也就是所谓"发展

---

① 王运熙：《〈文心雕龙〉的宗旨、结构和基本思想》，《复旦学报》1981年第5期。
② 戚良德：《刘勰与〈文心雕龙〉》，济南：山东文艺出版社，2004年，第129页。

论"。总起来说，多年以来大多数研究者把《文心雕龙》分为四个部分的做法，是符合其理论体系的，只是称谓上不够准确，需要略予辨明而已。

与《文心雕龙》理论结构体系相关的一个重要问题，是《文心雕龙》的篇次问题。这仍然源于刘勰在《序志》篇的那段说明。一是所谓"摛神、性，图风、势，苞会、通，阅声、字"的概括，其所涉及的篇目，与现有《文心雕龙》的篇目顺序不完全一致。"摛神、性"是说讨论了"神思"和"体性"等问题，"图风、势"是说描述了"风骨"和"定势"等问题，"苞会、通"是说考察了"附会"以及"通变"等一系列问题，"阅声、字"是说研究了"声律"以及"练字"等许多问题。《神思》和《体性》的顺序是没有问题的，《风骨》和《定势》之间却有一篇《通变》；当然，以"图风、势"而概括《通变》于其中也无不可，但"苞会、通"却显然又把《通变》包含其中了。二是"崇替于《时序》"四句的概括，看起来是每一句话概括一篇内容，以整齐的句式叙述《时序》《才略》《知音》和《程器》之旨，却偏偏没有说明《时序》之后的《物色》。诚然，刘勰对下篇结构的说明，只是概而言之，并非篇篇提及，所以不能胶柱鼓瑟地予以理解；但从刘勰如此精心地构筑自己的体系，连篇章数目的安排都要符合《周易》所谓"大衍之数五十"来看，其对下篇的安排必是从理论上精心布置、环环相扣的，对下篇篇次的说明亦必不至于草率从事。

正因如此，一些研究者认为《文心雕龙》通行本下篇的篇次有错讹，于是便试图探索其原貌，并根据刘勰在《序志》的说明以及自己的理解，予以调整和改编。如郭晋稀的《文心雕龙注译》、李曰刚的《文心雕龙斠诠》等，都对《文心雕龙》下篇的篇次进行了较大调整。尤其是《物色》篇的位置，不少研究者认为是有问题的，无论从上述刘勰自己的说明来看，还是从《物色》篇的内容来说，似乎这一篇都不应该排在《时序》之后，而应该属于"剖情析采"的篇章。如周振甫认为："《文心雕龙》是有严密体系的书，但《物色》的排列似不合适，《物色》似不应排在《时序》的后面。"[1] 那应该排在哪里呢？这就是个言人人殊的问题了。范文澜说："本篇当移在《附会篇》之下，《总术篇》之上。盖物色犹言声色，即《声律篇》以下诸篇之总名，与《附会篇》相对而统于《总术篇》，今在卷十之首，疑有误也。"[2] 笔者也曾经赞同两位先生的意见，认为应该将《物色》置于"剖情析采"部分。实际上，这样的想法未必符合刘勰的初衷。如刘咸炘论《物色》谓："此篇专论感物之理，作文之境也，故末兼言地，与上篇言时相对。"[3] 这不仅意味着《物色》篇次不误，而且还说明刘勰的安排乃是有其道理的。牟世金则认为："《时序》《物色》则是一个问题的两个方面。这正是《序志》篇未提到《物色》的主要原因。诸家对此篇怀疑最多，但从《时序》《物色》位于创作论和批评论之交，又是分别就'时序''物色'两个方面来论述客观事物对文学创作的影响来看，又何疑之有？"[4] 王运熙也指出：

---

[1] 周振甫：《文心雕龙今译》，北京：中华书局，1986年，"例言"，第1页。
[2] 范文澜注：《文心雕龙注》，北京：人民文学出版社，1958年，第695页。
[3] 刘咸炘：《文心雕龙阐说》，《推十书》（增补全本）戊辑，上海：上海科学技术文献出版社，2009年，第972页。
[4] 牟世金：《〈文心雕龙〉理论体系初探》，《雕龙集》，北京：中国社会科学出版社，1983年，第178页。

如果注意到《物色》篇前面部分着重论述外界事物与文学创作的关系，那么，对《物色》篇位置在《时序》之后，不但不会产生怀疑，而且会感到有它的合理性。《时序》论述时代（包括政治、社会、学术思想等）与文学创作的关系，《物色》论述自然景物与文学创作的关系，正是在论述外界事物或环境与文学创作关系这一点上，有着共同之处。《时序》一开头说："时运交移，质文代变，古今情理，如可言乎！"指出文学随着时代的变化而变化。这四句和《物色》开头"春秋代序"四句不但内容上有相通之处，而且词句格式也非常接近，看来这出自刘勰精心的安排，而不是偶然的巧合。①

显然，这样的说明是非常有力的。尤其从《时序》与《物色》的篇名看，这两篇似乎也有着紧密的联系，而从其开篇之语来看，《时序》曰："时运交移，质文代变；古今情理，如可言乎？"②《物色》云："春秋代序，阴阳惨舒；物色之动，心亦摇焉。"③ 其为密切相关的两个篇章确乎可以说是有意而为。实际上，刘勰所谓"崇替于《时序》"，明指《时序》，但也可以认为概括了《物色》，或者说《物色》可附于本句，这个"时序"甚至可以理解为"时"乃《时序》之"时"，而"序"则《物色》之"春秋代序"之"序"。《物色》之主旨在于探究"物

---

① 王运熙：《〈物色〉篇在〈文心雕龙〉中的位置问题》，《文史哲》1983年第2期。
② ［梁］刘勰：《文心雕龙·时序》，戚良德辑校：《文心雕龙》，上海：上海古籍出版社，2015年，第251页。
③ ［梁］刘勰：《文心雕龙·物色》，戚良德辑校：《文心雕龙》，上海：上海古籍出版社，2015年，第264页。

色"之于文章发展的作用,仍有"崇替"之义,所以本篇最后归结为"通变",归结为"江山之助"。尽管其中深入研究了情与物的关系,但这种研究是为其主旨服务的,这正是本篇在《时序》之后的道理,也是不再另予专门说明的原因。

可见,无论《物色》一篇还是整个《文心雕龙》的下篇,我们首先应该考虑的是现有面貌的合理之处,而不是按照研究者自己的理解予以调整。正如牟世金所说,"按照自己的见解来调整或改正篇次,其必然的结果是所改不同而改后的面目互异",以至于"很可能使之面目全非"[①]。所以,根据研究者自己的理解而对《文心雕龙》篇次进行调整,这样的做法显然是不可取的。

综上所述,《文心雕龙》的理论结构体系可列表如下:

[①] 牟世金:《〈文心雕龙〉研究》,北京:人民文学出版社,1995年,第92、97页。

文心雕龙	上篇		本乎道	枢纽论
			师乎圣	
			体乎经	
			酌乎纬	
			变乎骚	
		论文叙笔	原始以表末	文笔论
			释名以章义	
			选文以定篇	
			敷理以举统	
	下篇	剖情析采	摛神性	情采论
			图风势	
			苞会通	
			阅声字	
			崇替于时序	崇替论
			褒贬于才略	
			怊怅于知音	
			耿介于程器	
			长怀序志	

《文心雕龙》的理论

《文心雕龙》这个书名是什么意思？刘勰说："夫'文心'者，言为文之用心也。昔涓子《琴心》，王孙《巧心》，心哉美矣夫，故用之焉。"[1] 在通行本中，"心哉美矣夫"作"心哉美矣"，但《梁书·刘勰传》的引文多了一个"夫"字，加重了感慨的语气。这个"美矣夫"的长叹，既是说"心"这个字很美，同时也意味着由"心"而生之文是美的，亦即《原道》所谓"心生而言立，言立而文明"[2] 的道理。所以，所谓"为文之用心"，当然是说写文章要"用心"，而"用心"的关键在于把文章写得"美"。那么怎样才算"美"呢？或者说要"美"到什么程度呢？这便是"文心"之后"雕龙"的含义了。刘勰解释说："古来文章，以雕缛成体，岂取驺奭之群言'雕龙'也？"[3]

---

[1] ［梁］刘勰：《文心雕龙·序志》，戚良德辑校：《文心雕龙》，上海：上海古籍出版社，2015 年，第 286 页。
[2] ［梁］刘勰：《文心雕龙·原道》，戚良德辑校：《文心雕龙》，上海：上海古籍出版社，2015 年，第 3 页。
[3] ［梁］刘勰：《文心雕龙·序志》，戚良德辑校：《文心雕龙》，上海：上海古籍出版社，2015 年，第 286 页。

就像"心"字已被人用作书名一样,前人亦有"雕龙奭"① 之称,但刘勰特别指出,古往今来,"文章"这一称谓本身,便意味着其必"以雕缛成体",则"雕龙"之称同样具有普遍的意义。即是说,要写出美的文章必须经过精雕细琢,要像雕刻龙纹那样。反过来说,没有经过用心雕刻之作,也就不能称之为"文章"了,所谓"雕琢其章,彬彬君子矣"②。因此,"文心雕龙"者,"文心"如"雕龙"也。一部《文心雕龙》,刘勰要讨论的中心问题,便是如何用心写出美的文章。

一、枢纽论

按照上述刘勰的说明,《文心雕龙》之"上篇"分为两个部分。第一部分为前五篇,借用刘勰的话,可以将其概括为"枢纽论",研究者通常称之为总论。《序志》所谓"盖《文心》之作也,本乎道,师乎圣,体乎经,酌乎纬,变乎骚;文之枢纽,亦云极矣"③,包含了两层意思:一是就《文心雕龙》的理论体系而言,乃是以道为根本、以圣人为老师、以儒家经典为主体、以纬书为参考、以《离骚》为变体,从而体现出刘勰论文的基本思想;二是就"为文"而言,文章写作的根本问题,也都包含其中了。

作为全书总论,《文心雕龙》前五篇对文章本身以及文章写作中一些涉及根本性的问题进行探讨,从而形成全书的指导思

---

① [汉] 司马迁:《史记》卷七十四,北京:中华书局,2011年,第2069页。
② [梁] 刘勰:《文心雕龙·情采》,戚良德辑校:《文心雕龙》,上海:上海古籍出版社,2015年,第194页。
③ [梁] 刘勰:《文心雕龙·序志》,戚良德辑校:《文心雕龙》,上海:上海古籍出版社,2015年,第287页。

想及其理论体系的总纲。首先是对"文"的探讨。《原道》开篇有曰:"文之为德也,大矣!与天地并生者,何哉?"[①] 显然,这也是一部《文心雕龙》的开篇语,刘勰之所以"搦笔和墨,乃始论文",其直接的原因当然是"文体解散",而根本的原因则是这个"文"格外重要,即所谓"唯文章之用,实经典枝条"[②]。所以,这个"大矣"的"文之为德"实即"文之德",相当于"文章之用"。作为一部论文之作的开篇语,强调文章有着巨大的作用,可谓自然而然、顺理成章。与"文之德"并行的另一句话是文"与天地并生",这从另一个角度再次强调了文章的重要性。如果说,文章有着巨大作用已然是现实的写照或者对文章现状的描摹,那么文章乃与天地并生则是历史的叙说或者追本溯源的论证。即是说,无论历史还是现实,都说明文章是极为重要的,那么《文心雕龙》之作的重要性也就不言而喻了。

然则,这个"文"何以如此重要?这是《原道》要回答的问题。一则曰天地万物皆有文,此乃自然之道。刘勰说,无论日月山川还是动物植物,都是"形立则章成矣,声发则文生矣",无不各有自己的文。这说明,刘勰心目中的"文",首先是一种文饰,具有感性形式美。二则曰"言之文也,天地之心哉",人类有文也是自然之道。刘勰认为"人文之元,肇自太极",亦即人文乃是与天地一同产生的。而且,刘勰特别指出:"夫以无识之物,郁然有彩;有心之器,其无文欤?"即是说,

---

① [梁]刘勰:《文心雕龙·原道》,戚良德辑校:《文心雕龙》,上海:上海古籍出版社,2015年,第3页。
② [梁]刘勰:《文心雕龙·序志》,戚良德辑校:《文心雕龙》,上海:上海古籍出版社,2015年,第286页。

第二章 《文心雕龙》的学术体系

较之天地自然之文，人文的特点在于"有心"，"文心雕龙"之"文心"者，盖谓此也。三则曰"写天地之辉光，晓生民之耳目"，这是对人文的要求，当然也就是《文心雕龙》的主旨。值得注意的是，这一宗旨来自对"夫子继圣，独秀前哲"的概括，所谓"雕琢性情，组织辞令"，所谓"木铎启而千里应，席珍流而万世响"，在刘勰的心目中，圣人之文是最好的榜样。正因如此，刘勰总的结论便是"道沿圣以垂文，圣因文而明道"①，这个"道"当然是自然之道，但真正抓住其精神实质的则是圣人，于是"征圣""宗经"便成为顺理成章的选择。

当然，为文必须"征圣""宗经"，不仅有着上述基本的概括，而且刘勰更做了切实的考察，所谓"师乎圣，体乎经"，此乃文章写作应遵循的基本原则，决非"装点门面"②而已。刘勰说：

> 先王声教，布在方册；夫子文章，溢乎格言。是以远称唐世，则焕乎为盛；近褒周代，则郁哉可从：此政化贵文之征也。郑伯入陈，以立辞为功；宋置折俎，以多文举礼：此事绩贵文之征也。褒美子产，则云"言以足志，文以足言"；泛论君子，则云"情欲信，辞欲巧"：此修身贵文之征也。然则志足以言文，情信而辞巧，乃含章之玉牒，秉文之金科矣。③

---

① ［梁］刘勰：《文心雕龙·原道》，戚良德辑校：《文心雕龙》，上海：上海古籍出版社，2015年，第4页。
② ［清］黄叔琳注、［清］纪昀评：《文心雕龙辑注》，北京：中华书局，1957年，第29页。
③ ［梁］刘勰：《文心雕龙·征圣》，戚良德辑校：《文心雕龙》，上海：上海古籍出版社，2015年，第9页。

所谓"政化贵文""事绩贵文""修身贵文",刘勰以无可辩驳的事实证明,孔门之教即是"文"之教,从而其"志足以言文,情信而辞巧"的原则,便可以作为为文的原则,成为"含章之玉牒,秉文之金科"。具体而言,圣人"文成规矩,思合符契",这个"规矩"和"符契"便是"或简言以达旨,或博文以该情,或明理以立体,或隐义以藏用",所谓"圣文之雅丽,固衔华而佩实者也",当然也就可以"征之周、孔,则文有师矣"。①

"师乎圣"既为当然之举,"体乎经"更有必然之理。在《宗经》之中,刘勰重点谈了两个方面,一是所谓"禀经以制式",即儒家经典乃文章之源头。其云:

> 故论说辞序,则《易》统其首;诏策章奏,则《书》发其源;赋颂歌赞,则《诗》立其本;铭诔箴祝,则《礼》总其端;记传盟檄,则《春秋》为根。并穷高以树表,极远以启疆;所以百家腾跃,终入环内。②

仔细追究起来,刘勰所说当然未必尽是,但大体而言却是不错的,尤其是从儒家经典的影响而论,所谓"百家腾跃,终入环内",虽然略有夸张,但在相当长的一个时期之内,这基本符合事实。二是刘勰以此得出的结论:"故文能宗经,体有'六义':

---

① [梁]刘勰:《文心雕龙·征圣》,戚良德辑校:《文心雕龙》,上海:上海古籍出版社,2015年,第9—10页。
② [梁]刘勰:《文心雕龙·宗经》,戚良德辑校:《文心雕龙》,上海:上海古籍出版社,2015年,第14页。

一则情深而不诡,二则风清而不杂,三则事信而不诞,四则义贞而不回,五则体约而不芜,六则文丽而不淫。"① 这是刘勰对文章的基本规范和要求,当然也是用以解决《序志》所提出的"去圣久远,文体解散……离本弥甚,将遂讹滥"②问题的理论法则。

圣人及其经典具有无与伦比的重要意义,与此有关的问题也就需要予以辨别,这是"酌乎纬"和"变乎骚"成为《文心雕龙》之"枢纽论"的道理之所在。纬书原本配经,其假托经义而"乖道谬典"③,故理应拨乱反正,《正纬》乃不得不然。《辨骚》何为?从正面而言,"自《风》《雅》寝声,莫或抽绪;奇文郁起,其《离骚》哉",所谓"轩翥诗人之后,奋飞辞家之前",如此突出的文坛奇景,不能不引起刘勰的思考。从反面而言,对《离骚》和"楚辞"的各种评论则是"鉴而不精,玩而未核",既有"举以方经"者,亦有"谓不合传"者,均是"褒贬任声,抑扬过实",也就尤需予以辨别。通过仔细甄别,刘勰得出两个方面的结论,其一曰:"固知《楚辞》者,体宪于三代,而风杂于战国;乃《雅》《颂》之博徒,而词赋之英杰也。"即是说,以《离骚》为代表的"楚辞"既取法前代之格式,亦体现时代之新风,可以视之为《诗经》之兄弟,又是后世辞赋之出类拔萃者。其二曰:"观其骨鲠所树,肌肤所附,虽

---

① [梁]刘勰:《文心雕龙·宗经》,戚良德辑校:《文心雕龙》,上海:上海古籍出版社,2015年,第14页。
② [梁]刘勰:《文心雕龙·序志》,戚良德辑校:《文心雕龙》,上海:上海古籍出版社,2015年,第286页。
③ [梁]刘勰:《文心雕龙·正纬》,戚良德辑校:《文心雕龙》,上海:上海古籍出版社,2015年,第19页。

取镕经旨，亦自铸伟辞。"这意味着，从内到外，由表及里，所谓"楚辞"，虽有取法儒家经典之处，但已然是独创之作了。重要的是，这一独创性体现在什么地方呢？那就是："故能气往轹古，辞来切今，惊采绝艳，难与并能矣。"① 这里关键的一句是"惊采绝艳，难与并能"，而这一无与伦比之"惊采"的基础则是"气往轹古，辞来切今"，即通古而贯今。这正是"雕龙"之意蕴所在，所谓"古来文章，以雕缛成体"②，以《离骚》为代表的"楚辞"，无疑很好地体现了"雕龙"之主旨，那就是既有令人惊艳的文采，又在精神上做到了古今的融会贯通。

通过"变乎骚"，刘勰得出了这样的结论："若能凭轼以倚《雅》《颂》，悬辔以驭楚篇，酌奇而不失其贞，玩华而不坠其实；则顾盼可以驱辞力，欬唾可以穷文致，亦不复乞灵于长卿，假宠于子渊矣。"③ 他认为，对后世作者来说，《诗经》和"楚辞"就像车前的横木，又如马前之鞍辔，乃是须臾不可离的；原本不同的两类作品，既然皆为不可或缺的凭借，则意味着这是一个很高的要求，也就成为写作的原则。所谓"酌奇而不失其贞，玩华而不坠其实"，可以视为刘勰从《原道》开始的一系列考察，最终得出的为文的基本原则。毫无疑问，这样的原则对写文章而言，可以说越来越具体了。遵循这一原则，便"顾盼可以驱辞力，欬唾可以穷文致"，离成功也就不远了。

---

① ［梁］刘勰：《文心雕龙·辨骚》，戚良德辑校：《文心雕龙》，上海：上海古籍出版社，2015年，第24—25页。
② ［梁］刘勰：《文心雕龙·序志》，戚良德辑校：《文心雕龙》，上海：上海古籍出版社，2015年，第286页。
③ ［梁］刘勰：《文心雕龙·辨骚》，戚良德辑校：《文心雕龙》，上海：上海古籍出版社，2015年，第25页。

二、文笔论

《文心雕龙》"上篇"的第二部分，包括从《明诗》至《书记》的二十篇，刘勰谓之"论文叙笔"，可以简称之为"文笔论"，研究者通常称之为文体论。《总术》有云："今之常言，有文有笔；以为无韵者笔也，有韵者文也。"① 因此，刘勰所谓"论文叙笔"，意味着他基本接受了六朝文笔之分的观念，至少是他借用了这样的分法，来论述文章的各种体裁。从《明诗》至《谐讔》的十篇基本属于"有韵之文"（一般认为，《杂文》《谐讔》两篇兼有"文""笔"）。从《史传》至《书记》的十篇则论述"无韵之笔"。从"论文叙笔"二十篇的篇名看，刘勰便论及诗、乐府、赋、颂、赞、祝、盟、铭、箴、诔、碑、哀、吊、杂文、谐、讔、史、传、诸子、论、说、诏、策、檄、移、封禅、章、表、奏、启、议、对、书、记等三十四种文体，其中一些篇章又列出若干子目，如《杂文》便讨论了"对问""七发""连珠"等形式，又述及所谓"汉来杂文，名号多品"②，不一而足。《书记》一篇则除对"书牍"和"笺记"做重点论述外，还对各类"笔札杂名"分别予以考察，达六类二十四种之多。因此，《文心雕龙》的"文笔论"不仅成为南北朝之前文体论的系统总结，而且也成为中国古代文体论的渊薮。

刘勰对每一种"文"或"笔"的考察大体皆从四个方面进

---

① ［梁］刘勰：《文心雕龙·总术》，戚良德辑校：《文心雕龙》，上海：上海古籍出版社，2015年，第246页。
② ［梁］刘勰：《文心雕龙·杂文》，戚良德辑校：《文心雕龙》，上海：上海古籍出版社，2015年，第87页。

行，所谓"原始以表末，释名以章义，选文以定篇，敷理以举统"①，亦即考察文体的源流演变而做到知本知末，解释文体的各种名称而明确其基本含义，选择各体文章的代表作品而予以铨别品评，敷陈各体文章的写作之理而总结共同的为文之道。王运熙认为，从《明诗》到《书记》的二十篇，"更确切地说，应称为各体文章写作指导，因为其宗旨是阐明写作各体文章的基本要求"②。但需要指出的是，这里的"敷理以举统"，若仅仅理解为总结各种文体的写作经验，还是远远不够的。所谓"敷理"便意味着总结各种文体写作之理，"敷理"的目的则是"举统"，也就是概括出共同的文章写作之道。因此，《文心雕龙》的文体论既立足于每一种文体，更放眼整个文章的写作；则所谓"论文叙笔"，既与下篇的"剖情析采"有着明确分工，又有着密切联系，前者乃后者的立论之基，后者为前者的理论升华。

《文心雕龙》的"文笔论"有着自己鲜明的特色。一是明确的文体规范意识，这是《文心雕龙》之作的基本出发点，所谓"论古今文体"，其中的"文体"确乎首先与文章体裁密不可分。《通变》有云："凡诗赋书记，名理相因，此有常之体也。"③ 这是刘勰对文体的基本认识，"论文叙笔"的首要任务，便是对各种文体进行规范，这是解决所谓"文体解散"问题的入口或抓手。之所以要"原始以表末"，盖以"原始以要终，虽

---

① ［梁］刘勰：《文心雕龙·序志》，戚良德辑校：《文心雕龙》，上海：上海古籍出版社，2015年，第287页。
② 王运熙：《〈文心雕龙〉的宗旨、结构和基本思想》，《复旦学报》1981年第5期。
③ ［梁］刘勰：《文心雕龙·通变》，戚良德辑校：《文心雕龙》，上海：上海古籍出版社，2015年，第185页。

百世可知也"①，这是文体规范的不二法门；所谓"释名以章义"，亦即明确各种文体历代相承的"名理"。这是文体规范的首要之务。因此，所谓"原始以表末，释名以章义"，二者相互为用，对"有常之体"予以明确和规范，既有历史的根据，又着眼现实的发展，这样的论述方式，正是由其基本任务所决定的。

二是着眼各种文体写作实践的指导性，即王运熙所谓"各体文章写作指导"的意义。《文心雕龙》具有充分的实践品格，"文笔论"更是从文体角度进行文章写作训练的行动指南，这是为研究者所公认的。所谓"选文以定篇"，所谓"敷理以举统"，可以说皆首先为具体的写作实践而设计。但刘勰的文体论又不只是写作手册，这也是显然可见的。如《明诗》篇，所谓"铺观列代，而情变之数可鉴"，其对历代诗歌演进的精确评说，已不啻为一篇诗歌简史；而所谓"撮举同异，而纲领之要可明"，其对诗歌基本纲领的概括，所谓"四言正体，则雅润为本；五言流调，则清丽居宗：华实异用，唯才所安"②，这种对主要诗歌体裁的准确把握，不仅可以指导具体的诗歌写作，更是高屋建瓴的诗歌理论，从而为下篇的"剖情析采"奠定重要的理论基础。

三是广阔的文化视野和人文通观意识，这是《文心雕龙》不同于一般"诗文评"的一个显要之处。如《史传》篇，所谓

---

① ［梁］刘勰：《文心雕龙·时序》，戚良德辑校：《文心雕龙》，上海：上海古籍出版社，2015年，第253页。
② ［梁］刘勰：《文心雕龙·明诗》，戚良德辑校：《文心雕龙》，上海：上海古籍出版社，2015年，第32页。

"'原始要终',创为传体",所谓"实圣文之羽翮,记籍之冠冕",所谓"原夫载籍之作也,必贯乎百氏,被之千载,表征盛衰,殷鉴兴废。使一代之制,共日月而长存;王霸之迹,并天地而久大",所谓"史之为任,乃弥纶一代;负海内之责,而赢是非之尤:秉笔荷担,莫此之劳"①,等等。这些对史传的基本认识和概括,充分说明刘勰所谓"论文",《文心雕龙》的文论,这个"文"决非今天所谓文学之文所可涵盖范围,而是包括所有的文,即章太炎所谓"文学者,以有文字著于竹帛,故谓之文;论其法式,谓之文学。"② 其实质乃是对中国已有文化形态的通观和总结,决非仅限于文艺之文,从而所谓"文心",也就成为对中华文化精神的全面体认。

四是刘勰对各种文体的考察,均采取了"情采"视角。就"论文"而言,无论是《明诗》的"舒文载实"③,还是《乐府》的"志不出于慆荡,辞不离于哀思"④;无论是《铨赋》的"铺彩摛文,体物写志"⑤,还是《颂赞》的"约举以尽情,照灼以送文"⑥……均从"实"与"文"、"志"与"辞",亦即

---

① [梁]刘勰:《文心雕龙·史传》,戚良德辑校:《文心雕龙》,上海:上海古籍出版社,2015年,第99—101页。
② 王培军、马勇整理:《章太炎全集·国故论衡先校本、校定本》,上海:上海人民出版社,2017年,第47页。
③ [梁]刘勰:《文心雕龙·明诗》,戚良德辑校:《文心雕龙》,上海:上海古籍出版社,2015年,第31页。
④ [梁]刘勰:《文心雕龙·乐府》,戚良德辑校:《文心雕龙》,上海:上海古籍出版社,2015年,第42页。
⑤ [梁]刘勰:《文心雕龙·铨赋》,戚良德辑校:《文心雕龙》,上海:上海古籍出版社,2015年,第49页。
⑥ [梁]刘勰:《文心雕龙·颂赞》,戚良德辑校:《文心雕龙》,上海:上海古籍出版社,2015年,第57页。

情与采的结合立论。就"叙笔"而言，无论是《史传》的"立义选言"①，还是《诸子》的"气伟而采奇""心奢而辞壮"②，无论是《论说》的"义贵圆通，辞忌枝碎"③，还是《诏策》的"义炳重离之辉""笔吐星汉之华"④……亦均从"义"与"言"、"气"与"采"，亦即情与采的统一着眼。"文笔论"的这一共同视角既是对"情采论"基本理论范式的运用，也为创作论的理论总结奠定了写作实践基础，从而使得《文心雕龙》的文体论和创作论相互为用而连为一体。

三、情采论

如上所述，《文心雕龙》之"下篇"，除《序志》为全书"序言（后序）"外，也可以分成两个部分。第一部分包括从《神思》至《总术》的十九篇，刘勰谓之"剖情析采"，也就是探讨"为文之用心"的理论与方法，研究者通常称之为《文心雕龙》的创作论，历来受到极大的重视。应该说，这不是偶然的。"论文叙笔"的文体论本就既着眼于每种文体的写作方法，更放眼整个文章的创作之道；而所谓"弥纶群言"，正是要在"论文叙笔"的基础上寻找文章写作的大道通衢。《总术》有云："夫不截盘根，无以验利器；不剖文奥，无以辨通才：才之

---

① ［梁］刘勰：《文心雕龙·史传》，戚良德辑校：《文心雕龙》，上海：上海古籍出版社，2015年，第101页。
② ［梁］刘勰：《文心雕龙·诸子》，戚良德辑校：《文心雕龙》，上海：上海古籍出版社，2015年，第109页。
③ ［梁］刘勰：《文心雕龙·论说》，戚良德辑校：《文心雕龙》，上海：上海古籍出版社，2015年，第117页。
④ ［梁］刘勰：《文心雕龙·诏策》，戚良德辑校：《文心雕龙》，上海：上海古籍出版社，2015年，第127页。

能通，必资晓术。"① 刘勰说，如果不能截断弯曲交错的树根，那就无法考验刀锯是否锋利；如果不能剖析为文的精理奥义，那就算不上通达之才。他认为，要想成为通才，重要的是懂得"术"，也就是文章写作的方法。所谓"文场笔苑，有术有门"②，不仅说明文体论之于"术"的重要，更说明整个"文场笔苑"亦即文章的写作有其"术"在；所谓"总术"正是点明这个问题，而整个"剖情析采"的创作论也正是对这个"术"的研究和总结。王运熙曾指出，从《神思》到《总术》的十九篇，"更确切地说，应称为写作方法统论，是打通各体文章，从篇章字句等一些共同性的问题来讨论写作方法的"③，这是很有道理的。

关于刘勰"情采论"的宏观把握，或当关注如下几个问题。一是《文心雕龙》创作论的总纲问题。王元化曾提出："《神思》篇是《文心雕龙》创作论的总纲，几乎统摄了创作论以下诸篇的各重要论点。"④ 这一看法得到不少研究者的赞同。但"总纲"者，总的纲领也，基本原则和要点也。以此而言，《神思》篇固然很重要，却并不具备"总纲"的性质，或者说其中并没有可以统率整个创作论的纲领。但王先生提出的这个创作论总纲的想法是有意义的，可以使我们抓住整个创作论的灵魂，具有提纲挈领之功。实际上，《文心雕龙》的创作论，刘勰自己称之为"剖情析采"，这提示我们，情采关系才是创作论最重要

---

① ［梁］刘勰：《文心雕龙·总术》，戚良德辑校：《文心雕龙》，上海：上海古籍出版社，2015年，第246页。
② ［梁］刘勰：《文心雕龙·总术》，戚良德辑校：《文心雕龙》，上海：上海古籍出版社，2015年，第247页。
③ 王运熙：《〈文心雕龙〉的宗旨、结构和基本思想》，《复旦学报》1981年第5期。
④ 王元化：《文心雕龙创作论》，上海：上海古籍出版社，1984年，第246页。

的问题，而论述情采关系的篇章乃是《情采》篇，其为创作论的总纲可谓顺理成章。所谓"情者，文之经；辞者，理之纬。经正而后纬成，理定而后辞畅：此立文之本源也"①，这样的说明也显然具有纲领的意义。可以说，"情采"的视角和框架是刘勰建构《文心雕龙》理论体系的基本思维模式。如上所述，这一视角甚至贯彻到了"论文叙笔"的文体论部分，更遑论"剖情析采"的创作论？

二是创作论的首要问题是什么？"神思"并非创作论的总纲，但却有着重要意义，那就是其为"驭文之首术，谋篇之大端"，亦即创作论的首要问题。首要问题的意义在于，它是文章写作的关键，是创作成功的要害，"首术"者，此之谓也。何以如此？刘勰说："思理为妙，神与物游。神居胸臆，而志气统其关键；物沿耳目，而辞令管其枢机。枢机方通，则物无隐貌；关键将塞，则神有遁心。"所谓"思理为妙，神与物游"，这一概括确乎成为创作之"首术"与"大端"，文章写作正是在此基础上，"寻声律而定墨""窥意象而运斤"。也正因有此重要性，刘勰便认真研究了其中的"关键"和"枢机"，亦即如何成功地做到"神与物游"。从"神"的角度而言，其"关键"在于"陶钧文思，贵在虚静；疏瀹五藏，澡雪精神"；从"物"的角度而言，其"枢机"则是"意授于思，言授于意；密则无际，疏则千里"。②这样的概括无论在理论还是实践上，都是

---

① ［梁］刘勰：《文心雕龙·情采》，戚良德辑校：《文心雕龙》，上海：上海古籍出版社，2015年，第193页。
② ［梁］刘勰：《文心雕龙·神思》，戚良德辑校：《文心雕龙》，上海：上海古籍出版社，2015年，第173页。

"深得文理"的。也许正是基于这个意义,《神思》篇被当成了创作论的总纲。实际上,《文心雕龙》之创作论的总纲与文章写作的关键,这显然是两个范畴的问题。前者说的是刘勰在《文心雕龙》之下篇第一部分的理论建构,后者说的是刘勰对文章写作中首要问题的认识,它们并非一回事。

三是刘勰的文章理想是什么?在《文心雕龙》创作论的研究中,最受重视的应该说是从《神思》至《情采》的前六篇,这当然不是无缘无故的,而是因为这六篇确乎可以说是刘勰创作论的理论中心。如上所述,《情采》乃创作论的总纲,《神思》则为写作之首务。除此之外,在这六篇之中,还有一篇具有格外重要的意义,那就是《风骨》。刘勰在这一篇中提出了自己关于文章的理想或理想文章的标准,"风骨论"可以说是刘勰创作理论和实践的基本归宿。刘勰说:"怊怅述情,必始乎风;沉吟铺辞,莫先于骨。故辞之待骨,如体之树骸;情之含风,犹形之包气。"即是说,"风骨"之于文章不仅不可或缺,更是文章的灵魂。所谓"若丰藻克赡,风骨不飞,则振采失鲜,负声无力",所谓"其为文用,譬征鸟之使翼也"[①],试想,对远飞的鸟儿来说,没有了扇动翅膀之力,岂非一事无成?需要进一步研究的是,刘勰何以如此看重"风骨"?或者说,他为什么找到"风骨"作为文章写作的理想或标准?这仍然要从《文心雕龙》之作说起,所谓"辞人爱奇,言贵浮诡;饰羽尚画,文绣鞶帨"[②],六朝文

---

① [梁]刘勰:《文心雕龙·风骨》,戚良德辑校:《文心雕龙》,上海:上海古籍出版社,2015年,第181页。
② [梁]刘勰:《文心雕龙·序志》,戚良德辑校:《文心雕龙》,上海:上海古籍出版社,2015年,第286页。

坛的根本问题便是"振采失鲜,负声无力",而"风骨"正是医治此病的良药,所谓"使'文明以健',则风清骨峻,篇体光华"①,要成为"文笔之鸣凤",舍此岂有他途?

四是文章之美的境界问题。《文心雕龙》创作论有十九篇,《情采》之后的十三篇,刘勰从不同角度研究文章写作的具体问题,从篇章布局到声律运用,从遣词造句到比兴用典,从夸张修饰到字形选用,从调养气息到附辞会义,可谓"雕龙"有术,"文心"有法,所谓"文场笔苑,有术有门","术"之所存,正是美之所在。创作论的最后一篇是《总术》,刘勰在其中总结了文章之美的境界,即所谓"断章之功",亦即通过上述种种努力,将会使文章达到何种境界,取得什么样的效果?或者说,什么样的文章才是好文章?其云:"数逢其极,机入其巧,则义味腾跃而生,辞气丛杂而至;视之则锦绘,听之则丝簧,味之则甘腴,佩之则芬芳:断章之功,于斯盛矣。"②所谓"腾跃而生",所谓"丛杂而至",面对如此丰富多彩而势不可挡的文章,你还有什么抵抗力?这样的文章要用五官来体验,有锦缎的色彩,有丝簧的声韵,有甘美的滋味,有芬芳的气息——这是文章吗?这样的美原本不属于文章,或者不属于一般的文章,然而我们不能否认,如果文章达到这样的境界,那确乎"于斯盛矣"。所谓"情采",刘勰心目中的文章之美确乎是非同一般的。"为文之用心"者在此,"雕缛成体""雕琢其章"者在此,"文心雕龙"者亦在乎此也!

---

① [梁]刘勰:《文心雕龙·风骨》,戚良德辑校:《文心雕龙》,上海:上海古籍出版社,2015年,第182页。
② [梁]刘勰:《文心雕龙·总术》,戚良德辑校:《文心雕龙》,上海:上海古籍出版社,2015年,第247页。

四、崇替论

《文心雕龙》"下篇"的第二部分包括《时序》《物色》《才略》《知音》和《程器》五篇;除了《物色》一篇外,刘勰对另外四篇一一做了说明,所谓"崇替于《时序》,褒贬于《才略》,怊怅于《知音》,耿介于《程器》"①,即《时序》总结历代文章盛衰兴亡的规律,《才略》褒贬历代文人或高或低的才能,《知音》表达自古以来文章难于理解的怅惘,《程器》寄托刘勰对文人成就事业的希望。从其总的理论趋向而言,我们借用刘勰自己的话,将其称之为"崇替论";若用现代理论话语加以概括,则可谓之发展论。研究者通常将这一部分称之为批评论,应该说是不够准确的。刘勰在这部分论述的问题,有批评论的内容,但不仅比批评论广泛得多,更重要的是刘勰有自己的着眼点,与现代文艺理论中的批评论是并不一致的。

首先,如上所述,这五篇的理论问题,既不同于"剖情析采"的篇章,又都关乎"情采",都有着情采的角度。《时序》上来就说:"时运交移,质文代变;古今情理,如可言乎?"赞词则说"蔚映十代,辞采九变""质文沿时,崇替在选"②;《物色》的基本思想是"情以物迁,辞以情发""写气图貌,既随物以宛转;属采附声,亦与心而徘徊""四序纷回,而入兴贵

---

① [梁]刘勰:《文心雕龙·序志》,戚良德辑校:《文心雕龙》,上海:上海古籍出版社,2015年,第287页。
② [梁]刘勰:《文心雕龙·时序》,戚良德辑校:《文心雕龙》,上海:上海古籍出版社,2015年,第251、254页。

闲；物色虽繁，而析辞尚简"①；《才略》开篇说"九代之文，富矣盛矣；其辞令华采，可略而详也"，赞词说"才难然乎！性各异禀。一朝综文，千年凝锦"②；《知音》的基本思想是"缀文者情动而辞发，观文者披文以入情"③；《程器》则强调"摛文必在纬军国，负重必在任栋梁；穷则独善以垂文，达则奉时以骋绩"，赞词是："瞻彼前修，有懿文德。声昭楚南，采动梁北。雕而不器，贞干谁则？岂无华身，亦有光国！"④ 可见刘勰对这些问题的探讨，均没有脱离"情采"的视角，这说明这部分的内容与"剖情析采"仍然有着密切关系，这也是有的研究者把《时序》等五篇仍然归属于"剖情析采"部分的原因。但下面几点则说明这部分内容已有了相对的独立性。

其次，作为经典之"枝条"，文章的发展问题是刘勰的首要着眼点，也是这五篇内容的一个核心问题。"崇替""褒贬""怊怅""耿介"的用语说明，刘勰在这些篇章所要研究的，不再是如何"雕琢其章，彬彬君子"⑤的问题，而是文章作为"经国之大业"⑥的盛衰兴亡问题，亦即文章的发展问题。《时

---

① ［梁］刘勰：《文心雕龙·物色》，戚良德辑校：《文心雕龙》，上海：上海古籍出版社，2015年，第264—265页。
② ［梁］刘勰：《文心雕龙·才略》，戚良德辑校：《文心雕龙》，上海：上海古籍出版社，2015年，第268、270页。
③ ［梁］刘勰：《文心雕龙·知音》，戚良德辑校：《文心雕龙》，上海：上海古籍出版社，2015年，第277页。
④ ［梁］刘勰：《文心雕龙·程器》，戚良德辑校：《文心雕龙》，上海：上海古籍出版社，2015年，第282页。
⑤ ［梁］刘勰：《文心雕龙·情采》，戚良德辑校：《文心雕龙》，上海：上海古籍出版社，2015年，第194页。
⑥ ［三国］曹丕：《典论·论文》，魏宏灿校注：《曹丕集校注》，合肥：安徽大学出版社，2009年，第313页。

序》从文学与社会发展的关系,考察历代文学的兴衰。所谓"时运交移,质文代变",所谓"歌谣文理,与世推移;风动于上,而波震于下者",所谓"文变染乎世情,兴废系乎时序",这些"原始以要终,虽百世可知也"①的总结,其指向的正是文章事业如何能够长盛不衰的问题。《物色》表面看起来是总结"情以物迁,辞以情发"的规律,因而被认为属于创作论,实则刘勰将本篇归结于这样的论断:"古来辞人,异代接武,莫不参伍以相变,因革以为功;物色尽而情有余者,晓会通也。"仍然是文章的发展问题,所谓"屈平所以能洞监《风》《骚》之情者,抑亦江山之助乎"②,这样的概括之语显然并非着眼具体为文的法则,而是着眼文章如何发展的规律问题。《才略》着眼作家的才气,论述百家之文章。其对"九代之文"的梳理,对"崇文之盛世,招才之嘉会"的向往,对"古人所以贵乎时"的慨叹,对"一朝综文,千年凝锦"③的提示,则明白无误地说明,刘勰的着眼点是文章事业的顺利发展问题。《知音》开篇"'知音'其难哉"以及"逢其知音,千载其一乎"的浩叹,对"缀文者情动而辞发,观文者披文以入情"原理的揭示,对"知音君子,其垂意焉"④的希冀,都说明"知音"问题关乎文章的兴衰。至如《程器》一篇,所谓"将相以位隆特达,文士以

---

① [梁]刘勰:《文心雕龙·时序》,戚良德辑校:《文心雕龙》,上海:上海古籍出版社,2015年,第251、253页。
② [梁]刘勰:《文心雕龙·物色》,戚良德辑校:《文心雕龙》,上海:上海古籍出版社,2015年,第265页。
③ [梁]刘勰:《文心雕龙·才略》,戚良德辑校:《文心雕龙》,上海:上海古籍出版社,2015年,第268、270页。
④ [梁]刘勰:《文心雕龙·知音》,戚良德辑校:《文心雕龙》,上海:上海古籍出版社,2015年,第276—277页。

职卑多诮,此江河所以腾涌,涓流所以寸折者也",其拳拳护文之心,可谓昭昭如日月;所谓"摛文必在纬军国,负重必在任栋梁;穷则独善以垂文,达则奉时以骋绩"①,"若此文人"之论,则不仅重在文章发展,而且这种发展还不仅仅是文章本身的问题,更关乎军国大业。

第三,"知音"乃是刘勰贯穿这几篇的一个共有的视点。《时序》对历代文章盛衰兴亡之规律的考察,涉及很多方面的内容,而其中一个重要问题在于统治者能否成为作家的"知音"。《才略》对历代文人创作才能的褒贬,可以说是刘勰具体的"知音"之举;其虽云"褒贬",但实际上几乎都是"褒"而很少"贬",正体现出刘勰的一番苦心。《程器》寄托着对文人成就一番事业的殷切期望,体现出刘勰乃是千古文人之真正的"知音"。至于《知音》一篇,当然更集中论述了"知音"之于文章的重要性;所谓"怊怅于知音",其中显然包含着"文章千古事,得失寸心知"②的感慨。刘勰所谓"知音",与文学欣赏和文学批评都有一定的关系,却又并不完全一致。

第四,《时序》等五篇的内容是较为复杂的,不主于一端,不限于一隅,不止于一论,而是相互交织,综合为论,具有多种视角,涵盖多方面的意义。如《时序》《才略》两篇,一为"论世",一为"知人",既有批评论的内容,又有创作论的视角。从创作论的角度而言,前者指出文章写作与时代密切相关,

---

① [梁]刘勰:《文心雕龙·程器》,戚良德辑校:《文心雕龙》,上海:上海古籍出版社,2015年,第281—282页。
② [唐]杜甫:《偶题》,[清]仇兆鳌注:《杜诗详注》,北京:中华书局,1999年,第1541页。

时势可以造英雄；后者则谓文章既受制于作家主体的才能，也关乎时运。仅《才略》一篇，其内容之丰富，恰如黄叔琳所评："上下百家，体大而思精，真文囿之巨观。"① 又如《知音》专论文章的鉴赏和批评，《程器》则探讨作家的品德和修养。除《序志》篇外，《程器》作为《文心雕龙》的最后一篇，更有为作家鸣不平的愤懑和呼喊。纪昀评曰："观此一篇，彦和亦发愤而著书者。"② 确是有道理的。《知音》《程器》可视为文章鉴赏和批评论，前者乃从作品的角度谈，后者则从作家的角度谈。刘勰要求读者和批评家要充分顾及作家作品的独特性和复杂性，尽可能做到鉴赏、批评的全面客观和恰如其分，尤其要顾及作品的独特性和作家的个性。

凡此种种，正说明《时序》等五篇的内容具有相对的独立性，理应单独成为下篇的一个部分。这部分内容既与"情采论"有着密切的联系，不同于一般的所谓文学批评论，又比"情采论"有着更为广阔的视野，刘勰力图在全面探讨"为文之用心"的种种理论和方法之后，对文章事业的发展问题做出多方面的思考，从而完成《文心雕龙》"弥纶群言"的全面建构，客观上也就呈现出所谓"体大而虑周"的理论特色。

---

① ［清］黄叔琳注、［清］纪昀评：《文心雕龙辑注》，北京：中华书局，1957年，第404页。
② ［清］黄叔琳注、［清］纪昀评：《文心雕龙辑注》，北京：中华书局，1957年，第427页。

第三章
唐宋《文心雕龙》的影响

《文心雕龙》写成以后,"未为时流所称",但遇到了沈约这一难得的知音,得到了"深得文理"的高度评价,成就了一段文坛佳话。萧华荣曾指出,齐梁文坛存在着"古今体之争",亦即"传统的儒家文学观同趋新的文学思潮的斗争",李泽厚、刘纲纪说:"《文心雕龙》当然不是仅仅论述这个问题,但一切论述,在刘勰看来最终都是为了解决这个问题……"那么,《文心雕龙》在梁代的影响,便与其对"古今体之争"的态度有着很大的关系。萧先生指出:"刘勰左右出击。他不仅抨击浮艳的文风,也批评复古的倾向;他既不完全同于'今体派',也不完全同于'古体派';既'参古',又'酌今';既重视继承,又不废新变。"显然,"左右出击"是很难得到任何一方的理解和支持的,《文心雕龙》在梁代的命运也就可想而知了。实际上,从理论实质而言,刘勰是肯定文章之新变的;但如何"变",刘勰却与"今体派"的主张有着显著的区别。他以"弥纶群言"为理论目标,站在超出古今之争的高度,矫枉而不过正,折衷而不调和,企图探寻文章发展的正确道路。可以说,刘勰当然关心"古今体之争",也确乎要表明自己的态度,但却不想站在争论的任何一方,而是要揭示这一争论的实质,从根本上解决文章的"古今"问题。但这也注定了他得不到古今之争任何一方的理解,且以其人微言轻之实,他的理论主张在当时也很难得到认同。因此,从学术史的角度而言,《文心雕龙》产生明显的重要影响,要从唐代开始了。

唐宋文论与《文心雕龙》

南北朝之后,《文心雕龙》在中国文论史上已然是一个巨大的存在,尽管其影响时隐时显,但始终伴随着中国文论的发展,可谓如影随形、无处不在。初唐著名诗人卢照邻曾谈到:"近日刘勰《文心》,钟嵘《诗评》,异议锋起,高谈不息。"[①] "高谈不息"者,说明《文心雕龙》《诗品》等著作已经引起时人的广泛关注,其影响也就不言而喻;"异议锋起"者,则说明人们对这两部书褒贬不一,还没有一致的看法,其产生影响的具体情况可能是较为复杂的。晚唐诗人陆龟蒙有一首与皮日休唱和的长诗,其中二十句专论刘勰及其《文心雕龙》,不仅较为全面地概括了其论文的内容,而且也包含对《文心雕龙》的评价,大致可以代表唐人对这部著作的认识。其云:

刻鹄尚未已,雕龙奋而为。刘生吐英辩,上下穷高卑。
下臻宋与齐,上指轩与羲。岂但标《八索》,殆将包两仪。

---

① [唐]卢照邻:《南阳公集序》,李云逸校注:《卢照邻集校注》,北京:中华书局,1998年,第317页。

人谣洞野老，骚怨明湘累。立本以致诘，驱宏来抵巇。清如朔雪严，缓若春烟羸。或欲开户牖，或将饰缨緌。虽非倚天剑，亦是囊中锥。皆由内史意，致得东莞词。①

可以看出，陆龟蒙对刘勰探本穷源的理论气度有着深切的把握，对《文心雕龙》之于文章写作的指导作用，也有着较为清楚的认识。尤为值得注意的是，他的目光不仅仅局限于"论文"，而是对刘勰"'待时而动'，发挥事业"②的理想和抱负再三致意，所谓"内史意"云云，堪称刘彦和之"知音"。实际上，《文心雕龙》在唐代的影响也远远不止于"论文"，虽然其直接影响可能要从文学领域开始。

一、"文章"观念的回归

从根本上说，文学观念是随着创作实践的发展而变化的。六朝时期，文论家们进行文笔之辨，对各种文体予以辨析，其主要目的应该是进行文体分类，也在客观上具有某种区分文学和非文学之界限的意义。正如陆机所说，文章领域中"体有万殊"而"纷纭挥霍"③，虽然诗歌是较为重要的文章体裁，但其他种种文体同样丰富多彩，这大约是当时人以有韵无韵而区分文笔的不得不然之理吧。面对纷纭复杂的众多文体，要找到一

---

① ［唐］陆龟蒙：《唐甫里先生文集》卷一，何锡光校注：《陆龟蒙全集校注》，南京：凤凰出版社，2015年，第82页。
② ［梁］刘勰：《文心雕龙·程器》，戚良德辑校：《文心雕龙》，上海：上海古籍出版社，2015年，第282页。
③ ［晋］陆机：《文赋》，杨明校笺：《陆机集校笺》，上海：上海古籍出版社，2016年，第17页。

个合适的标准而加以区分，确乎是相当困难的；所以，以是否有"韵"来衡量虽未必得其要领，却也毕竟找到了一个标准，因而也是难能可贵的。时至唐代，文章写作实践发生了重要变化，其中突出的一点便是诗歌创作的高度发达，"诗"成了最为普及的文章形式，这是前所未有的。六朝时期仍占重要地位的赋、颂、赞、铭等文体形式，此时或已难与诗歌平起平坐了。于是，"文笔"说就演变成了"诗"和"笔"的对举。清代侯康在《文笔考》中说："至唐，则多以诗笔对举。"并列举如"杜诗韩笔愁来读""孟诗韩笔""历代词人，诗笔双美者鲜"[①]等说法，可见确为历史事实。诗、笔的对举既有沿袭六朝"文笔"说的一面，又有重要的不同。这种不同，不仅在于"文笔"成了"诗笔"，"诗"从所谓"有韵之文"中突出出来，而且"诗笔"说的实质已不在于"有韵""无韵"的问题，而在于"诗"和"文"的区别。也就是说，"诗笔"的"笔"名虽沿六朝"文笔"之"笔"，而其实际所指乃是诗歌以外的文章了。所以，诗、笔之分实乃诗、文之分，唐代文学正是以诗、文为主要内容的。也正是自此以后，诗、文成了中国文学的正宗文体。

在唐代，分而言之是诗、笔或诗、文，合而言之则是"文章"。在中国文论中，"文章"之称谓古已有之，但不同的时代有着不同的含义。汉代所谓"文章"主要是指辞赋一类作品，而至六朝，人们进一步将"文章"分为文笔，具有某种文体辨

[①] [清]侯康：《文笔考》，郭绍虞主编：《中国历代文论选》第一册，上海：上海古籍出版社，2001年，第349页。

析和分类的初衷,但刘勰一方面基本接受所谓"无韵者笔也,有韵者文也"① 的观念,另一方面又颇以其无关紧要,而仍然把所有的文称之为文章。无独有偶,唐人也不再纠缠于有韵无韵的文笔之分,而是将诗、文统称为"文章"了。如王勃:"夫文章之道,自古称难。"② 李白:"蓬莱文章建安骨,中间小谢又清发。"③ 杜甫:"庾信文章老更成,凌云健笔意纵横。"④ 韩愈:"李杜文章在,光焰万丈长。"⑤ 等等。如此一来,自汉至唐,"文章"的概念可以说经历了一个否定之否定的历程。它是扬弃六朝文笔说之后的产物。也许,在唐人看来,重要的已经不是概念,而是写诗作文的丰富的创作实践(唐代的理论家同时又是文学家)。值得注意的是,唐人的"文章"与刘勰的"文章"既有密切的联系和一致之处,又有重要的区别,这个区别在于,唐人所谓"文章"主要是指诗、文作品,可以较为自然地纳入今天所谓"文学"的范畴了。

如所周知,唐代诗歌灿烂辉煌,唐代诗论亦丰富多彩。大致而言,唐代诗论有两条主要的发展线索:一是强调诗歌的社会政治作用,一是着重研究诗歌的审美特征。隋及初唐诗坛,

---

① [梁]刘勰:《文心雕龙·总术》,戚良德辑校:《文心雕龙》,上海:上海古籍出版社,2015年,第246页。
② [唐]王勃:《上吏部裴侍郎启》,[清]蒋清翊注:《王子安集注》,上海:上海古籍出版社,1995年,第129页。
③ [唐]李白:《宣州谢朓楼饯别校书叔云》,瞿蜕园、朱金城校注:《李白集校注》,上海:上海古籍出版社,1980年,第1077页。
④ [唐]杜甫:《戏为六绝句》,[清]仇兆鳌注:《杜诗详注》,北京:中华书局,1999年,第898页。
⑤ [唐]韩愈:《调张籍》,钱仲联集释:《韩昌黎诗系年集释》,上海:上海古籍出版社,1984年,第989页。

沿袭齐梁浮艳之风；理论批评上，则产生了不少专门探讨声律、对偶等作诗方法的著作，近体诗律学趋于成熟。如上官仪的《笔札华梁》、元兢的《诗脑髓》、李峤的《评诗格》、崔融的《唐朝新定诗格》等，都是唐初较为著名的诗律学专著。同时，不少人则对华靡文风表现出强烈不满，诗歌革新运动势在必行。隋代李谔《上隋高祖革文华书》说："江左齐、梁，其弊弥甚，贵贱贤愚，唯务吟咏。遂复遗理存异，寻虚逐微，竞一韵之奇，争一字之巧。连篇累牍，不出月露之形；积案盈箱，唯是风云之状。"① 这样的批评不能不让人想起刘勰在《明诗》篇的论述："晋世群才，稍人轻绮。……采缛于正始，力柔于建安。或析文以为妙，或流靡以自妍，此其大略也。……宋初文咏，体有因革；庄、老告退，而山水方滋。俪采百字之偶，争价一句之奇；情必极貌以写物，辞必穷力而追新：此近世之所竞也。"②李谔之后，隋末大儒王通和其孙王勃，则主张全面恢复儒家传统的文学观。记录王通言论、思想的《中说》（一名《文中子》），模仿《论语》体例，其论文学亦表现出正统的儒家思想。王勃则有著名的《上吏部裴侍郎启》等文，表现了与其祖父相同的文学主张。同时，不少初唐史家亦在批判齐梁文风的基础上，力图指出文学发展的正确方向。如令狐德棻的《周书·王褒庾信传论》、魏征的《隋书·文学传序》等，刘知幾的《史通》更是一部包含许多重要文学主张的史论专著。这些思想

---

① ［隋］李谔：《上隋高祖革文华书》，［唐］魏征等：《隋书》卷六十六，北京：中华书局，2011年，第1544页。
② ［梁］刘勰：《文心雕龙·明诗》，戚良德辑校：《文心雕龙》，上海：上海古籍出版社，2015年，第32页。

第三章 唐宋《文心雕龙》的影响

倾向都与刘勰及其《文心雕龙》有着某种精神上的联系,一如文章观念的回归。如令狐德棻评庾信而谓:"子山之文,发源于宋末,盛行于梁季。其体以淫放为本,其辞以轻险为宗,故能夸目侈于红紫,荡心愈于郑卫。"① 这样的用语,令人想起《文心雕龙》所谓"宋发夸谈,实始淫丽"以及"正采耀乎朱蓝,间色屏于红紫"等论述。

经过六七十年的酝酿,唐代诗文革新运动终于正式开始了,其标志便是陈子昂的《修竹篇序》。这篇短文既深刻地批判了六朝至唐初的淫丽文风,又正面提出了诗歌革新的理论主张。其云:"文章道弊五百年矣。汉、魏风骨,晋、宋莫传,然而文献有可征者。仆尝暇时观齐、梁间诗,彩丽竞繁,而兴寄都绝,每以永叹。思古人常恐逶迤颓靡,风雅不作,以耿耿也。一昨于解三处见明公《咏孤桐》篇,骨气端翔,音情顿挫,光英朗练,有金石声……故感叹雅制,作《修竹》诗一篇,当有知音以传示之。"② 短短一篇序言之中,有多少概念承继《文心雕龙》?"风骨""兴寄""骨气""知音",尤其是"风骨""兴寄"的强调,既着眼于文章语言之美,又强调了诗歌充实丰富的内容。陈子昂以其理论宣言和《感遇》诗等的创作实践,为唐代诗文革新运动开辟了新路。陈子昂之后,盛唐诗人完成了诗风之转变。其中从创作至理论影响最大的是李白。李白也和陈子昂一样,批判"梁陈以来,艳薄斯极"③ 的诗风,大力推崇

---

① [唐] 令狐德棻等:《周书》卷四十一,北京:中华书局,2011 年,第 744 页。
② [唐] 陈子昂:《修竹篇序》,徐鹏校点:《陈子昂集》(修订本),上海:上海古籍出版社,2013 年,第 16 页。
③ [唐] 孟启:《本事诗》,丁福保辑:《历代诗话续编》,北京:中华书局,1983 年,第 14 页。

《诗经》和建安风骨。《古风》(其一)云:"大雅久不作,吾衰竟谁陈?……自从建安来,绮丽不足珍。"① 同时李白特别重视诗"兴"的触发以及诗歌的清新自然之美,表现了一个伟大作家从诗歌创作实践中体验到的特殊艺术规律。如:"蓬莱文章建安骨,中间小谢又清发。俱怀逸兴壮思飞,欲上青天览明月。"② 再如:"兴酣落笔摇五岳,诗成笑傲凌沧州。"③ 又如:"一曲斐然子,雕虫丧天真。"④ 李白所谓"兴"与陈子昂的"兴寄"既有联系又有不同。"兴寄"重在诗歌的内容,要求有所寄托;而"兴"主要是对诗兴("兴象""意象")等的概括,主要是诗歌创作的艺术规律问题。而这种对"绮丽"的批评、对诗兴的强调以及对"风骨"的推重,也让我们看到了刘勰的影子。

二、皎然诗论与《文心雕龙》

时至中唐,社会政治的激剧变化深深地影响着诗歌创作,也影响着诗歌理论。诗论中两种不同倾向愈益明显。诗僧皎然上继殷璠,发展了中国古代的诗歌美学;高仲武则与殷璠一样,以《中兴间气集》表现了自己的审美主张。与皎然、高仲武不同,元结则继承杜甫的论诗精神,强调诗歌的教化规讽作用,成为新乐府运动的先驱。这里我们重点考察皎然诗论与《文心

---

① [唐]李白:《古风五十九首》,瞿蜕园、朱金城校注:《李白集校注》,上海:上海古籍出版社,1980年,第91页。
② [唐]李白:《宣州谢朓楼饯别校书叔云》,瞿蜕园、朱金城校注:《李白集校注》,上海:上海古籍出版社,1980年,第1077页。
③ [唐]李白:《江上吟》,瞿蜕园、朱金城校注:《李白集校注》,上海:上海古籍出版社,1980年,第480页。
④ [唐]李白:《古风五十九首》,瞿蜕园、朱金城校注:《李白集校注》,上海:上海古籍出版社,1980年,第156页。

雕龙》之内在联系。皎然之诗论主要体现在《诗式》一书中。式者，法式也。《诗式》之作意在示人以作诗所应遵从的法度、格式。唐代以格、式论诗的著作颇多，多注意于诗歌形式的分类以及修辞造句的方法等等，唯皎然的《诗式》能着眼于诗歌艺术的本质及其内部规律，在文论史上占有重要地位。

首先是论诗之"德"与"体"。《诗式》中，皎然对诗歌艺术的风格有较多论述。在中国古代文论中，近于艺术风格的概念种种不一，如以"体"概括风格，《文心雕龙·体性》有"八体"之说，李峤《评诗格》把诗分为十体[1]，大多属风格问题；王昌龄《诗格》则谓"诗有五趣向"[2]，"趣向"即指诗歌风格。《诗式》对诗歌风格的分类更加详细。卷一有"诗有七德"[3]，即识理、高古、典丽、风流、精神、质干、体裁。"德"者，得也，指品性；"诗有七德"即诗歌有七种品性、特点，大抵属于风格论。又有"辩体有一十九字"，把诗分为十九"体"，各以一字加以概括，即高、逸、贞、忠、节、志、气、情、思、德、诚、闲、达、悲、怨、意、力、静、远，也大都属于风格范畴。皎然自谓："其一十九字，括文章德体风味尽矣。"[4] 也就是说，诗歌的风格，大体包括在这十九个字之中。值得注意的是，皎然在这里以"文章"指诗歌，既是唐人的普遍用法，亦与刘勰的"文章"概念相一致。所谓"德、体、风味"，以这样三个概念来把握诗歌的风格，既说明这一问题的复杂性，也说明中

---

[1] 参见张伯伟编著：《全唐五代诗格汇考》，南京：江苏古籍出版社，2002年，第142页。
[2] 张伯伟编著：《全唐五代诗格汇考》，南京：江苏古籍出版社，2002年，第182页。
[3] 李壮鹰校注：《诗式校注》，北京：人民文学出版社，2003年，第28页。
[4] 李壮鹰校注：《诗式校注》，北京：人民文学出版社，2003年，第69页。

国古代文论中的艺术风格论，注重事实的理解和把握，在概念上并不十分严格和统一。从《文心雕龙》之"八体"到《诗式》的众多"德体"，再到后来的"二十四诗品"，中国古代对艺术风格的研究是越来越精细的。

在上述多种多样的诗歌风格中，皎然推重的是高、逸的风格。"高"是"风韵朗畅"，"逸"是"体格闲放"①，其实质是"自然"，皎然赞赏的是"天真挺拔之句，与造化争衡"②，是一种妙造自然、堪与造化相比的纯真之境。他赞美苏、李诗"天予真性，发言自高"，赞美曹植诗"不由作意，气格自高"，更特别推重谢灵运，谓其"为文真于情性，尚于作用，不顾词采而风流自然"，对前人评"谢诗如芙蓉出水"③，深以为然。他认为，诗歌创作"成篇之后，观其气貌，有似等闲，不思而得，此高手也"。他推崇的"诗道之极"，是所谓"但见情性，不睹文字"④。正因如此，皎然反对破坏"自然"之美的一些做法。如对偶，他说"夫对者，如天尊地卑、君臣父子，盖天地自然之数。若斤斧迹存，不合自然，则非作者之意"⑤，也就是说，"对偶"要合乎自然，而不能一味求对、露出斧凿之痕。又如声律，其《诗议》便指责"律家之流，拘而多忌，失于自然"⑥。再如"用事"，他提出有"五格"，而以"不用事第一"，以免

---

① 李壮鹰校注：《诗式校注》，北京：人民文学出版社，2003年，第69页。
② 李壮鹰校注：《诗式校注》，北京：人民文学出版社，2003年，第1页。
③ 李壮鹰校注：《诗式校注》，北京：人民文学出版社，2003年，第103、110、118、118页。
④ 李壮鹰校注：《诗式校注》，北京：人民文学出版社，2003年，第39、42页。
⑤ 李壮鹰校注：《诗式校注》，北京：人民文学出版社，2003年，第57页。
⑥ 李壮鹰校注：《诗式校注》，北京：人民文学出版社，2003年，第374页。

"伤乎天真"。① 总之，表现纯真至性的"自然"乃是皎然的诗歌艺术准则，也是他所推崇的诗歌风格。这些主张看起来与《文心雕龙》似乎颇为不同，实则并不矛盾。如关于对偶，刘勰说："造化赋形，支体必双；神理为用，事不孤立。夫心生文辞，运裁百虑；高下相须，自然成对。"② 这与皎然强调的"自然"是一致的。再如声律，刘勰认为："音律所始，本于人声者也……故知器写人声，声非学器者也。"因而要求"吹律胸臆，调钟唇吻"③，仍是"自然"的要求。

实际上，达到"自然"之境并非轻而易举，而是需经过艰苦的磨炼，要有不自然的过程。对此，皎然有着清醒的认识。他说："或云：诗不假修饰，任其丑朴，但风韵正、天真全，即名上等。予曰：不然。无盐阙容而有德，曷若文王太姒有容而有德乎？又云，不要苦思，苦思则丧自然之质。此亦不然。夫不入虎穴，焉得虎子？取境之时，须至难至险，始见奇句。成篇之后，观其气貌，有似等闲，不思而得，此高手也。"④ 可见，要求自然、不露雕琢的痕迹是毫无疑问的；但这种自然却不是古朴、原始、粗糙的自然，而是经过精心的艺术加工以后的自然。所谓"至丽而自然"⑤，"自然"与"至丽"是统一在一起的。这样，皎然的"自然"虽充满禅意，却又是着眼于诗歌艺

---

① 李壮鹰校注：《诗式校注》，北京：人民文学出版社，2003年，第30、36页。
② ［梁］刘勰：《文心雕龙·丽辞》，戚良德辑校：《文心雕龙》，上海：上海古籍出版社，2015年，第209页。
③ ［梁］刘勰：《文心雕龙·声律》，戚良德辑校：《文心雕龙》，上海：上海古籍出版社，2015年，第200、201页。
④ 李壮鹰校注：《诗式校注》，北京：人民文学出版社，2003年，第39页。
⑤ 李壮鹰校注：《诗式校注》，北京：人民文学出版社，2003年，第26页。

术本身特点的。禅家之"自然",可以说完全是一种天然、浑朴,毫无人工破坏的自然,近于造化;而这种诗歌艺术的"自然",却是经过人为加工的,只不过要求这种加工不露痕迹。显然,这与《文心雕龙》的精神就完全一致了。

其次是论"境"与"情"。论诗言"境",最早见于王昌龄《诗格》。皎然在其基础上,以佛家哲学为指导,做出了更进一步的概括。皎然有时以"境"指外在的物象,如其诗中有"万境澄以净""境清觉神王"[1] 等句,这里的"境"主要是指客观的物象,但又与一般的自然物象有所不同,而是一种特定心境下的特定物象。至于"闲坐见真境"[2],其"境"主要就是一种身心修养的境界了。这些"境"并非直接论诗,但与诗之境是有密切联系的。皎然直接论及诗境的,有以下两层含义:一是"境"指客观的自然景物,它是引发诗情之源。如:"缘境不尽曰情"[3]"诗情缘境发"[4]。陆机讲"诗缘情而绮靡"[5],这"情"从何而来?皎然做了回答,这"情"乃缘"境"而发,而且"缘境不尽曰情"。显然,这种"缘境"而生生不息之"情",已不是纯粹主观的抽象的情,而是结合着"境"的一种生动形象之情;可以说,这便是一种诗境。"不尽"者,正是这种诗境

---

[1] 中华书局编辑部点校:《全唐诗》(增订本),北京:中华书局,1999年,第9255、9256页。

[2] 中华书局编辑部点校:《全唐诗》(增订本),北京:中华书局,1999年,第9280页。

[3] 李壮鹰校注:《诗式校注》,北京:人民文学出版社,2003年,第70页。

[4] 中华书局编辑部点校:《全唐诗》(增订本),北京:中华书局,1999年,第9257页。

[5] [晋]陆机:《文赋》,杨明校笺:《陆机集校笺》,上海:上海古籍出版社,2016年,第17页。

的特点。二是"取境"之"境",皎然说:"取境之时,须至难至险,始见奇句。"又说:"夫诗人之思初发,取境偏高,则一首举体便高;取境偏逸,则一首举体便逸。"① 这个"境"已不是纯粹客观外物之境,而是与诗之"体"密切相关之境了。这里的"高"和"逸"乃皎然所推崇的诗之"体";"取境"之偏向不同,就决定了诗之"体"的不同,亦即整首诗风格的不同。那么,这个"境"乃是作者因景而生的"意象",是将要表现于诗歌之中的具体、形象的感情。所谓"取境",也就是说作者要表现哪一种感情倾向的问题。"诗情缘境发",而又"缘境不尽曰情",这"不尽"之情可以说千变万化、多姿多彩;即是说,诗人"缘境"之"不尽"的情感和思绪必非一种,而要写成于诗,必须表达某一方面、某种倾向的感情,而不可能把千思万绪都写到诗里去,因而便有决定取舍的问题亦即选择的问题;而选择表现哪种因境而生之情,当然也就决定着作品的风格。这大约就是皎然关于"取境"的思想了。值得注意的是,皎然不说"取意""取情"而曰"取境",正是既着眼于"情"乃"缘境"而生,又着眼于"境"表现着"情"的某种程度、阶段,因而,更鲜明生动,更具典型意义。

应该说,皎然论及的这个诗"境"之概念,《文心雕龙》基本没有涉及,但有研究者指出:"刘勰虽然未能正面揭橥意境论,但他却是唐以前从理论上为意境论的出现做贡献最大的一个。"② 何以如此呢?道理就在于,刘勰对物与情以及心与物之

---

① 李壮鹰校注:《诗式校注》,北京:人民文学出版社,2003年,第39、69页。
② 阮国华:《刘勰为意境论的出现所作的理论准备》,《文心雕龙学刊》第六辑,济南:齐鲁书社,1992年,第69页。

关系的研究，确乎通于中国古代的意境论；或者说，在意境论的道路上，在皎然论诗"境"之前，刘勰为其理论的出现奠定了重要基础。《神思》篇所谓"思理为妙，神与物游"，所谓"登山则情满于山，观海则意溢于海；我才之多少，将与风云而并驱矣"，所谓"神用象通，情变所孕。物以貌求，心以理应"①，其中都没有"境"，却又无一不与"境"有关，尤其是刘勰在"神与物游"基础上所提出的"意象"论，更与皎然的诗境论息息相通，这个"意象"其实便相当于皎然所谓诗之"境"。至于《物色》篇所谓"情以物迁，辞以情发"，所谓"《诗》人感物，联类不穷；流连万象之际，沉吟视听之区。写气图貌，既随物以宛转；属采附声，亦与心而徘徊"，以及"物色尽而情有余"②等论述，虽亦都未涉及"境"的问题，但其中对"物""物色"的描述，显然与"境"有着密切关系，乃诗境赖以产生的重要客观基础。

第三是论"复变"。与陈子昂、杜甫等人不同，皎然诗论侧重于研究诗歌艺术的审美特征及其美学规律。但由陈子昂正式开始的诗文革新运动毕竟是唐代诗坛、文坛之大事，皎然既要论诗，对此是不可能视而不见的。皎然论复、变，正是对诗歌艺术发展规律的思考，其理论矛头直接指向了陈子昂等人的诗文发展观。他说："作者须知复、变之道，反古曰复，不滞曰变。若惟复不变，则陷于相似之格，其状如驽骥同厩，非造父

---

① ［梁］刘勰：《文心雕龙·神思》，戚良德辑校：《文心雕龙》，上海：上海古籍出版社，2015 年，第 173、174 页。
② ［梁］刘勰：《文心雕龙·物色》，戚良德辑校：《文心雕龙》，上海：上海古籍出版社，2015 年，第 264、265 页。

不能辨；能知复、变之手，亦诗人之造父也。……复变二门，复忌太过，诗人呼为膏肓之疾，安可治也……夫变若造微，不忌太过，苟不失正，亦何咎哉？如陈子昂复多而变少，沈、宋复少而变多……后辈若乏天机，强效复古，反令思扰神沮。"[1]从诗歌的历史发展着眼，皎然将诗分为复古、通变二体。复古体是因袭、继承、反古之作，而通变是"通于变"之意，立足于创新，与复古是相对而言的。这里，皎然没有侧重于论述复古与通变即继承与革新的关系，而是着重强调"变"的重要性。所谓"惟复不变，则陷于相似之格，其状如驽骥同厩"，显然不满意复古而不变之作；不变便陷于与古人之作"相似"的境地，皎然认为此等作品犹如驽马。他明确指出："复忌太过"，过分的复古乃诗之"膏肓之疾"，是不可救药的。而"变若造微"，诗之创新是相当艰难的，犹如达于幽微之途，因而"不忌太过"，实际上是说创新无所谓过分的问题。这就充分肯定了诗歌创新的重要意义。这种对诗之创新的充分肯定和强调，正是针对陈子昂的复古主张而发的。皎然的指责未必都正确，但他对陈子昂过分重视复古的批评，应当说是有道理的，可以说是一种救偏之论。

可以看出，皎然的"复变"论虽然有着强烈的针对性，但其精神实质却与刘勰的"通变"论极为接近。《周易·系辞上》有曰："参伍以变，错综其数，通其变，遂成天下之文。"[2] 刘勰所谓"通变"，正取"通其变"之意，强调的是文章之变以及

---

[1] 李壮鹰校注：《诗式校注》，北京：人民文学出版社，2003年，第330页。
[2] 高亨：《周易大传今注》，济南：齐鲁书社，1979年，第532—533页。

新变的原则，所谓"通变无方，数必酌于新声；故能骋无穷之路，饮不竭之源"，所谓"文律运周，日新其业"①，与皎然对"变"的强调是完全一致的。同时，皎然对"若惟复不变，则陷于相似之格"等问题的批评，与刘勰对"夸张声貌，则汉初已极……广寓极状，而五家如一"②的批评，可谓如出一辙。因此，皎然虽未提及刘勰，但若谓其"复变"论有着《文心雕龙》通变观的影响，应该是并不为过的。

三、白居易诗论与《文心雕龙》

白居易是唐代新乐府运动的代表人物，无论是其创作还是理论都具有集大成的性质。从理论上说，他集中了元结、元稹等人的主要观点，全面而鲜明地论述了新乐府运动的文学主张，他的诗论代表作是《与元九书》。表面看来，新乐府运动与《文心雕龙》似乎关系不大，但我们仔细研读白居易的诗论，其与刘勰文论的内在联系却是显然可见的。

首先是论诗歌的本质。白居易在《与元九书》中谈到，自己早想"粗论歌诗大端，并自述为文之意，总为一书"，那么这篇书信正是要实现这一愿望。所谓"粗论歌诗大端"，即表明自己对诗歌的基本看法、基本观点。其云：

> 夫文尚矣！三才各有文。天之文三光首之，地之文五

---

① [梁]刘勰：《文心雕龙·通变》，戚良德辑校：《文心雕龙》，上海：上海古籍出版社，2015年，第185、186页。
② [梁]刘勰：《文心雕龙·通变》，戚良德辑校：《文心雕龙》，上海：上海古籍出版社，2015年，第185—186页。

第三章　唐宋《文心雕龙》的影响

材首之，人之文《六经》首之。就《六经》言，《诗》又首之。何者？圣人感人心而天下和平。感人心者莫先乎情，莫始乎言，莫切乎声，莫深乎义。诗者：根情，苗言，华声，实义。上自贤圣，下至愚骏，微及豚鱼，幽及鬼神，群分而气同，形异而情一，未有声入而不应，情交而不感者。①

可以看出，白居易继承了儒家诗论的精神，吸收了《荀子·乐论》《礼记·乐记》以及《毛诗序》等诗乐论的观点，对诗歌的本质特点做了更为详细而突出的说明。尤其是他对诗歌的定义："诗者，根情，苗言，华声，实义"，相当简洁而又全面地概括了诗歌的本质特征。他把诗歌比作一棵树，感情相当于树之根，语言相当于树之枝叶，音韵相当于树之花朵，而诗歌所蕴含的意义相当于树之果实。这个比喻是相当贴切的。"情"乃诗之根本，没有这个根本就没有诗，所谓"感人心者，莫先乎情"。这就将历代儒家诗论关于诗表情达意的观点加以集中突出的强调，至为鲜明。有了"情"这个根，诗之树就可以吐枝芽、开花朵、结果实了。感情直接或首先表现在语言上，因而语言就是直接从根上长出的枝叶；诗歌的语言要讲究声韵之美，这就犹如枝叶上还要开花；而诗歌最终还要起到某种作用，这是诗歌创作的意义之所在，这就好比树的果实了。白居易又进一步指出："因其言，经之以六义；缘其声，纬之以五音。音有

---

① ［唐］白居易：《与元九书》，朱金城笺校：《白居易集笺校》，上海：上海古籍出版社，1988年，第2790页。

韵，义有类。韵协则言顺，言顺则声易入；类举则情见，情见则感易交。"① 也就是说，为了语言的表达，便有"六义"的运用；为了声音的表达，便有"五音"的区别；而声音与语言又是不可分割的，所谓"韵协则言顺，言顺则声易入"。归根结底，则是为了感情的表达，为了感人至深，所谓"类举则情见，情见则感易交"。这一系列的关系，也就是"感人心者，莫先乎情，莫始乎言，莫切乎声，莫深乎义"了。《策林》中也说："大凡人之感于事，则必动于情，然后兴于嗟叹，发于吟咏，而形于诗歌矣。"② 这样，白居易从诗歌的产生入手，较为准确而系统地概括了诗歌的本质特征，可以说对儒家诗论做了一个总结。

从思想根源上说，《文心雕龙》是儒家思想指导下的文论，自然可以归入儒家文论系统。实际上，白居易上述理论主张的很多内容，与《文心雕龙》是完全一致的。所谓"夫文，尚矣"，这样的感叹和句式，其与《文心雕龙》的开篇之语"文之为德也大矣"何其相似；而所谓"三才各有文"，正是刘勰《原道》的基本观点，所谓"日月叠璧，以垂丽天之象；山川焕绮，以铺理地之形：此盖道之文也"，所谓"惟人参之，性灵所钟，是谓三才。为五行之秀气，实天地之心。心生而言立，言立而文明，自然之道也"③，以之为白居易的理论之本，亦不为过。至于所谓"人之文，《六经》首之；就《六经》言，《诗》

---

① ［唐］白居易：《与元九书》，朱金城笺校：《白居易集笺校》，上海：上海古籍出版社，1988年，第2790页。
② ［唐］白居易：《策林四》，朱金城笺校：《白居易集笺校》，上海：上海古籍出版社，1988年，第3551页。
③ ［梁］刘勰：《文心雕龙·原道》，戚良德辑校：《文心雕龙》，上海：上海古籍出版社，2015年，第3页。

又首之",这与刘勰《征圣》《宗经》的基本观点是完全一致的。具体到白居易对诗歌的定义,其以"情"为诗之根本的主张,与刘勰的情本论亦并无二致。刘勰说:"故诗者,持也,持人情性。"又说:"人禀七情,应物斯感,感物吟志,莫非自然。"① 所谓"情者,文之经;辞者,理之纬"②,所谓"绘事图色,文辞尽情"③,其理论主张的一脉相承是显然可见的。

其次是论写作的原则。《与元九书》除了"粗论歌诗大端",更重要的是"自述为文之意",亦即阐明自己的创作原则和目的。其云:

> 自登朝来,年齿渐长,阅事渐多。每与人言,多询时务,每读书史,多求理道。始知文章合为时而著,歌诗合为事而作。……仆当此日,擢在翰林,身是谏官,月请谏纸,启奏之外,有可以救济人病,裨补时缺,而难于指言者,辄咏歌之,欲稍稍递进闻于上。④

可以说,"文章合为时而著,歌诗合为事而作"便是白居易的创作原则,也是新乐府运动的一面旗帜;而"救济人病,裨补时缺"便是与之相关的创作目的。这两方面,乃是新乐府运动的

---

① [梁]刘勰:《文心雕龙 明诗》,戚良德辑校:《文心雕龙》,上海:上海古籍出版社,2015年,第31页。
② [梁]刘勰:《文心雕龙·情采》,戚良德辑校:《文心雕龙》,上海:上海古籍出版社,2015年,第193页。
③ [梁]刘勰:《文心雕龙·定势》,戚良德辑校:《文心雕龙》,上海:上海古籍出版社,2015年,第189页。
④ [唐]白居易:《与元九书》,朱金城笺校:《白居易集笺校》,上海:上海古籍出版社,1988年,第2792页。

精髓、实质所在，也是白居易诗论的中心所在。

在中国文论史上，何休曾谓《诗经》是"饥者歌其言，劳者歌其事"[1]，班固谓汉乐府是"感于哀乐，缘事而发"[2]，都较准确地揭示了一种创作原则；但是他们是对《诗经》、汉乐府研究的结论。与之不同的是，白居易鲜明地提出了自己的创作原则："文章合为时而著，歌诗合为事而作。"所谓"为时"，就是要贴近时代、反映时代的重大问题；所谓"为事"，就是要密切关注现实，如实地表达民情。也就是《新乐府序》中所说的："为君、为臣、为民、为物、为事而作，不为文而作也。"[3] 如此明确的创作原则，使白居易写出了一批极富现实意义的优秀诗作，传颂千古、妇孺皆晓。然而，我们不能忽略的是，在《文心雕龙》之中，类似的说法却并不鲜见。尤其是《时序》篇所谓"文变染乎世情，兴废系乎时序"[4] 之论，虽非就创作原则而言，但正可视为白居易"为时""为事"原则的理论根据。至于所谓"不为文而作"之论，则与刘勰提倡"为情而造文"、反对"为文而造情"的主张完全一致，亦可视为刘勰之论的延续和发挥。

正因为强调"为时""为事"而作，强调"救济人病，裨补时缺"，所以白居易特别重视"讽谕"诗，要求诗歌要合于

---

[1] 十三经注疏整理委员会整理：《春秋公羊传注疏》，北京：北京大学出版社，2000年，第418页。
[2] [汉] 班固：《汉书》卷三十，北京：中华书局，2011年，第1756页。
[3] [唐] 白居易：《新乐府序》，朱金城笺校：《白居易集笺校》，上海：上海古籍出版社，1988年，第136页。
[4] [梁] 刘勰：《文心雕龙·时序》，戚良德辑校：《文心雕龙》，上海：上海古籍出版社，2015年，第253页。

第三章　唐宋《文心雕龙》的影响

"风雅比兴"。他在《读张籍古乐府》中说："为诗意如何？六义互铺陈。风雅比兴外，未尝著空文。"① 他说自己写的诗"率有兴比，淫文艳韵，无一字焉"②。所谓"风雅比兴"，也就是美刺、比兴，尤其是讽刺劝谏之作，所谓"先向歌诗求讽刺"③是也。白居易把自己的诗分为四类，第一类便是讽谕诗。他说："自拾遗来，凡所遇所感，关于美刺兴比者，又自武德讫元和，因事立题，题为《新乐府》者，共一百五十首，谓之讽谕诗。"④ 这可以说是白居易自己最为看重的一类诗，因为这类诗体现了自己"为时""为事"的创作原则。

实际上，刘勰强调"为情而造文"，其重要着眼点之一亦在"讽谕"。他说："盖《风》《雅》之兴，志思蓄愤，而吟咏情性，以讽其上：此为情而造文也。"⑤ 正是白居易所谓"先向歌诗求讽刺"，虽然所谈对象并不相同，但他们二人的出发点可谓如出一辙。刘勰对"比兴"的论述，亦有这样的角度，其云："比则畜愤以斥言，兴则环譬以托讽；盖随时之义不一，故诗人之志有二也。"⑥ 亦正是白居易所谓"风雅比兴外，未尝著空

---

① ［唐］白居易：《读张籍古乐府》，朱金城笺校：《白居易集笺校》，上海：上海古籍出版社，1988年，第5页。
② ［唐］白居易：《〈和答诗十首〉并序》，朱金城笺校：《白居易集笺校》，上海：上海古籍出版社，1988年，第103页。
③ ［唐］白居易：《采诗官》，朱金城笺校：《白居易集笺校》，上海：上海古籍出版社，1988年，第263页。
④ ［唐］白居易：《与元九书》，朱金城笺校：《白居易集笺校》，上海：上海古籍出版社，1988年，第2794页。
⑤ ［梁］刘勰：《文心雕龙·情采》，戚良德辑校：《文心雕龙》，上海：上海古籍出版社，2015年，第193页。
⑥ ［梁］刘勰：《文心雕龙·比兴》，戚良德辑校：《文心雕龙》，上海：上海古籍出版社，2015年，第213页。

文"。刘勰于诗之"六义",专辟《比兴》一篇进行集中论述,可谓用心良苦,而白居易对"比兴"的重视,显示出他们乃是心有灵犀、文心相通的。

四、不同的"原道"论

唐代文论的另一重要内容,是古文运动的理论。唐代中期的古文运动,是一场儒家文艺思想指导下的文风改革运动。其基本宗旨,一是主张文以明道,强调文章要有充实的内容,主要是贯彻孔孟之道;一是反对骈文、提倡散文。从文学精神上说,诗歌革新运动同古文运动是一致的,因而初唐史家对六朝文风的批判,既是诗歌革新理论的序幕,也是古文运动的理论准备。古文运动的理论,正式开始于盛唐时代的萧颖士、李华、贾至等人,稍后至中唐前期,又有独孤及、梁肃、柳冕等人,他们皆为古文运动的先驱者。至韩愈、柳宗元,便吸收前驱者言论中的一些合理成分,同时结合自身丰富的创作经验,使古文运动在理论、创作上都有了进一步发展。

韩愈可以说是唐中期文坛的领袖,其论文的中心是明道说。他的许多文章中都反复强调了这个问题。早期的《争臣论》说:"君子居其位,则思死其官;未得位,则思修其辞以明其道:我将以明道也,非以为直而加人也。"[1]《答李秀才书》亦说:"愈之所志于古者,不惟其辞之好,好其道焉尔。"[2]《题哀辞后》

---

[1] [唐]韩愈:《争臣论》,马其昶校注:《韩昌黎文集校注》,上海:上海古籍出版社,1986年,第112—113页。

[2] [唐]韩愈:《答李秀才书》,马其昶校注:《韩昌黎文集校注》,上海:上海古籍出版社,1986年,第176页。

说："愈之为古文，岂独取其句读不类于今者邪？思古人而不得见，学古道则欲兼通其辞；通其辞者，本志乎古道者也。"① 修辞的目的是明道，志于古文的目的也在于古之道，"明道"乃韩愈论文的中心是毫无疑问的。如所周知，《文心雕龙》的第一篇便是"原道"，刘勰也说"道沿圣以垂文，圣因文而明道"②，韩愈的明道说尤其是他的《原道》与《文心雕龙》有什么关系呢？

韩愈所明之道，乃儒家圣人之道。对此，韩愈说得明明白白。他说自己"生七年而学圣人之道以修其身"③，生二十八年而"名不著于农工商贾之版，其业则读书著文歌颂尧舜之道，鸡鸣而起，孜孜焉亦不为利；其所读皆圣人之书，杨墨释老之学无所入于其心；其所著皆约六经之旨而成文，抑邪与正，辨时俗之所惑。"④ 他要明的是儒家之道，且以"六经"为旨归，可谓纯粹而正统的儒家之道。他说："己之道乃夫子孟轲扬雄所传之道也。"⑤《原道》更明确指出："斯吾所谓道也，非向所谓老与佛之道也。尧以是传之舜，舜以是传之禹，禹以是传之汤，汤以是传之文武周公，文武周公传之孔子，孔子传之孟轲，轲

---

① ［唐］韩愈：《题哀辞后》，马其昶校注：《韩昌黎文集校注》，上海：上海古籍出版社，1986年，第304—305页。
② ［梁］刘勰：《文心雕龙·原道》，戚良德辑校：《文心雕龙》，上海：上海古籍出版社，2016年，第4页。
③ ［唐］韩愈：《上宰相书》，马其昶校注：《韩昌黎文集校注》，上海：上海古籍出版社，1986年，第156页。
④ ［唐］韩愈：《上宰相书》，马其昶校注：《韩昌黎文集校注》，上海：上海古籍出版社，1986年，第155页。
⑤ ［唐］韩愈：《重答张籍书》，马其昶校注：《韩昌黎文集校注》，上海：上海古籍出版社，1986年，第136页。

之死，不得其传焉。"① 韩愈要继承的，就是尧、舜、禹、汤、文、武、周公、孔子、孟子的儒家道统。所谓"明道"，也就是宣扬儒家的仁义道德。因而，韩愈的文以明道说不是一般地强调文章内容的重要性，而是有具体、明确的要求的。同是"原道"，韩愈和刘勰是大不一样的。

一种理论的提出，往往有着重要的社会、政治背景。韩愈既是一个文学家，又是一个政治家。时至唐代，他极力主张恢复纯粹的儒家道统，与其说着眼于文学，还不如说更着眼于政治。从韩愈对"道"的具体解释，可见其关注的重要内容之一，便是重新确立严格的君臣尊卑的关系。所谓"君者，出令者也；臣者，行君之令而致之民者也；民者，出粟米麻丝，作器皿、通货财，以事其上者也。君不出令，则失其所以为君；臣不行君之令而致之民，民不出粟米麻丝，作器皿、通货财，以事其上，则诛。"② 这幅严格的维护道统的面孔，所针对的正是安史之乱以后极为严重的藩镇割据的历史情形。这是韩愈所提出的救弊之药方，是为平定方镇叛乱所作的舆论准备。可以说，反对藩镇割据、维护中央政权，正是"原道"的重要政治目的之一。韩愈道统论的另一个重要目的，是反对佛老，尤其是佛教。这既是思想领域的斗争，更着眼于其政治意义。在唐代，佛道二教对国家的社会政治生活影响甚大。僧人、道徒往往参与政治、影响政局。同时，大量劳力成为寄生的僧人、道士并广造

---

① ［唐］韩愈：《原道》，马其昶校注：《韩昌黎文集校注》，上海：上海古籍出版社，1986年，第18页。
② ［唐］韩愈：《原道》，马其昶校注：《韩昌黎文集校注》，上海：上海古籍出版社，1986年，第16页。

佛寺、道观，也影响社会经济的发展以及社会风气。因此，韩愈对佛、道二教的反对也就十分坚决。他自谓为了反佛，"虽灭死万万无恨"①，其决心可见一斑。因此，韩愈的"明道"有着强烈的现实政治目的，这是与刘勰的根本不同之处。刘勰也要"征圣""宗经"，但其着眼点在圣人之"文"以及这种"文"的经典性，"文"本身的特点和规律才是重心所在。不过，刘勰也是一个儒家的信徒，其"论文"的目的首先是因为文章乃"经典之枝条"，其次是因为"文体解散"②，亦即"辞尚体要"的儒家文风遭到了破坏，因而从根本上说，他们的动机和目的其实并无二致，则所谓"原道"，既有内容和形式的不同，又毕竟都是共同的"原道"二字，它们之间乃是有着密切联系的。张文勋曾指出："种种迹象表明，唐代古文运动在理论上接受了《文心雕龙》中的'原道''征圣''宗经'思想，从而表明唐人对《文心雕龙》不可能没有研究，这是可以理解的。"③

就文章写作而言，韩愈有著名的"气盛言宜"之论。他说："夫所谓文者，必有诸其中，是故君子慎其实……本深而末茂，形大而声宏，行峻而言厉，心醇而气和。"④ 即文章写作从根本上取决于作家之内在修养，所谓"本深而末茂"。这种内在修养，包含了多方面的内容。首先当然是儒家修养。所谓"行之

---

① ［唐］韩愈：《与孟尚书书》，马其昶校注：《韩昌黎文集校注》，上海：上海古籍出版社，1986年，第215页。
② ［梁］刘勰：《文心雕龙·序志》，戚良德辑校：《文心雕龙》，上海：上海古籍出版社，2015年，第286页。
③ 张文勋：《文心雕龙研究史》，昆明：云南大学出版社，2001年，第521页。
④ ［唐］韩愈：《答尉迟生书》，马其昶校注：《韩昌黎文集校注》，上海：上海古籍出版社，1986年，第145页。

乎仁义之途，游之乎《诗》《书》之源，无迷其途；无绝其源，终吾身而已矣。"①儒学的修养乃终身之事，因为"仁义之人，其言蔼如也"②，这种修养直接关乎文章语言的风貌。其次是各种艺术修养，所谓"周诰殷盘，佶屈聱牙；《春秋》谨严，左氏浮夸，《易》奇而法，《诗》正而葩；下逮庄骚，太史所录，子云相如，同工异曲：先生之于文，可谓闳其中而肆于其外矣。"③广泛深厚的艺术修养，正是"闳中"的根本，是文章写作的关键之一。第三是其他各种修养，"凡自唐虞已来，编简所存，大之为河海，高之为山岳，明之为日月，幽之为鬼神，纤之为珠玑华实，变之为雷霆风雨，奇辞奥旨，靡不通达。"④ 这"靡不通达"的修养之功，乃是韩愈文章怪怪奇奇、滔滔汩汩、大势磅礴风格形成的根本所在。所谓"养其根以俟其实"，正是这种不断的修为，方能最终达到"浩浩乎沛然矣"的文思泉涌、得心应手的自由境界。

韩愈所提倡的这种修养功夫，颇似孟子的"养气"说。这种修养也就是养气，"气盛"是为了"言宜"，"气盛"才能"言宜"。韩愈说："气，水也；言，浮物也。水大而物之浮者大小毕浮，气之与言犹是也，气盛则言之短长与声之高下者皆宜。"⑤ 就

---

① [唐] 韩愈：《答李翊书》，马其昶校注：《韩昌黎文集校注》，上海：上海古籍出版社，1986年，第170页。
② [唐] 韩愈：《答李翊书》，马其昶校注：《韩昌黎文集校注》，上海：上海古籍出版社，1986年，第169页。
③ [唐] 韩愈：《进学解》，马其昶校注：《韩昌黎文集校注》，上海：上海古籍出版社，1986年，第46页。
④ [唐] 韩愈：《上兵部李侍郎书》，马其昶校注：《韩昌黎文集校注》，上海：上海古籍出版社，1986年，第143页。
⑤ [唐] 韩愈：《答李翊书》，马其昶校注：《韩昌黎文集校注》，上海：上海古籍出版社，1986年，第171页。

韩愈之"气"本身而言，与孟子的"我善养吾浩然之气"可以说是一脉相通的。其不同在于，其一，韩愈之"养气"是为了著文，"气盛"是为了"言宜"；而孟子的"养气"主要是一种道德修养。其二，如何养气以及养气的种种方面，韩愈都做了说明，这就有了具体的可行性，而不像孟子说得那样抽象。正因如此，韩愈的"气盛言宜"之论成为古文运动的重要理论之一。值得注意的是，《文心雕龙》也有"养气"论，其与孟子、王充等人的"养气"说有着密切联系，刘勰认为："心虑言辞，神之用也。率志委和，则理融而情畅；钻砺过分，则神疲而气衰：此性情之数也。"因而，他要求"吐纳文艺，务在节宣：清和其心，条畅其气"，所谓"玄神宜宝，素气资养"[①]，这些说法虽与韩愈之论并不完全一致，但仍可视为韩愈"气盛言宜"之论的重要思想资源。

应该说，在古文运动的大潮之中，《文心雕龙》的地位是颇为尴尬的。古文运动的矛头直指骈文，而刘勰不仅不反对骈文之美，而且身体力行，以精致的骈文写成自己的"论文"之作。因此，从表面上看，《文心雕龙》在中唐难以得到重视，乃是可想而知的。然而，古文运动的理论旗帜是"文以明道"，此"道"乃周公、孔子、孟子之道，这不仅与刘勰"征圣""宗经"之旨是一致的，而且与"齿在逾立，则尝夜梦执丹漆之礼器，随仲尼而南行"[②]的刘勰，在精神上也是相通的。虽然刘勰

---

① ［梁］刘勰：《文心雕龙·养气》，戚良德辑校：《文心雕龙》，上海：上海古籍出版社，2015年，第239、240页。

② ［梁］刘勰：《文心雕龙·序志》，戚良德辑校：《文心雕龙》，上海：上海古籍出版社，2015年，第286页。

所原之"道"与韩愈所原之"道"大异其趣，而且刘勰"征圣""宗经"的目的在于找到为文的法则，而韩愈所谓"修其辞"的最终目的乃是"以明其道"，但实际上，韩愈的最终成就是文章，就文章写作本身而言，韩愈的理论和实践与刘勰所谓"为文之用心"的要求并不矛盾，所谓"气盛言宜"之论，最终也就与《文心雕龙》殊途同归了。

文道关系历来是中国文论中带有根本性的问题，不同的时代，每个理论家都有不同的回答。到了宋代，道和文的关系就更成了一个大问题。宋代有所谓"道学"，道学家论文的首要问题当然是道和文的关系。既名为道学，则所谓文道关系也就不言而喻：道当然是本，文只能是末。朱熹说："道者文之根本，文者道之枝叶。惟其根本乎道，所以发之于文，皆道也。三代圣贤文章皆从此心写出，文便是道。"① 所以文章必须"一出于道"②，"这文皆是从道中流出"③，反映"道"，表现"道"，文章写作也不过是一种道德修养。著名道学家周敦颐亦明确提出："文，所以载道也。"他认为："文辞，艺也；道德，实也。笃其实，而艺者书之……不知务道德而第以文辞为能者，艺焉而已。"④ 这样的文道关系，看起来与《文心雕龙》所谓"文之为德也大矣"的认识明显不同，这大约正是曹学佺所谓"'文'之

---

① [宋]朱熹：《朱子语类》卷一百三十九，《朱子全书》第十八册，上海：上海古籍出版社，2002年，第4314页。
② [宋]朱熹：《读唐志》，《朱子全书》第二十三册，上海：上海古籍出版社，2002年，第3374页。
③ [宋]朱熹：《朱子语类》卷一百三十九，《朱子全书》第十八册，上海：上海古籍出版社，2002年，第4298页。
④ [宋]周敦颐：《周子通书》，上海：上海古籍出版社，2000年，第39页。

一字,最为宋人所忌"的情形了。或如南宋末年周密所说:"宋之文治虽盛,然诸老率崇理性,卑文艺。朱氏主程而抑苏……水心叶氏云'洛学兴而文字坏',至哉!言乎。"①

然而,事情并非如此简单。一个明显的道理是,"文"即便只是用以"载道",反过来说,没有这个文,又何以载之?朱熹就说:"文所以载道,犹车所以载物。故为车者必饰其轮辕,为文者必善其词说,皆欲人之爱而用之。"② 所以,文又仍然是重要的,是值得认真研究的,则其与《文心雕龙》之理,便仍然不远。朱熹有云:"圣人之言坦易明白,因言以明道,正欲使天下后世由此求之。"③ 这便是对"言"的要求或标准,而这个标准更与刘勰提倡的"辞尚体要"之论相一致。朱熹还说:"前辈文字有气骨,故其文壮浪。"④ 以所谓"壮浪"为特点的这一"气骨",与刘勰的"风骨"之论就更是相去不远了。又如宋代道学的著名人物邵雍,他有着"以物观物"的著名论断。其谓:"以物观物,性也。以我观物,情也。性公而明,情偏而暗。"⑤又说:"任我则情,情则蔽,蔽则昏矣;因物则性,性则神,神则明矣。"⑥ 这里所谓"神",主要是指客观事物的"精神";所

---

① [宋]周密撰、邓子勉校点:《浩然斋雅谈》,沈阳:辽宁教育出版社,2000年,第12页。
② [宋]朱熹:《通书》,《朱子全书》第十二册,上海:上海古籍出版社,2002年,第121页。
③ [宋]朱熹:《朱子语类》卷一百三十九,《朱子全书》第十八册,上海:上海古籍出版社,2002年,第4313页。
④ [宋]朱熹:《朱子语类》卷一百三十九,《朱子全书》第十八册,上海:上海古籍出版社,2002年,第4313页。
⑤ [宋]邵雍:《皇极经世·观物外篇》,郭彧、于天宝点校:《邵雍全集》(三),上海:上海古籍出版社,2015年,第1218页。
⑥ [宋]邵雍:《皇极经世·观物外篇》,郭彧、于天宝点校:《邵雍全集》(三),上海:上海古籍出版社,2015年,第1217页。

谓"以物观物""因物则性",可以启发我们从"物"的角度出发去认识"物"、观察"物",从而更符合事物的本性,抓住事物的本性,亦即"性则神,神则明"的道理。对文学创作而言,邵雍要求"情累都忘去",做到物我"两不相伤",从而"因闲观时,因静照物,因时起志,因物寓言,因志发咏,因言成诗,因咏成声,因诗成音。"[①] 既要"吟咏情性",又要不"累于情性",这其实是一种很高的创作境界。邵雍的这些说法,我们不难在《文心雕龙》中找到类似之论,因为情与物的关系本来就是刘勰所要探讨的文章写作中的重要问题。《铨赋》所谓"情以物兴""物以情睹"之论,《神思》所谓"神与物游"之论,以及"神用象通,情变所孕。物以貌求,心以理应"之说,《物色》所谓"情以物迁,辞以情发"之说,皆为对情物关系的论述,只是比邵雍之论更为简洁。至于邵雍所谓"闲""静"之论,则与《神思》所谓"陶钧文思,贵在虚静",以及《物色》所谓"四序纷回,而入兴贵闲"之说,可谓完全一致了。

五、欧阳修文论与《文心雕龙》

从北宋初年直到北宋中叶的一百多年时间里,文坛上进行着一场所谓诗文革新运动,也被叫作复古运动或者古文运动。复古与革新本是两个截然相反的概念,但二者的结合与统一,在中国文学史上却并不鲜见。范仲淹说:"五代以还,斯文大剥,悲哀为主,风流不归。……因人之尚,忘己之实,吟咏性情而不顾其分,

---

[①] [宋]邵雍:《伊川击壤集序》,郭彧、于天宝点校:《邵雍全集》(四),"序",上海:上海古籍出版社,2015年,第2页。

风赋比兴而不观其时。故有非穷途而悲,非乱世而怨,华车有寒苦之述,白社为骄奢之语。学步不至,效颦则多。以至靡靡增华,愔愔相滥,仰不主乎规谏,俯不主乎劝戒。"① 这些批评,颇类刘勰在《情采》篇的痛斥,所谓"故有志深轩冕,而泛咏皋壤;心缠几务,而虚述人外:真宰弗存,'翩其反矣'"②,其与"华车有寒苦之述,白社为骄奢之语"何其相似。所谓诗文革新运动,其"革新"的对象便是范仲淹所指责的这种文风;所谓复古运动,其欲"复"之"古"则是所谓"韩柳文章李杜诗"③。这场运动的领袖和理论代表,无疑是欧阳修。

欧阳修最重要的理论主张,首先是文道说。如前所述,道和文的关系是中国文论中的大问题,更是宋代文论的中心问题;作为诗文革新运动的领袖,欧阳修当然会有自己的主张。苏轼曾说:"自汉以来,道术不出于孔氏,而乱天下者多矣。……五百余年而后得韩愈……愈之后二百有余年而后得欧阳子,其学推韩愈、孟子以达于孔氏。"④ 即是说,欧阳修不仅是韩愈道统的继承者,而且直追孔孟。意味深长的是,刘勰之"搦笔和墨,乃始论文",亦源于他"尝夜梦执丹漆之礼器,随仲尼而南行",所谓"大哉,圣人之难见也,乃小子之垂梦欤"⑤,正可视为孔

---

① [宋]范仲淹:《唐异诗序》,李勇先、王蓉贵校点:《范仲淹全集》,成都:四川大学出版社,2002年,第186页。
② [梁]刘勰:《文心雕龙·情采》,戚良德辑校:《文心雕龙》,上海:上海古籍出版社,2015年,第194页。
③ [宋]王禹偁:《赠朱严》,王延梯选注:《王禹偁诗文选》,北京:人民文学出版社,1996年,第169页。
④ [宋]苏轼:《六一居士集叙》,孔凡礼点校:《苏轼文集》,北京:中华书局,1986年,第316页。
⑤ [梁]刘勰:《文心雕龙·序志》,戚良德辑校:《文心雕龙》,上海:上海古籍出版社,2015年,第286页。

夫子近千年之后的重托。实际上,欧阳修也确实是韩愈之后儒家道统的一个极力倡导者。《答吴充秀才书》就明确表达了他的观点。其云:"圣人之文虽不可及,然大抵道胜者文不难而自至也。"这里明白无误地指出了道和文的关系,那就是道为本;只要"道胜",文便"不难而自至"。同时也意味着,只有"道胜",文才可能"胜",这是毫不含糊的。如果"道未足而强言",那只能是"愈力愈勤而愈不至";那些"不能纵横高下皆如意者,道未足也"。欧阳修说:"若道之充焉,虽行乎天地,入于渊泉,无不之也。"① 只要得"道",那就上天入地无所不能。对"道"的重视,可谓无以复加了。

"道"确乎是至高无上的,是为文之本;但在欧阳修那里,文未必只是末。作为一代大家和宗师,欧阳修比任何人都知道为文之难,也决不会视文学为"雕虫小技"。以下的一段话值得我们重视:

> 夫学者未始不为道,而至者鲜焉。非道之于人远也,学者有所溺焉尔。盖文之为言,难工而可喜,易悦而自足。世之学者往往溺之,一有工焉,则曰:"吾学足矣。"甚者至弃百事不关于心,曰:"吾文士也,职于文而已。"此其所以至之鲜也。②

---

① [宋]欧阳修:《答吴充秀才书》,李逸安点校:《欧阳修全集》,北京:中华书局,2001年,第664页。
② [宋]欧阳修:《答吴充秀才书》,李逸安点校:《欧阳修全集》,北京:中华书局,2001年,第664页。

这里，欧阳修以内行、细致而切合实际的笔触，道出了"文士"们的通病，那就是"往往溺之"：沉溺于自己的一隅之乐，沉溺于自己的一得之见，沉溺于自己的一时之"工"。"沉溺"便意味着自满甚至自负，以至于坐井观天，以至于两耳不闻窗外事。这里的"至弃百事不关于心"尤其值得重视。这说明欧阳修所谓"道"，真的是并不远人，而是与"百事"息息相关，甚至它就包括了"百事"。如果这样，那么对"道"的强调，不仅并不过分，而且是非常合理的了。这也并不奇怪，欧阳修是个文人、作家，他知道创作的甘苦，所谓"难工而可喜，易悦而自足"；他更体会得出懂得"百事"之于创作的重要性。

因此，就道和文的关系而言，欧阳修并没有什么新发明；但他对"道"的具体理解和阐述，应该说超出了一般古文运动提倡者的视野，而更切合文学创作的实际，从而具有重要的理论和现实意义。欧阳修之所以成为一代文坛领袖，良有以也。类似之论，我们也不难在《文心雕龙》中找到。《程器》有云："安有丈夫学文，而不达于政事哉？"又说："摛文必在纬军国，负重必在任栋梁；穷则独善以垂文，达则奉时以骋绩：若此文人，应'梓材'之士矣。"[①] 这与欧阳修要求关心"百事"的精神，乃是息息相通的。

其次是诗穷而后工的主张。在中国文论史上，这类观点每每而有，如欧阳修非常崇拜的韩愈就有这样的论点。但在《梅圣俞诗集序》等文中，欧阳修针对梅尧臣的诗作提出，可谓有

---

① ［梁］刘勰：《文心雕龙·程器》，戚良德辑校：《文心雕龙》，上海：上海古籍出版社，2015年，第282页。

感而发，谈得非常具体而切合实际，并非重复前人的观点。他说：

> 予闻世谓诗人少达而多穷，夫岂然哉？盖世所传诗者，多出于古穷人之辞也。凡士之蕴其所有而不得施于世者，多喜自放于山巅水涯。外见虫鱼草木风云鸟兽之状类，往往探其奇怪。内有忧思感愤之郁积，其兴于怨刺，以道羁臣、寡妇之所叹，而写人情之难言，盖愈穷则愈工。然则非诗之能穷人，殆穷者而后工也。①

欧阳修特别指出，不是诗使人"穷"，而是人"穷"以后诗才能"工"。何以如此？他的分析很具体。那些空怀大志而不能施展自己抱负的人，大多喜欢寄情山水，且往往寻幽探胜，穷其究竟；而心中的怨愤郁积，也往往发而为诗。在这个过程中，人情之"难言"的细微之处也便可以较容易地形之笔端，因为认识在不断地深入，感受也越来越真切。这便是诗穷而后工的道理，而且"愈穷则愈工"。欧阳修的这些论述，其中一些说法让我们似曾相识，如"忧思感愤之郁积"，与《情采》所谓"志思蓄愤"之论是一致的。

饶有兴味的是，欧阳修在介绍了梅尧臣因为"郁其所畜，不得奋见于事业"，从而"自以其不得志者，乐于诗而发之"的情况后，做了一个假设："若使其幸得用于朝廷，作为雅颂，以

---

① ［宋］欧阳修：《梅圣俞诗集序》，李逸安点校：《欧阳修全集》，北京：中华书局，2001年，第612页。

歌咏大宋之功德，荐之清庙，而追商、周、鲁《颂》之作者，岂不伟欤！"欧阳修应该清楚，果能如此，梅尧臣也许可以写出更多歌颂大宋之功德的"雅颂"之作，但那就是另一个梅尧臣了。那么，是欧阳修自己的理论有矛盾呢，还是欧阳修的这个假设纯属戏言？紧接着这个假设之后，是这样一段话："奈何使其老不得志，而为穷者之诗，乃徒发于虫鱼物类、羁愁感叹之言？世徒喜其工，不知其穷之久而将老也，可不惜哉！"[①] 这段话明白无误地表示出，欧阳修不仅是在真诚地做了这个假设，而且还深感痛心：他为梅尧臣的不得志而扼腕长叹，他对世人只知喜欢梅诗之"工"而忘记了其何以"工"，更忘记了梅尧臣"穷之久而将老"而深感惋惜。这里，欧阳修表现出了一个政治家对文学的特有的态度。他自己也是文学家，他知道创作的艰辛，他更知道怎样才能写出好的作品；但在文学和政治之间，他分出了轻重缓急。他并不以梅尧臣因穷苦困顿而成为出色的诗人而感到欣慰，恰恰相反，他表示了极大的惋惜和痛心；质言之，他认为梅尧臣应该有更大的作为，那当然是政治上的作为，哪怕他为此而不再是一个文学家。

其实，不只是欧阳修有这样的想法。在中国文论史上，有类似观点的人并不少见。曹植以文章为"小道"，刘勰更大声疾呼："安有丈夫学文而不达政事哉！"但后人却往往只看到他们在文学上的成就，而忽略了他们的初衷，这实在不是一个小问题。欧阳修之所以重提诗穷而后工的古话，完全是有感而发，

---

① ［宋］欧阳修：《梅圣俞诗集序》，李逸安点校：《欧阳修全集》，北京：中华书局，2001年，第612—613页。

重点其实是在这个经常为人们所忽略的"假设"及其以后的感叹。若准此论，则其与刘勰精神上的相通，更可称之为心有灵犀了。汪春泓曾指出："同样作为中国文化史上的巨人，苏轼是从文学创作论切入，由于其学养之深湛，识见之高妙，性情之健全，人格之高尚，与狭隘的道学家相比，在文、道关系论上，他更接近刘勰的思想，而且唐宋八大家在精神境界上其实是相通的，清钱谦益《复徐巨源书》说：'如欧阳之于子瞻，所谓付以斯文者。'指出欧阳修与苏轼文学思想的一致性，如此见解十分精辟，此辈巨子的共同点就是以刘勰为最高楷模，个人境界之高下，可与相距刘勰之近远作参照。"[①] 这是很有道理的。

[①] 汪春泓：《文心雕龙的传播和影响》，北京：学苑出版社，2002年，第211页。

第三章　唐宋《文心雕龙》的影响

《史通》与《文心雕龙》

有唐一代，《文心雕龙》之名并不彰显，但其影响却是多方面的。文论上的内在影响既如上述，其于艺术理论亦有相当的影响，如在唐代的书法理论之中，《文心雕龙》的身影便宛然可见。如张怀瓘《书议》说："以风骨为体，以变化为用。"① 便以"风骨"为书法艺术之主体和根本。唐代书法家徐浩在其《论书》一文中，更直接引用了刘勰论"风骨"之语："夫鹰隼乏彩，而翰飞戾天，骨劲而气猛也。翚翟备色，而翱翔百步，肉丰而力沉也。若藻耀而高翔，书之凤凰矣。欧、虞为鹰隼，褚、薛为翚翟焉。"② 但徐浩并未说明自己所引乃《文心雕龙》之语。王更生则指出："唐代注疏家如孔颖达、李善、吕向、张铣、李周翰等，撰《五经正义》，注《昭明文选》，对当时及后世学术界，思想界和文学界均有深远影响，但他们著书立说，无不采取刘勰《文心雕龙》作依据，而干没其名。"③ 此更说明

---

① ［唐］张怀瓘：《书议》，徐震堮等选编：《历代书法论文选》，上海：上海书画出版社，1979年，第148页。
② ［唐］徐浩：《论书》，徐震堮等选编：《历代书法论文选》，上海：上海书画出版社，1979年，第276页。
③ 王更生：《隋唐时期的"龙学"》，《文心雕龙研究》第一辑，北京：北京大学出版社，1995年，第19页。

《文心雕龙》在唐代的影响遍及文化学术之领域，只是"有的明引，有的暗用"① 而已。

《文心雕龙》在唐代的巨大影响，典型地体现在著名史学家刘知几及其《史通》一书中。正如蒋祖怡所说："在唐代，受《文心雕龙》影响最深的莫过于刘知几的《史通》了。"蒋先生认为："《史通》中论'史'的观点，基本上本于《文心雕龙·史传篇》。"② 王更生也认为："《文心雕龙·史传》篇，从字数多寡上看，虽仅及《史通》六十分之一，但由内容方面探讨，《史传》篇由史例、史评的阐发，旁推交通，论到著述的目的，和史家著述的观点，无一不和刘知几《史通》息息相关。"③ 应该说，这是一个令人深思的现象。《文心雕龙》是文论，《史通》是史学，在刘知几那里，文史已经分得很清楚，何以一部文论作品会对一部史学著作产生深刻影响？即使《文心雕龙》有《史传》篇，但那也是"论文"中的一篇，又何以成为《史通》之本？宋代黄庭坚便曾指出《文心雕龙》与《史通》有着密切关系，他说："刘勰《文心雕龙》，刘子玄《史通》，此两书曾读否？所论虽未极高，然讥弹古人，大中文病，不可不知也。"④ 明人王惟俭对此深信不疑，而谓："余既注《文心雕龙》毕，因念黄太史有云，论文则《文心雕龙》，评史则《史通》，二书不

---

① 王更生：《隋唐时期的"龙学"》，《文心雕龙研究》第一辑，北京：北京大学出版社，1995年，第25页。
② 蒋祖怡：《〈文心〉与〈史通〉》，《文心雕龙学刊》第三辑，济南：齐鲁书社，1986年，第43、45页。
③ 王更生：《隋唐时期的"龙学"》，《文心雕龙研究》第一辑，北京：北京大学出版社，1995年，第18页。
④ ［宋］黄庭坚：《与王立之》，刘琳等校点：《黄庭坚全集》，成都：四川大学出版社，2001年，第1370页。

可不观，实有益于后学，复欲取《史通》注之。"① 但如果说《文心雕龙》"大中文病"，自然没有问题，《史通》之作，何以亦"大中文病"？这除了说明黄庭坚心目中的"文"较为宽泛之外，更说明《文心雕龙》所论之"文"，决非后世纯艺术性的"文学"之文，从而《文心雕龙》也就决非一般的谈文论艺之作所可比拟，而是一部有着广泛覆盖面的文化经典。王更生指出："从学术领域上看：它影响范围广阔，无论是经部、史部、子部、集部，尤其集部，更旁涉总集和别集，可以说凡是文学理论的问题，不管是明滋或暗长，总与《文心雕龙》有关系。"② 其实，既然影响及于四部，也就决非仅仅关乎"文学理论"了，这正是两部书可以密切相关的奥秘之所在。

《文心雕龙》对《史通》的具体影响是什么呢？明代胡应麟说："《史通》之为书，其文刘勰也，而藻绘弗如。"③ 清人孙梅亦谓："《史通》一书，心摹手追者，《文心雕龙》也。观其纵横辨博，固足并雄；而丽藻遒文，犹或未逮。"④ 他们都认为《史通》在行文写作上取法《文心雕龙》，但文采尚有不足。这似乎意味着，刘知幾所向往的只是刘勰的文章笔法而已。然而，傅振伦认为："《文心》论文笔法，亦即所以言史法也。知幾之书多出于刘勰，故其书亦全模拟之，立意亦多取之也。两氏史

---

① ［明］王惟俭：《〈史通训故〉序》，《四库全书存目丛书》史部第279册，济南：齐鲁书社，1996年，第300页。
② 王更生：《隋唐时期的"龙学"》，《文心雕龙研究》第一辑，北京：北京大学出版社，1995年，第25页。
③ ［明］胡应麟：《少室山房笔丛》卷十三，北京：中华书局，1958年，第176页。
④ ［清］孙梅著、李金松校点：《四六丛话》卷三十二，北京：人民文学出版社，2010年，第644页。

学思想，亦多相同。"① 他指出："《文心雕龙》为文史类之书，然《史传》一篇，则论史之功用、源流利病、史籍得失及撰史态度，实为史评之先河。《史通》一书，即就《文心·史传篇》意推广而成。其全书亦即就《史传篇》'寻繁领杂之序，务信弃奇之要，明白头讫之序，品酌事例之条'诸义，而详加发挥者。……一论文学，一论史学，并具卓识。"② 正因如此，傅先生认为："《史通》各篇，亦多仿《文心》。"③ 他甚至具体列出了两部书篇目之间一一的对应关系：

> 《文心》《原道》《征圣》诸篇概论文学并及其起源，而《史通》有《六家》之篇。《文心》《宗经》至《书记》诸篇述文章派别，而《史通》有《二体》《杂述》诸篇。《文心》《神思》以下诸篇详治文之方法——文学艺术，而《史通》有《载言》以次三十一篇。《文心》有《体性篇》，而《史通》有《叙事篇》；《文心》有《镕裁篇》，而《史通》有《烦省篇》；《文心》有《时序》《才略》等篇，而《史通》有《言语》《核才》等篇；《文心》有《知音篇》，而《史通》有《鉴识》《探赜》《忤时》诸篇；《文心》有《程器篇》，而《史通》有《直书篇》；《文心》有《序志篇》，而《史通》有《自叙篇》。④

---

① 傅振伦编：《刘知幾年谱》，北京：中华书局，1963年，第22页。
② 傅振伦编：《刘知幾年谱》，北京：中华书局，1963年，第21页。
③ 傅振伦编：《刘知幾年谱》，北京：中华书局，1963年，第21页。
④ 傅振伦编：《刘知幾年谱》，北京：中华书局，1963年，第21—22页。按：张舜徽先生亦有大致相同的说法，当为沿袭傅先生之说。参见张舜徽：《史学三书平议》，北京：中华书局，1983年，第98—99页。

第三章 唐宋《文心雕龙》的影响

不仅如此，傅先生还从十七个方面详细列举了《史通》与《文心雕龙》众多说法的相同或一致之处，最后又列举刘知幾甚至沿袭了刘勰的一些错误说法，因而指出："盖知幾深信勰说，故取之而不疑。知幾熟读勰书，故行文构句，亦因习之而不改。知幾之学多导源于勰，信不诬也。"① 如此说来，两书深厚的渊源关系乃是并不多见的。

事实也是，在《文心雕龙》撰成两百年后，第一个认真分析这部文论著作之所以问世的，正是刘知幾。他在《史通》的《自叙》篇中列举了《淮南子》《法言》《论衡》《风俗通》《人物志》《典语》等诸书的著作缘起，在谈到《文心雕龙》产生的必然性时，他说："词人属文，其体非一，譬甘辛殊味，丹素异彩，后来祖述，识昧圆通，家有诋诃，人相掎摭，故刘勰《文心》生焉。"② 这里，刘知幾没有很直接地评价《文心雕龙》，但实际上却评价不低。他从文章写作艺术风格的多样性谈到人们对文章认识的偏颇，说明正确而公正的文章和文学理论批评是不容易产生的，从而说明《文心雕龙》产生的历史必然性，这就给了这部书非同一般的重要历史地位。同时，刘知幾在指出一般的文章批评"识昧圆通"的时候，也就肯定了《文心雕龙》之"圆通"的理论特色。所谓"圆通"，乃是议论通达而不失之过激，观点全面而不失之偏颇，可以说近于刘勰所说的"折衷"之境。刘勰超出齐梁时代"古今体之争"的一个重要特点，正是理论认识上的"圆通"。按照刘知幾的意思，那

---

① 傅振伦编：《刘知幾年谱》，北京：中华书局，1963年，第27页。
② ［唐］刘知幾：《史通·自叙》，［清］浦起龙释：《史通通释》，上海：上海古籍出版社，1978年，第291页。

就是刘勰能够理解文章的"其体非一",也就是艺术风格的多种多样,能够体验到文章写作的"甘辛殊味",从而做到理论和批评的公正。应该说,刘知幾主要的着眼点在于《文心雕龙》产生的现实针对性,也就是"家有诋诃,人相掎摭"的文章批评的混乱情形。所谓"圆通",首先便是较之一般人认识上的更为通达,其与沈约"深得文理"的评价相比较,是可以互相补充的。不过,刘知幾对《文心雕龙》的认识不仅更为具体,而且其将《文心雕龙》纳入一系列重要思想论著的产生链条之中,对其产生原因予以认真分析,这种理论上的自觉重视显然是空前的。当然,他的《史通》也正是在这一链条上的重要著作。其云:

> 若《史通》之为书也,盖伤当时载笔之士,其义不纯。思欲辨其指归,殚其体统。夫其书虽以史为主,而余波所及,上穷王道,下掞人伦,总括万殊,包吞千有。自《法言》已降,迄于《文心》而往,固以纳诸胸中,曾不懑芥者矣。夫其为义也,有与夺焉,有褒贬焉,有鉴诫焉,有讽刺焉。其为贯穿者深矣,其为网罗者密矣,其所商略者远矣,其所发明者多矣。[①]

张舜徽就此指出:"上文分举《淮南子》《法言》《论衡》《风俗通》《人物志》《典语》《文心雕龙》诸书既竟,此处又总言固已纳诸胸中,曾无懑芥,以明《史通》之作,乃继诸家而起。

---

① [唐]刘知幾:《史通·自叙》,[清]浦起龙释:《史通通释》,上海:上海古籍出版社,1978年,第291—292页。

第三章 唐宋《文心雕龙》的影响

综观《史通》全书，大抵勇于纠谬，能言人之所不敢言，与《论衡》为近。而论列史法，扬榷体例，则胎袭于《文心雕龙》者尤多。"①

刘知幾并不讳言自己对《文心雕龙》的倚重，他也是史上第一个大量引用《文心雕龙》，而且数次明确标注刘勰之名及其著作的人。如"昔刘勰有云：'自卿、渊已前，多役才而不课学；向、雄已后，颇引书以助文。'然近史所载，亦多如是。故虽有王平所识，仅通十字；霍光无学，不知一经。而述其言语，必称典诰。良由才乏天然，故事资虚饰者矣。"② 此处引《才略》之说为据，批评"事资虚饰"之风。又如："然其撰《甘泉赋》，则云'鞭宓妃'云云，刘勰《文心》已讥之矣。然则文章小道，无足致嗤。观其《蜀王本纪》，称杜魄化而为鹃，荆尸变而为鳖，其言如是，何其鄙哉！所谓非言之难而行之难也。"③ 此处引《夸饰》之语，说明虽"文章小道"，用词不慎尚且被讥笑，何况历史著作？不管刘知幾是否赞成刘勰之论，如此明确地引用，这在历史上是空前的，至少切实说明了《文心雕龙》在唐代的重要影响。

由于《文心雕龙》有《史传》篇，故多以为刘知幾作《史通》必先取法《史传》，即上述所谓本于《史传》而作《史通》，这似乎是情理之中的事情。刘知幾当然不会忽视《史传》篇，但总体来看，对一部近十万字的史学专著而言，一千多字

---

① 张舜徽：《史学三书平议》，北京：中华书局，1983年，第98页。
② ［唐］刘知幾：《史通·杂说下》，［清］浦起龙释：《史通通释》，上海：上海古籍出版社，1978年，第510页。
③ ［唐］刘知幾：《史通·杂说下》，［清］浦起龙释：《史通通释》，上海：上海古籍出版社，1978年，第519—520页。

的《史传》篇是不足以成为其根本纲领的。当然,更重要的还不是字数问题,从根本上说,作为一部文论著作中的一篇,《史传》并不符合刘知幾作《史通》的总体要求,也就难以承担纲领之任。实际上,刘知幾取法于《史传》篇的内容,决不比其他篇章更为突出。或者说,《史通》真正得之于《文心雕龙》的精髓,并不在《史传》篇。那么,《文心雕龙》之于《史通》的最大影响在哪里呢?笔者认为,主要是隐显两个方面。从隐而不彰的方面说,刘知幾熟读《文心雕龙》,从刘勰的思维方式到文章写作中的遣词造句,刘知幾对其熟悉程度和得心应手,可以说已经臻于化境。上述胡应麟、孙梅之语,皆有一半说得非常正确,那就是所谓"《史通》之为书,其文刘勰也"[1],所谓"《史通》一书,心摹手追者,《文心雕龙》也",所谓"纵横辨博,固足并雄"[2]也,刘知幾得刘勰为文真传,那是肯定没有问题的。但所谓"藻绘弗如"[3],所谓"丽藻遒文,犹或未逮"[4],则并非知言了,刘知幾有意为史,在他的心目中,文史的标准判然有别。其云:

> 自战国已下,词人属文,皆伪立客主,假相酬答。至于屈原《离骚》辞,称遇渔父于江渚;宋玉《高唐赋》,云梦神女于阳台。夫言并文章,句结音韵。以兹叙事,足

---

[1] [明]胡应麟:《少室山房笔丛》卷十三,北京:中华书局,1958年,第176页。
[2] [清]孙梅著、李金松校点:《四六丛话》卷三十二,北京:人民文学出版社,2010年,第644页。
[3] [明]胡应麟:《少室山房笔丛》卷十三,北京:中华书局,1958年,第176页。
[4] [清]孙梅著、李金松校点:《四六丛话》卷三十二,北京:人民文学出版社,2010年,第644页。

验凭虚。而司马迁、习凿齿之徒,皆采为逸事,编诸史籍,疑误后学,不其甚邪!①

所谓"言并文章,句结音韵",即是说其用语讲究文采和声韵,这对于"叙事"之作而言,是靠不住的。胡应麟所谓"藻绘"者,孙梅所谓"丽藻"者,皆等于刘知幾这里的"文章",原非史之本分,以文例史,乃不得要领也。

作为文章之师,刘勰对刘知幾的影响可谓"润物细无声",十分细微而并不彰显,却又无处不在,这就是上述傅振伦细辨《史通》与《文心雕龙》的根据所在;实际上,我们很难说《史通》的那些章节一定取法于《文心雕龙》,但又确乎有些影子。即使一些看上去较为明显的引用,如"轮扁所不能语斤,伊挚所不能言鼎",确乎来自《文心雕龙·神思》,但实际上,刘知幾用来说明"华逝而实存,滓去而浑在"的"叙事"之理,所谓"能损之又损,而玄之又玄"②,这与刘勰在《神思》的运用已风马牛不相及了。再如刘知幾对"知音"或"知音君子"等词的大量运用,诸如"庶知音君子,详其得失者焉"③"夫识宝者稀,知音盖寡"④"适使时无识宝,世缺

---

① [唐]刘知幾:《史通·杂说下》,[清]浦起龙释:《史通通释》,上海:上海古籍出版社,1978年,第521页。
② [唐]刘知幾:《史通·叙事》,[清]浦起龙释:《史通通释》,上海:上海古籍出版社,1978年,第171页。
③ [唐]刘知幾:《史通·邑里》,[清]浦起龙释:《史通通释》,上海:上海古籍出版社,1978年,第145页。
④ [唐]刘知幾:《史通·叙事》,[清]浦起龙释:《史通通释》,上海:上海古籍出版社,1978年,第167页。

知音"①"犹冀知音君子，时有观焉"②，等等，其显然取法刘勰，却与刘勰《知音》之意并不等同。至于杂糅《文心雕龙》之句式或文意而已用于表达自己的想法，这样的情况就更多了，如："斯则物有恒准，而鉴无定识，欲求铨核得中，其唯千载一遇乎！"③ 短短的几句话中，化用了《物色》"物有恒姿，而思无定检"、《序志》"唯务折衷"、《知音》"逢其知音，千载其一乎"等句，甚至其"铨核"之语，也化用自刘勰喜欢用的"铨评""铨配""铨列""铨贯""铨别"等语。由此不难看出，《文心雕龙》对《史通》这种细微而巨大的影响，犹如盐溶于水，虽不能说无迹可求，但一一寻踪，却是并不容易的。

《文心雕龙》对《史通》最大、最明显的影响，并非《史传》篇，而是刘勰对文的基本观念。可以说，正是刘勰的文章观，使得刘知幾找到了史学的安身立命之所，找到了自己可以一显身手的天地。《史通·载文》有云：

> 夫观乎人文，以化成天下；观乎国风，以察兴亡。是知文之为用，远矣大矣。若乃宣、僖善政，其美载于周诗；怀、襄不道，其恶存乎楚赋。读者不以吉甫、奚斯为谄，屈平、宋玉为谤者，何也？盖不虚美，不隐恶故也。是则

---

① ［唐］刘知幾：《史通·鉴识》，［清］浦起龙释：《史通通释》，上海：上海古籍出版社，1978年，第206页。
② ［唐］刘知幾：《史通·自叙》，［清］浦起龙释：《史通通释》，上海：上海古籍出版社，1978年，第292页。
③ ［唐］刘知幾：《史通·鉴识》，［清］浦起龙释：《史通通释》，上海：上海古籍出版社，1978年，第204页。

> 文之将史，其流一焉，固可以方驾南、董，俱称良直者矣。①

《文心雕龙·史传》有"辞宗丘明，直归南、董"②之语，是要求史书写作要像春秋时期的南史氏和董狐那样秉笔直书，而刘知幾则说文史本为一脉，正因其"不虚美、不隐恶"的实录，才可以与南史、董狐并驾齐驱，才可以称得上是"良文直笔"。看起来其化用了刘勰的文句，实则悄悄进行了转换，那就是无论文史，均需实录，善政要载其美，不道应存其恶，这样才能"以察兴亡"，也才能"以化成天下"。实际上，也只有在这个意义上，才有所谓"文之将史，其流一焉"。从而，所谓"文之为用，远矣大矣"，这里的"文"乃是与"史"不二的，均为"不虚美、不隐恶"之作。也正是在这里，刘知幾找到了刘勰这位知音。《文心雕龙》开篇即云："文之为德也，大矣！"又说："木铎启而千里应，席珍流而万世响；写天地之辉光，晓生民之耳目矣！"③而刘勰这个"文"，正是"肇自太极"的"人文"，所谓"观天文以极变，察人文以成化；然后能经纬区宇，弥纶彝宪，发挥事业，彪炳辞义"，这个"文"里面，正有着"史传"，则所谓"远矣大矣"的"文之为用"，不也正是"史"之为用吗？所以，说起来，刘知幾对刘勰所谓"直

---

① ［唐］刘知幾：《史通·载文》，［清］浦起龙释：《史通通释》，上海：上海古籍出版社，1978年，第123页。
② ［梁］刘勰：《文心雕龙·史传》，戚良德辑校：《文心雕龙》，上海：上海古籍出版社，2015年，第101页。
③ ［梁］刘勰：《文心雕龙·原道》，戚良德辑校：《文心雕龙》，上海：上海古籍出版社，2015年，第3、4页。

归南、董"的悄悄转化,并不违背《文心雕龙》的基本原则。这便是一个论文、一个论史,看起来原本属于两个领域的两部书,却有着密不可分关系的秘密所在。也正是在这个意义上,我们说刘勰对刘知幾影响最大的是其文章观念。如果没有这样宽泛的文章观念和文体意识,比如像钟嵘《诗品》那样只是论诗(五言诗),那么无论所论如何精彩,都不会成为刘知幾取法的对象。

其实,不用说诗了,即便是文,假如不符合实录的标准,也仍然是无用的。《载文》说:"爰洎中叶,文体大变,树理者多以诡妄为本,饰辞者务以淫丽为宗。譬如女工之有绮縠,音乐之有郑、卫。……若马卿之《子虚》《上林》,扬雄之《甘泉》《羽猎》,班固《两都》,马融《广成》,喻过其体,词没其义,繁华而失实,流宕而忘返,无裨劝奖,有长奸诈,而前后《史》《汉》皆书诸列传,不其谬乎!"① 饶有趣味的是,刘知幾这里的一些用词,皆取自刘勰,如对"诡妄""淫丽"的批判,"绮縠""郑卫"比喻之运用,"繁华失实""流宕忘返"之语,可以说这些用语本身均秉持刘勰之意,但它们整体要说明的问题则不然了。刘知幾要求的是"至如史氏所书,固当以正为主",是"其理谠而切,其文简而要,足以惩恶劝善,观风察俗者矣"②,总之是史之"良直",并从而发挥劝善惩恶、移风易俗之效用。说起来,刘知幾所要求的这些效用,与刘勰的想法

---

① [唐] 刘知幾:《史通·载文》,[清] 浦起龙释:《史通通释》,上海:上海古籍出版社,1978年,第123—124页。
② [唐] 刘知幾:《史通·载文》,[清] 浦起龙释:《史通通释》,上海:上海古籍出版社,1978年,第124页。

亦并不矛盾,甚至所谓"谠而切""简而要",也都是刘勰的文意;然而,对文论家的刘勰来说,并没有这么单纯,《文心雕龙》所论,原本有着多重指向和丰富的文意,因而具有相当的复杂性。但刘知幾似乎顾不上这么多,他只想取其所需,而在刘勰建构的理论大厦里,真可谓应有尽有,完全可以"任力耕耨,纵意渔猎"①,这便是《文心雕龙》的伟大,当然它又正好遇上了心有灵犀的刘知幾。

那么,刘知幾所要的文章是什么样的呢?其云:

> 盖山有木,工则度之。况举世文章,岂无其选,但苦作者书之不读耳。至如诗有韦孟《讽谏》,赋有赵壹《嫉邪》,篇则贾谊《过秦》,论则班彪《王命》,张华述箴于女史,张载题铭于剑阁,诸葛表主以出师,王昶书字以诫子,刘向、谷永之上疏,晁错、李固之对策,荀伯子之弹文,山巨源之启事,此皆言成轨则,为世龟镜。求诸历代,往往而有。苟书之竹帛,持以不刊,则其文可与三代同风,其事可与《五经》齐列。古犹今也,何远近之有哉?②

可见,从文体而言,刘知幾并无特别要求,举凡诗赋论铭、箴表疏策,皆有可取,要在"言成轨则,为世龟镜",也就是于世

---

① [梁] 刘勰:《文心雕龙·事类》,戚良德辑校:《文心雕龙》,上海:上海古籍出版社,2015年,第222页。
② [唐] 刘知幾:《史通·载文》,[清] 浦起龙释:《史通通释》,上海:上海古籍出版社,1978年,第127页。

有用，不尚虚谈，所谓"拨浮华，采贞实"[①]，只有这样的文章方可"与三代同风""与《五经》齐列"。当然，刘知幾所说乃所谓"为史而载文"，即选择可以载入史书之"文"，但也正因如此，这个"文"反而格外重要，选择的标准自然也较为严格，于此也就可以看到其重要的文章观念。这个观念既在《文心雕龙》的笼罩之下，又与刘勰的"论文"宗旨并不完全相同。

《文心雕龙》之文章观念对《史通》的笼罩表现在两个方面。一是刘勰"文之为德也，大矣"的理念，已被刘知幾贯彻到自己的史学观念之中，其"远矣大矣"的"文"相当于史。二是刘勰所谓"文体解散"的"论文"出发点，也被刘知幾运用到了史学理论的建树上，那就是其文史之辨。如上所述，在均为"实录"的意义上，"文之将史，其流一焉"，然而，另一个明显的事实，刘知幾无法视而不见，那就是大量的"文"并非"实录"，从而文史也就未必"流一"。对此，他是有着明确意识的，其云："昔尼父有言：'文胜质则史。'盖史者当时之文也，然朴散淳销，时移世异，文之与史，较然异辙。故以张衡之文，而不闲于史；以陈寿之史，而不习于文。其有赋述《两都》，诗裁《八咏》，而能编次汉册，勒成宋典。若斯人者，其流几何？"[②] 即是说，文史之所以"较然异辙"，走向了完全不同的道路，原因在于"朴散淳销"，这也可以说是一种"文体解散"，而且也颇类刘勰所谓"辞人爱奇，言贵浮诡；饰羽尚画，

[①] [唐]刘知幾：《史通·载文》，[清]浦起龙释：《史通通释》，上海：上海古籍出版社，1978年，第127页。

[②] [唐]刘知幾：《史通·核才》，[清]浦起龙释：《史通通释》，上海：上海古籍出版社，1978年，第250页。

文绣鞶帨"，乃至"离本弥甚，将遂讹滥"，这种过分雕琢修饰之风的盛行，也就意味着质朴淳厚之风的消散。只不过，刘勰说的是整个文风的变化，刘知幾说的却是文史之"异辙"。刘知幾进一步指出：

> 昔夫子有云："文胜质则史。"故知史之为务，必藉于文。自《五经》已降，《三史》而往，以文叙事，可得言焉。而今之所作，有异于是。其立言也，或虚加练饰，轻事雕彩；或体兼赋颂，词类俳优。文非文，史非史，譬夫乌孙造室，杂以汉仪，而刻鹄不成，反类于鹜者也。①

以前的"史"也就是"文"，固然在于其有着淳朴的共同特征，但所谓"文胜质则史"，说明史书要达成自己的目标，仍然离不开文的修饰，所谓"以文叙事"；文史之"异辙"在于，或者过分的修饰，所谓"虚加练饰，轻事雕彩"，或者体裁之不清，所谓"体兼赋颂，词类俳优"，以至于形成"文非文，史非史"的状态。这就愈发类似刘勰所谓"文体解散"之弊了，但刘知幾的着眼点仍然在于文史之"异辙"。有趣的是，刘知幾这里用的"刻鹄类鹜"，刘勰也用过，但那是用以论"比"，刘知幾则用以谈"文非文，史非史"的情形，可以说完全不同，但又确实来自《文心雕龙》。这便是典型的彼刘对此刘的影响，刘知幾

---

① [唐]刘知幾：《史通·叙事》，[清]浦起龙释：《史通通释》，上海：上海古籍出版社，1978年，第180页。

精熟文心之理且运用之妙，可谓不留痕迹。但总起来看，他接受了刘勰的文章观念，只不过用以谈史学，其之所以可能，原因就在于，在刘勰的观念体系中，文与史确乎是不矛盾的，《文心雕龙》中原本就有《史传》篇。

于是，不仅刘勰对齐梁文风的批判成了刘知幾的理论武器，而且《文心雕龙》大量的文章写作之道，自然也成了《史通》的著述之理，只不过仍然经过了刘知幾的悄悄转换。如谓："夫史之叙事也，当辩而不华，质而不俚，其文直，其事核，若斯而已可也。必令同文举之含异，等公干之有逸，如子云之含章，类长卿之飞藻，此乃绮扬绣合，雕章缛彩，欲称实录，其可得乎？"[1] 显然，刘知幾明确要求不能"雕章缛彩"，只能以"实录"为目标，这和《文心雕龙》所谓"古来文章，以雕缛成体"的说法截然不同。然而，所谓"辩而不华，质而不俚"，这与《文心雕龙》对文章的基本要求则是并不矛盾的。所谓"其文直"，与刘勰所谓"直而不野"[2] "义直而文婉"[3] 的要求也是一致的，《史传》原本就赞成"良史之直笔"[4]；所谓"其事核"，则正是来自刘勰的说法，如"体周而事核"[5]

---

[1] ［唐］刘知幾：《史通·鉴识》，［清］浦起龙释：《史通通释》，上海：上海古籍出版社，1978年，第205页。

[2] ［梁］刘勰：《文心雕龙·明诗》，戚良德辑校：《文心雕龙》，上海：上海古籍出版社，2015年，第31页。

[3] ［梁］刘勰：《文心雕龙·哀吊》，戚良德辑校：《文心雕龙》，上海：上海古籍出版社，2015年，第81页。

[4] ［梁］刘勰：《文心雕龙·史传》，戚良德辑校：《文心雕龙》，上海：上海古籍出版社，2015年，第101页。

[5] ［梁］刘勰：《文心雕龙·哀吊》，戚良德辑校：《文心雕龙》，上海：上海古籍出版社，2015年，第82页。

"事核而言练"①"事核理举"② 等。再如:"夫史之称美者,以叙事为先。至若书功过,记善恶,文而不丽,质而非野,使人味其滋旨,怀其德音,三复忘疲,百遍无斁,自非作者曰圣,其孰能与于此乎?"③ 这里的"质而非野"显然即是《明诗》的"直而不野",所谓"味其滋旨",亦可视为刘勰"余味日新"④"余味曲包"⑤"滋味流于字句"⑥"味之则甘腴"⑦ 等说法的化用。至于所谓"怀其德音",其中的"德音"即来自《文心雕龙》,如"有亏德音""德音大坏"⑧"崇让之德音"⑨ 等。

当然,更重要的不仅是这些文词、文意的袭用,而是关于文章基本美学观的一致。如上所述,"辞尚体要"是刘勰关于文章的基本要求,这个"体要"乃是切实而简要之意,既要"简要",又必须"辞约而旨丰,事近而喻远"⑩,以最少的语言表

---

① [梁]刘勰:《文心雕龙·诸子》,戚良德辑校:《文心雕龙》,上海:上海古籍出版社,2015年,第109页。
② [梁]刘勰:《文心雕龙·封禅》,戚良德辑校:《文心雕龙》,上海:上海古籍出版社,2015年,第138页。
③ [唐]刘知幾:《史通·叙事》,[清]浦起龙释:《史通通释》,上海:上海古籍出版社,1978年,第165页。
④ [梁]刘勰:《文心雕龙·宗经》,戚良德辑校:《文心雕龙》,上海:上海古籍出版社,2015年,第13页。
⑤ [梁]刘勰:《文心雕龙·隐秀》,戚良德辑校:《文心雕龙》,上海:上海古籍出版社,2015年,第232页。
⑥ [梁]刘勰:《文心雕龙·声律》,戚良德辑校:《文心雕龙》,上海:上海古籍出版社,2015年,第200页。
⑦ [梁]刘勰:《文心雕龙·总术》,戚良德辑校:《文心雕龙》,上海:上海古籍出版社,2015年,第247页。
⑧ [梁]刘勰:《文心雕龙·谐讔》,戚良德辑校:《文心雕龙》,上海:上海古籍出版社,2015年,第93、94页。
⑨ [梁]刘勰:《文心雕龙·书记》,戚良德辑校:《文心雕龙》,上海:上海古籍出版社,2015年,第160页。
⑩ [梁]刘勰:《文心雕龙·宗经》,戚良德辑校:《文心雕龙》,上海:上海古籍出版社,2015年,第13页。

达最丰富的意蕴。刘知幾便完全继承了这一文章美学观。他说："夫国史之美者，以叙事为工，而叙事之工者，以简要为主。简之时义大矣哉！"又说："然则文约而事丰，此述作之尤美者也。"① 其承袭刘勰之意，乃是显然可见的。其《叙事》篇又曰："夫饰言者为文，编文者为句，句积而章立，章积而篇成。篇目既分，而一家之言备矣。古者行人出境，以词令为宗；大夫应对，以言文为主。况乎列以章句，刊之竹帛，安可不励精雕饰，传诸讽诵者哉？"② 不仅这里对章句的论述以《文心雕龙》为根据，而且所谓"励精雕饰"，其与刘勰"雕琢其章"③之论已经完全一致了，这说明从根本上说，刘知幾对文章的用心修饰是并不反对的，不仅不反对，而且其上述所谓"简约"，乃是经过精心修饰之后的一种境界。其云："然章句之言，有显有晦。显也者，繁词缛说，理尽于篇中；晦也者，省字约文，事溢于句外。然则晦之将显，优劣不同，较可知矣。夫能略小存大，举重明轻，一言而巨细咸该，片语而洪纤靡漏，此皆用晦之道也。"④ 这里看起来更为推崇"省字约文，事溢于句外"的所谓"用晦之道"，但所谓"一言而巨细咸该，片语而洪纤靡漏"，这样的语言运用之境，没有精雕细刻的功夫，显然是难以达到的。

---

① [唐]刘知幾：《史通·叙事》，[清]浦起龙释：《史通通释》，上海：上海古籍出版社，1978年，第168页。
② [唐]刘知幾：《史通·叙事》，[清]浦起龙释：《史通通释》，上海：上海古籍出版社，1978年，第173页。
③ [梁]刘勰：《文心雕龙·情采》，戚良德辑校：《文心雕龙》，上海：上海古籍出版社，2015年，第194页。
④ [唐]刘知幾：《史通·叙事》，[清]浦起龙释：《史通通释》，上海：上海古籍出版社，1978年，第173页。

尤其值得注意的是，刘知幾这种对"用晦之道"的推崇，在很大程度上已经不是对史书的特别要求，或者说其着眼点已然不是专就史书而言了。纪昀曾指出："显晦云云，即彦和隐秀之旨。"① 一般的文章写作之道固然可以适用于史书，但即使在《文心雕龙》中，刘勰对"史传"的要求也毕竟有所不同，所谓"文非泛论，按实而书"，所谓"若任情失正，文其殆哉"，等等。对史书而言，"实录"应该是第一位的要求，而"隐秀"应该是比较远的要求了，或者说，它肯定不是史书的当务之急。然而，刘知幾却非常重视这个问题，或者说，很看重"隐秀"的文章境界。《叙事》有云：

> 昔古文义，务却浮词。……文如阔略，而语实周赡。故览之者初疑其易，而为之者方觉其难，固非雕虫小技所能斤非其说也。……斯皆言近而旨远，辞浅而义深，虽发语已殚，而含意未尽。使夫读者望表而知里，扪毛而辨骨，睹一事于句中，反三隅于字外。晦之时义，不亦大哉！②

我们不能不说，刘知幾显然深谙艺术的辩证法，所谓"文如阔略，而语实周赡"，所谓初看之下以为不难，真正做起来并不容易，这样的文章之境乃"言近而旨远，辞浅而义深"，具有言有尽而意无穷的艺术效果，从而能够反映事物的本质，使读者"睹一事于句中，反三隅于字外"，也就是达到了一唱三叹之境，

---

① ［清］纪昀：《史通削繁》卷二，上海：扫叶山房书局，1926年，第10页。
② ［唐］刘知幾：《史通·叙事》，［清］浦起龙释：《史通通释》，上海：上海古籍出版社，1978年，第173—174页。

令人流连忘返而陶醉其中。然而，这难道是史书的追求吗？或者说，一般的史书能够达到这样的境界吗？可以说，正是在这里，《史通》与《文心雕龙》殊途同归了，都进入了极高的文章境界。从这个意义上说，黄庭坚谓二书"大中文病"，要求后辈要读一读这两部书，也就在情理之中了。

综上所述，作为体大思精的论文之作，《文心雕龙》所谈大量为文之"术"，当然也会为刘知幾所采择，为他的史论服务。即是说，《文心雕龙》的文章写作之道，自然对《史通》产生了重要影响。不过这种影响，一方面是巨大的，另一方面又仍然带有刘知幾的采择特点。那就是，他大量运用刘勰的思想理论，采择刘勰的用词和文意，但整体上仍然是为了他的史学著作服务；看起来有着《文心雕龙》的外衣，实际上也确实不违背刘勰的意愿，却又与刘勰的整体思路相距甚远。《文心雕龙》对《史通》的影响就是如此微妙，换言之，刘知幾是一个相当高明的学生，他深深懂得老师的价值，但弱水三千，只取一瓢饮，他要让《文心雕龙》为他的《史通》服务。也正因如此，我们才在中华文化史上看到了一部了不起的史学著作，它受到《文心雕龙》一书的影响，却并不是《文心雕龙》的翻版，而是有着自己无可替代的重要价值。

第三章　唐宋《文心雕龙》的影响

《文心雕龙》的三大版本

一、唐写本《文心雕龙》

1907年，原籍匈牙利的英国探险家斯坦因（Marc Aurel Stein 1862—1943）从中国敦煌莫高窟的藏经洞盗走了大批极为珍贵的文物古籍，其中有一部残缺不全的唐写本《文心雕龙》，后为英国伦敦大英博物馆收藏，现藏于大英图书馆（亦称英国国家图书馆），编号S.5478。据潘重规描述："原本蝴蝶装小册子，共廿二叶，四界，乌丝栏。每半叶十行或十一行，行廿二、廿三字不等。"① 日本学者池田温则说："就是写在用两层上等质地的薄麻纸粘贴在一起制作成的粘叶装册子上的珍贵写本。"② 该本系用行草（或谓行书、草书）抄写，字体娟秀俊逸，确如饶宗颐所说："虽无钩锁连环之奇，而有风行雨散之致，可与日本皇室所藏相传为贺知章草书《孝经》相媲美。"③ 这部残卷自

---

① 潘重规：《唐写文心雕龙残本合校》，香港：新亚研究所，1970年，第1页。
② ［日］池田温著，张铭心、郝轶君译：《敦煌文书的世界》，北京：中华书局，2007年，第39页。
③ 饶宗颐：《敦煌写卷之书法》，《饶宗颐二十世纪学术文集》第十八册，台北：新文丰出版股份有限公司，2003年，第38页。

《原道》篇赞语的最后几句话,即"……体,龟书呈貌;天文斯观,民胥以效"开始,至"谐讔第十五"这一篇名为止,完整的内容实际上只有十三篇,即《征圣》《宗经》《正纬》《辨骚》《明诗》《乐府》《铨赋》《颂赞》《祝盟》《铭箴》《诔碑》《哀吊》《杂文》。从篇数而言,其为《文心雕龙》原书的四分之一略强;从篇幅而言,则仅有九千余字(《文心雕龙》篇幅较长的篇章为《史传》《书记》《时序》《才略》四篇,均不在其中),尚不足原书的四分之一。

唐写本《文心雕龙》具体抄于何时呢?日本学者铃木虎雄以为"盖系唐末钞本"①,赵万里则指出:"卷中渊字、世字、民字,均阙笔,笔势遒劲,盖出中唐学士大夫所书,西陲所出古卷轴,未能或之先也。"②杨明照亦说:"字作草体,卷中渊字、世字、民字,均阙笔。由铭箴篇张昶误为张旭推之,当出玄宗以后人手。"③林其锬认为:"此卷书写时间至迟不会晚于开、天之世,也有很大可能出于初唐人之手。"④张涌泉则谓:"该卷的抄写时间当在睿宗朝或睿宗朝以后。而从卷中'隆''豫''恒'等字不缺避而'旦'字及'旦'旁严格缺避的情况来看,尤以睿宗朝抄写的可能性为大。"⑤日本池田温说:"赵万里认为这个册子是中唐的,而范文澜认为这是晚唐写本,我认

---

① [日]铃木虎雄:《黄叔琳本文心雕龙校勘记》,《支那学研究》第一编,东京:斯文会,1929年,第161页。
② 赵万里:《唐写本文心雕龙残卷校记》,《清华学报》第二卷第一号(1926年6月)。
③ 杨明照校注拾遗:《文心雕龙校注》,北京:中华书局,1962年,第440页。
④ 林其锬:《〈文心雕龙〉主要版本源流考略》,林其锬、陈凤金集校:《增订文心雕龙集校合编》,上海:华东师范大学出版社,2011年,第864页。
⑤ 张涌泉:《敦煌本〈文心雕龙〉抄写时间辨考》,《文学遗产》1997年第1期。

为这恐怕是 8 世纪中叶盛唐时期中原的写本。"① 近年来，李明高通过多个角度的研究指出："综合上述诸多因素而论，敦煌本《文心雕龙》的抄写时间应为中唐，上限为玄宗开元时期，下限很可能在代宗李豫朝。"②

唐写本《文心雕龙》在校勘学方面具有无可替代的重要意义，堪称第一可靠之本，正如赵万里所说："据以迻校嘉靖本，其胜处殆不可胜数，又与《太平御览》所引，及黄注本所改辄合，而黄本妄订臆改之处，亦得据以取正，彦和一书传诵于人世者殆遍，然未有如此卷之完善者也。"③ 杨明照亦谓："原本既不可见，景片亦未入观；爰就沈兼士所藏晒蓝本迻录，比对诸本，胜处颇多。吉光片羽，确属可珍。"④ 今天我们虽仍难得一窥原本，但较为清晰的影本已可见到，其"胜处"也就不只"吉光片羽"了。除此之外，唐写本《文心雕龙》还具有两方面的重要历史意义。第一，它从一个侧面向我们展示了《文心雕龙》一书在唐代的流传情况。唐代著名史学家刘知幾说："敦煌僻处西域，昆戎之乡也。求诸人物，自古阙载。盖由地居下国，路绝上京，史官注记，所不能及也。"⑤ 然而，《文心雕龙》的手抄本恰恰传到了这样的僻壤远方，岂非耐人寻味？王更生说："从文化交流上看：'龙学'在隋唐，不仅受到国内学术界的注意，同时它更远

---

① ［日］池田温著，张铭心、郝轶君译：《敦煌文书的世界》，北京：中华书局，2007 年，第 39 页。
② 李明高：《敦煌本〈文心雕龙〉抄写时间考论》，《文心雕龙研究》第十一辑，北京：学苑出版社，2015 年，第 287 页。
③ 赵万里：《唐写本文心雕龙残卷校记》，《清华学报》第二卷第一号（1926 年 6 月）。
④ 杨明照校注拾遗：《文心雕龙校注》，北京：中华书局，1962 年，第 440 页。
⑤ ［唐］刘知幾：《史通·杂说下》，［清］浦起龙释：《史通通释》，上海：上海古籍出版社，1978 年，第 520—521 页。

离中土,在西域敦煌落地生根,在东方日本大放异彩。如果以今臆古,则刘勰《文心雕龙》早已跨出国门,走向世界。这不仅是刘勰个人的荣耀,也为中国文学理论,树立了一块历史的丰碑。"① 第二,它意味着刘勰的著书理想初步得以实现,那就是:"按辔文雅之场,环络藻绘之府,亦几乎备矣。"② 可以想见,如若不是《文心雕龙》有着指导文章写作的切实意义,何来奋力手抄,又何能传至"僻处"?正如王更生所说:"'龙学'在隋唐,从唐写敦煌遗书残卷蠡测,它不一定是家喻户晓,但必因知识分子的熟知而广为传习着。"③ 上引初唐诗人卢照邻所谓"异议锋起,高谈不息"④ 者,正说明《文心雕龙》流传一时之盛况,手持这部书而驰骋文坛之梦想,在其问世之后的两百年已然实现。

二、宋御览本《文心雕龙》

《文心雕龙》在两宋时期的传播,一方面流传渐广,另一方面完整的《文心雕龙》版本却又无一留存,这是一件令人颇感困惑的事情。南宋学者周煇在其《清波杂志》中曾记载北宋文人宋祁有这样一段话:

> 沈隐侯曰:"古儒士为文,当从三易:易见事,一也;

---

① 王更生:《隋唐时期的"龙学"》,《文心雕龙研究》第一辑,北京:北京大学出版社,1995年,第25页。
② [梁]刘勰:《文心雕龙·序志》,戚良德辑校:《文心雕龙》,上海:上海古籍出版社,2015年,第287页。
③ 王更生:《隋唐时期的"龙学"》,《文心雕龙研究》第一辑,北京:北京大学出版社,1995年,第16页。
④ [唐]卢照邻:《南阳公集序》,李云逸校注:《卢照邻集校注》,北京:中华书局,1998年,第317页。

易识事,二也;易读诵,三也。"邢子才曰:"沈侯文章,用事不使人觉,若胸臆语。"深以此服之。杜工部作诗,类多故实,不似用事者,是皆得作者之奥。樊宗师为文奥涩不可读,亦自名家。才不逮宗师者,固不可效其体。刘勰《文心雕龙》论之至矣。①

其中沈约与邢子才之论,均见于《颜氏家训·文章》篇,文字略有出入。关于这条资料的来源,周煇有云:"向传《景文笔录》,复得一编名《摘粹》,四十八事,如辨碑刻及字音三四条,皆互出。前所论文见于《摘粹》。"② 杨明照则谓其出于《宋景文杂志》③,然现存宋祁《宋景文公笔记》《宋景文杂说》均不见此条记载。这里的"《文心雕龙》论之至矣",自然是说刘勰在《事类》篇的有关论述,所谓"用事不使人觉""不似用事者"等说法,确与刘勰"用人若己"④之论完全一致。作为北宋著名文人,宋祁的这一态度显示,其于刘勰及其《文心雕龙》,一是非常熟悉,二是极为肯定。这或许可以说明,《文心雕龙》在宋代,确乎作为一部文论名著在流传。如汪春泓曾指

---

① [宋]周煇撰、刘永翔校注:《清波杂志校注》,北京:中华书局,1994年,第428页。
② [宋]周煇撰、刘永翔校注:《清波杂志校注》,北京:中华书局,1994年,第428页。按:此条资料,亦见于南宋张镃《仕学规范》卷三十二,谓"出宋文景公杂志"("文景公"当为"景文公"之误,景文为宋祁谥号),"易识事"作"易识字";又见于元代王构《修辞鉴衡》卷二,不载出处,"易识事"作"易见字"。
③ 杨明照:《文心雕龙校注拾遗》,上海:上海古籍出版社,1982年,第434页。
④ [梁]刘勰:《文心雕龙·事类》,戚良德辑校:《文心雕龙》,上海:上海古籍出版社,2015年,第222页。

出，宋人陈应行所编《吟窗杂录》中，"连续征引《文心雕龙》创作论及文学评论篇什中的文字，说明《文心雕龙》创作论作为一个自足的体系，全方位地为宋代诗歌创作提供理论滋养，而时人对这一体系的接受，也逐渐习惯于整体领会，而非截取片段，甚或断章取义。"① 特别是南宋著名学者王应麟，"对于《文心雕龙》十分倾心，他所编纂的《玉海》较多引用《文心雕龙》，尤其他所著《困学纪闻》颇以《文心雕龙》为谈助，足见在两宋学者中，王氏是与《文心雕龙》因缘最深者之一。" 汪先生还指出："王应麟几乎将《文心雕龙》视作学术圣典，在其整个学术活动中，他将《文心雕龙》学贯穿于其治学的所有领域，此种倍加尊重的态度，也反映出《文心雕龙》在博通四部的一流学者心目中的分量。"② 可见，《文心雕龙》在两宋时期的影响，在一定范围内已然相当深刻。

正如林其锬、陈凤金所指出："有宋一代，随着印刷术的发明与进步、文化事业的发达，《文心雕龙》也从写本到刊本，传播范围是更加广泛了。从今存史料可以见到：宋人于《文心雕龙》著录者八，品评者七，采撷者十二，引证者十一，考订者三。其中不仅如李昉等人的《太平御览》、潘自牧的《记纂渊海》、王应麟的《玉海》等类书有大量采撷，而且还有'辛处信注《文心雕龙》十卷'（见《宋史·艺文志》《通志·艺文略》《宋四库缺书目》）的记载。令人感到遗憾的是：在流传下来的三千多部二千多版种的宋椠书籍中，宋版单刻本《文心雕龙》竟一部也没有。

---

① 汪春泓：《〈文心雕龙〉的传播和影响》，北京：学苑出版社，2002年，第214页。
② 汪春泓：《〈文心雕龙〉的传播和影响》，北京：学苑出版社，2002年，第219、225页。

而采摭数量较大的前述几部类书，只有宋椠《太平御览》尚存，从中可窥见宋时流传的《文心雕龙》之一斑。"[1] 宋本《太平御览》引《文心雕龙》的传世，让我们略窥唐代以后《文心雕龙》版本的流传情况，也稍稍弥补了"辛处信注《文心雕龙》十卷"[2] 失传之遗憾，这确乎是非常幸运的事情。

据林、陈两位先生的统计，宋本《太平御览》中采摭的《文心雕龙》篇目，上篇涉及《原道》《宗经》《明诗》《铨赋》《颂赞》《铭箴》《诔碑》《哀吊》《杂文》《史传》《论说》《诏策》《檄移》《章表》《奏启》《议对》《书记》十七篇，下篇涉及《神思》《风骨》《定势》《事类》《指瑕》《附会》六篇，合为二十三篇；采摭内容为上述各篇的大部或部分，共计四十三则，总字数达九千八百六十八字。从采摭篇目来看，所涉篇章占《文心雕龙》五十篇的百分之四十六；从采摭内容而言，则超过《文心雕龙》全书总字数的百分之二十六，比唐写本《文心雕龙》残卷的字数还多出一千多字。其中采摭最多的是《明诗》《铨赋》《颂赞》《铭箴》《诔碑》《哀吊》《史传》《诏策》《檄移》《章表》《奏启》十一篇，几近全文引录；采摭较多的则是《原道》《杂文》《论说》《议对》《书记》五篇，也引录了大部分内容。[3] 毫无疑问，这样的规模已经不同于一般的征引，而具有了等同于唐写本《文心雕龙》残卷的意义；尤其是在宋本《文心雕龙》无一流传的情况下，其弥足珍贵是显然可

---

[1] 林其锬、陈凤金集校：《增订文心雕龙集校合编》，"前言"，上海：华东师范大学，2011年，第12页。
[2] ［元］脱脱等：《宋史》卷二百九，北京：中华书局，1977年，第5408页。
[3] 参见林其锬、陈凤金集校：《增订文心雕龙集校合编》，"前言"，上海：华东师范大学，2011年，第13页。

见的，正因如此，我们可以将宋本《太平御览》所引《文心雕龙》称之为宋御览本，以示其在《文心雕龙》版本学上之独特的价值和意义。

三、元至正本《文心雕龙》

从时间上看，金元两代有二百多年。这一时期在文论方面或许没有十分突出的成就，但在《文心雕龙》的传播史上却具有极为重要的意义，那就是元代《文心雕龙》至正刻本的诞生，结束了《文心雕龙》问世八百五十多年来尚无完整文本传世的历史，从而成为古典"龙学"史上一个划时代的事件。

元至正本《文心雕龙》刊刻及其样貌的基本情况，林其锬、陈凤金两位先生曾有描述，其云："元至正本系于元至正十五年（公元一三五五年），由刘贞主持刻于嘉兴郡学。此本乌丝栏，蝴蝶装，框高二三二毫米，宽一五六毫米，每半叶十行，行二十字，五篇相接为一卷，分卷另起，共计十卷。卷前有'曲江钱惟善'作于'至正十五年龙集乙未秋八月'的序，继有'《文心雕龙》目录'二叶。"[①] 自公元502年刘勰撰成《文心雕龙》以来，这部近四万言的"论文"之作方得有基本完整的文本传世，所谓"名山"事业，这对刘勰而言，亦可谓名副其实了。

根据卷首钱惟善之"序"记述："嘉兴郡守刘侯贞，家多藏书，其书皆先御史节斋先生手录。侯欲广其传，思与学者共之，刊梓郡庠，令余叙其首。"[②] 林其锬、陈凤金据以推断："此刻本

---

① 林其锬、陈凤金集校：《增订文心雕龙集校合编》，"前言"，上海：华东师范大学，2011年，第15页。
② ［元］钱惟善：《文心雕龙序》，林其锬、陈凤金集校：《增订文心雕龙集校合编》，上海：华东师范大学，2011年，第567页。

之母本系刘贞家藏其先人刘节斋的'手录'本，刘贞'欲广其传'故主持刻于嘉兴郡学的。……至于刘节斋'手录'本《文心雕龙》所据的底本何属？因无资料难以确考，但从此刻本字体秀逸刚劲，犹存宋椠遗风，以及书中诸如《议对篇》'鲁桓务议'之'桓'沿宋本真宗讳缺末笔作'柦'而未及改，还有沿唐、宋本'標'作'摽'，'以'作'巳'等未及改的情况看，源于宋椠大概是可信的。"①

作为现存最早的一个《文心雕龙》刻本，元至正本可谓稀世珍本，得到海内外学者普遍关注。该本用娟秀的赵孟頫体刊刻，疏朗悦目，犹有宋刊遗风。林其锬、陈凤金指出："元代《文心雕龙》至少有三种刻本：元至正本、黄丕烈校元本、伦明校元本。……可是，黄丕烈和伦明所校之元本均已佚传……今可见者，唯有上海图书馆藏的元至正刊本。此本因是孤本，长期以来鲜为人知，包括范文澜在内的许多学者未能亲见，更有不知天地间犹存此宝者，以为'徒存其名，至今并无实物传世'。"② 因此，该本在《文心雕龙》版本史上之重要性，是可想而知的。

不过，元至正本却并非完美无缺。其所存在的问题主要有两个：一是从版面看，内容缺少整一叶，即自《议对》篇"辞气质素以"之"以"字后，至《书记》篇"详观四书"之"书"字前，中间一叶为白版。以"每半叶十行，行二十字"计算，所缺这一叶的版面字数应为 400 字，但实际所缺则肯定

---

① 林其锬、陈凤金集校：《增订文心雕龙集校合编》，"前言"，上海：华东师范大学，2011 年，第 16 页。

② 林其锬、陈凤金集校：《增订文心雕龙集校合编》，"前言"，上海：华东师范大学，2011 年，第 15 页。

不足400字。由于这部分内容正好是《议对》篇的最后部分和《书记》篇的开头部分，按照其版式规则，《议对》篇最后之"赞曰"二字应占一行，赞词内容32字应占两行，下一篇篇题"书记第二十五"6字应占一行，此4行合计应空出40字，则所缺内容最多为360字。从《文心雕龙》通行本来看，所缺部分实为348字，则说明《议对》篇正文（即"赞曰"之前）的最后一行可能仅有8字。二是《隐秀》篇篇幅较短，仅279字（包括篇题），没有后世补入的400余字。詹锳曾指出："今传元朝刻本《文心雕龙》，每半叶十行，每行二十字。缺的这四百字，正合一板。"① 此盖从明清人之说，但从现存元至正本来看，这是不准确的，可能詹先生当时未见该本原貌。《隐秀》篇之缺并不像《议对》篇之缺，正合一叶，且为空白。从版面的角度说，元至正本《隐秀》篇其实是完整无缺的，只是其篇幅明显短一些、内容少一些而已；所谓"缺的这四百字"云云，乃以后人所补而逆推，是未必合适的。当然，就《隐秀》篇而言，与《文心雕龙》其他篇章相较，其篇幅明显要短，或有缺文，但所缺是否"正合一板"，至少从元至正本是看不出来的。即是说，就《隐秀》篇的情况来看，多半应该是元至正本所依据的母本有问题，而不是像《议对》篇那样缺少了一叶，两种情况是完全不同的。要之，从版本的角度而言，元至正本《文心雕龙》的最大瑕疵即有一叶为空白；除此之外，《序志》篇的最后一叶（即全书最后一叶）亦有较多缺字（空白）。总体而言，此为《文心雕龙》第一善本，乃是当之无愧的。

---

① 詹锳：《〈文心雕龙〉的风格学》，北京：人民文学出版社，1982年，第78页。

第四章
明代的《文心雕龙》评点

在思想文化史上，如《文心雕龙》这般追求"擘肌分理，唯务折衷"的理论境界，以"弥纶群言"为目标的集大成之作，虽然不至于永远被"藏之名山"，更不会遭到"焚书"之命运，但一般也难以产生短时间的轰动效应，更不可能出现洛阳纸贵的盛况，甚至在相当长的一个历史时期之内，或许都很难被广泛认可。上述《文心雕龙》唐、宋、元版本的稀缺，从一定程度上说明了这个问题。然而，这只是一个方面。另一方面则是，刘勰之广博而深厚的卓识远见，一如春雨润物，终会萌发于中国历代文论的原野上；《文心雕龙》之巨大而非凡的理论价值，亦犹"青山遮不住，毕竟东流去"，终究是难以埋没的。在明、清两代，《文心雕龙》已然受到了高度重视，得到了应有的崇高评价。明代的张之象说："至其扬榷古今，品藻得失，持独断以定群嚣，证往哲以觉来彦，盖作者之章程，艺林之准的也。"其抛开古文、骈文之争，认识到《文心雕龙》作为中国文论之独特而巨大的价值；所谓"作者之章程，艺林之准的"，其超出一般文论著作，是显然可见的。

明代文论与《文心雕龙》

明代文论表现出截然相反的两种倾向：一是向后看，要求复古，这在中国文论史上经常出现；一是向前看，适应时代的发展，为新的文学现象寻找理论根据。明代初年，占据文坛统治地位的是以"三杨"（杨荣、杨溥、杨士奇）为代表的所谓"台阁体"，传统的诗文创作没有什么突出的成就。时至中叶，随着反对"台阁体"的呼声日益高涨，一股文学复古思潮风靡文坛。这股思潮，自李东阳为首的"茶陵派"发端，由李梦阳、何景明为首的"前七子"（其余五人为徐祯卿、边贡、康海、王九思和王廷相）大力提倡，直至李攀龙、王世贞为首的"后七子"（其余五人为谢榛、宗臣、梁有誉、徐中行和吴国伦）以及胡应麟、屠隆等人，把复古主义推向高潮，绵延文坛达一百多年。

一、谢榛诗论与《文心雕龙》

谢榛为"后七子"中重要的理论家，其论诗著作为《四溟诗话》（一名《诗家直说》），在中国诗论史上有着重要影响。谢榛诗论的一个出色之点，是关于诗歌创作中情景关系的论述。

他说:"情景相触而成诗,此作家之常也。"① 所谓"情景相触",大体同于情景交融;所谓"作家之常",则是上升到了创作的一般规律。对这种"情景相触"的具体情形,谢榛有着详细的描述。其云:

> 作诗本乎情景,孤不自成,两不相背。凡登高致思,则神交古人,穷乎遐迩,系乎忧乐,此相因偶然,著形于绝迹,振响于无声也。夫情景有异同,模写有难易,诗有二要,莫切于斯者。观则同于外,感则异于内,当自用其力,使内外如一,出入此心而无间也。景乃诗之媒,情乃诗之胚;合而为诗,以数言而统万形,元气浑成,其浩无涯矣。②

对诗歌创作而言,情与景缺一不可,所谓"孤不自成,两不相背";只有"使内外如一,出入此心而无间",也就是做到情景交融,才能在数言之中融汇万物之景,才能做到所谓"元气浑成,其浩无涯",从而进入诗歌创作的最佳境界。所谓"景乃诗之媒,情乃诗之胚",可以说非常恰当而形象地描绘了诗歌创作中情景交融的关系。这个关系,与刘勰在《铨赋》《神思》《物色》等篇描绘的心物交融之理乃是完全一致的,而所谓"以数言而统万形",与《物色》篇"以少总多,情貌无遗"之论可

---

① [明]谢榛著,李庆立、孙慎之笺注:《诗家直说笺注》,济南:齐鲁书社,1987年,第487页。
② [明]谢榛著,李庆立、孙慎之笺注:《诗家直说笺注》,济南:齐鲁书社,1987年,第330页。

谓异曲同工。

　　作为情景交融的极境，是所谓"无我无物"。谢榛说："夫万景七情，合于登眺。若面前列群境，无应不真。忧喜无两色，偏正惟一心；偏则得其半，正则得其全。境犹心也，光犹神也。思入杳冥，则无我无物，诗之造玄矣哉！"① 正如登高远眺，万千之景进入诗人的视野，引起诗人的共鸣，或忧或喜、或悲或兴；悲喜兴忧之间，情景已经融合无间、难解难分了，所谓"境犹心也，光犹神也"，直至"思入杳冥"而臻"无我无物"之境，也就达到了诗歌创作的"玄"境，实乃进入情景不二、物我合一之佳境而已。实际上，所谓"万景七情，合于登眺"，正是刘勰所谓"原夫登高之旨，盖睹物兴情"②；所谓"无我无物"的情景交融之境，亦有类《神思》所谓"登山则情满于山，观海则意溢于海；我才之多少，将与风云而并驱矣"③。

　　可以看出，谢榛对诗歌艺术的独特之处是深有体会的。比如他反对"作诗贵先立意"之论，而主张"意随笔生"。其云："宋人作诗贵先立意。李白斗酒百篇，岂先立许多意思而后措辞哉？盖意随笔生，不假布置。"④ 应该说，"先立许多意思"的写作也并不鲜见，但更多的则是"意随笔生，不假布置"，不仅"李白斗酒百篇"如此，许多出色的诗歌也都是这样产生的。或

---

① ［明］谢榛著，李庆立、孙慎之笺注：《诗家直说笺注》，济南：齐鲁书社，1987年，第338页。
② ［梁］刘勰：《文心雕龙·诠赋》，戚良德辑校：《文心雕龙》，上海：上海古籍出版社，2015年，第50页。
③ ［梁］刘勰：《文心雕龙·神思》，戚良德辑校：《文心雕龙》，上海：上海古籍出版社，2015年，第173页。
④ ［明］谢榛著，李庆立、孙慎之笺注：《诗家直说笺注》，济南：齐鲁书社，1987年，第116页。

者说，真正成功的伟大作品，可能皆为"不假布置"的结果，很少是"先立意"而产生的。其中的道理何在？谢榛说："诗有天机，待时而发，触物而成；虽幽寻苦索，不易得也……所谓尽日觅不得，有时还自来也。"① 这显然本于陆机之论："方天机之骏利，夫何纷而不理？思风发于胸臆，言泉流于唇齿。……及其六情底滞，志往神留。兀若枯木，豁若涸流。……或竭情而多悔，或率意而寡尤。"② 但陆机并没有答案，而刘勰在《神思》篇中做了认真的研究和回答，他说："故思理为妙，神与物游。神居胸臆，而志气统其关键；物沿耳目，而辞令管其枢机。枢机方通，则物无隐貌；关键将塞，则神有遁心。"即是说，所谓"诗有天机"，这个"天机"并不神秘，一方面取决于上述情景之交融，亦即所谓"触物而成"，另一方面则有赖于作者的语言表达，所谓"意随笔生，不假布置"，"意"和"笔"固然有先后，但表面上的"不假布置"，可能正需要背后精心的"笔"力修炼。这个"意"不能"先立"而只能"随笔生"的道理在于，诗人之"意"只能来自"思入杳冥"的"无我无物"之浑成，则"意随笔生"者，实乃如刘勰所说："意授于思，言授于意；密则无际，疏则千里。或理在方寸，而求之域表；或义在咫尺，而思隔山河。"③ 所谓"不假布置"者，其理在此也。

---

① ［明］谢榛著，李庆立、孙慎之笺注：《诗家直说笺注》，济南：齐鲁书社，1987年，第207页。
② ［晋］陆机：《文赋》，杨明校笺：《陆机集校笺》，上海：上海古籍出版社，2016年，第40页。
③ ［梁］刘勰：《文心雕龙·神思》，戚良德辑校：《文心雕龙》，上海：上海古籍出版社，2015年，第173页。

实际上，并非所有的作品和所有的创作都是"意随笔生"的，尤其是那些长篇之作。谢榛认为："诗有辞前意、辞后意。唐人兼之，婉而有味，浑而无迹。宋人必先命意，涉于理路，殊无思致。"① 作诗之前"必先命意"，往往"涉于理路"而使作品淡乎寡味，也就是所谓"殊无思致"。那么，所谓"辞前意""辞后意"又是什么意思呢？对此，谢榛是这样解释的：

> 今人作诗，忽立许大意思，束之以句则窘，辞不能达，意不能悉。譬如凿池贮青天，则所得不多；举杯收甘露，则被泽不广。此乃内出者有限，所谓"辞前意"也。或造句弗就，勿令疲其神思，且阅书醒心，忽然有得，意随笔生，而兴不可遏，入乎神化，殊非思虑所及；或因字得句，句由韵成，出乎天然，句意双美，若接竹引泉而潺湲之声在耳，登城望海而浩荡之色盈目。此乃外来者无穷，所谓"辞后意"也。②

这里既有遣辞立意问题，更有艺术构思问题。所谓"辞前意"，与上面所批评的"宋人作诗贵先立意"的情形是基本相同的；表现在艺术构思上，则是冥思苦想而终于"内出者有限"。所谓"辞后意"，则又有不同的情形：有时是辞不达意，文思迟滞，这时就不必勉强，而是要"阅书醒心"，以俟灵感之至；所谓

---

① ［明］谢榛著，李庆立、孙慎之笺注：《诗家直说笺注》，济南：齐鲁书社，1987年，第114—115页。
② ［明］谢榛著，李庆立、孙慎之笺注：《诗家直说笺注》，济南：齐鲁书社，1987年，第474—475页。

"殊非思虑所及"，冥思苦索是没有用处的；有时则是"因字得句，句由韵成"，属于天然所得而"句意双美"，犹如大自然的无偿馈赠而源源不断，所谓"外来者无穷"。正是刘勰所谓"秉心养术，无务苦虑；含章司契，不必劳情也"①。

与上述认识相关，谢榛在其《四溟诗话》（《诗家直说》）中三次提到《文心雕龙·明诗》的一段话。其一曰："作诗不必执于一个意思，或此或彼，无适不可，待语意两工乃定。《文心雕龙》曰：'诗有恒裁，思无定位。'此可见作诗不专于一意也。"② 此论显然与上述"立意"之说有关，认为作诗应当等待"语意两工"，这可以视为"意随笔生"之论的生发，也是对"辞""意"关系的进一步讨论；此时征引刘勰之论，可谓关键之处的关键征引，说明其于《明诗》篇乃是相当重视的。其二曰："予因'生死'二字，偶成数语：'世不生我，莫知有天地焉。人虽知有天地，非我知也。夫有知归无知，天地有无之间尔。生死天地之机，天地生死之舍，孰能逃其舍而夺其机乎？'此刘勰所谓'思无定位'是也。"③ 谢榛竟然再一次征引了刘勰"思无定位"之论，其推重若此，颇为罕见。其三曰："'若妙识所难，其易也将至；忽之为易，其难也方来。'此刘勰《明诗》至要，非老于作者不能发。凡构思当于难处用工，艰涩一通，新奇迭出，此所以难而易也；若求之容易中，虽十脱稿而

---

① ［梁］刘勰：《文心雕龙·神思》，戚良德辑校：《文心雕龙》，上海：上海古籍出版社，2015年，第173页。
② ［明］谢榛著，李庆立、孙慎之笺注：《诗家直说笺注》，济南：齐鲁书社，1987年，第324页。
③ ［明］谢榛著，李庆立、孙慎之笺注：《诗家直说笺注》，济南：齐鲁书社，1987年，第505—506页。

无一警策,此所以易而难也。独谪仙思无难易,而语自超绝,此朱考亭所谓'圣于诗者'是也。"① 谢榛所引《明诗》这段话,正是针对"思无定位"而发,可见其于刘勰此论,印象何等深刻,认为这不仅是《明诗》篇"至要"之论,且"非老于作者不能发",认为其乃精于诗歌创作的根本之说。由此可以窥见,《文心雕龙》虽非专门诗论,但其中如《明诗》之篇,对明代诗论有着深远的影响。

二、王世贞诗论与《文心雕龙》

王世贞在李攀龙去世后主盟文坛二十年,为"后七子"的理论代表,其主要论文之作为著名的《艺苑卮言》。王世贞文论中首先值得注意的是意境论。中国古代意境理论源远流长,就其理论内涵而言,从皎然至司空图再到严羽,可以说已基本完成。明清以后,意境理论的丰富和发展主要是概念的明确及其运用,王世贞便是大量运用意境理论的第一人。如谓:"乐府之所贵者,事与情而已。张籍善言情,王建善征事,而境皆不佳。"又如:"'所以嵇中散,至死薄殷周',易安此语虽涉议论,是佳境,出宋人表。"② 其中所谓"境",即为意境。值得注意的是,"善言情""善征事"却都未必能够创造意境,而诗中虽有议论却也未必不能创造意境,这是一种独特的审美境界。王世贞有时就称其为"境界"。如说:"诗旨有极含蓄

---

① [明] 谢榛著,李庆立、孙慎之笺注:《诗家直说笺注》,济南:齐鲁书社,1987年,第482页。
② [明] 王世贞著,罗仲鼎校注:《艺苑卮言校注》,济南:齐鲁书社,1992年,第204、224—225页。

者,隐恻者,紧切者;法有极婉曲者,清畅者,峻洁者,奇诡者,玄妙者,《骚》、赋、古选、乐府、歌行,千变万化,不能出其境界。"又如:"徐凝'千古长如白练飞,一条界破青山色',极是恶境界,白亦喜之,何也?"① 前一"境界",与风格有着密切的关系;后一"境界"则说明,"境界"亦有美恶之分。

王世贞以意境理论评论诗歌作品,更以其考察诗歌的创作过程。他说:"西京、建安,似非琢磨可到。要在专习,凝领之久,神与境会,忽然而来,浑然而就。无岐级可寻,无色声可指。三谢固自琢磨而得,然琢磨之极,妙亦自然。"② 所谓"神与境会",这里的"境"还并非诗歌中的意境,而主要是一种客观之境,但又与诗人密切相关。所谓"忽然而来""浑然而就",这是诗人主观之"神"与客观之"境"的一种契合无间和深刻共鸣,是情和景的交融一体,因而这种"境"实即所谓"诗家之景"③,"神与境会"的结果便是意境的诞生。如谓:"遇有操觚,一师心匠,气从意畅,神与境合。"又如:"然则情景妙合,风格自上,不为古役,不堕蹊径者,最也。"④ 所谓"神与境合""情景妙合"等,主要就是指意境的创造过程。

作为"后七子"的理论代表,王世贞一方面仍然以复古为

---

① [明]王世贞著、罗仲鼎校注:《艺苑卮言校注》,济南:齐鲁书社,1992年,第59、192页。
② [明]王世贞著、罗仲鼎校注:《艺苑卮言校注》,济南:齐鲁书社,1992年,第25页。
③ [唐]司空图:《与极浦书》,祖保泉、陶礼天笺校:《司空表圣诗文集笺校》,合肥:安徽大学出版社,2002年,第215页。
④ [明]王世贞著、罗仲鼎校注:《艺苑卮言校注》,济南:齐鲁书社,1992年,第40、232页。

旨归，所谓"其书非先秦、两汉不读，其言非古昔先王不称"①，提倡"文必秦汉，诗必盛唐"；另一方面却又不能不思考，自"前七子"以来，文学的复古运动到底成就几何？作为一个文学家，王世贞不得不承认，复古运动的结果，"正变云扰，剽拟雷同，信阳之舍筏，不免良箴，北地之效颦，宁无私议"，以至于"不免邯郸之步，无复合浦之还，则以深造之力微，自得之趣寡"②，亦即剽窃模拟之作盛行，而真正表现作者思想感情的作品却很少。所谓"深造之力微，自得之趣寡"，可以说非常准确地概括了复古者在创作上的通病。以此为背景，王世贞强调"情景妙合，风格自上"，强调"不为古役，不堕蹊径"，基本上找到了文学创作的正确道路；而在此基础上对意境概念的运用和阐发，更可谓独辟蹊径，抓住了中国古代诗歌创作的一个至为关键和根本的问题。

前后七子均倡导格调与法式，王世贞也不例外，同时又强调法之运用，妙在不着痕迹。其曰："篇法之妙，有不见句法者；句法之妙，有不见字法者，此是法极无迹，人能之至，境与天会，未易求也。"③ 正是从这一思想出发，王世贞强调："吾于诗文不作专家，亦不杂调，夫意在笔先，笔随意到，法不累气，才不累法，有境必穷，有证必切。"④ 一方面是先有"意"

---

① ［明］汪道昆：《弇州山人四部稿序》，［明］王世贞：《弇州山人四部稿》，台北：伟文图书出版有限公司，1976 年，"序"，第 8 页。
② ［明］王世贞著、罗仲鼎校注：《艺苑卮言校注》，济南：齐鲁书社，1992 年，第 232 页。
③ ［明］王世贞著、罗仲鼎校注：《艺苑卮言校注》，济南：齐鲁书社，1992 年，第 28 页。
④ ［明］王世贞著、罗仲鼎校注：《艺苑卮言校注》，济南：齐鲁书社，1992 年，第 361 页。

而后有"法",另一方面则是"法"与"意"要相互为用、相得益彰,既要穷其诗境,又要运用一切可用的方法。他说:"因遇见象,因意见法;巧不累体,豪不病韵。"① 诗歌意象的产生,在于诗人的因缘际会;诗歌方法的运用,则决定于所要表现的思想感情。方法再巧妙,也不能妨碍诗歌之主体;无论诗人多么豪放旷达,也应当仔细考虑诗歌的每一个韵脚。他进而提醒:"尚法则为法用,裁而伤乎气;达意则为意用,纵而舍其津筏。畏于思之难,信心而成之。……吾来自意而往之法,意至而法偕至,法就而意融乎其间矣。夫意无方而法有体也,意来甚难而出之若易,法往甚易而窥之若难,此所谓相为用也。"② 即是说,以法为主而拘于陈法,忘记了诗歌的主旨,便会"伤乎气",也就难以做到"法不累气";只顾及表情达意,而忘记了运用有效的方法,也就"舍其津筏"而难以登岸,不能做到"才不累法"。只有"意至而法偕至,法就而意融乎其间",才是意、法关系的最佳境界。但意与法各有不同的特点,所谓"意无方而法有体",无方之意来去飘忽,往往较难把握;有体之法看上去有章可循,而运用之妙,又非朝夕之功。所以,只有相互为用,才可能达到意法相融之境。

那么,怎样才算做到了意法相融?王世贞心目中的楷模便是盛唐之诗。其云:

---

① [明]王世贞:《黄淳父集序》,《弇州山人四部稿》卷六十八,台北:伟文图书出版有限公司,1976年,第3305—3306页。
② [明]王世贞:《五岳山房文稿序》,《弇州山人四部稿》卷六十七,台北:伟文图书出版有限公司,1976年,第3265页。

> 盛唐之于诗也，其气完，其声铿以平，其色丽以雅，其力沉而雄，其意融而无迹，故曰盛唐其则也。今之操觚者，日哓哓焉，窃元和、长庆之余似而祖述之，气则漓矣，意纤然露矣，歌之无声也，目之无色也，按之无力也。彼犹不自悟悔，而且高举而阔视曰：吾何以盛唐为哉！①

盛唐之诗，气完声和，雅丽沉雄，意与法融合无间，所以要"盛唐其则"。作为反证，气薄意露，"歌之无声""目之无色""按之无力"，显然就是意与法不能融合的结果。这种所谓意法相融的理想，乃是对诗歌审美境界的描绘。歌之要有声，目之要有色，按之要有力，乃是一种很高的艺术境界。这不由得让我们想起刘勰在《总术》篇描绘的文章之理想境界："义味腾跃而生，辞气丛杂而至；视之则锦绘，听之则丝簧，味之则甘腴，佩之则芬芳：断章之功，于斯盛矣。"② 诚然，一个叙说的是盛唐之诗，一个描绘的是理想之文，但诗文之道本一律，岂有本质之异哉？

实际上，王世贞的上述理论确与《文心雕龙》有着密切关系，这可以让王世贞自己来说明。他在《艺苑卮言》的开始部分，摘录了许多文论家的名言，其中自然少不了刘勰之论。作为一代文坛盟主，王世贞看重的是《文心雕龙》的哪些论断呢？换言之，《文心雕龙》的哪些论断能够被他认同，则可说明其与

---

① [明] 王世贞：《徐汝思诗集序》，《弇州山人四部稿》卷六十五，台北：伟文图书出版有限公司，1976年，第3160页。
② [梁] 刘勰：《文心雕龙·总术》，戚良德辑校：《文心雕龙》，上海：上海古籍出版社，2015年，第247页。

第四章　明代的《文心雕龙》评点

王氏诗文理论的密切联系。他一共摘录了六段，其一来自《明诗》："诗有恒裁，体无定位，随性适分，鲜能通圆。若妙识所难，其易也将至；忽之为易，其难也方来。"其二来自《情采》："情者文之经，辞者理之纬。经正而后纬成，理定而后辞畅。"其三来自《隐秀》："文之英蕤，有秀有隐。隐也者，文外之重旨；秀也者，篇中之独拔。"其四来自《神思》："意授于思，言授于意，密则无际，疏则千里。或理在方寸，而求之域表；或议在咫尺，而思隔山河。"其五亦来自《情采》："诗人篇什，为情而造文；辞人赋颂，为文而造情。为情者要约而守真，为文者淫丽而烦滥。"其六来自《物色》："四序纷回，而入兴贵闲；物色虽烦，而析辞尚简，使味飘飘而轻举，情晔晔而更新。"[1]

王世贞的摘录不算多，但显然极为精炼而准确，皆为刘勰著名论断，显示其深谙文章写作之道。首先，除了第一段来自《文心雕龙》的文体论，其余五段皆来自《文心雕龙》之下篇，主要来自创作论。这与唐写本、宋御览本所显示出的对文体论的重视显然不同了。其次，关注创作规律的研究，所引《明诗》《神思》之论皆为刘勰对写作特殊规律的论述，具有重要意义。第三，重视文章情感本体，所引《情采》两段论述皆为刘勰情本论的中心内容。第四，重视文章含蓄而简要的审美风格，所引《隐秀》《物色》之论即体现了这样的审美倾向。第五，对《明诗》的征引有一处重要异文，即"诗有恒裁，体无定位"，

---

[1] ［明］王世贞著，罗仲鼎校注：《艺苑卮言校注》：济南：齐鲁书社，1992年，第7—8页。

其中"体"字，自唐写本开始的各主要版本均为"思"，未知王氏所据，却不能认为其乃笔误。从下一句的"随性适分"来看，上一句作"体无定位"，不仅完全说得通，而且颇为符合刘勰"体性"的理论，这至少说明王世贞的理解是有其道理的。

总体而言，王世贞的摘录，非常精准地抓住了刘勰有关文艺本质及其艺术规律的重要论断，显示出其独有的理论鉴别能力和审美偏好，无愧一代文坛领袖。更重要的是，无论他的意境论还是意法说，可以说都离不开刘勰的这些论断，或皆以这些论断为基础，或受到这些论断的重要启发。其"神与境合"的意境理论自不必说，如其论意与法之"相为用"，所谓"意来甚难而出之若易，法往甚易而窥之若难"，与其所引《明诗》"若妙识所难，其易也将至；忽之为易，其难也方来"之论，便可谓其理相通。值得注意的另一点是，王世贞的摘录内容已经与近现代"龙学"的理论取向相一致，即格外重视《文心雕龙》之中有关文学艺术创作的理论。

三、袁宏道的文章发展观

在明代中后期文坛上，一股突破前后七子复古主义藩篱并冲击传统儒家思想的文学解放思潮，在中国文论史上写下了重要的一页。明代文学解放思潮的重要理论家，有徐渭、李贽、汤显祖以及"公安三袁"等，其中最重要的是著名思想家李贽和"公安派"的代表人物袁宏道。就与《文心雕龙》的密切联系而言，袁宏道的文学发展论是值得重视的。

袁宏道批判"近代文人"的"复古之说"，认为文学发展由古而今，乃为必然规律。他用两个字来阐述文学的发展和变化,一个是"时",一个是"势"。他认为:"文之不能不古而今也,时使之也。妍媸之质,不逐目而逐时。是故草木之无情也,而鞓红鹤翎,不能不改观于左紫溪绯。唯识时之士,为能隉其隙而通其所必变。夫古有古之时,今有今之时,袭古人语言之迹,而冒以为古,是处严冬而袭夏之葛者也。"① 这里谈的是"时"。文章发展必然由古而今,这是像自然界的四时之美不会以人的意志为转移,而必然随着季节的变换更迭一样。所以,只有"识时之士"才能"隉其隙而通其所必变",也就是顺应时代的发展,防患于未然,将自己的创作汇入滚滚的时代洪流。"时"有古今,文章也就必然有古今之别;摹仿古人之作,甚至冒充古人,就像身处严冬却穿着夏天的衣服一样,必然是不伦不类的。应该说,袁宏道所论是无可辩驳而非常正确的。

关于文章发展之"势",他是这样论述的:

夫物始繁者终必简,始晦者终必明,始乱者终必整,始艰者终必流丽痛快。其繁也,晦也,乱也,艰也,文之始也。如衣之繁复,礼之周折,乐之古质,封建井田之纷纷扰扰是也。古之不能为今者也,势也。其简也,明也,整也,流丽痛快也,文之变也。夫岂不能为繁,为乱,为艰,为晦,然已简安用繁?已整安用乱?已明安用晦?已流丽痛快,安用聱牙之语、艰深之辞?……世道既变,文亦因之,今之不必摹古者也,亦势也。张、左之赋,稍异

---

① [明]袁宏道:《雪涛阁集序》,钱伯城笺校:《袁宏道集笺校》,上海:上海古籍出版社,1981年,第709页。

> 扬、马；至江淹、庾信诸人，抑又异矣。唐赋最明白简易，至苏子瞻直文耳，然赋体日变，赋心益工，古不可优，后不可劣。若使今日执笔，机轴尤为不同。何也？人事物态，有时而更，乡语方言，有时而易，事今日之事，则亦文今日之文而已矣。①

这段论述思维明晰、淋漓酣畅，不仅指出文章发展之由古而今乃是大势所趋，而且指出这种由古而今的趋势是由繁而简、由晦而明、由佶屈聱牙而流丽痛快的。"古之不能为今"是"势"，也是势所必至；文章必然随着社会、时代的发展而发展，今人不必摹仿古人，这也是"势"，是不得不然。所以，作为今人，既然"事今日之事"，当然应该"文今日之文"。可以说，袁宏道的论述是彻底的发展论、新变论，对于复古主义者是一个有力的批判。尤其是他的一连串的反问，具有相当的说服力。这不仅肯定了发展变化之必然，更重要的是肯定了今胜于古，实际上也就指出了文章发展的正确方向。

当然，今胜于古并不意味着否定古，只是由古而今是历史的大势。在关于文章发展问题的论述上，袁宏道一反特立独行的品格，持论公允，胸怀阔大，既充分肯定"时""势"的大方向，又特别指出"古有古之时，今有今之时"，从而放眼文章发展的历史长河，而不是定于哪一个朝代。正因如此，他对复古主义所谓"文必秦汉，诗必盛唐"之论可谓深恶痛绝，驳斥

---

① ［明］袁宏道：《与江进之》，钱伯城笺校：《袁宏道集笺校》，上海：上海古籍出版社，1981年，第515—516页。

起来亦是不遗余力。所谓"代有升降,而法不相沿",所谓"各极其变,各穷其趣",厚今而不薄古,尽其变化而又看到历史的相续相沿,所谓"古有不尽之情,今无不写之景"①,文章的发展就是这样代代相传。实际上,这也就是后来王国维所谓"凡一代有一代之文学"②了。

  文章发展的大势既如此,其内部规律又如何呢?对此,袁宏道也有自己的独到见解,那就是所谓"法因于弊而成于过",即文章的发展须在矫正前人之弊的过程中前行。这并不难理解,问题在于:一方面,前人之弊并非那么明显,甚至就存在于其轰轰烈烈的发展气象之中;另一方面,文章新变的生长点,其实就存在于前人的弊端之中。所谓"文必秦汉,诗必盛唐",秦汉、盛唐毕竟堪为榜样,这是谁也否定不了的;但也正是在其辉煌灿烂的后面,隐藏着它的弊端。这也就意味着,与其以之为法,亦步亦趋,还不如抓住其弊端,以求绝处逢生,这才是文章发展的大道通衢。因此,袁宏道的文章发展观是相当深刻的,可以说为文章的真正发展开辟了切实而广阔的空间。

  不难看出,袁宏道的关键词有三个:时、势、变。这三个字显然也是《文心雕龙》的关键词,刘勰均有专篇来论述,一为"时序",一为"定势",一为"通变"。只不过,在《文心雕龙》之中,这三个关键词的专篇论述顺序正好与我们这里的叙述相反,先有《通变》,而后为《定势》,最后是《时序》。

---

① [明]袁宏道:《与丘长孺》,钱伯城笺校:《袁宏道集笺校》,上海:上海古籍出版社,1981年,第285页。
② 王国维:《〈宋元戏曲史〉序》,《王国维全集》第三卷,杭州:浙江教育出版社,2009年,第3页。

刘勰认为:"文律运周,日新其业。"文章的发展和新变是永恒的规律。所谓"变则其久,通则不乏",这里的"通",首先以"通其变"为前提,是文之所以为文的关键所在。刘勰说:"若乃龌龊于偏解,矜激乎一致,此庭间之回骤,岂万里之逸步哉?"① 这与袁宏道对"剿袭模拟,影响步趋"② 的批判如出一辙。至于刘勰的"定势"论,其具体内容与袁宏道所论稍有不同。《文心雕龙》之"势",着眼文章本身的体势,所谓"因情立体,即体成势",其中心内容在于文体风格问题。但所谓"循体而成势,随变而立功",刘勰的体势论也与"通变"论相关,尤其是其中"势流不反,则文体遂弊"③ 之论,更与袁宏道所论不谋而合了。

当然,与袁宏道文章发展观联系最为密切的还是刘勰的"时序"论。《时序》开篇云:"时运交移,质文代变。"又说:"歌谣文理,与世推移。"④ 袁宏道所谓"文之不能不古而今也,时使之也",其思路与刘勰是完全一致的。所谓"妍媸之质,不逐目而逐时",他的着眼点也与刘勰相同,文章发展无非是由质而文的问题。不过,袁宏道的"时"和"势"均以"变"为归宿,其目的在于批判文坛上的复古主义;而刘勰则不同,所谓"文变染乎世情,兴废系乎时序",其中所论"时"与"变"的

---

① [梁]刘勰:《文心雕龙·通变》,戚良德辑校:《文心雕龙》,上海:上海古籍出版社,2015年,第186页。
② [明]袁宏道:《叙小修诗》,钱伯城笺校:《袁宏道集笺校》,上海:上海古籍出版社,1981年,第188页。
③ [梁]刘勰:《文心雕龙·定势》,戚良德辑校:《文心雕龙》,上海:上海古籍出版社,2015年,第189、190页。
④ [梁]刘勰:《文心雕龙·时序》,戚良德辑校:《文心雕龙》,上海:上海古籍出版社,2015年,第251页。

关系虽并无二致,但其考察的目的则有重要区别。至于文章发展的"通变"问题,虽亦与"时"密不可分,但那是需要专门研究的问题。总之,袁宏道把"时""势""变"三者捆绑在一起,由"时"而"势"而"变",不可逆转,不容辩驳,以此强调文章由古而今的不得不然,以此批判复古主义的逆流而动。在《文心雕龙》之中,"时""势""变"则是三个既有密切关系而又各自相对独立的重要概念,它们在刘勰的理论体系中各有担当,相互分工,为不同的文论目标服务。所谓"文变染乎世情,兴废系乎时序",文论本身之发展亦不得不然也。

明人评《文心雕龙》

在《文心雕龙》传播史上,作为元至正本的刊刻者,嘉兴知府刘贞的名字应当被记住。元至正本的梓行,犹如春天播下的一粒种子,至明清时期收获了丰盛的果实。据林其锬统计:"清代以前的版本就有一百零四种,其中写本十四种,单刻本三十四种,丛书本十种,选本十四种,校本二十七种,注本五种。"显然,这百余种版本主要都出现在明清时期,而仅"明代各类版本计有六十种"[①],基本都是元至正本这粒种子开出的花朵。

明代较为重要的版本,詹锳在《文心雕龙版本叙录》中列举了十八种[②]。如弘治十七年(1504)冯允中刻活字本、嘉靖十九年(1540)汪一元私淑轩刻本以及徐𤊹校汪一元私淑轩刻本,这三个本子是明代延续元至正本的重要刻本,尤其是徐𤊹校本,收罗了元明两朝各种板刻的《文心雕龙》,其用以校勘的许多版

---

① 林其锬:《〈文心雕龙〉主要版本源流考略》,林其锬、陈凤金集校:《增订文心雕龙集校合编》,上海:华东师范大学出版社,2011年,第863、865页。
② 参见詹锳:《〈文心雕龙〉版本叙录》,《文心雕龙义证》,上海:上海古籍出版社,1989年,第11—29页。

本，有的已经失传；万历三十七年（1609）梅庆生音注本、万历三十九年（1611）王惟俭自刻《文心雕龙训故》，这两个本子是较早的《文心雕龙》训释本；天启二年（1622）曹批梅庆生第六次校订本、合刻五家言本，前者每篇都加印了曹学佺的眉批，后者眉批列杨慎、曹学佺、梅庆生、钟惺四家评语，这两个本子可谓较早的《文心雕龙》集评本。

在这些版本中，传播较广、影响较大的有两种，其一为梅庆生《文心雕龙音注》，其二为王惟俭《文心雕龙训故》。尤其是前者，"它集中了自杨慎以下，特别是万历、天启年间几十位着意于《文心雕龙》校注家的长期积累成果，其中特别关键的人物就有杨慎、朱郁仪、徐兴公、曹学佺和谢兆申"[①]。汪春泓也认为："梅庆生《文心雕龙音注》堪称明代《文心雕龙》校勘之集大成的著作，其注释方面的成就也有承前启后的意义。"[②]

一、对《文心雕龙》的总评

上述各类明刊本一般均有序言或跋语，其中自然少不了对《文心雕龙》的评价，虽或有不实之词，但总体上代表了明代学者对《文心雕龙》这部文论名著的基本认识，值得重视。在明代最早的单刻本中，冯允中认为《文心雕龙》是一部论"章法"之作，凡准备写文章之人，此书不可不读，故其为"作者

---

① 林其锬：《从王惟俭〈训故〉、梅庆生〈音注〉到黄叔琳〈辑注〉——明清〈文心雕龙〉主要注本关系略考》，《增订文心雕龙集校合编》，上海：华东师范大学出版社，2011年，第878页。
② 汪春泓：《文心雕龙的传播和影响》，北京：学苑出版社，2006年，第75—76页。

之指南,艺林之关键"①。如此高度的评价,应该说是前所未有的。后世以《文心雕龙》为文艺学论著,那不过是大材小用而已。因此,冯允中特别提醒,刘勰之文,决非雕虫小技,而是关乎军国大政,这正符合《序志》"唯文章之用,实经典枝条"之论,可谓深得彦和初衷。

在明代学者中,与冯允中有着相同思路和认知的,不乏其人。如在私淑轩刻本中,方元祯序曰:"今读其文,出入六经,贯穿百氏;远搜荒古之世,近穷寓内之事;精推颢穹之微,粗及尘砾之细;陈明王之礼乐,述大圣之道德,蔚如也。"这些用语虽经刻意雕琢,但其意不难领略,方氏着眼于刘勰及其《文心雕龙》者,对儒家圣人及其道德文章的弘扬,非雕虫小技也就可想而知了。其云:"若夫论著为文之义,陈古绎今,别裁分体,如方圆之规矩,声音之律吕;虽使班马长云并列,将彬彬与揖,共升游夏之堂矣。"②所谓"班马长云"者,当为班固、司马迁、司马相如和扬雄也;则刘勰"彬彬与揖"者,岂文章小道?而"游夏之堂"者,乃子由、子夏之堂奥也;所谓"文学:子由、子夏"③,则《文心雕龙》之"论文",正乃孔门之文教也。因此,方元祯此番论说,亦可谓深得彦和之用心。

再如在徐𤊹校本中,程宽序曰:"文之义大矣哉!魏文典论,隘而未阳;士衡文赋,华而未精。若气扬矣,而法能玄博;

---

① [明]冯允中:《弘治本〈文心雕龙〉序》,杨明照校注拾遗:《增订文心雕龙校注》,北京:中华书局,2000年,第951页。
② [明]方元祯:《私淑轩本〈文心雕龙〉序》,杨明照校注拾遗:《增订文心雕龙校注》,北京:中华书局,2000年,第952页。
③ [宋]朱熹:《论语集注》卷六,《四书章句集注》,北京:中华书局,1983年,第123页。

义精矣,而词能烨烨:兼斯二者,其刘子之《文心》乎!扬搉古今,凿凿不诡;树之矩绳,彬彬可宗。诚文苑独照之鸿匠,词坛自得之天机也。"① 所谓"文之义大矣哉",其开宗明义便明确了《文心雕龙》之"文"非同一般;所谓"文苑独照之鸿匠,词坛自得之天机",便与冯允中之论一样,涵盖了大、小两个方面,天机自得者着眼艺术创作,而鸿匠独照者则属于经国文章了。程宽格外看重的,当然是经国大业、不朽文章,正因如此,他特别欣赏刘勰的"原道"论,谓其"述羲皇尧舜相传之源流,阐天地万物自然之法象,其知识有大过人者"。他认为,刘勰之道,乃直抵儒学根本;宋儒之道,则为儒家之末。故刘勰之文心论,堪称儒学之花,而宋儒之文道论,则为儒家之果实。此论妙解文心,殊为难得。

又如朱载玺序曰:"典雅则黄钟大吕之陈,绮靡则祥云繁星之丽,该赡储太仓武库之积,考核拆黄熊白马之辩,羽陵玉笥,奥远毕收,牛鬼蛇神,秘怪悉录,语骈骊则合璧连珠,谈芬芳则佩兰纫蕙,酌声而音合金匏,绚采而文成黼黻,真文苑之至宝,而艺圃之琼葩也。"② 此论夸丽之词虽多,但思路与冯允中完全一致,仍着眼大、小两个方面,故最后归结为"文苑之至宝,而艺圃之琼葩"。其他如佘诲序曰:"史称勰博雅君子,酝酿篇章,今读其文,网罗古今,弥纶载籍,溯文体之有始,要辞流之所终,析其义于毫芒,精其法于聋聩,诚文章之奥区,

---

① [明]程宽:《徐𤊨校本〈文心雕龙〉序》,杨明照校注拾遗:《增订文心雕龙校注》,北京:中华书局,2000年,第953页。
② [明]朱载玺:《徐𤊨校本〈文心雕龙〉序》,杨明照校注拾遗:《增订文心雕龙校注》,北京:中华书局,2000年,第956—957页。

声音之律吕也。"① 所谓"文章之奥区，声音之律吕"，其思路也不出大、小两端，即文章大道与雕虫小技。在梅庆生音注本中，顾起元亦有序曰："彦和之为此书也，浚发灵心，而以雕龙自命。末篇叙志，垂梦圣人，意益鸿远。前乎此者，有魏文之典，陆机之赋，挚虞之论，并为艺苑县衡。彦和囊举而狱究之，疏瀹词源，博裁意匠，甄叙风雅，扬榷古今，允哉！述作之金科，文章之玉尺也。"② 既不废其"浚发灵心"之意，又注意其"垂梦圣人"之志，从而所谓"述作之金科，文章之玉尺"，实亦认为《文心雕龙》之作，不惟"疏瀹词源"而抒发心灵，更兼"甄叙风雅"而彰显大道；且所谓"金科""玉尺"之说，显然本于《征圣》"含章之玉牒，秉文之金科"之论。

以上各论之中，从冯允中开始提出"作者之指南，艺林之关键"之论，此后类似说法不绝如缕，令人印象深刻，如方元祯所谓"方圆之规矩，声音之律吕"，程宽所谓"文苑独照之鸿匠，词坛自得之天机"，朱载堉所谓"文苑之至宝，而艺圃之琼葩"，佘诲所谓"文章之奥区，声音之律吕"，顾起元所谓"述作之金科，文章之玉尺"，加上我们不止一次提到的张之象所谓"作者之章程，艺林之准的"，等等，这些对《文心雕龙》一书的基本定位，皆非泛泛之谈，却一反唐宋人有所保留的态度，给予刘勰"论文"之书以无与伦比的崇高评价，成为此后对《文心雕龙》一书评价的主基调，直至今日。诚如程宽所说：

---

① ［明］佘诲：《佘刻本〈文心雕龙〉序》，杨明照校注拾遗：《增订文心雕龙校注》，北京：中华书局，2000年，第954页。
② ［明］顾起元：《梅庆生万历音注本〈文心雕龙〉序》，杨明照校注拾遗：《增订文心雕龙校注》，北京：中华书局，2000年，第961页。

"后世讵知无沈之知音者耶!"① 不只沈约为刘勰的知音,有明一代,刘勰可以说收获知音无数,则其所谓"逢其知音,千载其一"② 之论,不是过于悲观了吗?

上述明代各家之序的另一个重要内容,则是对《文心雕龙》文论体系及其理论本身的把握,正如程宽所说:"君子诚欲启此文心,能无把玩于五十篇之文?"③ "把玩"的结果是什么呢?在徐𤆾校本中,叶联芳有序云:"文,生于心者也;文心,用心于文者也;雕,刻镂也;龙,灵变不测而光彩者也,又笼取也。观夫命名,则其为文也可知矣。孔子曰:'词达而已矣。'雕龙奚为哉?圣人道德渊鸿,吐词为经,宪垂亿世;下此则言以征志,文以永言;言之无文,行之不远,文固弗可已夫!"④ 所谓"文心",首先是"文生于心",其次是"用心于文"。何以"用心"?"刻镂"是也。如何"刻镂"?不拘一格而达"光彩"之境也。可以说,叶氏对刘勰"为文之用心"的理解是非常准确的。以此为基础,他提出一个问题:孔夫子的名言是"词达而已矣",刘勰何以强调"雕龙"呢?他对这个问题的回答是,对圣人来说,可以"吐词为经",但一般人则需要言之有文,文乃须臾不可离,刘勰故有"论文"之举。如此理解所谓"词达",显然未必符合孔子之意,但以此为"雕龙"辩护,则可谓用心良苦。

---

① [明] 程宽:《徐𤆾校本〈文心雕龙〉序》,杨明照校注拾遗:《增订文心雕龙校注》,北京:中华书局,2000年,第953页。
② [梁] 刘勰:《文心雕龙·知音》,戚良德辑校:《文心雕龙》,上海:上海古籍出版社,2015年,第276页。
③ [明] 程宽:《徐𤆾校本〈文心雕龙〉序》,杨明照校注拾遗:《增订文心雕龙校注》,北京:中华书局,2000年,第954页。
④ [明] 叶联芳:《徐𤆾校本〈文心雕龙〉序》,杨明照校注拾遗:《增订文心雕龙校注》,北京:中华书局,2000年,第955页。

对《文心雕龙》理论结构的把握，乐应奎有序曰："《文心雕龙》一书，文之思致备而品式昭矣。"① 亦即思虑完备，纲领明晰。对此，朱载玺有准确认识，其云："惟梁通事舍人刘勰所著《文心雕龙》一书，凡十卷，合篇终《序志》为五十篇。见其纲领昭畅，而条贯靡遗；什伍严整，而行缀不乱；标其门户，而组织成章；雕镂错综，而辐辏合节。"② 此论高度概括，却非泛泛之议。一则曰"纲领昭畅，而条贯靡遗"，这是从全书结构而言，说明其上下篇分工明确，即刘勰所谓"纲领明""毛目显"之意；二则曰"什伍严整，而行缀不乱"，这是从理论布局而言，说明其体系严整、秩序井然；三则曰"标其门户，而组织成章"，这是从论文主张而言，说明其有所遵循而观点明确；四则曰"雕镂错综，而辐辏合节"，这是从具体内容而言，说明其丰富多彩而前后照应，类似沈约所谓"深得文理"之意。朱氏之论，可以视为清代章学诚"体大虑周""笼罩群言"的先声。

至如《文心雕龙》的"论文"主张，佘诲曾提到："顾拟迹前修，存乎体要，笺求是本，不异司南。"③ 他认为《文心雕龙》之所以成为文章"司南"，在于其论符合前人"体要"的主张。即是说，刘勰所论，是实现"体要"的目标。对此，伍让之序有着较为详细的阐述，其曰：

---

① ［明］乐应奎：《徐燉校本〈文心雕龙〉序》，杨明照校注拾遗：《增订文心雕龙校注》，北京：中华书局，2000年，第955页。
② ［明］朱载玺：《徐燉校本〈文心雕龙〉序》，杨明照校注拾遗：《增订文心雕龙校注》，北京：中华书局，2000年，第956页。
③ ［明］佘诲：《佘刻本〈文心雕龙〉序》，杨明照校注拾遗：《增订文心雕龙校注》，北京：中华书局，2000年，第954页。

第四章　明代的《文心雕龙》评点

> 夫文之为用大矣，而其旨莫备于《书》，《书》之言曰："辞尚体要。"盖谓言以足志，文以足言，用虽不同，而其体各有攸当；譬天呈象纬，地列流峙，人别阴阳，其孰能易之？故书之典谟训诰，符采不同；诗之国风雅颂，音节自异；易之典奥，礼之闳该，春秋之谨严，盖讽而可知其为体也。故曰六经无文法，非无法也，夫文而能为法也。世未有不明于体而可以语法者。……《文心雕龙》者，梁刘彦和所论著，其言文之体要备矣。①

伍氏认为，刘勰所论，"其言文之体要备矣"，这可以说抓住了《文心雕龙》论文的宗旨和方向；同时，从《尚书》中找到刘勰所谓"体要"之本，是非常正确的。何谓"体要"？伍氏有着自己的理解。他认为，文之用不同，"而其体各有攸当"；其为体也自异，而文章本身可显；由体而法，是为"文之体要"，此乃《文心雕龙》之作的根本。什么是"体"？伍氏认为，"五经"各有其体，如"书之典谟训诰""诗之国风雅颂"，其"符采不同""音节自异"，又如"易之典奥，礼之闳该，春秋之谨严"，则所谓"体"，颇近文风之意；由对这种文风的揣摩，进而掌握为文之法，必"明于体而可以语法"，则《文心雕龙》虽为文章作法，却以明"体"为要，所谓"体要备矣"，此之谓也。

二、曹学佺评《文心雕龙》

序跋之外，明人对《文心雕龙》多有评点，其中虽较少系

---

① ［明］伍让：《徐𤊹校本〈文心雕龙〉序》，杨明照校注拾遗：《增订文心雕龙校注》，北京：中华书局，2000年，第959—960页。

181

统论述，却不乏真知灼见，对理解刘勰"论文"之用心，颇有启发，因而值得注意。最早对《文心雕龙》进行评点的是明代著名学者杨慎，他留下的评语虽不多，实开明代评点《文心雕龙》之风，因而值得一提。如评《明诗》篇曰："此评古之诗直至齐梁，胜钟嵘《诗品》多矣。"① 就篇幅而论，《明诗》显然比不上《诗品》，然而杨慎以为前者远远超过后者，其所肯定者，当然是刘勰之识见。评《诸子》篇第一段曰："总论诸子，得其髓者，可见彦和洞达今古。"② 话虽不多，但中肯切实，令人信服。评《风骨》之"唯藻耀而高翔，固文笔之鸣凤也"曰："此论发自刘子，前无古人。徐季海移以评书，张彦远移以评画，同此理也。"③ 不仅高度肯定刘勰对"风骨"与辞采关系的论述，认为其"前无古人"，而且特别指出刘勰之说对书论、画论的影响，具有重要的理论意义。评《风骨》之"文明以健"曰："明即风也，健即骨也。诗有格有调，格犹骨也，调犹风也。"④ 其说对理解"风骨"的含义颇有启发。评《情采》之"夫铅黛所以饰容，而盼倩生于淑姿"曰："予尝戏云：美人未尝不粉黛，粉黛未必皆美人；奇才未尝不读书，读书未必皆奇才。"⑤ 此虽戏言，却也是符合刘勰之论的。评《情采》之"为情而造文"曰："屈原《楚辞》，有疾痛而自呻吟也；东方朔以下拟《楚辞》，强呻吟而无疾痛者也。"⑥ 可以说把刘勰之论具

---

① 黄霖编：《文心雕龙汇评》，上海：上海古籍出版社，2005年，第27页。
② 黄霖编：《文心雕龙汇评》，上海：上海古籍出版社，2005年，第63页。
③ 黄霖编：《文心雕龙汇评》，上海：上海古籍出版社，2005年，第101页。
④ 黄霖编：《文心雕龙汇评》，上海：上海古籍出版社，2005年，第101页。
⑤ 黄霖编：《文心雕龙汇评》，上海：上海古籍出版社，2005年，第109页。
⑥ 黄霖编：《文心雕龙汇评》，上海：上海古籍出版社，2005年，第109页。

第四章 明代的《文心雕龙》评点

体化了。黄叔琳曾认为："升庵批点，但标辞藻，而略其论文之大旨。"① 这是不完全符合实际的。正如汪春泓所说："杨慎批点《文心雕龙》，在《文心雕龙》研究史上，具有比较特殊的意义，标志着明代较为系统地研究刘勰文学理论的开端，也标志着明代借助《文心雕龙》以建构文学特别是诗学创作论的开端。"②

杨慎之后，对《文心雕龙》评点较多的首推曹学佺。曹氏对《文心雕龙》颇有研究，其凌云刻本序言有云："《雕龙》上廿五篇，铨次文体；下廿五篇，驱引笔术。而古今短长，时错综焉。其《原道》以心，即运思于神也；其《征圣》以情，即《体性》于习也。《宗经》诎纬，存乎风雅；《诠赋》及余，穷乎变通。良工心苦，可得而言。"③ 即是说，《文心雕龙》之上、下篇之间，在理论上有着密切关联，不少篇章互为应对而相与为用。因此，刘勰的良苦用心，是需要认真体会的。基于此，曹氏对《文心雕龙》的批点虽表面上较为零散，却有着统一思考和全局观念，这是难能可贵的。如评《原道》篇曰："其原道以心，即运思于神也。沈休文谓其深得文理，大抵理非深入不能跃然。惟彦和义炳而采流，故取重于休文也。"④ 所谓"原道以心"，当然是根据刘勰所谓"心生而言立，言立而文明，自然

---

① ［清］黄叔琳：《〈文心雕龙辑注〉例言》，《文心雕龙辑注》，北京：中华书局，1957年，第6页。
② 汪春泓：《文心雕龙的传播和影响》，北京：学苑出版社，2006年，第230—231页。
③ ［明］曹学佺：《凌云刻本〈文心雕龙〉序》，杨明照校注拾遗：《增订文心雕龙校注》，北京：中华书局，2000年，第963页。
④ 黄霖编：《文心雕龙汇评》，上海：上海古籍出版社，2005年，第15—16页。

之道也",何以过渡到"运思于神"呢?盖以"神"即心也。由"原道"而"神思",很少有人这么说,曹氏何意?他紧接着提到了沈约"深得文理"的评价,则其所看重的是刘勰之"文"论;所谓"义炳而采流",本为《文心雕龙》之追求。《征圣》篇之评也采取了同样的角度,其曰:"其征圣以情,即体性于习也。可谓云霞焕绮、泉石吹籁之文。"① 所谓"征圣以情",确实也来自刘勰自己的叙述,如"陶铸性情,功在上哲""志足以言文,情信而辞巧"② 等,但刘勰对圣人的推重是毋庸置疑的,曹氏却唯独看重"陶铸性情"之论,故有"体性于习"之说,进而又归结到了"文"。其评《宗经》之"文能宗经,体有六义"亦曰:"此书以心为主,以风为用,故于六义首见之,而末则归之以文。所谓'丽而不淫',即雕龙也。"③ 这里明确提出"归之以文",特别点出"雕龙"之意,体现出曹学佺对《文心雕龙》总论的独特把握,令人印象深刻。这不由得让人想起曹氏在其《文心雕龙序》中曾批评宋人对《文心雕龙》一书的态度,其云:"'文'之一字,最为宋人所忌;加以'雕龙'之号,则目不阅此书矣。"④ 实际上,以我们对《文心雕龙》在宋代传播和接受情况的考察,曹氏之说并不完全符合事实,故杨明照曾指出:"曹氏说非是。"⑤ 这是有道理的。然

---

① 黄霖编:《文心雕龙汇评》,上海:上海古籍出版社,2005年,第18页。
② [梁]刘勰:《文心雕龙·征圣》,戚良德辑校:《文心雕龙》,上海:上海古籍出版社,2015年,第9页。
③ 黄霖编:《文心雕龙汇评》,上海:上海古籍出版社,2005年,第20页。
④ [明]曹学佺:《凌云刻本〈文心雕龙〉序》,杨明照校注拾遗:《增订文心雕龙校注》,北京:中华书局,2000年,第962页。
⑤ 杨明照校注拾遗:《增订文心雕龙校注》,北京:中华书局,2000年,第962页。

而，以曹氏之学，其言之凿凿者，必有其独特的角度，那就是宋人对《文心雕龙》的态度。所谓"目不阅此书"，并非真的说宋人不读《文心雕龙》，而是说他们不重视这部书，或者说重视程度还远远不够，更重要的是不知道从"文"的角度来理解这部书，不懂得刘勰《原道》《征圣》《宗经》的角度是"文"，而不是宋人所理解的文道关系。以此而言，曹氏之说不仅有其道理，应该说还是颇为深刻的。

正因具有全局观念，故曹氏之评，有些虽仅只言片语，但其着眼整体，颇能抓住问题的关键和核心。如评《征圣》之"志足以言文，情信而辞巧，乃含章之玉牒，秉文之金科矣"曰："四句，文之妙的。"① 寥寥数字，既体现了曹氏一以贯之的"文"的着眼点，又抓住了《文心雕龙》的理论中心。其评《乐府》之"诗为乐心，声为乐体"曰："先心后器，先诗后声，此极得论乐府之体。"② 在刘勰论乐府之语中，准确抓住其中心之论，并予以高度评价。其评《诠赋》之"《诗序》则同义，《传》说则异体"曰："同义则重风骨，异体则流华靡，此是一篇之案。"③ 此评不仅抓住了所谓"一篇之案"，而且以"风骨""华靡"解读刘勰这两句话，可谓独具慧眼。其评《诠赋》之"繁华损枝，膏腴害骨"曰："末重风骨为是。"④ 既照应了前面之说的由来，又肯定了刘勰的卓识，可谓画龙点睛。其评《史传》篇则曰："论史处，彦和正而子玄偏。"⑤ 一"正"

---

① 黄霖编：《文心雕龙汇评》，上海：上海古籍出版社，2005年，第16页。
② 黄霖编：《文心雕龙汇评》，上海：上海古籍出版社，2005年，第32页。
③ 黄霖编：《文心雕龙汇评》，上海：上海古籍出版社，2005年，第35页。
④ 黄霖编：《文心雕龙汇评》，上海：上海古籍出版社，2005年，第37页。
⑤ 黄霖编：《文心雕龙汇评》，上海：上海古籍出版社，2005年，第58页。

一"偏",掷地有声,他对《文心雕龙》的偏爱,可见一斑。其评《诸子》之"诸子者,述道见志之书"曰:"彦和以子自居,末《序志》内见之。"① 此堪为知音之评。其评《体性》之"童子雕琢,必先雅制"曰:"此入门之时要端正也,学者不可以不知。"② 点评恰当而到位,具有重要的提醒之功。评《情采》之"二曰声文,五音是也"曰:"形声之文本于情。"③ 不仅具有独到的眼光和见解,而且表达了曹氏本人的文论观点。其评《情采》之"昔诗人什篇,为情而造文;辞人赋颂,为文而造情"曰:"诗与赋别,正在情文先后。"④ 可谓观点正确,理解到位。

曹氏对《文心雕龙》的某些篇章格外重视,评语明显较多。如《明诗》之评即是如此。其先评"人禀七情,应物斯感,感物吟志,莫非自然"曰:"诗以自然为宗,即此之谓。"⑤ 复评"尧有《大章》之歌,舜造《南风》之诗,观其二文,辞达而已"曰:"达者,自然也。"⑥ 再评"春秋观志,讽诵旧章,酬酢以为宾荣,吐纳而成身文"亦曰:"此即自然也。"⑦ 三则评语均标出"自然"之义,充分表现出曹氏对这一创作宗旨的认同。又评"怜风月,狎池苑,述恩荣,叙酣宴"曰:"此四句,彦和寓伤时之意。"⑧ 此可谓曹氏的独特体会,未必符合刘勰之

---

① 黄霖编:《文心雕龙汇评》,上海:上海古籍出版社,2005年,第63页。
② 黄霖编:《文心雕龙汇评》,上海:上海古籍出版社,2005年,第98页。
③ 黄霖编:《文心雕龙汇评》,上海:上海古籍出版社,2005年,第108页。
④ 黄霖编:《文心雕龙汇评》,上海:上海古籍出版社,2005年,第109页。
⑤ 黄霖编:《文心雕龙汇评》,上海:上海古籍出版社,2005年,第27页。
⑥ 黄霖编:《文心雕龙汇评》,上海:上海古籍出版社,2005年,第28页。
⑦ 黄霖编:《文心雕龙汇评》,上海:上海古籍出版社,2005年,第28页。
⑧ 黄霖编:《文心雕龙汇评》,上海:上海古籍出版社,2005年,第29页。

第四章　明代的《文心雕龙》评点

意了。其评"及正始明道，诗杂仙心"一段曰："正始之弊，何晏之流，正是纬以乱经者，故特绌之。嵇、阮、应璩，犹存风雅之意，所以补救万一。"① 所以"纬以乱经"，显然只是一个比喻，借用纬书与经书之别，以评正始诗风与建安诗风的不同，亦可谓曹氏独有之见。最后评"若妙识所难，其易也将至"曰："彦和不易言诗，乃深于诗者。'其易也将至'，则近于自然矣。"② 认为刘勰所谓"易"与"不易"之论，体现其对诗歌认识深刻；而所谓"易"，又以"自然"论之，既不悖刘勰之旨，亦体现了曹氏之偏好。

从文论观点而言，曹氏之评格外重视"风"，这是值得注意的。其评《风骨》曰："风骨二字虽是分重，然毕竟以风为主，风可以包骨，而骨必待乎风也；故此篇以风发端，而归重于气，气属风也。"③ 一方面，他认为刘勰之"风骨"论乃"以风为主"，且"风可以包骨"；另一方面，又认为《风骨》篇之所以有"重气之旨"，盖以"气属风也"。充分体现出对"风"的看重。其评《通变》之"竞今疏古，风末气衰也"曰："古今一风也。通变之术，亦主风矣。"④ 不仅"通变之术"在于"风"，而且"古今一风"也。其评《定势》之"如机发矢直，涧曲湍回，自然之趣也"曰："势亦主风，射矢、曲湍之喻，往往见之。"⑤ 认为刘勰在《定势》篇中对"势"的解说，均离不开"风"。其评《声律》曰："声律以风胜，知风则律调矣。"又评

---

① 黄霖编：《文心雕龙汇评》，上海：上海古籍出版社，2005年，第39页。
② 黄霖编：《文心雕龙汇评》，上海：上海古籍出版社，2005年，第30页。
③ 黄霖编：《文心雕龙汇评》，上海：上海古籍出版社，2005年，第99页。
④ 黄霖编：《文心雕龙汇评》，上海：上海古籍出版社，2005年，第103页。
⑤ 黄霖编：《文心雕龙汇评》，上海：上海古籍出版社，2005年，第105页。

《声律》之"外听之易,弦以手定;内听之难,声与心纷"曰:"外听,风声也;内听,风骨也。"① 以"风"来解释刘勰的"声律"论,可谓独具特色。其评《比兴》之"《诗》刺道丧,故兴义销亡"曰:"兴近于风,比近于赋。兴义销亡,故风气愈下。"② 说"兴"与"风"相近,"兴"的消亡而致风气败坏。其评《时序》曰:"时序者,风之递降也。观风可以知时,如薰风主夏,朔风主冬之类。"③ 认为"时运交移"亦即风气变换。其如此重视"风",将一切归于"风",可谓前无古人。

刘勰是否真的如此重视"风"呢?在《文心雕龙》的理论体系中,"风"究竟是否真有如此重要意义?曹氏如此看重"风"的目的又是什么?最重要的是,如此具有普遍意义之"风"的内涵是什么?曹氏在凌云刻本的序言中,对上述各篇点评中对"风"的重视进行了总结和概括,其云:

夫云霞焕绮,泉石吹籁,此形声之至也;然无风则不行,风者,化感之本原,性情之符契。诗贵自然,自然者,风也;辞达而已,达者,风也。……岂非风振则本举,风微则末坠乎?故《风骨》一篇,归之于气,气属风也。文理数尽,乃尚《通变》,变亦风也。刚柔乘利而《定势》,繁简趋时而《镕裁》;律调则标清而务远,位失则飘寓而不安。风刺道丧,《比兴》之义已消;《物色》动摇,形似之功犹接:盖均一风也。袭兰转蕙,足以披襟;伐木折屋,

---

① 黄霖编:《文心雕龙汇评》,上海:上海古籍出版社,2005年,第113页。
② 黄霖编:《文心雕龙汇评》,上海:上海古籍出版社,2005年,第121页。
③ 黄霖编:《文心雕龙汇评》,上海:上海古籍出版社,2005年,第144页。

令人丧胆。倏焉而起,不知所自;倏焉而止,不知所终。善御之人,行乎八极;《知音》之士,程于尺幅。勰不云乎:"深于风者,其情必显。"勰之深得文理也,正与休文之好易合;而勰之所以能易也,则有风以使之者矣。①

一曰"无风则不行",这个"风"关乎自然之风,又是教化之本源,且合于人的性情;二曰"诗贵自然",这个"风"乃诗风,是抛弃人为修饰的自然而然;三曰"气属风""变亦风"等,这个"风"既属于诗人之主体,当然又是自然的一部分,有着自然的演变;至于《定势》《镕裁》《比兴》《物色》"盖均一风"者,也都与"自然"分不开;所谓"倏焉而起,不知所自;倏焉而止,不知所终"者,乃自然而然,不加修饰也。曹氏认为,沈约之所以称赞刘勰"深得文理",正因为他们都重视自然之旨,大约与沈约所谓"志动于中,则歌咏外发"以及"直举胸情,非傍诗史""高言妙句,音韵天成,皆暗与理合,匪由思至"②等论相一致;而刘勰对自然的重视,正体现为对"风"的追求。如此说来,与其说曹氏把一切归于"风",不如说他只是把刘勰的本意揭示出来而已。假如以"自然"而论,应该说这大致是不错的,只不过,曹氏那些对"风"的揭示,很多情况下只是一个不同的角度或者与"风"有关而已,并不意味着都是刘勰论述的重点。但需要特别指出的是,曹学佺在上述重视刘勰之"文"和"雕龙"之旨的基础上,又全力掘发

---

① [明]曹学佺:《凌云刻本〈文心雕龙〉序》,杨明照校注拾遗:《增订文心雕龙校注》,北京:中华书局,2000年,第963页。
② [梁]沈约:《宋书》卷六十七,北京:中华书局,2011年,第1779页。

《文心雕龙》的"自然"之旨，不仅用心良苦，而且非常符合刘勰"论文"的初衷，也深得刘勰"擘肌分理，唯务折衷"[1]思维方式的精髓，是极为难能可贵的。

三、叶绍泰评《文心雕龙》

明代出现了《文心雕龙》选本，这是值得注意的现象。选本的产生，显然更着眼于读者的需要，也就更能体现编选者的主观色彩，在一定程度上显示出对《文心雕龙》的某种研究，如选择篇目、解说评论等。刻于崇祯年间的"汉魏别解"本《文心雕龙》即是这样一个选本，该本由黄澍、叶绍泰编选，共选三十二篇，分别为《原道》《征圣》《宗经》《正纬》《明诗》《乐府》《诠赋》《颂赞》《祝盟》《铭箴》《诔碑》《哀吊》《杂文》《诸子》《诏策》《檄移》《封禅》《奏启》《议对》《神思》《体性》《风骨》《通变》《定势》《情采》《比兴》《事类》《养气》《时序》《物色》《知音》《序志》等。不久后叶绍泰又刊出"增定"本，所选篇目大为减少，仅有《宗经》《辨骚》《明诗》《乐府》《诠赋》《史传》《神思》《体性》《风骨》《情采》《夸饰》《时序》等十二篇，但篇目颇有不同。[2] 两种选本各篇篇末皆有叶绍泰的总评，对所选各篇内容从不同角度进行了概括和评述。

这两个选本的选目很有特点，体现出编选者对《文心雕龙》的某种认识和评价。首先，其对于上、下篇基本没有偏轻或偏

---

① ［梁］刘勰：《文心雕龙·序志》，戚良德辑校：《文心雕龙》，上海：上海古籍出版社，2015年，第287页。
② 参见黄霖：《〈文心雕龙〉评本提要》，黄霖编：《文心雕龙汇评》，上海：上海古籍出版社，2005年，第5—6页。

重，这和自黄侃《文心雕龙札记》开始的大量选本偏重下篇尤其是创作论形成鲜明对照。特别是上述叶绍泰的"增定"本，上、下篇各选六篇，显然有意照顾到选目的均衡问题。其次，其于文体论部分，重视"论文叙笔"的"论文"，也重视有韵之文。从所选篇目的多寡看，这一倾向是明显的。第三，其于创作论部分，重视理论性较强的前六篇，即《神思》《体性》《风骨》《通变》《定势》《情采》，这一倾向是非常明显的。第四，两种选本重合的篇章，上篇为《宗经》《明诗》《乐府》《诠赋》，下篇为《神思》《体性》《风骨》《情采》《时序》，则编选者的理论取向一目了然：于总论部分，重视"宗经"；于文体论部分，重视诗赋；于创作论部分，重视以"情采"为中心的基本理论；于发展论部分，重视"时序"。总起来看，这两个选本的倾向性，指向了后世所谓文学理论。这一重大的理论取向，奠定了其后《文心雕龙》研究的基本特色，尤其是清代以后的近现代"龙学"，基本就是沿着这一道路前进的。以此而言，叶氏对所选各篇的评论也就值得格外注意了。

首先是对《宗经》的评价。其云："学不明经，终为臆说。刘子精研五经，既撮其要，又钩其玄，所以能成其一家之书者，有所本也。"[1] 这一观点非常明确，那就是"五经"乃学术根本。刘勰之书能成一家之言，正是因为其以儒家经典为根本遵循。这是其一。其二，叶氏指出："五经为群言之祖，后世杂体繁兴，穷高树帜，极远扬镳，亦云盛矣。然皆不能度越寰外，且踵事既久，流弊不还，或艳或侈，去经益遥，欲返淳懿，何

---

[1] 黄霖编：《文心雕龙汇评》，上海：上海古籍出版社，2005年，第21页。

繇禀式也。仰山铸铜，煮海为盐，亦惟宗之于经而已。"① 即是说，对文章写作而言，"五经为群言之祖"，在"后世杂体繁兴"的情况下，欲找到为文之正途，必须追根返本，亦即"宗之于经"，别无他途。这样的思路，简直就是刘勰《序志》篇的翻版。刘勰首先说"盖《文心》之作也……体乎经"，然后说"文之枢纽，亦云极矣"②；叶氏首先说"刘子精研五经……有所本也"，然后说"仰山铸铜，煮海为盐，亦惟宗之于经而已"，连句式都是一样的，可见叶氏追踪刘勰，已然"深极骨髓"。不过，这只是一个方面，另一方面则是，刘勰所谓"《文心》之作也"，不仅仅是《宗经》，而且还有其他四个方面；刘勰所谓"亦云极矣"的"文之枢纽"，自然也不只是《宗经》，同样还包括其他四个方面。叶氏则不同了，他最为看重的是"五经"，为文自然"亦惟宗之于经而已"，就"宗经"本身而言，固然不违背刘勰之旨，而就刘勰"枢纽"论的五个方面来说，则显然不够完整了。

其次是对文体论的评述。其评《辨骚》曰："风雅云亡，楚《骚》继作。知屈子者，汉惟淮南王安。淮南以后，梁惟彦和，谓其轩翥诗人之后，奋飞词家之前，去圣未远，后世作者，莫不蹑其迹，而屈宋逸步，杳然难追。以此读《骚》，可谓莫逆者矣。"③ 叶氏这段话，一方面是对《辨骚》篇基本内容的提要，另一方面则高度评价了刘勰之于屈原的"知音"之举。所谓

---

① 黄霖编：《文心雕龙汇评》，上海：上海古籍出版社，2005年，第21页。
② [梁]刘勰：《文心雕龙·序志》，戚良德辑校：《文心雕龙》，上海：上海古籍出版社，2015年，第287页。
③ 黄霖编：《文心雕龙汇评》，上海：上海古籍出版社，2005年，第27页。

"知屈子者",所谓"莫逆者",则叶氏亦堪称知彦和者矣!其评《明诗》曰:"自三百篇而下,能诗者数百家,变体易韵,浸以浮滥。彦和力维风雅,取诗家而差等之,合于持训之义矣。"①叶氏所看重的,一是刘勰的"力维风雅",一是其"合于持训之义",这当然不违背刘勰的基本思想,而且可以说抓住了《明诗》的主干,但其于刘勰丰富的诗论而言,显然也不够完整了。值得注意的是,叶氏还指出:"是时七言未广,沈宋近体未兴,故仅以四言、五言、三六杂言,铺观列代,篇制既殊,体格亦异,而总以自然为宗,与夫子删诗之旨合。钟嵘《诗品》,《沧浪诗话》,其亦效此而作与?"②他似乎无意于指出《文心雕龙》的历史局限性,反而主要还是赞美刘勰"与夫子删诗之旨合",尤其是认为其"以自然为宗"的主张,甚至影响到了《诗品》和《沧浪诗话》,但我们不能不说,刘勰的《明诗》确乎"仅以四言、五言、三六杂言"为研究对象,这是一个明显的问题,关乎正确认识和评价《明诗》篇乃至整部《文心雕龙》。其评《诔碑》曰:"文家惟哀楚之辞易于形容,然求所云'观风似面,听辞如泣',则文深乎情者易工也。"③ 这里的结论,所谓"文深乎情者易工也",当然也不能说违背刘勰的主旨,要求文章"深乎情"本是《文心雕龙》的一贯主张,但就"诔碑"之作而言,刘勰所谓"观风似面,听辞如泣",前一句指的主要是叙述的真切,后一句指的则是凄婉哀伤的情状,与一般文章的"深乎情"还是有着明显差别的。叶氏之论,较为忽略诔碑之独

---

① 黄霖编:《文心雕龙汇评》,上海:上海古籍出版社,2005年,第30页。
② 黄霖编:《文心雕龙汇评》,上海:上海古籍出版社,2005年,第31页。
③ 黄霖编:《文心雕龙汇评》,上海:上海古籍出版社,2005年,第49页。

特性，而上升到了文章写作的一般规律，与其整体的文论取向乃是一致的。当然，叶氏在评《哀吊》篇时，也曾特别提到："彦和深明体格，尽文章之类者也。"① 但总体而言，他看重的还是《文心雕龙》关于文章写作的普遍规律，尤其着重于艺术之文的写作特点。

第三是对创作论的评述。其评《神思》曰："文无神思，虽才富辞繁，仅同书肆。古来名手能于虚际行文，政其思力高妙也。"② 刘勰说"神思"是"驭文之首术，谋篇之大端"，叶氏则说文章高手必须"思力高妙"，"能于虚际行文"，否则即使"才富辞繁"，也"仅同书肆"。我们仍然不能说叶氏所谈并非刘勰的想法，却又不完全是一回事。在刘勰那里，为文必从"神思"开始，其为所有文章的开端，其重要性也主要在于此；而在叶氏这里，"神思"则为"名手"所擅长，这种能力是"于虚际行文"，其重在艺术之文的创作是显然可见的。其评《体性》曰："先立八体，次第分属，体格严正。自贾生以下，凡十二名家，止一语断定。知人品物，莫此为确。"③ 把刘勰所谓"体"理解为"体格"，不失为一种通俗易懂的解释；认为刘勰对十二家的断语"莫此为确"，当然是知言。又曰："为文虽本性情，然亦有不尽然者。学习移人，表里非一，安能言隐以至显乎？要其归途，不过八体，摹体定习，因性练才，文之司南，率用此道，舍是而谈体性，未有不流于郑紫者矣。"④ 此论一方

---

① 黄霖编：《文心雕龙汇评》，上海：上海古籍出版社，2005年，第52页。
② 黄霖编：《文心雕龙汇评》，上海：上海古籍出版社，2005年，第96页。
③ 黄霖编：《文心雕龙汇评》，上海：上海古籍出版社，2005年，第99页。
④ 黄霖编：《文心雕龙汇评》，上海：上海古籍出版社，2005年，第99页。

面强调后天学习的重要性,另一方面则强调"摹体定习,因性练才",可以说完全符合刘勰的"体性"论。其评《风骨》曰:"文家专尚风骨。无风则意绪不抽,无骨则体格失实。风骨兼全,乃为宜称。具是者其西汉以上乎?下此不复论矣。"① 叶氏首先肯定"风骨"之于文章的重要性,一则曰"专尚风骨",二则曰"风骨兼全";其次他从"无风""无骨"的表现理解什么是"风骨",不失为一个方便的思路;再次,他认为只有西汉以前的文章能够风骨兼备。这些认识虽嫌简略,但与《风骨》之论是基本一致的。其评《通变》曰:"文体代变,皆由开国之初,其天子大臣,一时好尚,而后世遂以为风然,亦气运使然,不得不变者。至若豪杰之士,则能主张世运,挽回风气,如唐文竞趋靡丽,而韩愈力为芟除,八代之衰,一朝而起。信乎通变惟其人,不惟其时也。"② 以"文体代变"论"通变",应该说准确抓住了刘勰的宗旨;至于强调"通变惟其人",固然并无错误,但主要体现了叶氏本人对历史的认识和总结,未必符合《通变》论文之旨了。其评《定势》曰:"辞已尽而势有余,此文家绝艺,腐史差可语此。若颠倒文句,回互不常,其韩退之乎?退之力学腐史,终不能及,则其势殊也。"③ 此以刘勰所引刘桢之语为论,以"辞已尽而势有余"为"文家绝艺",可能并未抓住刘勰"势"论的内涵。其评《情采》曰:"为情造文,为文造情。凡诗人篇什,辞人赋颂,与夫诸子之徒,莫不以情文为先后。然情经文纬,若能择源于泾渭之流,按辔于邪正之

---

① 黄霖编:《文心雕龙汇评》,上海:上海古籍出版社,2005年,第102页。
② 黄霖编:《文心雕龙汇评》,上海:上海古籍出版社,2005年,第104—105页。
③ 黄霖编:《文心雕龙汇评》,上海:上海古籍出版社,2005年,第108页。

路，使华实并茂，则风雅之兴，即在今日。立文者可无意乎？"①这里对刘勰的"情采"论显然颇为欣赏，其所推重的，当然是"情经文纬"之论，而要求文章"华实并茂"，并认为若遵循这样的原则，"风雅之兴，即在今日"，可见叶氏颇为看重《文心雕龙》的现实意义，这可能也是他编选此书的目的。

第四是对发展论的评述。其评《时序》曰："文人才士之盛，自稷下、兰陵、柏梁、建安而下，至东晋明帝，雅好文会，然未有如萧梁之隆也。自天子、诸王太子，皆著书成集，而群下之能文者，蔚然并兴，即彦和职不过通事，自号云门，其才不胜收也。"②叶氏认为萧梁时期文才极盛，自上而下著书立说蔚然成风，此论似乎是要说明《文心雕龙》何以产生在梁代，至少也是想描述成就刘勰这一文论名家的文化背景。然而，一般认为《文心雕龙》成书于齐代，所以叶氏之论倒是值得认真研究的。其评《知音》曰："'文人相轻，自古而然'，魏文帝志之矣。至若知己之难，千载同慨。彦和有如此才，惟沈休文以为奇绝，未闻梁帝宠而异之也。以文臣遇文主，竟等寻常，况不得其主，不际其时者乎！感慨系之。"③这里一方面对刘勰"知音"难逢之论表示感同身受，另一方面则以刘勰本人的际遇为例说明"知音"之难，倒是一个新颖的思路。叶氏认为，以刘勰的文才，恰逢"雅好文会"的萧梁之世，"以文臣遇文主，竟等寻常"，何谈其他？可以想见，叶氏所谓"感慨系之"是发自肺腑的。

---

① 黄霖编：《文心雕龙汇评》，上海：上海古籍出版社，2005年，第110页。
② 黄霖编：《文心雕龙汇评》，上海：上海古籍出版社，2005年，第149页。
③ 黄霖编：《文心雕龙汇评》，上海：上海古籍出版社，2005年，第159页。

第四章 明代的《文心雕龙》评点

《隐秀》篇之补文

如上一章所述,元刻本的《隐秀》篇幅明显短小。《文心雕龙》其他篇章最短者为《养气》和《征圣》,均五百一十多字,但《隐秀》仅有二百七十余字。明人也发现了这个问题,并明确指出其内容是不完整的,如朱谋㙔说"《隐秀》一篇脱数百字,不可复考",又说"《隐秀》中脱数百字,旁求不得,梅子庚既以注而梓之"。[①] 而与此同时,更完整的《隐秀》篇也在明代出现了。朱谋㙔有云:"万历乙卯夏,海虞许子洽于钱功甫万卷楼检得宋刻,适存此篇,喜而录之。来过南州,出以示余,遂成完璧。因写寄子庚补梓焉。子洽名重熙,博奥士也。原本尚缺十三字,世必再有别本可续补者。"[②] 钱功甫的宋刻来自何处呢?钱氏有云:"按此书至正乙未刻于嘉禾,弘治甲子刻于吴门,嘉靖庚子刻于新安……至《隐秀》一篇,均之阙如也。余

---

① [明]朱谋㙔:《万历梅本〈文心雕龙〉跋》,杨明照校注拾遗:《增订文心雕龙校注》,北京:中华书局,2000年,第975页。
② [明]朱谋㙔:《梅庆生天启二年重修本〈文心雕龙〉跋》,杨明照校注拾遗:《增订文心雕龙校注》,北京:中华书局,2000年,第975页。

从阮华山得宋本钞补，始为完书。"① 如此言之凿凿，似乎确有宋本。徐𤊹也说："第四十《隐秀》一篇，原脱一板，予以万历戊午之冬，客游南昌，王孙孝穆云：'曾见宋本，业已钞补。'予亟从孝穆录之。予家有元本，亦系脱漏，则此篇文字既绝而复觅得之，孝穆之功大矣。因而告诸同志，传钞以成完书。古人云：'书贵旧本'。诚然哉！"② 他们所谓"宋刻"或"宋本"是单本的《文心雕龙》吗？这失而复得的《隐秀》篇阙文，是真还是假？从钱、朱、徐等人叙述的口吻来看，他们并无怀疑。看起来仅仅是四百余字的问题，但这是"龙学"史上的大事：一则关乎《文心雕龙》这部文论名著的完整性，二则关乎《文心雕龙》创作论一个重要理论的完整性。正如黄侃所说："夫隐秀之义，诠明极艰，彦和既立专篇，可知于文苑为最要。"③ 詹锳甚至认为："《隐秀》篇补文的真伪问题，是关系到如何全面认识、理解刘勰的全部文艺理论的关键问题。"④ 因此，这四百余字的补文是否刘勰的原作，也就成了一个非常重要的问题。

最早提出怀疑的是清代的纪昀，其怀疑的理由可以分为两个方面。一方面是"词殊不类"，即其中一些用语不像出于刘勰，这又有三种情况：一是某些词语可以在唐宋人的著作中找到出处，如"呕心吐胆""锻岁炼年"等；二是某些特定的称谓不属于六朝，这是指"称渊明为彭泽"，纪昀认为此"乃唐人

---

① [明] 钱允治：《冯舒手校本〈文心雕龙〉跋》，杨明照校注拾遗：《增订文心雕龙校注》，北京：中华书局，2000年，第979页。
② [明] 徐𤊹：《徐𤊹校本〈文心雕龙〉跋》，杨明照校注拾遗：《增订文心雕龙校注》，北京：中华书局，2000年，第978页。
③ 黄侃：《文心雕龙札记》，北京：中华书局，1962年，第196页。
④ 詹锳：《〈文心雕龙〉的风格学》，北京：人民文学出版社，1982年，第104页。

语";三是某些称谓虽出于六朝,但也在《文心雕龙》成书之后,这是指称班婕妤为"匹妇",纪昀认为此来自钟嵘的《诗品》。另一方面是"非此书之体",即与《文心雕龙》的论述方式不同,这主要是指《隐秀》补文的最后一段,其列举"隐""秀"之例,只有诗歌而没有其他文体,纪昀认为这是不应该的。在《四库总目提要》中,也可见到类似纪昀之说,除了认为"其词亦颇不类"外,又指出:"况至正去宋未远,不应宋本已无一存,三百年后,乃为明人所得。又考《永乐大典》所载旧本,阙文亦同。其时宋本如林,更不应内府所藏,无一完刻。阮氏所称,殆亦影撰,何焯等误信之也。"①

黄侃继之,在其《文心雕龙札记》中表达了赞同之见,除了认为补文"出辞肤浅""用字之庸杂"、因而"不足消"之外,又指出两个问题:一是文意矛盾,在现存《隐秀》篇中,刘勰说"文集胜篇,不盈十一;篇章秀句,裁可百二;并思合而自逢,非研虑之所求也"②,同时补文第一段亦有"烟霭天成,不劳于妆点;容华格定,无待于裁镕"之句,而后面却又有"驰心于玄默之表""溺思于佳丽之乡"以及"呕心吐胆""锻岁炼年"③等说法,黄侃认为这是令人可笑的矛盾。二是宋代张戒《岁寒堂诗话》曾引用《隐秀》篇的两句佚文,而这两句话却不见于四百字的补文,这充分证明补文乃伪作。

其后,范文澜、刘永济、杨明照、周振甫等诸先生皆赞同

---

① [清]永瑢等:《四库全书总目》卷一九五,北京:中华书局,1965年,第1779页。
② [梁]刘勰:《文心雕龙·隐秀》,戚良德辑校:《文心雕龙》,上海:上海古籍出版社,2015年,第232页。
③ [梁]刘勰:《文心雕龙·隐秀》,戚良德辑校:《文心雕龙》,上海:上海古籍出版社,2015年,第231页。

《隐秀》补文为伪作之见,并不断增补新证据以证其伪。正如詹锳所说:"到了今天,研究《文心雕龙》的人,几乎都同意这四百多字补文是明人伪造,从来还没有人提出异议,似乎已成了定论了。"然而,詹先生却认为,《隐秀》篇补文盖以"明人好作伪书"而"蒙了不白之冤"①,实则其并非伪作。他说:

> 明朝人的确有伪造古书和乱改古书的事,但这多半是私家刻书坊所干的。像《隐秀》篇的补文,在万历年间经过许多学者、藏书家和毕生校勘《文心雕龙》的专家鉴定校订过,而且补文当中还有避宋讳缺笔的字,显然是根据宋本传抄翻刻的。由于纪昀和黄侃武断的考证,使大家信以为伪,以致于不敢阐述《隐秀》篇的理论,实在是大可惋惜的。②

正如刘文忠所说:"清代以来的学者,都认为这四百多字的补文是假的,出自明代学者的伪造。詹锳在《〈文心雕龙〉的'隐秀'论》一文中,首先翻了数百年的旧案,力主《隐秀》篇的补文是真的。……在真伪问题上,詹先生是力排众议而独树一帜,其考证,不可谓无见。"③

实际上,就纪昀和黄侃所提到的证据而言,确乎还难以说明《隐秀》补文为伪作。詹锳便指出,《文心雕龙》之《神思》

---

① 詹锳:《〈文心雕龙〉的风格学》,北京:人民文学出版社,1982年,第78—79页。
② 詹锳:《〈文心雕龙〉的风格学》,北京:人民文学出版社,1982年,第94页。
③ 刘文忠:《评〈《文心雕龙》的风格学〉——兼与詹锳先生商榷》,《文心雕龙学刊》第二辑,济南:齐鲁书社,1984年,第273页。

篇有"扬雄辍翰而惊梦"之说,《才略》篇有"子云属意,辞人最深……而竭才以钻思"之论,"这些都和《隐秀》篇补文中所说的'呕心吐胆,不足语穷'的状态是一致的,不见得刘勰的'呕心吐胆'这句话就出于李商隐《李贺小传》中所说的'呕出心肝'"。《神思》篇又有"张衡研《京》以十年,左思练《都》以一纪"之说,"这和《隐秀》篇补文'锻岁炼年,奚能喻苦'正可以互相印证。……不见得《隐秀》篇补文的'锻岁炼年'一句话是从欧阳修来的"。詹先生认为:"见到《隐秀》篇和钟嵘《诗品》卷上都曾称班婕妤为'匹妇',就说《隐秀》篇补文是抄的《诗品》,尤其不成理由。至于纪批说:'称渊明为彭泽,乃唐人语,六朝但有征士之称;不称其官也。'这尤其荒唐。"[1] 应该说,詹先生这些辩驳都是很有力量的。至于《四库提要》所谓宋本何以"乃为明人所得"之质疑,以及"不应内府所藏,无一完刻"等,只能说是霸道的官话,也就不值一驳了。

在黄侃提到的证据中,还有一个引人瞩目的问题,那就是张戒《岁寒堂诗话》那两句有可能出自《隐秀》篇的引文,何以未见于补文?詹锳指出:"黄侃的质问是毫无力量的,其实《隐秀》篇的脱简不止一处,除去'澜表方圆'以下的四百字以外,还有几个地方……可见《隐秀》篇在另外的地方还可能有脱简。因此,我们认为'情在词外曰隐,状溢目前曰秀'两句,也一定是《隐秀》篇的原文,这两句究竟应该补在什么地

---

[1] 詹锳:《〈文心雕龙〉的风格学》,北京:人民文学出版社,1982年,第89页。

方,则是无法确定的。"① 毫无疑问,詹先生的回答是非常有力的,就算四百字补文是真的,也未必一定要包括这两句佚文,因为那只是补文,并非《隐秀》的全文,谁能确定这两句话应该在什么地方呢?

如此一来,纪昀、黄侃所提出的种种理由大多难以成立,这是否意味着《隐秀》的四百字补文确实来自宋本,进而为刘勰的原文呢?答案仍然是否定的。笔者认为,有两条原则应当遵循:首先,元至正本的地位既如上述,则《隐秀》篇在其中的面貌是最值得尊重的版本;其次,明代出现的《隐秀》补文虽有明言来自宋本,但其语焉不详、扑朔迷离,在没有见到宋本的情况下,未可轻信。在这两条原则之下,我们确实需要认真分析一下四百字补文,不必急于得出什么结论,却有可能提供多方面的思考。

第一,补文第一句"始正而末奇",意欲描绘"隐"的特点或效果,谓"始读之觉其正常,最后才感到奇特"②。如此运用"奇正"这对概念,尤其是如此理解"奇"字,这在《文心雕龙》中是比较陌生的。如《辨骚》有"酌奇而不失其贞(正),玩华而不坠其实",《书记》有"兵谋无方,而奇正有象",《定势》有"奇正虽反,必兼解以俱通""辞反正为奇""执正以驭奇""逐奇而失正",《知音》有"四观奇正"等,一方面刘勰对"奇"的风格颇为谨慎,另一方面经常批评这样的文风,尤其是与"正"相对而言的时候,他不太可能用"始正

---

① 詹锳:《〈文心雕龙〉的风格学》,北京:人民文学出版社,1982年,第91页。
② 陆侃如、牟世金:《文心雕龙译注》(下),济南:齐鲁书社,1982年,第253页。

而末奇"这样的句子肯定"隐"的文章效果。同时,接下来的补文中,又有"深浅而各奇""务欲造奇"等说法,这些对"奇"的运用也都是不太符合刘勰对"奇"的态度的,而且在不长的篇幅之内,如此重复运用这个字,也不符合刘勰为文的习惯。

第二,对"秀"的定义:"彼波起辞间,是谓之秀。"这显然是针对上文"夫隐之为体,义生文外"而来,但这样的骈文行文方式,对刘勰来说也是比较陌生的。试看刘勰的定义:"隐也者,文外之重旨者也;秀也者,篇中之独拔者也。隐以复意为工,秀以卓绝为巧……"这才是属于刘勰的对仗工整的骈文方式。假如"夫隐之为体,义生文外……"之后真的会有对"秀"的对等叙述,刘勰应该会用"秀之为用……"之类的句式。更重要的是,刘勰已经在上文给"隐""秀"下了定义,这里不可能再有"是谓之秀"这样的定义了;实际上,"夫隐之为体"已经不再是定义,而是在上述定义基础上的进一步阐述。所以,"彼波起辞间,是谓之秀"一句,其实是接不上刘勰前面的文章的。

第三,补文中"容华格定""格刚才劲"两句,其中"格"字的运用,对刘勰而言是陌生的,倒是近于明人的格调论。在《文心雕龙》中,"格"字凡五见:《征圣》之"夫子文章,溢乎格言",《祝盟》之"神之来格,所贵无惭",《议对》之"亦有其美,风格存焉",《章句》之"四字密而不促,六字格而非缓",《夸饰》之"风格训世,事必宜广"。其中只有两处"风格"中的"格"字,与《隐秀》补文中的"格"字可能有所关联,但这两个"风格"均指"风"之品格,即教化之功用,与

203

格调说意义上的"格刚才劲"之类,是很不一样的。这样的用语可能反映出补文的时代特点,是值得注意的。

第四,纪昀和黄侃都提到的这段话:"夫立意之士,务欲造奇,每驰心于玄默之表;工辞之人,必欲臻美,恒溺思于佳丽之乡。呕心吐胆,不足语穷;锻岁炼年,奚能喻苦?"① 确乎有很大问题。这一段论述是否符合刘勰的文论思想姑且不论,但其与原有的《隐秀》之文相矛盾,这是必须正视的问题。在这一点上,黄侃之说是非常准确的。刘勰说:"凡文集胜篇,不盈十一;篇章秀句,裁可百二:并思合而自逢,非研虑之所求也。或有雕削取巧,虽美非秀矣。故自然会妙,譬卉木之耀英华……"② 如此明确地反对"研虑""雕削",强调"自然会妙",怎么可能要求"呕心吐胆""锻岁炼年"?以此而言,黄侃谓之"令人笑诧",虽未免苛刻,但其明显的矛盾是不容置疑的。当然,若着眼《文心雕龙》全书,如补文这样的要求也是不符合刘勰思想的。《神思》有云:"是以秉心养术,无务苦虑;含章司契,不必劳情也。"③《养气》更云:"率志委和,则理融而情畅;钻砺过分,则神疲而气衰:此性情之数也。"又说:"至于文也,则申写郁滞,故宜从容率情,优柔适会。"④ 所谓"不足语穷""奚能喻苦"等,与刘勰的思路实在是相去甚远。

---

① [梁]刘勰:《文心雕龙·隐秀》,戚良德辑校:《文心雕龙》,上海:上海古籍出版社,2015年,第231页。
② [梁]刘勰:《文心雕龙·隐秀》,戚良德辑校:《文心雕龙》,上海:上海古籍出版社,2015年,第232页。
③ [梁]刘勰:《文心雕龙·神思》,戚良德辑校:《文心雕龙》,上海:上海古籍出版社,2015年,第173页。
④ [梁]刘勰:《文心雕龙·养气》,戚良德辑校:《文心雕龙》,上海:上海古籍出版社,2015年,第239页。

第五，补文所谓"将欲征隐，聊可指篇""如欲辨秀，亦惟摘句"，这种论述方式在《文心雕龙》创作论各篇的论述方式之中也极为少见。刘勰在《隐秀》开篇有云："夫心术之动远矣，文情之变深矣！源奥而派生，根盛而颖峻，是以文之英蕤，有秀有隐。"① 可见对文章来说，"隐秀"问题何等重要，怎么会有"聊可指篇"的无奈、"亦惟摘句"的勉强？这样的叙说方式，对踌躇满志、"搦笔和墨，乃始论文"② 的刘勰来说，是不太可能的；对结构谨严、"师心独见，锋颖精密"③ 的《文心雕龙》而言，也是颇为少见的。

第六，补文有"彭泽之……"一语，如詹锳所说，"彭泽"的称谓并无问题，但提到陶渊明却暴露了问题。如所周知，除了这个补文之外，《文心雕龙》在其他地方均未提到陶渊明，这甚至成为一个问题，有不少文章进行探讨，刘勰何以不提陶渊明？但笔者认为，除了一个角度之外，其他的探讨可以说均无济于事，这个角度便是：刘勰之所以不提陶渊明，不是什么别的原因，就是刘勰自己所说的"宋代逸才，辞翰鳞萃；近世易明，无劳甄序"④。一如刘勰不提谢灵运一样。因此，《隐秀》补文把陶渊明写上，这无意中暴露了作者的身份。

第七，《文心雕龙》每篇最后的"赞曰"均为一篇之总结，

---

① ［梁］刘勰：《文心雕龙·隐秀》，戚良德辑校：《文心雕龙》，上海：上海古籍出版社，2015年，第231页。
② ［梁］刘勰：《文心雕龙·序志》，戚良德辑校：《文心雕龙》，上海：上海古籍出版社，2015年，第286页。
③ ［梁］刘勰：《文心雕龙·论说》，戚良德辑校：《文心雕龙》，上海：上海古籍出版社，2015年，第116页。
④ ［梁］刘勰：《文心雕龙·才略》，戚良德辑校：《文心雕龙》，上海：上海古籍出版社，2015年，第270页。

这是通例，我们看《隐秀》篇的这个总结："深文隐蔚，余味曲包；辞生互体，有似变爻。言之秀矣，万虑一交；动心惊耳，逸响笙匏。"[1] 显然，刘勰的思路很明确，即先论"隐"再论"秀"。从现存《隐秀》篇看，除了第一段总括而论、分别给"隐""秀"下定义之外，接下来便是一段论"隐"一段谈"秀"，完全符合赞词的思路。尤其是最后"凡文集胜篇"一段，正可说明这个思路。但补文显然不同，补者是以隐、秀对举成文，将二者综合为论，这是不符合刘勰本篇的思路的。

第八，就现存《隐秀》篇的结构看，除了论"隐"的一段略有不足，可以说基本完整。尤其是上述"赞曰"八句，其所总结的内容，前面已然全部具备。所以笔者认为，就算本篇内容有残缺，也不至于多至四百字，这也正是元至正本并非缺一叶的原因。历来所谓"原脱一板""缺此一叶"等，很可能只是以讹传讹而已。尤其有趣的是，"赞曰"八句内容竟然完全不涉及所补四百字，岂非耐人寻味？

第九，应该说，无论从内容的衔接、上下文的关联，还是用语的推敲来看，四百字补文水平非常之高，即使确非刘勰原文，也说明补者决非等闲之辈，并非如黄侃所谓"不足诮也"。然而，一方面，其所补的对象是《文心雕龙》，而非一般的诗词文话；另一方面，假如真为明人所补，无论其水平有多高，均不可能做到天衣无缝，一定会留下诸多破绽，这是相距千年必有的后果，不以补者的努力为转移。换言之，如果这些文字是

---

[1] [梁] 刘勰：《文心雕龙·隐秀》，戚良德辑校：《文心雕龙》，上海：上海古籍出版社，2015年，第232页。

刘勰本人的，那么理所当然应该与《文心雕龙》的其他篇章水乳交融，不至于出现很明显的问题。我们从整体上看所补文字，不仅句式与刘勰颇有不同，其工拙也不可同日而语。如"烟霭天成，不劳于妆点；容华格定，无待于裁镕""每驰心于玄默之表""恒溺思于佳丽之乡"等，看起来颇为工整，但"不劳于""无待于""驰心于""溺思于"这样的累赘而重复之说，以及多至八个字的对句，刘勰是不会有的。又如"若挥之则有余，而揽之则不足矣""斯并不足于才思，而亦有愧于文辞矣"[1]，这样散漫的句子亦决非《文心雕龙》之精炼而雅正的骈文所有。

由上可见，我们虽然不能百分百肯定《隐秀》篇的四百字补文为伪作，但要确认其为刘勰原著，可以说是有不少困难的。与之相关的另一个问题是，如詹锳所说，除了这四百字补文之外，涉及《隐秀》篇的还有一些佚文，它们的真假又如何呢？

首先是张戒《岁寒堂诗话》所引的那两句话，詹先生认为"一定是《隐秀》篇的原文"，只是不确定应该在什么地方。这基本代表了大部分研究者的看法，笔者此前也是这样相信的，但真的有这么肯定吗？《岁寒堂诗话》的原文为：

> 刘勰云："因情造文，不为文造情。"若他人之诗，皆为文造情耳。沈约云："相如工为形似之言，二班长于情理之说。"刘勰云："情在词外曰隐，状溢目前曰秀。"梅圣俞

---

[1] ［梁］刘勰：《文心雕龙·隐秀》，戚良德辑校：《文心雕龙》，上海：上海古籍出版社，2015年，第231页。

云:"含不尽之意,见于言外,状难写之景,如在目前。"三人之论,其实一也。①

"情在词外曰隐,状溢目前曰秀。"这两句引文是否确为《隐秀》的佚文呢?由于《隐秀》篇残缺,目前似乎无法确证这一问题。但我们仔细体会这两句话,其为刘勰原文的真实性是值得怀疑的。原因很简单,我们看张戒所引刘勰的上一句话:"因情造文,不为文造情。"虽其明确说"刘勰云",但这显然并非刘勰的原话。刘勰的相关原文为:"昔诗人什篇,为情而造文;辞人赋颂,为文而造情。……此为情而造文也。……此为文而造情也。"② 不难看出,张戒所引,其实不能算是引文,而只能说是张戒对《情采》相关论述的概括。然则,同样标为"刘勰云"的"情在词外曰隐,状溢目前曰秀"二句,是否情况相同呢?可以说完全有可能。《隐秀》说:"隐也者,文外之重旨者也;秀也者,篇中之独拔者也。"③ 所谓"情在词外",可以视为对"文外之重旨"的概括;所谓"状溢目前",则可视为对"篇中之独拔"的概括。这不仅不牵强,而且符合张戒这里引文的规律。更重要的是,所谓"情在词外""状溢目前"二句,其内容虽然可以说与刘勰的观点是一致的,但这样的说法却未必会出于刘勰之口。试看张戒紧接着所引梅尧臣的几句

---

① [宋] 张戒:《岁寒堂诗话》,丁福保辑:《历代诗话续编》,北京:中华书局,1983年,第456页。
② [梁] 刘勰:《文心雕龙·情采》,戚良德辑校:《文心雕龙》,上海:上海古籍出版社,2015年,第193页。
③ [梁] 刘勰:《文心雕龙·隐秀》,戚良德辑校:《文心雕龙》,上海:上海古籍出版社,2015年,第231页。

话，所谓"含不尽之意，见于言外，状难写之景，如在目前"，与所谓"情在词外""状溢目前"之说何其相似！难怪他会说："三人之论，其实一也。"①

其实，如果进一步考究，"情在词外"这样的说法虽然可以作为"文外之重旨"的引申，但二者并不完全一致。后者作为"隐"的定义是准确的，而前者却不一定是"隐"，而只是一种艺术效果，其与"言有尽而意无穷"更为接近，因而将"情在词外"视为身处宋代的张戒个人对"文外之重旨"的理解和简单概括，可能更为合适。实际上，作为"文辞尽情"论者，刘勰不太可能有明确的"情在词外"这样的说法。类似艺术效果的提倡，刘勰是有的，但他的表达方式是《物色》所谓"物色尽而情有余"，这与意在言外之论是有所不同的。同样的道理，"状溢目前"这样的说法也只能是对"篇中之独拔"的引申，二者也并不等同。后者作为"秀"的定义是准确的，而前者却显然并不合适，或者说它们说的不完全是一回事。"篇中之独拔"者，乃秀句也，类似陆机所谓"石韫玉而山晖，水怀珠而川媚"②之说；而"状溢目前"者，则为描绘的艺术效果，与秀句相去甚远。因而，这句更应该视为张戒对"篇中之独拔"一语的个人理解和概括了。事实很可能是，《文心雕龙》之《隐秀》篇并无"情在词外曰隐，状溢目前曰秀"这样两句原文，那不过是张戒对刘勰"隐秀"之意的个人理解和概括而已。

---

① [宋]张戒：《岁寒堂诗话》，丁福保辑：《历代诗话续编》，北京：中华书局，1983年，第456页。
② [晋]陆机：《文赋》，杨明校笺：《陆机集校笺》，上海：上海古籍出版社，2016年，第27页。

其次是"凡文集胜篇"一段，有两处补文：一是"或有雕削取巧，虽美非秀矣"句，有明刊本补为"或有晦塞为深，虽奥非隐；雕削取巧，虽美非秀矣"①，即多出"晦塞为深，虽奥非隐"两句。一是"秀句所以照文苑，盖以此也"句，詹锳说："曹批梅六次本的校补是'隐篇所以照文苑，秀句所以侈翰林，盖以此也'。"②显然，两处所补，均照顾"隐""秀"二者，可以说与上述四百字补文的思路完全一致，因此这两处补文当与上述补文同出一源，其真实性仍然是值得怀疑的。如上所述，"凡文集胜篇"一段乃专论"秀"句，无论文意还是行文，可以说均无所缺，所补纯为蛇足，不补才是合适的。

综上所述，《文心雕龙》之《隐秀》篇在完整性上或有欠缺，但很可能没有以往想象得那么严重；对明代所补的四百余字，虽然尚难最终确定真伪，但需慎重对待，不能轻易信以为真；对除此之外的其他佚文，亦应仔细甄别，不可贸然相信。要之，居今而言，《隐秀》篇的文本，当以元至正本为根本遵从。至于上述补文，即使并非刘勰原作，但也有助于我们理解《隐秀》的命意，同时，它展现了明代人对《文心雕龙》的喜好，这也是一种"用心"，因而有其值得肯定的意义。

---

① 詹锳义证：《文心雕龙义证》，上海：上海古籍出版社，1989年，第1505页。
② 詹锳：《〈文心雕龙〉的风格学》，北京：人民文学出版社，1982年，第91页。

第五章
清代的《文心雕龙》研究

清人对《文心雕龙》的称赏，可以说毫无保留而备加推崇了。臧琳谓："刘勰《文心雕龙》之论文章，刘劭《人物志》之论人，刘知幾《史通》之论史，可称千古绝作，余所深嗜而快读者。著书人皆刘姓，亦奇事也。"以《文心雕龙》为"论文章"之"千古绝作"，乃是言之不虚的。孙梅则称："士衡《文赋》一篇，引而不发，旨趣跃如。彦和则探幽索隐，穷形尽状；五十篇之内，百代之精华备矣！"把《文心雕龙》和《文赋》加以比较，谓其总揽"百代之精华"，亦可谓名副其实。刘开说："至于宏文雅裁，精理密意，美包众有，华耀九光，则刘彦和之《文心雕龙》，殆观止矣。"所谓"殆观止矣"，其与谭献所谓"文苑之学，寡二少双"之论略同。至如沈叔埏《文心雕龙赋》、李执中《刘彦和文心雕龙赋》等，则更以"赋"的形式赞美《文心雕龙》，亦称得上文论史上的佳话了。至于章学诚所谓"体大而虑周""笼罩群言"的评语，就更是"深识鉴奥"之论了。可以说，《文心雕龙》终于占据了中国文论史之独一无二的地位。清代对《文心雕龙》的空前重视，不仅表现为诸多赞美和称赏，而且表现在清人对这部书的扎扎实实的研究中。尤其是黄叔琳的《文心雕龙辑注》，成为古典"龙学"的集大成者。1909、1911年，著名学者李详在《国粹学报》上发表《文心雕龙黄注补正》，近代意义上的《文心雕龙》研究就此展开。

清代文论与《文心雕龙》

从总体上看，清代文论呈现出两个明显的特点：一是对传统文论的全面总结，二是流派纷呈、论著众多。无论有着深厚传统的诗文理论，还是明代以来兴起的戏曲小说理论，在清代都得到了较为全面而系统的清理、继承和总结，并在此基础上有所发展；特别是戏曲小说理论，应当说有了长足的进步和发展。与此相适应，清代文论形成了众多的流派，并产生了大量的文论著作；从数量上来说，清代文论毫无疑问是空前的，如清代诗话便几倍于此前所有诗话著作之总和。正因如此，有些批评史著作认为："清代文学批评从总体而论，呈现出博大精深、周密详备、系统全面的特色，富有集大成之功。"[1] 不过，清代的文论著作固多，但系统的理论专著并不多，即便刘熙载之《艺概》这样大部头的著作，仍带有漫谈性质而不具备完整的理论体系，其总结的特点明显，却又并无集大成之功。总起来看，清代文论对中国古代文论做了某种程度的总结，并取得了重要的成就；在清代文论的发展过程中，刘勰及其《文心雕龙》的身影可以说无处不在。

---

[1] 蔡镇楚：《中国古代文学批评史》，长沙：岳麓书社，1999年，第419页。

一、王夫之文论与《文心雕龙》

冯友兰说过："王夫之的贡献是旧时代的总结。"① 李泽厚也说："王成为中国传统思想的最后的集大成者。"② 既为"集大成者"，则王夫之与刘勰便有着难得的共同之处，那就是思想的体系性，只不过一个是哲学体系，一个是文论体系，但刘勰的文论体系当然离不开对世界人生的普遍思考，而王夫之的哲学体系自然亦包括对人类之文的特殊关照。两位思想大师生于不同时代，面对不同的问题，他们具体会在哪些方面、多大程度上具有相通之处呢？

作为"总结"和"集大成者"，王夫之思想肯定离不开中国传统思想的一个根本概念，那就是"道"。他说："名者，言道者分析而名；言之各有所指，故一理而多为之名，其实一也。"③ 即是说，为了说明"道"以及自己对"道"的理解，必然会出现各种各样的说法或概念、范畴，但其理则一也。这不由得让我们想起刘勰之论："至道宗极，理归乎一；妙法真境，本固无二。……但言万象既生，假名遂立，梵言菩提，汉语曰道。"④ 所谓"至道宗极，理归乎一"，与王夫之所谓"一理而多为之名，其实一也"，正是英雄所见略同。王夫之认为，所谓"道"，也就是"皆循此以为当然之则"的规律，"物有物

---

① 冯友兰：《中国哲学史新编》（下），北京：人民出版社，1999 年，第 332 页。
② 李泽厚：《中国古代思想史论》，北京：人民出版社，1986 年，第 286 页。
③ ［清］王夫之：《张子正蒙注》卷一，《船山全书》第十二册，长沙：岳麓书社，1988 年，第 32 页。
④ ［梁］刘勰：《灭惑论》，［梁］释僧祐撰、李小荣校笺：《弘明集校笺》，上海：上海古籍出版社，2013 年，第 427 页。

之道……鬼神有鬼神之道";人乃"合五行之秀以成",故其"有性也"。其云:

> 原于天而顺乎道,凝于形气,而五常百行之理无不可知,无不可能,于此言之则谓之性。人之有性,函之于心而感物以通,象著而数陈,名立而义起,习其故而心喻之,形也,神也,物也,三相遇而知觉乃发。故由性生知,以知知性,交涵于聚而有间之中,统于一心,由此言之则谓之心。顺而言之,则惟天有道,以道成性,性发知道;逆而推之,则以心尽性,以性合道,以道事天。惟其理本一原,故人心即天,而尽心知性,则存顺没宁,死而全归于太虚之本体,不以客感杂滞遗造化以疵颣,圣学所以天人合一,而非异端之所可溷也。①

人不过是"原于天而顺乎道"而生的"形气"之物,故其于自然之理"无不可知,无不可能",亦即具备体"道"之本性和能力;而这一本性表现在以心感物,久而久之,由对各种现象的感知,形成各种概念之表述。所以概念、范畴之产生乃是由人的本性所决定,而反过来又进一步促进人对其天性的认识和把握,这一正反交合汇聚之处,便是"心"。即是说,"心"乃是人性和知觉之间的中介。或由天道而人性,"性发"则"知道",或以心性迎合天道;虽然方向不同,但"惟其理本一原,

---

① [清] 王夫之:《张子正蒙注》卷一,《船山全书》第十二册,长沙:岳麓书社,1988年,第33页。

故人心即天",这便是所谓"天人合一"之理。因此,看起来王夫之由"道"出发而归结为"天人合一",实则最终又由天及人,由人而心,所谓"人心即天";而"尽心知性"者,"文"成为不可或缺的工具。

其实,上段引文中所谓"象著而数陈,名立而义起",已经透露出人之"习其故而心喻之"的感物过程,是离不开"文"、有赖于"文"的。王夫之说:

> 物生而形形焉,形者质也。形生而象象焉,象者文也。形则必成象矣,象者象其形矣。在天成象而或未有形,在地成形而无有无象。视之则形也,察之则象也,所以质以视章,而文由察著。未之察者,弗见焉耳。①

即是说,万物之生必现其"形",此"形"乃实有,故为"质";"形"之所生必有其"象",此"象"亦即"文"。所以,所谓"象著而数陈"者,乃其"文"之显现也。则此"文",正通于刘勰在《原道》中所说的"文",所谓"日月叠璧,以垂丽天之象;山川焕绮,以铺理地之形:此盖道之文也",所谓"傍及万品,动植皆文",所谓"故形立则章成矣,声发则文生矣"②,这个"文"不正是王夫之所谓"象者文也"之"文"吗?王夫之也正是这样说的:"道者,刚柔质文之谓

---

① [清]王夫之:《尚书引义》卷六,《船山全书》第二册,长沙:岳麓书社,1988年,第411页。
② [梁]刘勰:《文心雕龙·原道》,戚良德辑校:《文心雕龙·原道》,上海:上海古籍出版社,2015年,第3页。

也。刚柔质文，皆道之用也，相资以相成，而相胜以相节。"①在这里，所谓"文"，不过是"道"的外在形式，是"道之用"；"文"不离"道"，"道"不离"文"，它们"相资以相成，而相胜以相节"，本质上是二而一的。

当然，天地万物皆有其文，"人心即天"，又怎么可能没有文呢？王夫之说："君子之有文，以言道也，以言志也。道者，天之道；志者，己之志也。上以奉天而不违，下以尽己而不失，则其视文也莫有重焉。"②"君子"何以需要"文"？乃"以言道也，以言志也"，这里，王夫之自然而然地做了一个引申，那就是，由"言道"而"言志"，由天转向了人；所谓"志者，己之志也"，这个"文"也就成为表现"己之志"的工具，而且"上以奉天而不违，下以尽己而不失"，所谓"其视文也莫有重焉"，"文"理所当然成为须臾不可离的工具。刘勰也正是这么说的："心生而言立，言立而文明，自然之道也。"所谓"自然之道"，乃自然而必然，亦为不得不然，所以，不仅"夫以无识之物，郁然有彩；有心之器，其无文欤？"而且，"言之文也，天地之心哉！"③言之有文，那是天地之旨意。这不正是"奉天而不违""尽己而不失"？

应该说，王夫之由"道"而"文"的思辨是颇为曲折、复杂而又精致的，我们这里略去了其中间环节，可以说仅仅保留

---

① [清]王夫之：《读通鉴论》卷七，《船山全书》第十册，长沙：岳麓书社，1988年，第262页。
② [清]王夫之：《读通鉴论》卷十二，《船山全书》第十册，长沙：岳麓书社，1988年，第439—440页。
③ [梁]刘勰：《文心雕龙·原道》，戚良德辑校：《文心雕龙》，上海：上海古籍出版社，2015年，第3页。

了其框架而已，但这个框架已然似曾相识，如上所述，它就在《文心雕龙》的《原道》篇之中。毋宁说，刘勰的"原道"论可以视为王夫之上述文道论的简化版。中国思想史和文论史上不乏"原道"论，但历唐经宋而至明代，一次次的复古思潮之中，《文心雕龙》"雕琢其章""郁然有彩"的文道论，往往不免处于尴尬之境况，而在刘勰之后千余年的王夫之，其赋予文道关系的内涵简直可以视为《文心雕龙》的嫡传，岂非耐人寻味？

至于王夫之著名的诗学理论和主张，其与《文心雕龙》有着密切联系，也就不难理解了。如所周知，王夫之诗学的最大特色在情景论，多谓之情景交融论，实则是不够准确的。试看其如下著名论断：

> 情景名为二，而实不可离。神于诗者，妙合无垠。巧者则有情中景，景中情。景中情者，如"长安一片月"，自然是孤栖忆远之情；"影静千官里"，自然是喜达行在之情。情中景尤难曲写，如"诗成珠玉在挥毫"，写出才人翰墨淋漓、自心欣赏之景。凡此类，知者遇之；非然，亦鹘突看过，作等闲语耳。①

所谓情景不可离，所谓"妙合无垠"，所谓"情中景，景中情"，确乎很容易让人想到情景交融这样的说法。但仔细想来，

---

① ［清］王夫之：《夕堂永日绪论内编》，《船山全书》第十五册，长沙：岳麓书社，1995年，第824—825页。

所谓交融者,乃是相互融合之谓也,但王夫之说的是"情景名为二,而实不可离",不是交融的问题,而是相互不可分离,其最高境界即是无所谓情景之分,这才是所谓"妙合无垠"之意,即使达不到这样的境界,也要有"情中景"或"景中情",这与所谓交融的区别就更明显了:试想,若真的交融了,怎么能分出"情中景"或"景中情"呢?所以王夫之说:"夫景以情合,情以景生,初不相离,唯意所适。截分两橛,则情不足与,而景非其景。"① 这里的所谓"截分两橛"颇能说明问题,仍然是说情和景名虽为二,实则不可分离。就诗歌写作而言,所谓"景以情合,情以景生",诗人眼里的景乃应其情之景,诗人心中的情乃因其景之情,诗人心意所之,情景随之摇曳,无所谓交融的问题,原本就是相伴相生而没有分离的。然而,它们何以又必须名为二呢?王夫之有云:"情景虽有在心在物之分,而景生情,情生景,哀乐之触,荣悴之迎,互藏其宅。"② 即是说,情与景毕竟"有在心在物之分",故有名为二之必要,而对诗人而言,"景生情,情生景",二者不存在交融的问题,原本是不可分离的。所谓"情不虚情,情皆可景;景非滞景,景总含情"③,所谓"不能作景语,又何能作情语邪"④,所谓"写景至处,但令与心目不相暌离,则无穷之情正从此而生。一虚一实、

---

① [清] 王夫之:《夕堂永日绪论内编》,《船山全书》第十五册,长沙:岳麓书社,1995年,第826页。
② [清] 王夫之:《诗译》,《船山全书》第十五册,长沙:岳麓书社,1995年,第814页。
③ [清] 王夫之:《古诗评选》卷五,《船山全书》第十四册,长沙:岳麓书社,1996年,第736页。
④ [清] 王夫之:《夕堂永日绪论内编》,《船山全书》第十五册,长沙:岳麓书社,1995年,第829页。

一景一情之说生"①，所谓"含情而能达，会景而生心，体物而得神，则自有灵通之句，参化工之妙"②，等等，都明白无误地说明，情和景从来就是难解难分的。

实际上，王夫之如此情景论的实质乃是情本论，其与情景交融有所不同者，正在这里。对此，他并不讳言。其云："诗以道情，道之为言路也。诗之所至，情无不至；情之所至，诗以之至。"③ 即是说，"诗"本身就意味着"情"，所以诗中的情景哪里又有什么分别呢？他之所以一再强调情景不可分离者，正以此也。这样的情本论，与《文心雕龙》之论可谓息息相通。《明诗》说："人禀七情，应物斯感，感物吟志，莫非自然。"《铨赋》云："原夫登高之旨，盖睹物兴情。情以物兴，故义必明雅；物以情睹，故词必巧丽。"《神思》说："登山则情满于山，观海则意溢于海；我才之多少，将与风云而并驱矣！"王夫之的情本论与这些论述可以说是完全一致的。尤其是《物色》篇"写气图貌，既随物以宛转；属采附声，亦与心而徘徊"，以及"物色尽而情有余"之论，简直可以视为王夫之情景论的理论来源。

不过，王夫之与刘勰也有明显的不同。王夫之说："诗以道性情，道性之情也。性中尽有天德、王道、事功、节义、礼乐、文章，却分派与《易》《书》《礼》《春秋》去，彼不能代

---

① ［清］王夫之：《古诗评选》卷五，《船山全书》第十四册，长沙：岳麓书社，1996年，第749页。
② ［清］王夫之：《诗译》，《船山全书》第十五册，长沙：岳麓书社，1995年，第830页。
③ ［清］王夫之：《古诗评选》卷四，《船山全书》第十四册，长沙：岳麓书社，1996年，第654页。

《诗》而言性之情,《诗》亦不能代彼也。"① 即是说,"道性情"乃"诗"与其他文章形式相区别的特点,没有性情也就没有诗了。所以,严格说来,最能体现王夫之情本论主张的文体便是诗了,王夫之的诗论历来受到文艺学的重视,其原因亦在于此。刘勰则不同,尽管他也说"《诗》之言志",但他的情本论并不专门针对诗。《定势》有云:"夫情致异区,文变殊术,莫不因情立体,即体成势也。"又说:"绘事图色,文辞尽情。"《物色》说:"情以物迁,辞以情发。"显然,在刘勰的理论体系中,情本论是泛指所有文体的,这便与王夫之有了很大不同。这个不同,其本质在于"情"的区别,王夫之所谓"情"已然具有近代意义,其内容较为丰富;《文心雕龙》作为一个早熟的理论体系,其情本论之内涵侧重于情之真,而其对"情"本身的理解是较为简单的。

二、《原诗》与《文心雕龙》

清代诗论名家辈出、论著众多,具有明显的总结特色。其中,叶燮的《原诗》可以说是较为出色的理论成果。敏泽先生认为"它是《文心雕龙》《诗品》之后,我国文学理论批评史上重要的有完整体系的理论著作之一",甚至"成为《文心雕龙》之后我国文学理论批评史上的一部最重要的著作"。②

---

① [清] 王夫之:《明诗评选》卷五,《船山全书》第十四册,长沙:岳麓书社,1996 年,第 1440—1441 页。
② 敏泽:《中国文学理论批评史》,长春:吉林教育出版社,1993 年,第 1146、1121 页。

第五章 清代的《文心雕龙》研究

《原诗》之作，在于叶燮认为"诗道遂沦而不可救"①，正如敏泽先生所说："犹如刘勰之写《文心雕龙》是出于对他之前的各种文论不满意一样，叶燮之写《原诗》，同样是如此。"②叶燮不满意的是什么呢？他说："既不能知诗之源流本末正变盛衰，互为循环；并不能辨古今作者之心思才力深浅高下长短，孰为沿为革，孰为创为因，孰为流弊而衰，孰为救衰而盛，一一剖析而缕分之，兼综而条贯之。"③即是说，所谓"诗道"，包括两方面的内容，一是诗之历史发展问题，二是诗之创作问题；所谓"原诗"，即探索此根本之"诗道"。以此而言，不仅叶燮的论诗动机与刘勰相同，而且其思维方式亦有相同之处，那就是着眼于文章的根本之道，一如《文心雕龙》从《原道》开篇一样。

叶燮首先要探讨的问题是"数千年诗之正变盛衰之所以然"④，其云：

> 诗始于《三百篇》，而规模体具于汉。自是而魏，而六朝、三唐，历宋、元、明，以至昭代，上下三千余年间，诗之质文体裁格律声调辞句，递升降不同。而要之，诗有源必有流，有本必达末；又有因流而溯源，循末以返本。

---

① ［清］叶燮：《原诗·内篇（上）》，霍松林校注：《原诗》，北京：人民文学出版社，1979年，第3页。
② 敏泽：《中国文学理论批评史》，长春：吉林教育出版社，1993年，第1120页。
③ ［清］叶燮：《原诗·内篇（上）》，霍松林校注：《原诗》，北京：人民文学出版社，1979年，第3页。
④ ［清］叶燮：《原诗·内篇（下）》，霍松林校注：《原诗》，北京：人民文学出版社，1979年，第16页。

> 其学无穷，其理日出。乃知诗之为道，未有一日不相续相禅而或息者也。①

他认为，诗之为道，"其学无穷，其理日出"，根本的一点在于"相续相禅"，没有止息，亦即处于不停的发展过程之中，所谓"夫自《三百篇》而下，三千余年之作者，其间节节相生，如环之不断；如四时之序，衰旺相循而生物、而成物，息息不停，无可或间也"②。之所以如此，"盖自有天地以来，古今世运气数，递变迁以相禅。古云：'天道十年而一变。'此理也，亦势也，无事无物不然；宁独诗之一道，胶固而不变乎？"所谓"势不能不变"③，这是不以人的意志为转移的。变化的结果，便是日新月异，所谓"诗道之不能不变于古今，而日趋于异也"④。应该说，这与刘勰的"通变"观是基本一致的，所谓"参伍因革，通变之数也"，所谓"文律运周，日新其业"⑤，其对文章演变基本方向之把握是相通的。叶燮所谓"诗之质文……递升降不同"，亦与刘勰在《时序》所说的"时运交移，质文代变"之理别无二致。

---

① ［清］叶燮：《原诗·内篇（上）》，霍松林校注：《原诗》，北京：人民文学出版社，1979年，第3页。
② ［清］叶燮：《原诗·内篇（下）》，霍松林校注：《原诗》，北京：人民文学出版社，1979年，第33页。
③ ［清］叶燮：《原诗·内篇（上）》，霍松林校注：《原诗》，北京：人民文学出版社，1979年，第4页。
④ ［清］叶燮：《汪秋原浪斋二集诗序》，《已畦集》卷九，《四库全书存目丛书》集部第244册，济南：齐鲁书社，1997年，第103页。
⑤ ［梁］刘勰：《文心雕龙·通变》，戚良德辑校：《文心雕龙》，上海：上海古籍出版社，2015年，第186页。

然则，如何认识这一"升降"过程呢？叶燮说："但就一时而论，有盛必有衰；综千古而论，则盛而必至于衰，又必自衰而复盛。非在前者之必居于盛，后者之必居于衰也。"① 一方面，"有盛必有衰""盛而必至于衰"，由盛而衰是必然的；另一方面，"衰而复盛"也是必然的。所谓盛衰兴亡，便成为一个循环往复的过程。上述所谓"诗之源流本末正变盛衰，互为循环"，即谓此也。应该说，强调这种发展过程之"互为循环"的特点，确是叶燮的独特之处，这与《通变》就不完全一样了。刘勰也谈到"竞今疏古，风末气衰"的问题，但他似乎并没有这样的循环论，即是说，如果说由盛而衰是必然的，那么由衰而盛却未必是可以等来的，而是需要研究"变则其久，通则不乏"的规律，这正是《通变》要解决的问题。以此而言，从绝对意义上说，叶燮的循环论反而陷入无所作为之境，也就未必十分高明了。

自然，叶燮对"升降"过程的认识不止于盛衰循环，而是有着更为丰富的内容。如谓："大凡物之踵事增华，以渐而进，以至于极。故人之智慧心思，在古人始用之，又渐出之；而未穷未尽者，得后人精求之，而益用之出之。乾坤一日不息，则人之智慧心思，必无尽与穷之日。"② 于是，"踵事增华，因时递变"③，便成为诗之演变规律，所谓"一增华于《三百篇》；再增华于汉；又增华于魏。自后尽态极妍，争新竞异，千状万态，

---

① ［清］叶燮：《原诗·内篇（上）》，霍松林校注：《原诗》，北京：人民文学出版社，1979年，第3页。
② ［清］叶燮：《原诗·内篇（上）》，霍松林校注：《原诗》，北京：人民文学出版社，1979年，第6页。
③ ［清］叶燮：《原诗·内篇（下）》，霍松林校注：《原诗》，北京：人民文学出版社，1979年，第33页。

差别井然"①。这样的变化过程，《通变》篇曾有明确的叙述："黄歌'断竹'，质之至也；唐歌'在昔'，则广于黄世；虞歌'卿云'，则文于唐时；夏歌'雕墙'，缛于虞代；商周篇什，丽于夏年。"又说："黄唐淳而质，虞夏质而辨，商周丽而雅，楚汉侈而艳，魏晋浅而绮，宋初讹而新：从质及讹，弥近弥澹。"② 因此，就叶燮自己颇为看重的"正变"论而言，较之刘勰之论可以说更为细致，而其基本精神并无特别深刻之处。

相比之下，叶燮要探讨的另一个问题，所谓"古今作者之心思才力深浅高下长短"亦即诗本身的创作问题，则颇有独特之见了。如其以他人之口总结道："诗之至处，妙在含蓄无垠，思致微渺，其寄托在可言不可言之间，其指归在可解不可解之会，言在此而意在彼，泯端倪而离形象，绝议论而穷思维，引人于冥漠恍惚之境，所以为至也。"对此，叶燮不仅以为"深有得乎诗之旨者也"，而且进一步指出："可言之理，人人能言之，又安在诗人之言之！可征之事，人人能述之，又安在诗人之述之！必有不可言之理，不可述之事，遇之于默会意象之表，而理与事无不灿然于前者也。"③ 一方面是"含蓄无垠，思致微渺"，具有"言在此而意在彼"之妙，另一方面又"理与事无不灿然于前"，这样的艺术境界确乎可以称得上"诗之至处"了。尤其是叶燮所指出的诗人之独特本领，在于将"不可言之

---

① ［清］叶燮：《原诗·内篇（上）》，霍松林校注：《原诗》，北京：人民文学出版社，1979年，第6页。
② ［梁］刘勰：《文心雕龙·通变》，戚良德辑校：《文心雕龙》，上海：上海古籍出版社，2015年，第185页。
③ ［清］叶燮：《原诗·内篇（下）》，霍松林校注：《原诗》，北京：人民文学出版社，1979年，第30页。

理，不可述之事"呈现于读者面前，且具有"灿然"之效，可谓抓住了诗歌艺术的本质特征，其中"遇之于默会意象之表"一语则值得格外关注。诗人何以能将"不可言之理，不可述之事"鲜明生动地表现出来？这需要"遇"，即是说，并非一定能够达到那样的境界，而是需要等待灵感的到来；灵感产生的前提则是"意象"之形成，所谓"遇之于默会意象之表"者，此之谓也。叶燮说："要之作诗者，实写理事情，可以言言，可以解解，即为俗儒之作。惟不可名言之理，不可施见之事，不可径达之情，则幽渺以为理，想象以为事，惝恍以为情，方为理至事至情至之语。"① 这便是所谓"遇"的过程了。将"不可名言之理，不可施见之事，不可径达之情"转化为"理至事至情至之语"，这是诗人的特殊本领，更是最高本领，因而并非每一个诗人，也并非在每时每刻都能实现。如何才能创造出这样的理想境界？那便是"幽渺以为理，想象以为事，惝恍以为情"，这是一个形成"意象"的过程，通过对"意象"的描绘，最终写出"理至事至情至之语"。所谓"舒写胸襟，发挥景物，境皆独得，意自天成，能令人永言三叹，寻味不穷，忘其为熟，转益见新，无适而不可也"②，第一阶段是"舒写胸襟，发挥景物"，这是创作之始；第二阶段则是"境皆独得，意自天成"，这便是"意象"之形成；第三阶段便是"永言三叹，寻味不穷"了，亦即上述所谓"言在此而意在彼"的"冥漠恍惚之境"。

---

① ［清］叶燮：《原诗·内篇（下）》，霍松林校注：《原诗》，北京：人民文学出版社，1979年，第32页。
② ［清］叶燮：《原诗·外篇上》，霍松林校注：《原诗》，北京：人民文学出版社，1979年，第45页。

显然,上述"诗之至处"的关键在于"意象"之形成,而这一概念来自刘勰。《神思》有云:"思理为妙,神与物游……然后使玄解之宰,寻声律而定墨;独照之匠,窥意象而运斤。此盖驭文之首术,谋篇之大端。"叶燮所谓"幽渺以为理,想象以为事,惝恍以为情"不过就是刘勰所谓"思理为妙,神与物游"的过程,而这一过程的最终成功是所谓"理至事至情至之语"的产生,但如何达到这样的效果?刘勰有着高屋建瓴的解说。一则曰:"神居胸臆,而志气统其关键;物沿耳目,而辞令管其枢机。枢机方通,则物无隐貌;关键将塞,则神有遁心。"二则曰:"是以陶钧文思,贵在虚静;疏瀹五藏,澡雪精神。"三则曰:"积学以储宝,酌理以富才,研阅以穷照,驯致以绎辞。"[①] 从理论到实践,刘勰都给出了要言不烦的解答。以此而言,叶燮之论的成功在于其细致描绘了诗境之美,把握住了诗歌艺术的本质特征,而其基础实则是刘勰的"神思"论。

正因有此基础,叶燮对诗歌艺术之本质的认识,与《文心雕龙》的有关论述是完全一致的。如谓:"诗是心声,不可违心而出,亦不能违心而出。功名之士,决不能为泉石淡泊之音;轻浮之子,必不能为敦庞大雅之响。……其心如日月,其诗如日月之光。随其光之所至,即日月见焉。故每诗以人见,人又以诗见。使其人其心不然,勉强造作,而为欺人欺世之语;能欺一人一时,决不能欺天下后世。"[②] 这是一段很有名的论述,

---

① [梁]刘勰:《文心雕龙·神思》,戚良德辑校:《文心雕龙》,上海:上海古籍出版社,2015年,第173页。
② [清]叶燮:《原诗·外篇(上)》,霍松林校注:《原诗》,北京:人民文学出版社,1979年,第52页。

论说可谓清楚明白而透彻。试看刘勰在《情采》之论："为情者要约而写真，为文者淫丽而烦滥。……故有志深轩冕，而泛咏皋壤；心缠几务，而虚述人外：真宰弗存，'翩其反矣'！夫桃李不言而成蹊，有实存也；男子树兰而不芳，无其情也。夫以草木之微，依情待实；况乎文章，述志为本！言与志反，文岂足征！"①谓其异曲同工，至少是合适的。叶燮在《巢松乐府序》中有这样一段话：

> 士束发读书，其性情志虑必有所期。上之期立三不朽业，比迹皋夔；次则显荣名、享厚禄，以耀妻子、乡党，为人所羡慕；又次之则才效一官，智效一得，以稍自愉快。若比数者不能酬其所期，则遇穷，遇穷则志穷，而不能自得，于是无聊感慨之，概任志之所往，假言语为发泄，以曲尽其致，于是天地万物无不可供其陶铸，极其性情念虑之所之。太史公历叙古圣贤之述作，尽出于忧患之所为，而终之曰："《诗》三百篇，大抵皆发愤之所作也。……愤则思发，不能发于作为，则必发于言语。"②

这段话相当朴实地再次说明了"诗是心声"之论，亦非常有力地说明了其"不可违心而出，亦不能违心而出"的道理，这与刘勰在《情采》中的论说也颇为一致："盖《风》《雅》之兴，

---

① ［梁］刘勰：《文心雕龙·情采》，戚良德辑校：《文心雕龙》，上海：上海古籍出版社，2015年，第193—194页。
② ［清］叶燮：《巢松乐府序》，《已畦集》卷九，《四库全书存目丛书》集部第244册，济南：齐鲁书社，1997年，第107页。

志思蓄愤，而吟咏情性，以讽其上：此为情而造文也。诸子之徒，心非郁陶，苟驰夸饰，鬻声钓世：此为文而造情也。"① 叶燮所谓"愤则思发"，所谓"极其性情"，与刘勰这里的"志思蓄愤，而吟咏情性"之说，显然是一脉相承的。

不仅是诗歌，叶燮对文章本质也多有论述，其基本精神与《文心雕龙》也是息息相通的。如谓："天地之大文，风云雨雷是也。风云雨雷，变化不测，不可端倪，天地之至神也，即至文也。"② 刘勰则说："日月叠璧，以垂丽天之象；山川焕绮，以铺理地之形：此盖道之文也。"又说："傍及万品，动植皆文。龙凤以藻绘呈瑞，虎豹以炳蔚凝姿。云霞雕色，有逾画工之妙；草木贲华，无待锦匠之奇：夫岂外饰？盖自然耳！至于林籁结响，调如竽瑟；泉石激韵，和若球锽。故形立则章成矣，声发则文生矣。"③ 他们这里的"文"显然都是自然之文，却是"大文""至文"，乃是人类之文的基础和根本。叶燮说："盖天地有自然之文章，随我之所触而发宣之，必有克肖其自然者，为至文以立极。我之命意发言，自当求其至极者。"④ 刘勰则说："文之为德也，大矣！与天地并生者，何哉？"即是说，"文"之所以了不起，首先是因为其"与天地并生者"，那就与天地有着密不可分的关系。又说："惟人参之，性灵所钟，是谓三才。

---

① ［梁］刘勰：《文心雕龙·情采》，戚良德辑校：《文心雕龙》，上海：上海古籍出版社，2015年，第193页。
② ［清］叶燮：《原诗·内篇（下）》，霍松林校注：《原诗》，北京：人民文学出版社，1979年，第22页。
③ ［梁］刘勰：《文心雕龙·原道》，戚良德辑校：《文心雕龙》，上海：上海古籍出版社，2015年，第3页。
④ ［清］叶燮：《原诗·内篇（下）》，霍松林校注：《原诗》，北京：人民文学出版社，1979年，第25页。

为五行之秀气，实天地之心。心生而言立，言立而文明，自然之道也。"人是天地自然之一部分，人有文乃是"自然之道"，则所谓"夫以无识之物，郁然有彩；有心之器，其无文欤"①，这里的逻辑似乎只是要证明人类必然有文，实则这种必然性的背后，有着人类之文与自然之文的密切关系，如此一来，便颇类叶燮所谓"随我之所触而发宣之"亦即"克肖其自然"之意了。他曾说过："凡文章之道，当内求之察识之心，而专征之自然之理，于是而为言，庶几无负读书以识字乎！"② 所谓"内求之察识之心"，首先便是对"自然之理"的认识，则与"专征之自然之理"便是二而一的事情。因此，叶燮之论也可以视为是以刘勰"原道"说为基础的。

当然，叶燮之论不仅更为清晰而明确，而且有着自己更为具体的规定，体现出自己的创作性，这便是著名的"理事情"之说了。其云："自开辟以来，天地之大，古今之变，万汇之赜，日星河岳，赋物象形，兵刑礼乐，饮食男女，于以发为文章，形为诗赋，其道万千。余得以三语蔽之：曰理、曰事、曰情，不出乎此而已。然则，诗文一道，岂有定法哉！"③ 又说："曰理、曰事、曰情三语，大而乾坤以之定位、日月以之运行，以至一草一木一飞一走，三者缺一，则不成物。文章者，所以表天地万物之情状也。"④ 一方面是文章"表天地万物之情状"，

---

① ［梁］刘勰：《文心雕龙·原道》，戚良德辑校：《文心雕龙》，上海：上海古籍出版社，2015年，第3页。
② ［清］叶燮：《已畦集·自序》，《四库全书存目丛书》集部第244册，济南：齐鲁书社，1997年，第2页。
③ ［清］叶燮：《原诗·内篇（下）》，霍松林校注：《原诗》，北京：人民文学出版社，1979年，第20页。
④ ［清］叶燮：《原诗·内篇（下）》，霍松林校注：《原诗》，北京：人民文学出版社，1979年，第21页。

另一方面这个所谓"情状"可以概括为"理事情"三者，则文章便是所谓"理事情"之表现了。不过，这只是就"在物者而为言"，亦即文章内容之客观方面；文章之作，自然还离不开作者主观方面的情状。叶燮说：

> 曰理、曰事、曰情，此三言者足以穷尽万有之变态。凡形形色色，音声状貌，举不能越乎此。此举在物者而为言，而无一物之或能去此者也。曰才、曰胆、曰识、曰力，此四言者所以穷尽此心之神明。凡形形色色，音声状貌，无不待于此而为之发宣昭著。此举在我者而为言，而无一不如此心以出之者也。以在我之四，衡在物之三，合而为作者之文章。大之经纬天地，细而一动一植，咏叹讴吟，俱不能离是而为言者矣。①

且不说这里的"经纬天地"和"一动一植"之思路，与刘勰在《原道》的思路如出一辙，即所谓"才、胆、识、力"之说，在刘勰的《文心雕龙》中亦不难看到身影，《体性》有云："夫情动而言形，理发而文见；盖沿隐以至显，因内而符外者也。然才有庸俊，气有刚柔，学有浅深，习有雅郑：并情性所铄，陶染所凝，是以笔区云谲，文苑波诡者矣。"② 不难看出，叶燮之说，与刘勰的"才、气、学、习"之论，乃是密切相关的。

---

① ［清］叶燮：《原诗·内篇（下）》，霍松林校注：《原诗》，北京：人民文学出版社，1979年，第23—24页。
② ［梁］刘勰：《文心雕龙·体性》，戚良德辑校：《文心雕龙》，上海：上海古籍出版社，2015年，第178页。

看起来，刘勰描绘的文章写作过程是"情动而言形，理发而文见"，实则"人禀七情，应物斯感""情以物兴""物以情睹"，所以叶燮所谓"以在我之四，衡在物之三，合而为作者之文章"，与刘勰所谓"沿隐以至显，因内而符外"的道理乃是完全一致的。

值得一提的是，叶燮在《原诗》中曾提到刘勰及其理论主张，其云："诗道之不能长振也，由于古今人之诗评杂而无章、纷而不一。六朝之诗，大约沿袭字句，无特立大家之才。其时评诗而著为文者，如钟嵘、如刘勰，其言不过吞吐抑扬，不能持论。然嵘之言曰：'迩来作者，竞须新事，牵挛补衲，蠹文已甚。'斯言为能中当时、后世好新之弊。勰之言曰：'沉吟铺辞，莫先于骨，故辞之待骨，如体之树骸。'斯言为能探得本原。此二语外，两人亦无所能为论也。"① 总体而言，叶燮对刘勰的评价并不高，尤其在清代，当众多学者高度肯定《文心雕龙》之时，叶燮之评显得相当不合时宜，且所谓"不能持论"之说，也明显不符合《文心雕龙》之实际。当然，这里或可理解为叶氏只是就刘勰诗论而言，但他接着又肯定了刘勰在《风骨》篇中的一段论述，认为其能"探得本原"。然则，叶燮所谓"本原"指的是什么？他曾有这样一段话，或可帮助我们理解，其云：

  彼诗家之体格、声调、苍老、波澜，为规则、为能事，

---

① ［清］叶燮：《原诗·外篇（上）》，霍松林校注：《原诗》，北京：人民文学出版社，1979年，第54页。

固然矣；然必其人具有诗之性情、诗之才调、诗之胸怀、诗之见解以为其质。如赋形之有骨焉，而以诸法傅而出之；犹素之受绘，有所受之地，而后可一一增加焉。故体格、声调、苍老、波澜，不可谓为文也，有待于质焉，则不得不谓之文也；不可谓为皮之相也，有待于骨焉，则不得不谓之皮相也。吾故告善学诗者，必先从事于"格物"，而以识充其才，则质具而骨立，而以诸家之论优游以文之，则无不得，而免于皮相之讥矣。①

在叶燮看来，"诗家之体格、声调、苍老、波澜"等，乃是诗之规则，需要掌握，但诗之"性情、才调、胸怀、见解"方为"其质"，"如赋形之有骨焉"；刘勰之论恰是"辞之待骨，如体之树骸"，这大约正是其被赞为"探本"之论的原因了。则叶燮所谓"本原"，乃是诗人之"性情、才调、胸怀、见解"，大约相当于其上述"才、胆、识、力"之说，其与刘勰的"风骨"之论确有一脉相承之处。则其肯定《风骨》者，并非一个小问题，而是关乎"质具而骨立"的诗之根本问题，又怎可说"不能持论"呢？

三、姚鼐文论与《文心雕龙》

在清代文坛上，散文、骈文创作都相当兴盛，关于"文"的理论亦是流派纷呈、成绩斐然。其中，尤以桐城派文论影响最大。

---

① ［清］叶燮：《原诗·外篇（上）》，霍松林校注：《原诗》，北京：人民文学出版社，1979年，第46—47页。

第五章　清代的《文心雕龙》研究

桐城派是清代散文创作中影响最大的一个流派，它创于康、乾之际，盛于嘉、道年间，因其开宗立派的三位代表人物（方苞、刘大櫆、姚鼐）皆为安徽桐城人而得名。此三人不仅是桐城派散文的代表作家，更在散文理论上有着各自的建树，尤其是姚鼐，为桐城派影响最大的作家，也是桐城派文论的集大成者。

姚鼐著有《惜抱轩全集》，编有著名的《古文辞类纂》以及《五七言今体诗钞》等。其论文从根本入手，颇似《文心雕龙》。其云："文章之原，本乎天地；天地之道，阴阳刚柔而已。苟有得乎阴阳刚柔之精，皆可以为文章之美。"① 首先是文章以道为根本，其次是阴阳刚柔之谓道，再次是文章之美分为阳刚与阴柔。就第一层意思而言，其与刘勰在《序志》篇所说的"盖《文心》之作也，本乎道……文之枢纽，亦云极矣"，可谓如出一辙；尤其是所谓"文之枢纽"，强调的都是文章须本乎道。就第二层次而言，姚鼐之说显然以《周易》所谓"一阴一阳之谓道"为据，则与刘勰之所谓"自然之道"也是一致的。就第三层次而言，把文章之美分为阴阳刚柔，则属于姚鼐之创造，刘勰没有这样的直接之论。但《体性》篇有"气有刚柔""风趣刚柔"等说法，《定势》篇亦有"刚柔虽殊，必随时而适用"以及"文之任势，势有刚柔"之说法，《镕裁》篇则有"刚柔以立本"之论断，则说明刘勰对文章"刚柔"之美，并非没有认识。尤其是《风骨》篇强调"文明以健"，而《隐秀》篇则提出"深文隐蔚"，詹锳曾认为"'风骨'和'隐秀'是对

---

① ［清］姚鼐：《海愚诗钞序》，《惜抱轩诗文集》，上海：上海古籍出版社，1992年，第48页。

立的两种风格,一偏于刚,一偏于柔"①,更说明《文心雕龙》之理论体系,至少是可以容纳阴阳刚柔之美的。

如果说,姚鼐论文"本乎道"的立场与刘勰相同,那么刘勰"征圣""宗经"之论,亦同样为姚鼐所继承。他说:"天地之道,阴阳刚柔而已。文者,天地之精英,而阴阳刚柔之发也。惟圣人之言,统二气之会而弗偏。"② 即是说,"圣人之言"正是阴阳刚柔之会和,亦即天地之道之完美体现。此论之实质,与刘勰所谓"道沿圣以垂文,圣因文而明道",可谓别无二致。正是以此为基础,姚鼐有如下之论断:

> 言而成节合乎天地自然之节,则言贵矣。其贵也,有全乎天者焉,有因人而造乎天者焉。今夫《六经》之文,圣贤述作之文也。独至于《诗》,则成于田野闺闼、无足称述之人,而语言微妙,后世能文之士,有莫能逮,非天为之乎?然是言《诗》之一端也,文王、周公之圣,大、小雅之贤,扬乎朝廷,达乎神鬼,反覆乎训诫,光昭乎政事,道德修明,而学术该备,非如列国《风》诗采于里巷者可并论也。夫文者,艺也。道与艺合,天与人一,则为文之至。世之文士,固不敢于文王、周公比,然所求以几乎文之至者,则有道矣,苟且率意,以觊天之或与之,无是理也。③

---

① 詹锳:《〈文心雕龙〉的风格学》,北京:人民文学出版社,1982年,第95页。
② [清]姚鼐:《复鲁絜非书》,《惜抱轩诗文集》,上海:上海古籍出版社,1992年,第93页。
③ [清]姚鼐:《敦拙堂诗集序》,《惜抱轩诗文集》,上海:上海古籍出版社,1992年,第49页。

这段话有着丰富的内涵。首先，姚鼐再次论述了文章本乎道的立场，但这里的角度不再是阴阳刚柔之美，而是"天地自然"，"合乎天地自然之节"的文章才是珍贵的，所谓"夫天地之间，莫非文也。故文之至者，通于造化之自然"①，正是此意。这与刘勰在《原道》的论述就更为接近了，所谓"心生而言立，言立而文明，自然之道也"，所谓"夫岂外饰？盖自然耳"，所谓"林籁结响，调如竽瑟；泉石激韵，和若球锽。故形立则章成矣，声发则文生矣"②，正是"合乎天地自然之节"。其次，亦再次申述了"征圣""宗经"之立场，所谓"《六经》之文，圣贤述作"，所谓"世之文士，固不敢于文王、周公比"，所谓"语言微妙""天为之乎"云云，说明圣人及其文章正是"合乎天地自然之节"的典范，无与伦比。第三，所谓"扬乎朝廷，达乎神鬼，反覆乎训诫，光昭乎政事，道德修明，而学术该备"，这一对文章作用之论述，与刘勰在《序志》篇的那段著名论断，在本质上也是一致的。刘勰说："唯文章之用，实经典枝条。五礼资之以成，六典因之致用；君臣所以炳焕，军国所以昭明。"姚鼐之论，岂非与此相通？第四，姚鼐对文章的定义是："夫文者，艺也。"即是说，在"征圣""宗经"之基础上，必知文章乃一技艺，所谓"诗文皆技也"，所谓"而技有美恶"③，即必有其可以掌握的规律和法则，这也正是刘勰在《总

---

① ［清］姚鼐：《答鲁宾之书》，《惜抱轩诗文集》，上海：上海古籍出版社，1992年，第104页。
② ［梁］刘勰：《文心雕龙·原道》，戚良德辑校：《文心雕龙》，上海：上海古籍出版社，2015年，第3页。
③ ［清］姚鼐：《答翁学士书》，《惜抱轩诗文集》，上海：上海古籍出版社，1992年，第84页。

术》所说的"文场笔苑,有术有门"。第五,所谓"道与艺合,天与人一,则为文之至",则提出了文章之追求和目标。文虽一艺,却通乎大道,达于圣人,所谓"夫文技耳,非道也,然古人藉以达道"①,因而不可掉以轻心、"苟且率意",虽"不敢于文王、周公比",但文章有道,所谓"技之精者必近道"②,故必须追求"文之至",这也是由文章之用所决定了的。

然则,何为"文之至"?姚鼐有云:

> 《易》《诗》《书》《论语》所载,亦间有可以刚柔分矣,值其时其人,告语之体,各有宜也。自诸子而降,其为文无弗有偏者。其得于阳与刚之美者,则其文如霆,如电,如长风之出谷,如崇山峻崖,如决大川,如奔骐骥。其光也如杲日,如火,如金镠铁。其于人也,如凭高视远,如君而朝万众,如鼓万勇士而战之。其得于阴与柔之美者,则其文如升初日,如清风,如云,如霞,如烟,如幽林曲涧,如沦,如漾,如珠玉之辉,如鸿鹄之鸣而入廖廓。其于人也,漻乎其如叹,邈乎其如有思,暧乎其如喜,愀乎其如悲。观其文,讽其音,则为文者之性情形状举以殊焉。③

---

① [清]姚鼐:《复钦君善书》,《惜抱轩诗文集》,上海:上海古籍出版社,1992年,第291页。
② [清]姚鼐:《答翁学士书》,《惜抱轩诗文集》,上海:上海古籍出版社,1992年,第84页。
③ [清]姚鼐:《复鲁絜非书》,《惜抱轩诗文集》,上海:上海古籍出版社,1992年,第93—94页。

一方面，虽然"圣人之言，统二气之会而弗偏"，但"亦间有可以刚柔分"者，则说明文章之分为阴阳刚柔之美基本带有普遍性；另一方面，诸子之后，文章便"无弗有偏者"，亦即一概有刚柔之分了。则所谓"文之至"，即分为两种，一是阳刚之美，一是阴柔之美。姚鼐这段精彩的描述，正是分而为之的，先述阳刚之美，再述阴柔之美，从声音状貌至色彩形象，极尽描摹比喻之能事，充分展现了姚鼐的笔力。值得注意的是，其对两种美的描绘又分别从"文"和"人"两方面入手，说明文如其人，由文而知人。这些文章之美的境界，我们均不难在《文心雕龙》中找到类似叙述。《风骨》所谓"唯藻耀而高翔，固文笔之鸣凤"，《通变》所谓"采如宛虹之奋鬐，光若长离之振翼"，《总术》所谓"义味腾跃而生，辞气丛杂而至；视之则锦绘，听之则丝簧，味之则甘腴，佩之则芬芳"，等等，虽并未分出阴阳刚柔二者，但这种对文章之美的描述方式，正是姚鼐所采用的。

显然，要达到这种至美的文章境界，决非一蹴而就之事。姚鼐说："夫文章一事，而其所以为美之道非一端，命意立格，行气遣辞，理充于中，声振于外。数者一有不足，则文病矣。"[①]从"命意立格"至"行气遣辞"，必须有充实的内容，又应当有完美的形式，稍有疏忽，便有义病。其中最要紧的又是什么呢？从姚鼐的一些论述看，有两点令人瞩目。首先是文质兼备。如谓："夫古人之文，岂第文焉而已，明道义、维风俗以诏世

---

① ［清］姚鼐：《与陈硕士》，《惜抱轩尺牍》卷七，合肥：安徽大学出版社，2014年，第115页。

者，君子之志；而辞足以尽其志者，君子之文也。达其辞则道以明，昧于文则志以晦。"① 即是说，文章肩负着重要的责任，那就是"明道义、维风俗"，此乃君子之志；而"文"之所以重要，正在于必须"以尽其志"，所谓"不言，谁知其志"，此即所谓"昧于文则志以晦"，且"言之无文，行而不远"，亦即"达其辞则道以明"，所以文质兼备乃是必然追求。文如此，诗亦然。姚鼐有云："夫诗之至善者，文与质备，道与艺合，心手之运，贯彻万物，而尽得乎人心之所欲出。若是者，千载中数人而已。其余不能无偏，或偏于文焉，或偏于质焉。就二者而择之，愚诚短于识，以为所尚者，盖在此而不在彼。惟能知为人之重于为诗者，其诗重矣。"② 这段话其实包含了两层意思，一是"文与质备，道与艺合"，此乃最高境界，值得提倡，但毕竟为少数。二是为人重于为诗，即人品最为重要。尤其是第二个层次，这是一个颇为重要的说法，即假如真的明白"为人之重于为诗"，那才是对诗的真正重视；换言之，有了人品也便有了诗。所以姚鼐说："古之善为诗者，不自命为诗人者也。其胸中所蓄，高矣、广矣、远矣，而偶发之于诗，则诗与之为高广且远焉，故曰善为诗也。……志在于为诗人而已，为之虽工，其诗则卑且小矣。余执此以衡古人之诗之高下，亦以论今天下之为诗者。"③ 又说："大抵高格清韵，自出胸臆；而远追古人不

---

① ［清］姚鼐：《复汪进士辉祖书》，《惜抱轩诗文集》，上海：上海古籍出版社，1992年，第89页。
② ［清］姚鼐：《荷塘诗集序》，《惜抱轩诗文集》，上海：上海古籍出版社，1992年，第51页。
③ ［清］姚鼐：《荷塘诗集序》，《惜抱轩诗文集》，上海：上海古籍出版社，1992年，第50页。

可到之境于空濛旷邈之区，会古人不易识之情于幽邃杳曲之路。"① 他认为，真正的诗人恰是"不自命为诗人者"，而那些为诗而诗者，看起来精于诗道，实则格调不高。真正的"高格清韵"，必须是"自出胸臆"者。诗之高下、诗人之高下，能否"远追古人"，端在于此了。故云："君之诗，君之为人也。……而其清气逸韵，见胸中之高亮，而无世俗脂韦之概，则与古人近而于今人远矣。"② 即是说，诗与人是分不开的，有什么样的人即有什么样的诗。而"为人"的要义在于一个真字，所谓"不自命为诗人"，所谓"胸中所蓄""偶发之于诗"，即是此意。其谓："夫诗之于道固末矣，然必由其人胸臆所蓄，行履所至，率然达之翰墨，扬其菁华，不可伪饰，故读其诗者如见其人。"③ 所谓"率然"者，乃真情流露也，只有无所"伪饰"，方能以诗观人。

从文质兼备到以质为重，从看重人品再到为人须真，可以说皆为《文心雕龙》一以贯之的观点。《征圣》有云："志足以言文，情信而辞巧，乃含章之玉牒，秉文之金科矣。"又说："圣文之雅丽，固衔华而佩实者也。"《情采》则曰："夫水性虚而沦漪结，木体实而华萼振：文附质也。虎豹无文，则鞟同犬羊；犀兕有皮，而色资丹漆：质待文也。"这都是文质兼备的明确要求。《征圣》有曰："'夫子文章，可得而闻'，则圣人之情，

---

① ［清］姚鼐：《答苏园公书》，《惜抱轩诗文集》，上海：上海古籍出版社，1992年，第294页。
② ［清］姚鼐：《荷塘诗集序》，《惜抱轩诗文集》，上海：上海古籍出版社，1992年，第51页。
③ ［清］姚鼐：《朱二亭诗集序》，《惜抱轩诗文集》，上海：上海古籍出版社，1992年，第260页。

见乎辞矣。"《宗经》则云："洞性灵之奥区，极文章之骨髓。"《体性》有云："各师成心，其异如面。"这都是文如其人的要求。至于《情采》提倡"为情而造文"，反对"为文而造情"，正是"不自命为诗人"之意，所谓"言与志反，文岂足征"，也便是"扬其菁华，不可伪饰"了。可见姚鼐文质兼备之论，在《文心雕龙》中有着充分的论述。

其次是提倡简洁。姚鼐说："大抵作文，须见古人简质，惜墨如金处也。"① 为文何以必须追求"简质"，做到"惜墨如金"呢？其云："叙事之文，为繁冗所累，则气不能流行自在，此不可不知也。"② 即是说，简洁乃是文气通畅之保证，不仅叙事之文如此，所有文章无不如此。姚鼐曾讲过这样一番道理："西汉人文传者，大抵官文书耳，而何其雄骏高古之甚。昌黎官中文字，止用当时文体，而即得汉人雄古之意。欧、曾、荆公官文字雄古者，鲜矣。然词雅而气畅，语简而事尽，固不失为文家好处矣。熙甫于此体，乃时有伤雅、不能简当之病。"③ 他说，西汉人文章不过是官方文书，但极为"雄骏高古"，韩愈之"官中文字"亦做到了这一点，而欧阳修、曾巩、王安石等人便很少达到这样的境界了，却仍"不失为文家好处"，要在"词雅而气畅，语简而事尽"；至于等而下之的"时有伤雅"者，乃"不能简当"也。当然，简洁并不意味着简单，恰恰相反，所谓

---

① ［清］姚鼐：《与陈硕士》，《惜抱轩尺牍》卷六，合肥：安徽大学出版社，2014年，第103页。
② ［清］姚鼐：《与陈硕士》，《惜抱轩尺牍》卷六，合肥：安徽大学出版社，2014年，第107页。
③ ［清］姚鼐：《与陈硕士》，《惜抱轩尺牍》卷五，合肥：安徽大学出版社，2014年，第83页。

"语简而事尽",文字之简是为了达到意味深长之效果。姚鼐曾谓:"但加芟削尔,然似意足而味长矣。陈无己以曾子固删其文,得古文法。不知鼐差可以比子固乎?花木之英,杂于芜草秽叶中,则其光不耀;夫文亦犹是耳。"① 对文章加以"芟削",才可能使其"意足而味长",这就像"花木之英",必须剪除其周围的"芜草秽叶",方能显出其耀眼的光华。"简质"之作,"使人初对,或淡然无足赏;再三往复,则为之欣忭恻怆,不能自已。此是诗家第一种怀抱,蓄无穷之义味者也"②。

实际上,对简洁文风的提倡,乃《文心雕龙》的主旨之一。刘勰不止一次地提到《尚书》"辞尚体要"之论,所谓"《周书》论辞,贵乎'体要'"③,正是此意。其论"铭箴"曰:"其取事也必核以辨,其摛文也必简而深。"④ 其论"诔碑"曰:"并得宪章,工在简要。"⑤ 其论"物色"曰:"物色虽繁,而析辞尚简。"⑥ 其倡导简洁,可谓一以贯之。大约正因在这个问题上英雄所见略同,故姚鼐曾化用过刘勰的观点,其云:"文章之事,欲其言之多寡,当然不可增减。意如骈枝,辞如赘疣,则

---

① [清]姚鼐:《与陈硕士》,《惜抱轩尺牍》卷六,合肥:安徽大学出版社,2014年,第105页。
② [清]姚鼐:《答苏园公书》,《惜抱轩诗文集》,上海:上海古籍出版社,1992年,第294页。
③ [梁]刘勰:《文心雕龙·序志》,戚良德辑校:《文心雕龙》,上海:上海古籍出版社,2015年,第286页。
④ [梁]刘勰:《文心雕龙·铭箴》,戚良德辑校:《文心雕龙》,上海:上海古籍出版社,2015年,第70页。
⑤ [梁]刘勰:《文心雕龙·诔碑》,戚良德辑校:《文心雕龙》,上海:上海古籍出版社,2015年,第75页。
⑥ [梁]刘勰:《文心雕龙·物色》,戚良德辑校:《文心雕龙》,上海:上海古籍出版社,2015年,第265页。

失为文之义。……然有此，则骨脉声色必皆病矣。"① 所谓"不可增减"，其本质在于简洁，这便是"意如骈枝，辞如赘疣"之为文病的原因。此论正出自《文心雕龙·镕裁》篇："一意两出，义之骈枝也；同辞重句，文之疵赘也。"② 而所谓"简而深"，则意味着简洁与精深乃是并行不悖的。《宗经》有云："至于根柢盘固，枝叶峻茂，辞约而旨丰，事近而喻远。"③ 这正是姚鼐所谓"但加芟削尔，然似意足而味长"之意了。

作为上述文章之道的体现，姚鼐所编《古文辞类纂》显然具有典范意义。其云："夫文无所谓古今也，惟其当而已。得其当，则《六经》至于今日，其为道也一。知其所以当，则于古虽远，而于今取法，如衣食之不可释；不知其所以当，而敝弃于时，则存一家之言，以资来者，容有俟焉。"④ 即是说，文章之道乃古今如一，因此古人成功的文章当为我所取法，这便是《古文辞类纂》编选的初衷。同样的道理，作为文章之道的探索者，刘勰及其《文心雕龙》当然更值得参考借鉴了。

姚鼐之编，"以所闻习者，编次论说，为《古文辞类纂》。其类十三：曰论辨类、序跋类、奏议类、书说类、赠序类、诏令类、传状类、碑志类、杂记类、箴铭类、颂赞类、辞赋类、哀祭类"⑤。在这十三个体类之中，与《文心雕龙》之文体论篇

---

① [清] 姚鼐：《与陈硕士》，《惜抱轩尺牍》卷七，合肥：安徽大学出版社，2014年，第117页。
② [梁] 刘勰：《文心雕龙·镕裁》，戚良德辑校：《文心雕龙》，上海：上海古籍出版社，2015年，第197页。
③ [梁] 刘勰：《文心雕龙·宗经》，戚良德辑校：《文心雕龙》，上海：上海古籍出版社，2015年，第13页。
④ [清] 姚鼐编：《古文辞类纂》，武汉：崇文书局，2017年，"序"，第1页。
⑤ [清] 姚鼐编：《古文辞类纂》，武汉：崇文书局，2017年，"序"，第1页。

目相同者有二：箴铭、颂赞，其中"箴铭"在《文心雕龙》中为"铭箴"；大致相同者有五：诏令、传状、碑志、辞赋、哀祭，在《文心雕龙》中的篇目分别为：诏策、史传、诔碑、铨赋、哀吊；有所分合者有四：论辨、奏议、书说、杂记，为《文心雕龙》一些篇目的分合，分别为：论说、奏启、议对、书记、杂文；新增者有二：序跋、赠序，实为从"论说"一类所分出。可见《古文辞类纂》所有十三类文体，均包括在《文心雕龙》之"论文叙笔"之中，其基本没有涉及的《文心雕龙》文体论篇目则有：明诗、乐府、祝盟、谐讔、檄移、封禅、章表。因此，姚鼐所编《古文辞类纂》，谓其以《文心雕龙》之文体论为基本依据或重要参照，当是一个合乎实际的判断。

同时，姚鼐又说："凡文之体类十三，而所以为文者八：曰神、理、气、味、格、律、声、色。神、理、气、味者，文之精也；格、律、声、色者，文之粗也。然苟舍其粗，则精者亦胡以寓焉？学者之于古人，必始而遇其粗，中而遇其精，终则御其精者而遗其粗者。"[①] 姚鼐所说"所以为文者"，亦即文章写作之道，相当于《文心雕龙》之"剖情析采"的创作论，而所谓"文之精"相当于"剖情"，所谓"文之粗"则相当于"析采"。其所谓"神、理、气、味"四者，主要为《文心雕龙》创作论之前六篇论述的内容；而所谓"格、律、声、色"四者，则主要为创作论之后十三篇，即从《镕裁》至《总术》论述的内容。由此可见，谓《古文辞类纂》乃以《文心雕龙》为指导而编成，亦当不为过。

---

① ［清］姚鼐编：《古文辞类纂》，武汉：崇文书局，2017年，"序"，第3页。

黄叔琳《文心雕龙辑注》

自《文心雕龙》问世而至清代,《文心雕龙》的注释本颇为稀少,直到清代黄叔琳《文心雕龙辑注》出现,刘勰之书方得一较为翔实的校注本,由是黄注本流行百余年。近世对《文心雕龙》的校注整理大多以黄注本为底本进行,如范文澜的《文心雕龙注》、杨明照的《文心雕龙校注》和《增订文心雕龙校注》、王利器的《文心雕龙新书》和《文心雕龙校证》、詹锳的《文心雕龙义证》等,皆是如此。正如詹锳所指出:"《文心雕龙》现存最早的板刻是元至正刊本,其中错简很多,不宜作为底本。原著经过明人校订,到清黄叔琳《文心雕龙辑注》(简称'黄注')出,会粹各家校语和注释,成为一部最通行的刊本。"[1] 因此,《文心雕龙辑注》可以说是近现代"龙学"最重要的源头。

《文心雕龙》最早的注本,当为《宋史·艺文志》所载"辛处信注《文心雕龙》十卷"[2],然其书不传。明代有梅庆生

---

[1] 詹锳义证:《文心雕龙义证》,上海:上海古籍出版社,1989年,"序例",第4页。
[2] [元]脱脱等:《宋史》卷二百九,北京:中华书局,2011年,第5408页。

《文心雕龙音注》、王惟俭《文心雕龙训故》等，然前者"粗具梗概，多所未备"①，或被认为"取小遗大，琐琐不备"②，后者亦不过"稍稍加详"③。清代黄叔琳《文心雕龙辑注》虽仍以梅氏"音注"和王氏"训故"为基础，但其规模却大了很多，可以说已较为完备。正如《四库全书》在其书卷首"提要"所云："然其疏通证明大致纯备，较之梅王二注则宏赡多矣。"④《四库全书简明目录》也说："《文心雕龙辑注》十卷，国朝黄叔琳撰。因明梅庆生注本，重为补缀，虽未能一一精审，视梅本则十得六七矣。"⑤ 所谓"视梅本则十得六七矣"，是说就《文心雕龙》的注释而言，较之梅本已详备得多，当注而已注者，乃有十之六七了。正因如此，范文澜《文心雕龙注》出现以前，黄注本便成《文心雕龙》的通行注本而风靡一时。

也正是以黄注本为基础，近代学者李详写出了《文心雕龙黄注补正》，后整理为《文心雕龙补注》，近代意义上的《文心雕龙》研究就此展开。吾师牟世金有言："从黄侃开始，《文心雕龙》研究就是一门独立的学科：龙学。"⑥ 而黄侃的《文心雕龙札记》也正是以黄叔琳的注和李详的补注为基础进行的。其云："《文心》旧有黄注，其书大抵成于宾客之手，故纰缪弘多，

---

① ［清］纪昀：《〈文心雕龙辑注〉提要》，［清］永瑢等：《四库全书总目》，北京：中华书局，1965年，第1779页。
② 李详：《文心雕龙黄注补正》，《国粹学报》1909年第57期。
③ ［清］纪昀等：《文心雕龙辑注·提要》，《四库全书·诗文评类》，文渊阁四库全书本。
④ ［清］纪昀等：《文心雕龙辑注·提要》，《四库全书·诗文评类》，文渊阁四库全书本。
⑤ ［清］永瑢等：《四库全书简明目录》，上海：上海古籍出版社，1985年，第871页。
⑥ 牟世金：《"龙学"七十年概观（上）》，《社会科学战线》1987年第3期。

所引书往往为今世所无，展转取载而不著其出处，此是大病。今于黄注遗脱处偶加补苴，亦不能一一征举也。"① 虽谓其"大抵成于宾客之手"而"纰缪弘多"，但毕竟又是"于黄注遗脱处偶加补苴"，则黄注的基础性作用便毋庸置疑了。又说："今人李详审言，有《黄注补正》，时有善言，间或疏漏，兹亦采取而别白之。"② 可见黄注、李补乃是黄侃《札记》的重要参考。

黄叔琳《文心雕龙辑注》的产生不是偶然的，而是以明、清两代尤其是清代对《文心雕龙》的高度评价为背景和基础的。实际上，黄叔琳对《文心雕龙》的基本认识和评价，与清人臧琳、孙梅、章学诚、谭献等人的说法如出一辙。其云："刘舍人《文心雕龙》一书，盖艺苑之秘宝也。观其苞罗群籍，多所折衷，于凡文章利病，抉摘靡遗。缀文之士，苟欲希风前秀，未有可舍此而别求津逮者。"③ 所谓"艺苑之秘宝"，所谓"苞罗群籍"，与所谓"千古绝作""百代之精华"以及"笼罩群言"等，可谓别无二致。臧琳于《文心雕龙》是"深嗜而快读"，黄叔琳则"生平雅好是书"，他们都是有清一代歌颂《文心雕龙》大合唱的最强音。如果说有什么不同，那就是黄叔琳不仅是笼统赞美，而且有切实的研究。他认为《文心雕龙》的特点是"多所折衷"，其于"文章利病，抉摘靡遗"，从而成为"缀文之士"的唯一津梁，这样的认识不仅是极为正确的，也是非

---

① 黄侃：《题辞及略例》，《文心雕龙札记》，上海：上海古籍出版社，2000年，第4页。
② 黄侃：《题辞及略例》，《文心雕龙札记》，上海：上海古籍出版社，2000年，第4页。
③ [清] 黄叔琳注、[清] 纪昀评：《文心雕龙辑注》，北京：中华书局，1957年，"序"，第1页。

常深刻的。章学诚的"体大而虑周"之说对《文心雕龙》理论体系的概括固然高度准确，而黄叔琳对《文心雕龙》一书严密的系统性更有着具体的认识。他说："细思此书，难于裁节。上篇备列各体，一篇之中，溯发源，释名目，评论前制，后标作法，俱不可删薙者。下篇极论文术，一一镂心鉥骨而出之，真不愧'雕龙'之称，更未易去取也。"① 又说："窃以为刘氏之绪言余论，乃斯文之体要存焉，不可一日废也。夫文之用在心，诚能得刘氏之用心，因得为文之用心。"② 因此，无论刘勰要求文章"雕缛成体"的精义，还是言"为文之用心"的初衷，黄叔琳皆有精心而准确的体察和体会，如此到位的认识和评价，与我们后世对《文心雕龙》一书的随意删削和去取相比，实在是高明得多了。

正是出于对刘勰之书的"雅好"和深刻理解，黄叔琳才立志作《文心雕龙辑注》一书。其云：

> 若其使事遣言，纷纶葳蕤，罕能切究。明代梅子庚氏为之疏通证明，什仅四三耳，略而弗详，则创始之难也。又句字相沿既久，"别风淮雨"，往往有之，虽子庚自谓校正之功五倍于杨用修氏，然中间脱讹，故自不乏，似犹未得为完善之本。③

---

① [清]黄叔琳注、[清]纪昀评：《文心雕龙辑注》，北京：中华书局，1957年，"例言"，第5页。
② [清]黄叔琳注、[清]纪昀评：《文心雕龙辑注》，北京：中华书局，1957年，"序"，第2页。
③ [清]黄叔琳注、[清]纪昀评：《文心雕龙辑注》，北京：中华书局，1957年，"序"，第1页。

可见，为《文心雕龙》的阅读和研究提供一个"完善之本"，乃是黄氏"辑注"的目标和追求。我们虽然不能说《文心雕龙辑注》一书最终达到了这样的目标，但其成为近代"龙学"最重要的源头和参考书，可以说事实上实现了黄氏的初衷。

首先，黄氏最为重视的一点是《文心雕龙》的文本注释问题，所谓"使事遣言，纷纶葳蕤，罕能切究"，而梅庆生的"音注"虽有意"为之疏通证明"，但在黄氏看来，其完成了不过十之四三，还远远不够。这正是《文心雕龙辑注》之名、之作的由来。然则，黄氏又做到了什么程度呢？他自己说："梅子庚'音注'流传已久，而嫌其未备，后得王损仲本，援据更为详核，因重加考订，增注什之五六，尚有阙疑数处，以俟博雅者更详之。"① 即是说，他在梅庆生和王惟俭的基础上，又增加了一倍多的注释，并认为对《文心雕龙》的训释已经差不多了。应该说，一方面，黄氏说自己较之梅、王二位增注一倍有余，这是一点也不夸张的实事求是之论；另一方面，这两个数字加起来是十分之九有余，那就是说对《文心雕龙》的注释基本完成了，这就未免夸张了。我们需要追问的是，黄氏何以如此自负？其实这是因为他有自己的标准和原则。所谓"使事遣言，纷纶葳蕤"，他要注释的是刘勰所引用的故实，也就是《文心雕龙》所谓的"事类"，他说"尚有阙疑数处，以俟博雅者更详之"，即是此意。否则，如我们今天要详加追究的《文心雕龙》中的那许多词语和范畴，怎可说"阙疑数处"，又岂是"博雅

---

① ［清］黄叔琳注、［清］纪昀评：《文心雕龙辑注》北京，中华书局，1957年，"例言"，第6页。

者"所能解决？以此而论，黄氏说自己注释得差不多了，其自有具体所指，也就是可以理解的了。

其次，黄氏对《文心雕龙》的文本做了校勘和补正，所谓"句字相沿既久，'别风淮雨'，往往有之"，以及"中间脱讹，故自不乏"云云，指的就是这方面的工作。对此，纪昀有清醒的认识和肯定。他说："至字句舛讹，自杨慎、朱谋㙔以下，递有校正，而亦不免于妄改。"① 又说："叔琳因其旧本，重为删补，以成此编。其讹脱字句，皆据诸家校本改正。"② 他虽也提到了黄氏"辑注"的注释之功，但更肯定的是文字校勘方面的工作。他曾指出："此书校本，实出先生；其注及评，则先生客某甲所为。先生时为山东布政使，案牍纷繁，未暇遍阅，遂以付之姚平山；晚年悔之，已不可及矣。"③ 这或许是他看重"校"而轻视"注"的原因。他在《文心雕龙辑注》的"提要"中，列举批驳了黄氏在《征圣》《宗经》《铨赋》《谐讔》《史传》《指瑕》《时序》《序志》等篇中的一些注释，指责其"不得根柢"，显示其对"辑注"之注释工作颇有不以为然之意。但黄氏本人显然更看重注释的工作。他说："余生平雅好是书，偶以暇日，承子庚之绵蕞，旁稽博考，益以友朋见闻，兼用众本比对，正其句字。人事牵率，更历暑寒，乃得就绪。覆阅之下，差觉详尽矣。"④ 这里除了"兼用众本比对，正其句字" 句指

---

① ［清］纪昀：《〈文心雕龙辑注〉提要》，［清］永瑢等：《四库全书总目》，北京：中华书局，1965年，第1779页。
② ［清］纪昀：《〈文心雕龙辑注〉提要》，［清］永瑢等：《四库全书总目》，北京：中华书局，1965年，第1779页。
③ ［清］黄叔琳注、［清］纪昀评：《文心雕龙辑注》，北京：中华书局，1957年，第3页。
④ ［清］黄叔琳注、［清］纪昀评：《文心雕龙辑注》，北京：中华书局，1957年，"序"，第1—2页。

的是校勘工作外，重点显然是注释。所谓"旁稽博考，益以友朋见闻"，所谓"差觉详尽"云云，一方面再次说明了其注释侧重点乃是典故的训释，另一方面也再次表明他认为自己的注释已经较为完备了。

就《文心雕龙》的旧注本而言，黄注本可谓集大成者，这是不争的事实，但对黄注本的评价却一向不高。上引纪昀之语，认为"此书校本实出先生；其注及评，则先生客某甲所为"，又说："长山聂松岩云：此注不出先生手，旧人皆知之，然或以为出卢绍弓，则未确。绍弓馆先生家，在乾隆庚午、辛未间，戊午岁方游京师，未至山东也。"① 清代学者吴兰修在《文心雕龙辑注》跋语中亦云："此为黄侍郎手校而门下客补注。时侍郎官山东布政使，不暇推勘而遽刻之，寻自悔也。今按文达举正凡二十余事，其称引参错者不与焉，固知通儒不出此矣。"② 范文澜亦指出：

> 旧有黄叔琳校注本。治学之士，相沿诵习，迄今流传百有余年，可谓盛矣。惟黄书初行，即多讥难……今观注本，纰缪弘多，所引书往往为今世所无，展转取载，而不著其出处。显系浅人之为。③

---

① ［清］黄叔琳注、［清］纪昀评：《文心雕龙辑注》，北京：中华书局，1957年，第3页。
② ［清］黄叔琳注、［清］纪昀评：《文心雕龙辑注》，北京：中华书局，1957年，第441页。
③ 范文澜：《文心雕龙讲疏》，《范文澜全集》第三卷，石家庄：河北教育出版社，2002年，"自序"，第5页。

第五章 清代的《文心雕龙》研究

这里对黄注的诸多指摘，自然是不无道理的，其确有一些粗疏乃至错讹之处，这也是不必讳言的，但其毕竟是《文心雕龙》问世千余年来第一个最详尽的注本，其影响深远而为《文心雕龙》研究者所倚重，亦并非偶然。为之作"补注"的李详便云："《文心雕龙》，有明一代，校者十数家，朱郁仪、梅子庚、王损仲，其尤也。梅氏本有注，取小遗大，琐琐不备。北平黄崑圃侍郎注本出，始有端绪。复经献县纪文达公点定，纠正甚夥。……顾文达只举其凡，黄氏所待勘者，尚不可悉举。"[①] 从《文心雕龙》校注的历史而言，黄注本出而"始有端绪"，可谓言之不虚，这也正说明其重要的历史功绩。

当然，黄注的特点是释事训典，即对《文心雕龙》所涉及的人物、典实进行注释，而对概念、范畴基本不做解释。正因如此，其于"论文叙笔"部分的注释内容较多，而对"剖情析采"部分的注释则较为简略，如《体性》篇的注释只有四条，《定势》篇的注释只有五条，《镕裁》篇的注释只有六条，《风骨》的注释也只有九条。《四库全书简明目录》所谓"视梅本则十得六七"，那尚未得之的十之三四，在今天看来当是对《文心雕龙》理论范畴和概念的训释。因此，如果要说黄注有什么缺点，这应当是最大的问题所在；但从上述诸家对黄注的批评看，似乎指的并非这方面的问题。实际上，李详所谓"补正"，其着重点与黄注可以说是完全一致的，或许这是前人观念及需求与今天的不同了。

---

① 李详：《文心雕龙黄注补正》，《国粹学报》1909年第57期。

纪昀评《文心雕龙》

清人对《文心雕龙》有着多方面的整理和研究，众多著名学者，如钱谦益、冯舒、何焯、卢文弨、纪昀、赵翼、章学诚、郝懿行、顾广圻、刘熙载、孙诒让等，从校勘到评点，均在"龙学"上留下了自己难以磨灭的足印。尤其是对《文心雕龙》的不少评语，虽还较为简略，但已是进入刘勰的理论世界而欲探幽发微了。下面我们即以纪昀和章学诚两位重要学者为代表，对他们有关《文心雕龙》的评论予以探讨。

祖保泉曾指出："清朝人对《文心雕龙》研究很重视，取得了重要的研究成果，如《文心雕龙》黄叔琳的辑注和纪昀的评语，就是重要成果之一。《文心雕龙》黄注纪评合刊本，成了现代人研究《文心雕龙》的起点，例如在校注方面，范文澜、杨明照、周振甫诸先生的《文心雕龙》校注，都以黄注本为底本；在古代文学理论研究方面，今人撰述，时或提及'纪评'。"[1]这确乎是符合事实的。王更生则指出："自1731年黄氏《辑注》

---

[1] 祖保泉：《〈文心雕龙〉纪评琐议》，《文心雕龙学刊》第二辑，济南：齐鲁书社，1984年，第255页。

第五章　清代的《文心雕龙》研究

问世，迄1925年范文澜《讲疏》发行，其间将近二百年，都是黄《注》纪《评》独领风骚的时光。"① 应该说，这也是不算夸张的。

与黄注多遭"讥难"不同，对纪昀的评语，吴兰修在《文心雕龙辑注》跋语中给予很高的评价。其云："昔黄鲁直谓论文则《文心雕龙》，论史则《史通》，学者不可不读。余谓文达之论二书，尤不可不读。或曰：文达辨体例甚严，删改故籍、批点文字，皆明人之陋习，文达固常诃之，是书得无自戾与？余曰：此正文达之所以辨体例也。学者苟得其意，则是书之自戾，可无议也。虽然，必有文达之识，而后可以无议也夫！"② 显然，吴氏对纪评的推崇，颇有以其为是非之准绳的味道。

但饶有趣味的是，近人张尔田却对纪评不以为然。其谓《文心雕龙辑注》云："自古统论学术者，史则有《史通》，诗则有《诗品》，文则有此书；惟经、子二部无专书。余近纂《史微内外》篇，阐发六艺百家之流别。既卒业，复取八代文章家言挈治之，因浏览是编，证以《昭明文选》，颇多奥窔。而所藏本乃纪文达评定者，凭虚臆断，武断专辄，不一而足。继而又得此册，虽非北平原椠，尚无纰缪；以视纪评，判若霄壤矣。"③ 吴兰修对纪评近乎顶礼膜拜，张尔田却谓其"凭虚臆断，武断专辄"，一褒一贬，也真是"判若霄壤"了。值得注意的是，张

---

① 王更生：《民国时期的"〈文心雕龙〉学"》，《日本福冈大学〈文心雕龙〉国际学术研讨会论文集》，台北：文史哲出版社，2007年，第384页。
② ［清］黄叔琳注、［清］纪昀评：《文心雕龙辑注》，北京：中华书局，1957年，第442页。
③ 杨明照校注拾遗：《文心雕龙校注拾遗》，上海：上海古籍出版社，1982年，第740—741页。

氏虽然没有直接对黄注置评,但所谓"以视纪评,判若霄壤矣",其对黄注的肯定和欣赏是显然可见的。

其实,纪评确有自己的特点,相对于黄注、李补的注重释事,纪评注重对《文心雕龙》许多篇章的整体把握,并时涉理论内涵的阐释和发掘,这在"龙学"史上具有不可替代的价值和意义。正如祖保泉所说:"纪氏对《文心雕龙》既赏其辞章,又评其义理,因而'纪评'所涉较广,可以说理论、批评和鉴赏,兼而有之。……""就'纪评'整体看,缺点固然不少,但仍有可取之处,它仍不失为《文心雕龙》研究史上的一块里程碑。"① 因此,我们需要对纪评进行认真的分析。

纪评最为值得关注的,便是其对一些篇章的整体评述。《文心雕龙》五十篇,纪昀对其中十八篇做了总评,具体情况是:总论五篇,每篇皆有总评;文体论部分,四篇有总评,分别为《祝盟》《史传》《诸子》《封禅》;创作论部分,七篇有总评,分别为《通变》《情采》《声律》《丽辞》《指瑕》《附会》《总术》;发展论部分,《才略》有总评;最后的《序志》有总评。由此不难看出,纪昀最为重视的是《文心雕龙》的总论部分,其次是创作论部分。从其具体评论来看,总论五篇之中,其最为重视的是第一篇《原道》;创作论之中,其最为看重的则为《通变》。这些信息,可以透出纪昀之眼光;通过这些最重要的评论,则可以看到其对《文心雕龙》的基本理解和把握,当然也可以了解其本人的文论主张。

---

① 祖保泉:《〈文心雕龙〉纪评琐议》,《文心雕龙学刊》第二辑,济南:齐鲁书社,1984年,第261、270页。

第五章 清代的《文心雕龙》研究

在整个纪评之中,为人引用最多的应属《原道》之总评了。其曰:"自汉以来,论文者罕能及此。彦和以此发端,所见在六朝文士之上。文以载道,明其当然;文原于道,明其本然,识其本乃不逐其末。首揭文体之尊,所以截断众流。"[1] 这段话确乎颇能反映纪昀之眼光及其对《文心雕龙》的基本认识。首先,认为刘勰以"原道"之论开篇,超乎六朝文士之见,从而充分肯定了《文心雕龙》之非凡的价值,此与清人对《文心雕龙》的赞美可谓异曲同工,但显然更为具体,更具本原意义。其次,纪昀进一步说明了刘勰"原道"论本身的高明之处,那就是与"文以载道"相比,有着"明其当然"与"明其本然"之区别,认为刘勰之论乃抓住了根本问题。此说从表面看是对的,"原道"确属探本之论,但探的是什么本,纪昀并未深究,而是简单地以之与中国文论史上流行的"文以载道"说进行比较,这就走上了错误之路。从逻辑上来看,"文以载道"说属于六朝之后的文论主张,谓刘勰之论较之此说更为高明,这与前面所谓"所见在六朝文士之上"有什么关系?然而,纪昀所谓"当然""本然"之论,似乎又是为了进一步说明前面的观点,所以其逻辑实则是不通的。当然,作为评点,原非系统论述,所以也可以认为"文以载道"几句与前面之论无关,而是另为新说;但如此一来,前面的评述便为泛泛之谈,也就不清楚刘勰"所见在六朝文士之上"者是什么了。更重要的是,刘勰之"道"与后世"文以载道"之"道"并不一样,所谓"原道"和"载

---

[1] [清]黄叔琳注、[清]纪昀评:《文心雕龙辑注》,北京:中华书局,1957年,第23—24页。

道",也并非一个层面上的问题。简而言之,"文以载道"者,文章以周公、孔子之道为内容也;刘勰所谓"本乎道"者,乃谓无论《文心雕龙》之作还是一般的文章写作,均遵循自然之道的精神也。因此,纪昀所谓"当然""本然"之别,其实是不得要领的;则所谓"识其本乃不逐其末",实则属于似是而非之说。

可见,纪昀对"载道""原道"的一番辨别,听起来似有其理,实属望文生义之解,缺乏对刘勰"原道"论的准确认知。正因如此,纪昀后面对《原道》的中心论点"道沿圣以垂文,圣因文而明道"二语的理解,所谓"此即载道之说",也显然是错误的。这并不奇怪,《原道》乃《文心雕龙》之本,不是可以一望而知的。由此亦可看出,以《文心雕龙》之博大精深,初步阅读之后的简单评点,有时是靠不住的,诚如章学诚所言:"以专门之攻习,犹未达古人之精微,况泛览所及,爱憎由己耶?"① 即使高明如纪晓岚,也难免理解有误,这是无须责怪的,却也不必讳言。与"当然""本然"之辨密切相关,纪昀所谓"首揭文体之尊"而"截断众流",此说则颇有不明之处。一是与前面的联系问题,若谓此论承上而言,则既然本末之说并不成立,那么源流之论亦无所附丽。二是其中"文体"的概念,指的是什么?《梁书·刘勰传》有"论古今文体"之说,这里的"文体"具有文章体裁和文章风格等多重含义,纪昀似有取于此,但其所谓"文体",应主要指文章本身而言;所谓"文体

---

① [清]章学诚著、叶瑛校注:《文史通义校注》,北京:中华书局,2014年,第427页。

之尊",大约是说刘勰对文章地位的肯定,指的是《原道》开篇之言:"文之为德也,大矣!"以此而言,纪昀之论当然是正确的。

另一条比较长的纪评,便是《通变》之总评了,其曰:"齐梁间风气绮靡,转相神圣,文士所作,如出一手,故彦和以'通变'立论。然求新于俗尚之中,则小智师心,转成纤仄,明之竟陵、公安,是其明征,故挽其返而求之古。盖当代之新声,既无非滥调,则古人之旧式,转属新声,复古而名以'通变',盖以此尔。"① 纪昀首先研究了刘勰"通变"论提出的背景,那就是所谓齐梁绮靡文风,不仅盛行,而且"转相神圣",结果"文士所作,如出一手",即失去了创新性。以此而言,纪昀认为刘勰提出"通变"之本意,在于提倡创新,这一对"通变"之义的理解是完全正确的。其次,纪昀研究了刘勰提出的"通变"之路径。他认为,在当时绮靡文风盛行而又缺乏新意的情况下,如果要求在那样的基础上创新,那不过就是"小智师心"而已,结果只能是"纤仄",亦即文风的纤细狭窄,不会有阔大的境界和创造性,所以刘勰采取了"求之古"的策略,亦即相对于当时的"滥调"而言,"古人之旧式,转属新声"。纪昀这番道理,大约相当于流行服饰的循环,十年前的旧衣服,可能被当成新的款式了。纪昀把这个模式叫作"复古而名以'通变'",即是说,实际上为复古,但采取了创新之名义。那么,纪昀之说是否刘勰"通变"之本义呢?应该说并非如此,但又

---

① [清]黄叔琳注、[清]纪昀评:《文心雕龙辑注》,北京:中华书局,1957年,第285—286页。

不完全错，而是有一定道理。对"通变"篇名二字的理解，纪昀是完全正确的。在近百年"龙学"史上，《通变》篇经常被认为是论述继承与革新的关系，这并不符合刘勰的想法，因而是远远比不上纪昀之认识的。

问题在于，刘勰所谓"通变"真的只是名义上的创新，而事实上是复古吗？不能不说，纪昀之所以会有这样的看法，不完全是他的想当然，而是有着《通变》之根据。刘勰明确说过："练青濯绛，必归蓝茜；矫讹翻浅，还宗经诰。"这不是复古又是什么呢？问题的复杂性在于，"征圣""宗经"原本是《文心雕龙》的枢纽论，是刘勰"论文"的基本主张；如果"宗经"便意味着复古，那整部《文心雕龙》就成复古论了。事实上，无论"征圣"还是"宗经"，刘勰从中找到的是为文的法则，而不是要回到过去。所以，关键还是要看刘勰所谓"通变"具体的要求是什么。刘勰说："斟酌乎质文之间，而櫽括乎雅俗之际，可与言通变矣。"这是大的原则，在这个原则指导下，要做到"凭情以会通，负气以适变"，从而写出"采如宛虹之奋鬐，光若长离之振翼"的"颖脱之文"，最终达到"文律运周，日新其业"的目的。① 这哪里是复古呢？这是真正的创新论，所谓"凭情"，所谓"负气"，其实颇类纪昀所谓"师心"（当然未必是"小智"），其结果都不可能是复古，而只能是每一位作者的创新。所以，"复古而名以'通变'"之说，一半是纪昀对《通变》有关论述理解不当，一半是他自己的想当然而已，《文心雕

---

① ［梁］刘勰：《文心雕龙·通变》，戚良德辑校：《文心雕龙》，上海：上海古籍出版社，2015年，第185、186页。

龙》是不存在这样的理论倾向的。

正因如此，纪昀对《通变》所举"此并广寓极状，而五家如一"的文章实例，认为"此段言前代佳篇，虽巨手不能凌越，以见汉篇之当师，非教人以因袭。宜善会之"①。此评同样出现了理解的偏差。一方面，刘勰确实"非教人以因袭"，"宜善会之"是完全应该的，以此而言，纪昀的理解是完全正确的。但另一方面，刘勰所举例子，又决非"前代佳篇"。刘勰明明谓之"五家如一"，断言其"莫不相循"，这哪里符合"参伍因革，通变之数"呢？更不必说离"凭情以会通，负气以适变"的要求相去甚远了，所谓"文律运周，日新其业"，那些"五家如一"的因循之作，只能是"庭间之回骤，岂万里之逸步哉"？②

上述《原道》与《通变》的两则总评，较为典型地体现出纪评的特点：一方面不乏眼光和高见，另一方面又时有错觉和谬误。至于纪昀对《文心雕龙》许多具体问题的随手之评，总体而言也都具有这样的特点。从评述的理论倾向来看，纪评的一个显著特点是重视文章写作，尤其是重视文章的艺术之美，用刘咸炘的话说是"未脱诗家科臼"，这体现了清代诗歌创作及诗论繁荣的背景特点。纪昀评《物色》之"赞曰"有云："诸赞之中，此为第一，政因题目佳耳。"③ 对此，刘咸炘谓："此篇之赞，较诸篇为轻隽，颇似司空《诗品》。纪公独取此篇，盖未

---

① ［清］黄叔琳注、［清］纪昀评：《文心雕龙辑注》，北京：中华书局，1957年，第288页。
② ［梁］刘勰：《文心雕龙·通变》，戚良德辑校：《文心雕龙》，上海：上海古籍出版社，2015年，第186页。
③ ［清］黄叔琳注、［清］纪昀评：《文心雕龙辑注》，北京：中华书局，1957年，第403页。

脱诗家科臼。六代文章,无美不备,后人但取轻隽而厌其烦奥,此《知音》篇所谓深废浅售也,纪公亦此面目。"① 这是一个颇为有趣的说法,"深废浅售"之评未必恰当,但《物色》篇之赞语确乎诗意浓郁,谓之"颇似司空《诗品》"是很有道理的,纪昀独取此篇,则其看重《文心雕龙》者何在,便是值得注意的了。即以其《物色》之评语而论,对其赞语的欣赏只是一个方面,其他如谓:"'随物宛转,与心徘徊'八字,极尽流连之趣,会此方无死句。"② 这里的"流连之趣"一语,还真有点"但取轻隽"之意了。又如评"自近代以来,文贵形似;窥情风景之上,钻貌草木之中"而谓:"此刻画之病,六朝多有。"③ 实际上,刘勰这里的"文贵形似"之论,近世多数研究者是以其为肯定之说的,但纪昀却谓之"刻画之病",事实究竟如何呢?从《物色》所论来看,刘勰总结《诗经》的写作特点是"以少总多,情貌无遗",所谓"《诗》《骚》所标,并据要害",所谓"善于适要,则虽旧弥新矣",所以对"近代以来"的模山范水之作,所谓"吟咏所发,志惟深远;体物为妙,功在密附",刘勰是颇有些不以为然的,他认为"四序纷回,而入兴贵闲;物色虽繁,而析辞尚简",唯有如此,方能做到"味飘飘而轻举,情晔晔而更新",才能达到"物色尽而情有余"之效果。④ 因

---

① 刘咸炘:《文心雕龙阐说》,《推十书》(增补全本)戊辑,上海:上海科学技术文献出版社,2009年,第972页。
② [清]黄叔琳注、[清]纪昀评:《文心雕龙辑注》,北京:中华书局,1957年,第400页。
③ [清]黄叔琳注、[清]纪昀评:《文心雕龙辑注》,北京:中华书局,1957年,第401页。
④ 刘勰:《文心雕龙·物色》,戚良德辑校:《文心雕龙》,上海:上海古籍出版社,2015年,第264、265页。

此，纪昀以"窥情""钻貌"之说为六朝"刻画之病"，应该说是符合刘勰之意的。

可以看出，纪昀对《物色》之把握其实是非常到位的，并无"深废浅售"之偏颇。尤其是纪评《物色》之"然屈平所以能洞监《风》《骚》之情者，抑亦江山之助乎"而谓："拖此一尾，烟波不尽。"① 此八字之评，堪称画龙点睛，亦入木三分地体现出纪晓岚的审美趣味。所谓"烟波不尽"，确乎相当准确地抓住了刘勰此论的功效。所谓"抑亦江山之助乎"，看似有意无意，实则相当准确地提示了屈原之所以成功的一个重要因素，有着无尽的意味；同时，所谓"江山之助"，更留给后人一个说之不尽的重要话题。实际上，《文心雕龙》之后，文章须得江山助之论可谓代不乏人。以此而论，谓之"烟波不尽"，真是惟妙惟肖，充分体现出纪昀之才气。但另一方面，作为"论文"之作的评语，"烟波不尽"的说法显然过于浪漫，可谓"轻隽"之至，毋宁是诗歌评语。因此，刘咸炘谓之"未脱诗家科臼"，也真是言之不虚了。

---

① ［清］黄叔琳注、［清］纪昀评：《文心雕龙辑注》，北京：中华书局，1957年，第402页。

章学诚论《文心雕龙》

与纪昀相比，章学诚较少谈及《文心雕龙》，然而在笔者看来，真正读懂《文心雕龙》而与刘勰心有灵犀者，恰是章学诚，而非纪昀。这真如章氏所说："若可恃，若不可恃；若可知，若不可知：此同道之知所以难言也。"① 张文勋曾指出："著名史学家章学诚对《文心雕龙》深有研究，并深受其影响，他的史论专著《文史通义》，其篇章结构及论式，都有仿效的痕迹。"② 这是颇有道理的，不过与其说《文史通义》仿效《文心雕龙》，不如说《文史通义》与《文心雕龙》多有相通之处，章氏对刘勰不少重要思想进行了多方面的阐释与发挥。其《与严冬友侍读》云："日月倏忽，得过日多。检点前后，识力颇进，而记诵益衰。思敛精神为校雠之学，上探班、刘，溯源官礼，下该《雕龙》《史通》，甄别名实，品藻流别，为《文史通义》一书。"③ 应该说，章氏基本达到了自己的目标；所谓"下该《雕

---

① [清] 章学诚著、叶瑛校注：《文史通义校注》，北京：中华书局，2014年，第426页。
② 张文勋：《文心雕龙研究史》，昆明：云南大学出版社，2001年，第87页。
③ [清] 章学诚：《章学诚遗书》，北京：文物出版社，1985年，第333页。

龙》《史通》",就其对二刘之书基本精神的把握来说,亦并非虚言。

章学诚对《文心雕龙》的直接论述并不多,但有两个说法极为有名,经常为研究者所引用。其一见于《文史通义·文德》:

> 凡言义理,有前人疏而后人加密者,不可不致其思也。古人论文,惟论文辞而已矣。刘勰氏出,本陆机氏说而昌论文心;苏辙氏出,本韩愈氏说而昌论文气:可谓愈推而愈精矣。①

其中所谓"本陆机氏说而昌论文心",得到《文心雕龙》研究者的一致肯定,说明章氏之把握是较为到位的。如所周知,陆机在《文赋》之小序中说:"余每观才士之所作,窃有以得其用心。"刘勰则曰:"夫'文心'者,言为文之用心也。"② 因此,谓刘勰乃本陆机之说而"昌论文心",可谓证据确凿。但需要进一步研究的是,他们二人的"用心"是否相同?陆机说:"夫放言遣辞,良多变矣,妍蚩好恶,可得而言。每自属文,尤见其情,恒患意不称物,文不逮意,盖非知之难,能之难也。故作《义赋》,以述先士之盛藻,因论作文之利害所由,他日殆可谓曲尽其妙。"③ 即是说,陆机所谓"用心",指的是"放言遣辞"

---

① [清]章学诚著、叶瑛校注:《文史通义校注》,北京:中华书局,2014年,第324页。
② [梁]刘勰:《文心雕龙·序志》,戚良德辑校:《文心雕龙》,上海:上海古籍出版社,2015年,第286页。
③ [晋]陆机:《文赋》,杨明校笺:《陆机集校笺》,上海:上海古籍出版社,2016年,第1页。

问题，其关乎文章之"妍蚩好恶"；具体而言，则是"意不称物，文不逮意"之难，陆机认为，"物—意—文"的过程，其难在具体操作，亦即写作技术问题。从而，《文赋》之作，乃"述先士之盛藻"，所谓"作文之利害所由"，即在于如何"放言遣辞"。然则，章学诚所谓"古人论文，惟论文辞而已矣"，衡诸陆机《文赋》，正是如此。所以，我们必须明白的是，刘勰之于陆机固有所本，实则不仅"愈推而愈精"，而且有着根本不同。《文心雕龙》之所谓"用心"，已不仅仅是"文辞"问题，而是从《原道》出发，至《程器》结束，构筑起一个由"道"而"器"的庞大体系。同时，从理论到实践，刘勰以《神思》篇全力寻找破解陆机所谓"物—意—文"难题的根本途径。为了解决陆机所谓"意不称物"的问题，刘勰指出"思理为妙，神与物游"，其关键在于"志气"和"辞令"之通畅；为了解决陆机所谓"文不逮意"的问题，刘勰指出"意授于思，言授于意"，将"物—意—文"的难题落实为"思—意—言"的过程，亦即从"文思"入手，寻找切实解决问题的途径。这个途径便是"陶钧文思，贵在虚静"，在此基础上，"积学以储宝，酌理以富才，研阅以穷照，驯致以绎辞"①，从而彻底解决陆机之难题。可以看出，所谓"本陆机氏说而昌论文心"，刘勰之"昌论"，与《文赋》相比已是焕然一新了。

其二见于《文史通义·诗话》：

---

① ［梁］刘勰：《文心雕龙·神思》，戚良德辑校：《文心雕龙》，上海：上海古籍出版社，2015年，第173页。

《诗品》之于论诗，视《文心雕龙》之于论文，皆专门名家，勒为成书之初祖也。《文心》体大而虑周，《诗品》思深而意远；盖《文心》笼罩群言，而《诗品》深从六艺溯流别也。……论诗论文，而知溯流别，则可以探源经籍，而进窥天地之纯，古人之大体矣。此意非后世诗话家流所能喻也。①

其中所谓"体大虑周""笼罩群言"八字，庶几成为对《文心雕龙》之定评而广为人知，章氏非凡之识见，于此亦可见一斑了。然而，为研究者所忽略的一个重要问题是，章氏这段话的主旨本不在论《文心雕龙》，而是谈《诗品》，由这段话所在的篇目《诗话》便可看出，对《文心雕龙》之评不过是顺带为言。实际上，章氏也正是从《诗品》开始谈起的，而后归结为"此意非后世诗话家流所能喻也"，正说明其根本目的在于赞扬《诗品》，这是非常明显的。随后他又指出："《诗品》《文心》，专门著述，自非学富才优，为之不易，故降而为诗话。沿流忘源，为诗话者，不复知著作之初意矣。"②虽然二书并论，但仍以《诗品》为中心，故最后批评后世"诗话"作者忘记了钟嵘所开创的"著作"之途。当然，这并非说明章氏不重视《文心雕龙》，而是本段主旨原本是谈"**诗话**"，其以《诗品》为中心无可厚非。同时，章氏对《文心雕龙》之准确评价，当然也不

---

① ［清］章学诚著、叶瑛校注：《文史通义校注》，北京：中华书局，2014年，第648页。
② ［清］章学诚著、叶瑛校注：《文史通义校注》，北京：中华书局，2014年，第649页。

以其顺带为言而减色,这是毫无疑问的。问题在于,拿《文心雕龙》作陪衬而赞扬《诗品》,不经意之中,便会产生明显的不妥。道理很简单,它们确为"成书之初祖",却又是性质并不相同的两部"成书"。《诗品》不仅是专门的诗论,而且仅仅是五言诗论;而《文心雕龙》所论之"文",乃是包括诗歌在内的各类文章。所以,章氏所谓"论诗""论文"的对举,根本是并不对等的,则所谓"专门名家"云云,其意义也就完全不同了。

除了上述两则著名评论,章氏在《文史通义》之《文理》《文集》《知难》《和州文征序例》等篇,对《文心雕龙》均有论及。尤其是《知难》一篇,不仅对《文心雕龙》之《知音》篇有征引,而且可以说是对《知音》的引申与发挥。如果说,上述二则评论展示了章学诚高屋建瓴的史家卓见,那么其《文史通义·知难》一篇则充分表现了其于《文心雕龙》的"深识鉴奥"以及发扬光大和转换创新,值得格外关注。刘勰在《知音》开篇有云:"'知音'其难哉!"纪昀对此评曰:"'难'字一篇之骨。"[①] 因此,章学诚专门作《知难》之篇,其于《知音》篇的有感而发是显然可见的。

《知难》开篇曰:"为之难乎哉?知之难乎哉?"两个问号,实为一个问题,那就是"知"与"行",哪一个更难?人们常说知易行难,上引陆机《文赋》之小序便说"非知之难,能之难也",因此章氏之问的真实含义乃是:"知"真的更容易、真

---

① [清]黄叔琳注、[清]纪昀评:《文心雕龙辑注》,北京:中华书局,1957年,第418页。

的不难吗？故有"知难"之作，其见识之不同凡响，也就可见一斑了。章氏说："夫人之所以谓知者，非知其姓与名也，亦非知其声容之与笑貌也；读其书，知其言，知其所以为言而已矣。读其书者，天下比比矣；知其言者，千不得百焉。知其言者，天下寥寥矣；知其所以为言者，百不得一焉。然而天下皆曰：我能读其书，知其所以为言矣。此知之难也。"① 这里的话可谓清楚明白，那就是"知"难，其难不仅在于"知其言者"少，也不仅在于"知其所以为言者"更少，而且在于自以为"知"实则并不"知"者太多，这才是真正的"知"之难。此理不难想见，但一经说破，不啻振聋发聩！《知难》之引人入胜，也就不难想见了。其曰：

> 刘彦和曰："《储说》始出，《子虚》初成，秦皇、汉武恨不同时，既同时矣，韩囚马轻。"盖悲同时之知音不足恃也。夫李斯之严畏韩非，孝武之俳优司马，乃知之深，处之当，而出于势之不得不然，所谓迹似不知而心相知也。……心相知者，非如马之狎而见轻，即如韩之谗而遭戮矣。丈夫求知于世，得如韩、马……亦云盛矣；然而其得如彼，其失如此。若可恃，若不可恃；若可知，若不可知，此遇合之知所以难言也。②

---

① ［清］章学诚著、叶瑛校注：《文史通义校注》，北京：中华书局，2014年，第425页。
② ［清］章学诚著、叶瑛校注：《文史通义校注》，北京：中华书局，2014年，第425—426页。

刘勰举韩非、司马相如之例，本以说明"贱同而思古"的现象，进而证明"知实难逢"，亦即知音难遇。然而章学诚却悄悄地将其转化成"同时之知音不足恃"，即是说，知音或有可遇，问题是靠不住！一句"知之深"已然令人恍悟，再加"处之当"，则不免使人心惊了；更况还有"出于势之不得不然"，何可言哉！显然，章氏之发挥，是刘勰所不曾想见的，却不仅是合情合理的，而且是入木三分的，所谓"迹似不知而心相知也"，如此冷静而客观的分析，确是刘勰所谓"明鉴同时之贱"的简单结论所难以比拟的。章氏进一步指出，这并非真正的"心相知"，然而从韩非、司马相如之经历而言，能够有那样的前期际遇已然少见，则"丈夫求知于世"，其得失之间，又怎能说得清呢？

刘勰从两个方面论证知音之难，即所谓"音实难知，知实难逢"。"知实难逢"既如彼，"音实难知"又如何呢？刘勰认为，"夫篇章杂沓，质文交加；知多偏好，人莫圆该"①，即文章本身有其复杂性，而读者亦各有其喜好，这就决定了"文情难鉴"。章学诚则以唐代萧颖士对李华《吊古战场文》之赏识为例，而谓："夫言根于心，其不同也如面。颖士不能一见而决其为华，而漫云华足以及此，是未得谓之真知也。而世之能具萧氏之识者，已万不得一；若夫人之学业，固有不止于李华者，于世奚赖焉？"章氏首先运用了《文心雕龙》之"体性"论的观点，所谓"言根于心，其不同也如面"，即刘勰所谓"各师成心，其异如面"②之意，以此说明文章本身之复杂，从而说明萧

---

① ［梁］刘勰：《文心雕龙·知音》，戚良德辑校：《文心雕龙》，上海：上海古籍出版社，2015年，第276页。
② ［梁］刘勰：《文心雕龙·体性》，戚良德辑校：《文心雕龙》，上海：上海古籍出版社，2015年，第178页。

颖士之见未必是"真知";同时又指出,萧氏能肯定李华之文,无论真假,这样的结果已然可贵了;那些不具备萧氏之胸怀与眼光的读者,那些比不上李华之才能的作者,所谓"真知"又从何说起呢?显然,章氏的思路与刘勰是一致的,即从主观与客观两方面论证"文情难鉴",从而说明"真知"难遇。但他并未止于此,而是进一步指出:

> 凡受成形者,不能无殊致也;凡禀血气者,不能无争心也。有殊致,则入主出奴,党同伐异之弊出矣;有争心,则挟恐见破,嫉忌诋毁之端开矣。惠子曰:"奔者东走,追者亦东走;东走虽同,其东走之心则异。"今同走者众矣,亦能知同步之心欤?若可恃,若不可恃;若可知,若不可知:此同道之知所以难言也。①

这番道理说得很透彻,也令人惊心动魄。每个人都有自己特殊的才能,每个人都有一争高下之心。一朝成功者,不免党同伐异;患得患失者,难免嫉妒毁谤。看似步调一致,实则心意不同,所谓"真知",又怎么可能呢?显然,这些道理一经说出,也不难理解,但又是刘勰所不曾提到的。其与《知音》的轻盈和乐观相比,《知难》实在是沉重而悲观得多了。然则,章氏之论意欲何为呢?

《知音》之作,虽以"难"字发端,但其目的在于解决

---

① [清]章学诚著、叶瑛校注:《文史通义校注》,北京:中华书局,2014年,第426页。

"文情难鉴"的问题,因而其旨归所在,恰恰是不难,是达成"知音君子"之目标。为此,刘勰找到了"知音"之路,亦发现了"知音"之理。所谓"凡操千曲而后晓声,观千剑而后识器",所谓"将阅文情,先标'六观'",所谓"斯术既形,则优劣见矣",有了正确的方法,则知音便不难。同时,"夫缀文者情动而辞发,观文者披文以入情:沿波讨源,虽幽必显",从理论上说,知音也是可能的,所谓"夫志在山水,琴表其情;况形之笔端,理将焉匿?"[①]应该说,刘勰是信心满满的。对此,章学诚自然是心知肚明的,他是否不以为然呢?其云:"人之所以异于木石者,情也;情之所以可贵者,相悦以解也。贤者不得达而相与行其志,亦将穷而有与乐其道;不得生而隆遇合于当时,亦将殁而俟知己于后世。"可见,对"知音"之可能性,章氏并未完全否定;对"知音"之渴望,章实斋丝毫不亚于刘彦和。但他又说:"然而有其理者,不必有其事;接以迹者,不必接以心。若可恃,若不可恃;若可知,若不可知。后之视今,亦犹今之视昔。嗟乎!此伯牙之所以绝弦不鼓,而卞生之所以抱玉而悲号者也。"即是说,虽然有可能性,但真正的"知音",还是太难得了。所谓"若可恃,若不可恃;若可知,若不可知",短短一千多字的《知难》篇,章先生数次重复这几句话,其犹疑不决之情,其无可奈何之叹,可谓跃然纸上。正是在这样的心态之下,他得出了如下的结论:

[①] [梁]刘勰:《文心雕龙·知音》,戚良德辑校:《文心雕龙》,上海:上海古籍出版社,2015年,第276、277页。

> 夫鹎鹊啁啾，和者多也；茅苇黄白，靡者众也。凤高翔于千仞，桐孤生于百寻，知其寡和无偶，而不能屈折以从众者，亦势也。是以君子发愤忘食，闇然自修，不知老之将至，所以求适吾事而已。安能以有涯之生，而逐无涯之毁誉哉?[①]

所谓曲高和寡，刘勰在《知音》篇中也表达过这样的意思，其云："俗监之迷者，深废浅售；此庄周所以笑《折杨》，宋玉所以伤《白雪》也。"然而刘勰这番话是在"目瞭则形无不分，心敏则理无不达"的基础上说出的，其目的是提醒人们"见异，唯知音耳"，所谓"夫唯深识鉴奥，必欢然内怿"[②]，其归宿乃是"知音君子"目标之达成，因而终究是积极而乐观的。实斋先生则不同了，其"发愤忘食"者，乃孤芳自赏也；其"不知老之将至"者，乃自得其乐也。他说，人的生命有限，而外在之是非褒贬却是无穷无尽的，既然如此，由他去吧！岂非如诗人但丁所言："走自己的路，让别人说去吧！"以此而言，我们不能不说，章学诚之《知难》，就其深刻性而言，是刘勰之《知音》所难望项背的。但其显然又是受《知音》之触发，并在与《知音》相摩相荡的互动中完成的。仅此而论，章学诚之于《文心雕龙》一书，显然并非浅尝辄止而已。

---

① ［清］章学诚著、叶瑛校注：《文史通义校注》，北京：中华书局，2014 年，第 427 页。
② ［梁］刘勰：《文心雕龙·知音》，戚良德辑校：《文心雕龙》，上海：上海古籍出版社，2015 年，第 277 页。

第六章
20世纪"龙学"的发展

王更生曾指出:"自19世纪中叶,李详、黄侃、刘永济、章太炎、刘师培等,上承黄叔琳《文心雕龙辑注》的余波,去芜存菁,各呈异彩,接着是范文澜捃摭英华,大其规模,成《文心雕龙注》。他们都为近现代的'《文心雕龙》学',奠定了根深蒂固、发荣滋长的基础。"20世纪的《文心雕龙》研究,是在清人对这部书的高度重视和认真研究的基础上进行的。如上所述,清代黄叔琳对《文心雕龙》所用事典详为钩稽,撰成《文心雕龙辑注》一书;纪昀则以此为基础,着重对《文心雕龙》的理论意蕴进行发掘,虽还较为随意而不够系统,但毕竟已属专门的"龙学"论述了。继之,李详写出了《文心雕龙黄注补正》(发表于1909年和1911年的《国粹学报》),近代意义上的《文心雕龙》研究渐次展开。1914年至1919年,黄侃在北京大学讲授《文心雕龙》,开启了具有现代意义的"龙学"征程。

现代"龙学"之奠基

从20世纪初至1949年,可以说是"龙学"的初创和奠基时期。此期最重要的著作有三部:一部是黄侃的《文心雕龙札记》(以下简称《札记》),一部是刘咸炘的《文心雕龙阐说》(以下简称《阐说》),一部是范文澜的《文心雕龙注》(以下简称范注)。黄侃之作即由其在北大的讲义整理而成,范注实亦由作者任教南开时"口说不休,则笔之于书"[①]的《文心雕龙讲疏》(以下简称《讲疏》)发展而成,刘咸炘的《阐说》则纯属自由撰著。黄侃与刘咸炘之作均注重理论阐发,范注之书则长于训诂注释。黄氏《札记》与范注早已被公认为"龙学"史上划时代的著作,它们事实上规划了百年"龙学"的基本方向。刘咸炘之书由于尘封百年而无人知晓,其于百年"龙学"的影响自是无从谈起,但以其内容而论,同样为百年"龙学"重要的奠基之作,这是毫无疑问的。此外,1927年10月,浙江湖州五洲书局出版了一部"言文对照"本的《文心雕龙》,该书以

---

① 范文澜:《文心雕龙讲疏》,《范文澜全集》第三卷,石家庄:河北教育出版社,2002年,"自序",第5页。

黄叔琳注、纪昀评本为基础，对《文心雕龙》五十篇一一做了"白话演述"，亦即语体翻译，演述者为冯葭初。可以说，此乃"龙学"史上对《文心雕龙》进行语体翻译的最早尝试。

关于《文心雕龙札记》，黄侃的门人、台湾学者李曰刚在其《文心雕龙斠诠》的"附录六"中有一段著名的话："民国鼎革以前，清代学士大夫多以读经之法读《文心》，大则不外校勘、评解二途，于彦和之文论思想甚少阐发。黄氏《札记》适完稿于人文荟萃之北大，复于中西文化剧烈交绥之时，因此《札记》初出，即震惊文坛，从而令学术思想界对《文心雕龙》之实用价值，研究角度，均作革命性之调整，故季刚不仅是彦和之功臣，尤为我国近代文学批评之前驱。"① 此说高屋建瓴，颇中要害，但需要略加说明，并予以认真分析。李先生在"附录六"的标题"文心雕龙板本考略"下加了一个说明，即"就友弟王更生君原著增订"②。其实，这段著名的话正来源于王更生的《重修增订文心雕龙研究》③，但李先生做了一些改编，尤其是加上了两句结论性的话——"季刚不仅是彦和之功臣，尤为我国近代文学批评之前驱"，这确实代表了李先生的看法。黄氏《札记》与清代及其以前对《文心雕龙》的研究相比，确实有了"革命性之调整"，即"对《文心雕龙》之实用价值，研究角度"的调整，这是毫无疑问的，但在今天看来，这种调整不仅有利，亦且有弊。从而谓季刚"尤为我国近代文学批评之前驱"

---

① 李曰刚：《文心雕龙斠诠》，台北：台湾"国立"编译馆中华丛书编审委员会，1982年，第2515页。
② 李曰刚：《文心雕龙斠诠》，台北：台湾"国立"编译馆中华丛书编审委员会，1982年，第2459页。
③ 参见王更生：《重修增订文心雕龙研究》，台北：文史哲出版社，1979年，第41页。

则可，至谓"彦和之功臣"，虽亦当之无愧，却不只是"功臣"这么简单了。道理很明白，李先生说黄侃的贡献尤其表现在其为"我国近代文学批评之前驱"，则言外之意是其于《文心雕龙》的研究和阐释必然带有浓厚的"六经注我"之色彩，所谓"有弊"者，正以此也。著名龙学家牟世金也曾指出："《文心雕龙札记》的意义还不仅仅是课堂教学的产物，更是《文心雕龙》研究史上的一个巨大变革。"① 在笔者看来，如果撇开其把《文心雕龙》搬上大学讲台这一点，那么这个"巨大变革"就只能是把《文心雕龙》作为文学批评著作来阐释了，所谓"我国近代文学批评之前驱"者是也。应该说，在"中西文化剧烈交绥之时"，黄侃的选择可能是身不由己的，或谓其乃历史的必然；实际上，也正是由于这种特定的角度，奠定了百年"龙学"的基调，也成就了百年"龙学"的辉煌，以此而论，谓黄侃为"彦和之功臣"，可以说是当之无愧的。但历史从来不是简单的线性发展，而是复杂的立体呈现。所谓"巨大变革"者，其本身便意味着要忽略甚至抛弃一些东西，就《文心雕龙》而言，被抛掉的是什么，被摒弃的有哪些，便正是黄侃作为"功臣"之外的历史责任。《文心雕龙》共五十篇，北平文化学社1927年出版的《札记》共二十篇，除《序志》一篇外，乃是从《神思》至《总术》的十九篇，即刘勰在《序志》中所说"剖情析采"（创作论）部分；《札记》不仅没有"文之枢纽"（总论）部分的五篇，而且"论文叙笔"（文体论）部分的二十篇亦均付之阙如。黄侃为什么要做这样的选择？其云："即彦和泛论文章，

---

① 牟世金：《"龙学"七十年概观（上）》，《社会科学战线》1987年第3期。

而《神思》篇已下之文，乃专有所属，非泛为著之竹帛者而言，亦不能遍通于经传诸子。"① 则其看重《神思》以下之创作论者，正以其可通于"文学批评"也。并非巧合的是，整个20世纪的《文心雕龙》研究，其重点一直都在"剖情析采"的创作论部分，而占《文心雕龙》五分之二篇幅的"论文叙笔"部分则一直未能得到充分的重视和研究，这不能不说与黄侃的影响是有关系的。

《文心雕龙注》对于百年"龙学"的奠基作用是极为明显的。王元化指出："范注对《文心雕龙》作了详赡的阐发，用力最勤，迄今仍是一部迥拔诸家、类超群注的巨制……"② 王更生则云："此书是继黄侃《札记》以后，一部划时代的著述。"③ 日本著名汉学家户田浩晓则认为："范注虽本黄叔琳注及黄侃《札记》等书，但却是在内容上更为充实、也略嫌繁冗的批评著作，不可否认是《文心雕龙》注释史上划时期的作品……"④ 应该说这些评价都是并不为过的。需要指出的是，作为黄侃的弟子，范文澜的《文心雕龙注》对黄氏《札记》多有承袭⑤，"范注的出现，标志着《文心雕龙》注释由明清时期的传统型向现代型的一大转变，即在继承发展传统注释优点的基础上，受其业师黄侃《文心雕龙札记》的影响，对《文心雕龙》的理论

---

① 黄侃：《文心雕龙札记》，上海：上海古籍出版社，2000年，第10页。
② 王元化：《文心雕龙讲疏》，桂林：广西师范大学出版社，2004年，第100页。
③ 王更生：《重修增订文心雕龙导读》，台北：华正书局，2004年，第98页。
④ ［日］户田浩晓：《〈文心雕龙〉小史》，王元化选编：《日本研究〈文心雕龙〉论文集》，济南：齐鲁书社，1983年，第24页。
⑤ 参见戚良德、李婧：《论范文澜〈文心雕龙注〉对黄侃〈文心雕龙札记〉的承袭》，《山东大学学报》2007年第5期。

意义、思想渊源及重要概念术语的内涵进行了较为深刻清晰的阐释"①。直到今天，范注一直被作为《文心雕龙》文本引用最常见的书目。

"龙学"奠基时期的研究文章约有上百篇，大多是对《文心雕龙》的一般性概述，而鲜有深入的专题研究。如杨鸿烈《〈文心雕龙〉的研究》一文认为，刘勰主张自然的文学，即先有自然的情感和思想然后有自然的描写，这是积极的建设；另一方面，他矫正当时不可一世的雕琢的文学，依据他自定的标准去逐一批评，这是消极的破坏；再说他能看出并且能阐明文学和时运的关系：这就是他全书的三大好处。因此，"刘彦和实在是有很大的抱负，有强烈的改革精神，对于那个时代雕琢的文学想把它改造成为自然的文学"。杨氏指出："刘彦和在中国文学界又算是第一个的批评家，换句话说，就是中国文学上的批评自他开始。他这种先定标准而后批评，很相当于欧洲文学上的'法定的批评'。"而《文心雕龙》的缺点则是："在这样文学观念明了确定的时代，偏偏这位不达时务的刘彦和就来打破这样的分别，使文学的观念，又趋于含混，又使文笔不分。"② 由此我们亦可看出，在西方文学观念的强烈影响下，百年"龙学"一开始就主要是沿着"文学批评"的轨道前进的。又如陈延杰《读文心雕龙》谓："自《原道》迄《书记》二十五篇，属上篇，备列各体，每体皆原始释名，评流派，论作法。自《神思》迄《程器》二十四篇，属下篇，极论文术。《序志》一篇，盖

---

① 陈允锋：《评范文澜的〈文心雕龙注〉》，《文心雕龙研究》第五辑，保定：河北大学出版社，2002年，第354页。
② 杨鸿烈：《〈文心雕龙〉的研究》，《晨报副刊》，1922年10月24日至29日。

所以驭群篇也。概言之，则上篇论文之体裁；下篇说修辞原理之方法也。故此书可标目为二：曰文体论，曰修辞说……"这显然只是"写《雕龙》上、下篇之梗概"而已。不过，该文与杨鸿烈的视角并不完全一致，其最后说："迨彦和著《文心雕龙》，始综论古今文体，又说及修辞，庶几乎备矣。山谷云：《史通》《文心雕龙》，皆学者要书，信夫！"① 虽仍为总论泛说，但一则对《文心雕龙》一书的评价极高，二来尤重刘勰之"综论古今文体"，应该说更为贴近刘勰"论文"的实际。但如上所述，在浩荡的西方文艺思潮的裹挟下，这样的声音和思路可以说很快就被淹没了。

正如王更生所说："综观民国时期的'《文心雕龙》学'（1912—1949），先由研究方法和观念的改变，影响到内容和思想的改变；再由内容思想的改变，带动了写作形式的改变。换言之，也就是由传统训诂、考据的读经方式，过渡到分门别类的研究过程。使古典文学理论，透过科学分工，或科际整合的手段，与现代实际生活相结合。我觉得这该是近现代中西文化交流后的一项重大收获。"② 王先生的叙述非常到位，但所谓有得必有失，"收获"的同时，我们自然也失去了不少。

---

① 陈延杰：《读文心雕龙》，《东方杂志》第23卷第18号，1926年9月25日。
② 王更生：《民国时期的"〈文心雕龙〉学"》，《日本福冈大学〈文心雕龙〉国际学术研讨会论文集》，台北：文史哲出版社，2007年，第395—396页。

大陆"龙学"之发展

"文化大革命"前的十七年（1949—1966），可以说是"龙学"的重要发展时期。此期出版的重要著作有王利器的《文心雕龙新书》，杨明照的《文心雕龙校注》，刘永济的《文心雕龙校释》，陆侃如、牟世金的《文心雕龙选译》以及《刘勰论创作》，郭晋稀的《文心雕龙译注十八篇》等。这些著作大致可以分为三类：一类是校注，一类是今译，一类是理论研究。无论哪个方面，较之前期都有了重要的进步和发展，而特别值得一提的是"今译"工作的开展。由于《文心雕龙》乃是以骈文写成的文论著作，较之一般的古文作品更为难懂，所以"今译"工作便显得极为重要。而且，对古代文论著作而言，翻译本身其实乃是一种贴近原作精神的研究，是一项丝毫不得轻视的工作。此期陆侃如、牟世金两位先生以及周振甫、郭晋稀等先生对《文心雕龙》"今译"的尝试，可以说开辟了"龙学"的一个重要领域，并为许多青年学子涉足"龙学"提供了极大的方便。

理论研究方面，刘永济认为"刘勰《文心雕龙》一书，为我国文学批评论文最早（约成于公元500年以前）、最完备、最有系统之作",并指出"此书总结齐、梁以前各代文学而求得其规律,复以其规律衡鉴各体文学而予以较正确之品评"。同时,他又特别指出:

> 历代目录学家皆将其书列入诗文评类。但彦和《序志》,则其自许将羽翼经典,于经注家外,别立一帜,专论文章,其意义殆已超出诗文评之上而成为一家之言,与诸子著书之意相同矣。……彦和之作此书,既以子书自许,凡子书皆有其对于时政、世风之批评,皆可见作者本人之学术思想(参看《诸子》篇),故彦和此书亦有匡救时弊之意。吾人读之,不但可觇知齐、梁文弊之全貌,而且可以推见彦和之学术思想。……按其实质,名为一子,允无愧色。①

显然,这一说法与"文学批评"视野中的《文心雕龙》是非常不同的。尤其是所谓"其意义殆已超出诗文评之上而成为一家之言",以及"名为一子,允无愧色"等,与后世对文学批评之地位的认识可以说大相径庭;但这在一定程度上,却是符合刘勰自己的认识和想法的。台湾王更生后来亦认为《文心雕龙》乃"文评中的子书,子书中的文评"②,与刘先生之说可谓所见略同。

同时,刘先生在"前言"中又说:

---

① 刘永济校释:《文心雕龙校释》,北京:中华书局,1962年,"前言",第1—2页。
② 王更生:《重修增订文心雕龙导读》,台北:华正书局,1988年,第13页。

> 彦和此书，思绪周密，条理井然，无畸重畸轻之失，其思想方法，得力于佛典为多。全书于有韵、无韵两类之文，各还其本来面目，予以应有之位置及作用，既不同于当时文士尊骈体而抑散文，亦不同于后世文人崇古文而轻骈俪。虽其自著书仍用骈体，而能运用自如，条达通明，能以瑰丽之词，发抒深湛之理。盖论文之作，究与论政、叙事之文有异，必措词典丽，始能相称。然则《文心》一书，即彦和之文学作品矣。①

在这段话里，刘先生有两个说法都是极为鲜明而独特的，一是刘勰的"思想方法"，"得力于佛典为多"，这在今天可以说已成为不少研究者的共识，但在百年"龙学"的早期，实在不能不说是极富识见的。二是对刘勰以骈体著论的肯定，认为"论文之作"必须"措词典丽"，乃至谓"《文心》一书，即彦和之文学作品矣"，其虽为实情，但却是往往为研究者所忽略的一个问题。据笔者所见，范文澜亦曾从相同的角度谈到这个问题，其云："刘勰是精通儒学和佛学的杰出学者，也是骈文作者中稀有的能手。他撰《文心雕龙》五十篇，剖析文理，体大思精，全书用骈文来表达致密繁富的论点，宛转自如，意无不达，似乎比散文还要流畅，骈文高妙至此，可谓登峰造极。"② 值得注意的是，范先生一方面赞赏刘勰骈文之高妙，另一方面又特别点明其为"精通儒学和佛学的杰出学者"，所谓"用骈文来表达

---

① 刘永济校释：《文心雕龙校释》，北京：中华书局，1962年，"前言"，第1—2页。
② 范文澜：《中国通史简编》修订本第二编，北京：人民出版社，1964年，第418页。

致密繁富的论点",这与刘永济所谓"思绪周密……得力于佛典为多"之论,是否亦有异曲同工之妙呢?

"龙学"发展时期的研究论文有近二百篇,无论数量还是质量,亦都超过了前一个时期。这些论文有三个显著的特点:首先是大都注意运用新观点、新方法,使得《文心雕龙》研究呈现出新的面貌。其次是扩大了研究范围,加强了理论研究。第三是概述泛论性的文章相对减少,而专题性的研究大为增加了。诸如刘勰的世界观和《文心雕龙》的哲学思想,《文心雕龙》的原道论、神思论、风格论、风骨论以及创作方法论,刘勰关于继承和革新之关系、内容和形式之关系的认识等,都是此期讨论较多的问题。如关于刘勰和《文心雕龙》的思想倾向,本期即有相当热烈的讨论。许多著名学者如刘绶松、陆侃如、杨明照、王元化等,都认为刘勰的主导思想为儒家思想。如王元化便指出:"虽然,他并不像两汉时代某些儒者那样定儒家为一尊,而兼取儒释道三家之长,可是,他撰《文心雕龙》一书,诚如范文澜同志所说,是严格保持儒家古文学派的立场来立论的。"[1] 但也有学者认为"佛教思想是刘勰的主导思想"[2]。与此相关,关于《文心雕龙》的原道论,则有儒道、佛道、自然之道以及宇宙本体等种种观点。值得注意的是,虽然多数学者认为刘勰的主导思想为儒家思想,但却并不认为《文心雕龙》"原道"之"道"即为儒道。如陆侃如、祖保泉等,即以为刘勰之

---

[1] 王元化:《〈神思篇〉虚静说柬释》,《中华文史论丛》第三辑,北京:中华书局,1963年,第219页。
[2] 张启成:《谈刘勰〈文心雕龙〉的唯心主义本质》,《光明日报》1960年11月20日。

"道"乃是自然规律。

本期讨论最为热烈、意见也最为分歧的问题，是刘勰的"风骨"论。黄侃曾提出"风即文意，骨即文辞"[1]之说，研究者正是在此基础上做出自己关于"风骨"的不同阐释。寇效信认为，"'风'是对文章情志方面的一种美学要求"，"'骨'是对于文章辞语方面的一种美学要求"，"'风骨'是对文章情志和文辞的基本美学要求"，"是对一篇文章的最根本的要求"。[2]可以说，这一认识正是发挥黄侃之论，而更为明确和清晰了。廖仲安、刘国盈则追源溯流，详细考察了从汉代到六朝人物品评和书画评论中有关风骨的运用，指出："刘勰《风骨篇》的'风'字大体做如下的解释：风是作家发自深心的、集中充沛的、合乎儒家道德规范的情感和意志在文章中的表现。""刘勰所说的'骨'是指精确可信、丰富坚实的典故、事实，和合乎经义、端正得体的观点、思想在文章中的表现。"[3]应该说，这一认识虽未必完全符合刘勰的命意，但确是经过大量历史考察之后而得出的新的结论，为进一步认识刘勰"风骨"论的内涵提供了一种重要的思路。"风骨"之外，本期研究较多的问题还有刘勰的艺术构思论。杨明照《刘勰论作家的构思》、张文勋《刘勰对文学创作的形象思维特征的认识》、王元化《神思篇虚静说柬释》等，都是这方面的重要论文。

"文化大革命"的十年（1966—1976），大陆"龙学"基本

---

[1] 黄侃：《文心雕龙札记》，上海：上海古籍出版社，2000年，第101页。
[2] 寇效信：《论"风骨"——兼与廖仲安、刘国盈二同志商榷》，《文学评论》1962年第6期。
[3] 廖仲安、刘国盈：《释"风骨"》，《文学评论》1962年第1期。

陷于停滞状态,此期相关论文有十余篇,多为"大批判"之作,如认为"《文心雕龙》是宣扬孔孟之道的儒家文艺经典,是继承董仲舒'独尊儒术'的反动思想政治路线,把儒家文艺理论系统化,在文艺领域内定孔学为一尊的儒家重要著作"[1]。其中有些文章不仅批判《文心雕龙》,而且也否定了《文心雕龙》研究史,可以说是"龙学"的极大倒退。不过,郭绍虞对《文心雕龙·声律篇》进行了认真研究,认为"刘勰所言,比沈约要明确得多。沈约与陆厥虽往返商讨,但没有说得明白,所以陈寅恪会有问非所问,答非所答之感。我假使不从刘勰所言来研究当时的声律说,也会和陈寅恪一样有同样感觉的"[2]。这从一个方面说明,"文革"十年,大陆"龙学"仍有严肃的学术火种在闪烁,更有学术的潜流在涌动。正因如此,"文革"结束不久,"龙学"便进入蓬勃发展的新阶段。

---

[1] 邱俊鹏、尹在勤、刘传辉、张志烈:《评〈文心雕龙〉》,《四川大学学报(哲学社会科学版)》1974年第2期。
[2] 郭绍虞:《声律说考辨(上)——〈中国文学批评史〉增订本选载》,《文艺评论丛刊》第一辑,上海:上海人民出版社,1976年,第409页。

台湾"龙学"之繁荣

当大陆的《文心雕龙》研究处于上述停滞状态的时候,台湾地区的"龙学"却正处于滋长繁荣的历史时期。因此,海峡两岸的"龙学"史颇有不同的轨迹。20世纪下半叶,即从1951年至1999年的近五十年间,台湾地区出版"龙学"专著、专书百余种(其中有些为翻印大陆著作),发表各类"龙学"论文六百余篇,堪称学术奇迹。

台湾"龙学"是以上述现代"龙学"奠基时期乃至大陆"龙学"发展初期的一些著作为基础而起步的。1954年,从大陆迁至台湾的正中书局重新出版了刘永济的《文心雕龙校释》;1958年,台湾开明书店又出版了范文澜的《文心雕龙注》;至60年代,杨明照的《文心雕龙校注》、黄侃的《文心雕龙札记》、王利器的《文心雕龙新书》以及黄叔琳注的《文心雕龙辑注》等陆续在台湾印出,从此中华"龙学"之一脉开始在台湾发荣滋长,并最终开出了绚烂的花朵。因此,台湾"龙学"与大陆"龙学"乃是从一棵树上结出的两颗果实,这是显然可见的。

从60年代开始,随着台湾地区大学教育的发展,《文心雕龙》走上大学讲坛,从而促进了"龙学"的传播和研究。在台湾师范大学国文学系，先后有潘重规、高仲华、李曰刚等人讲授《文心雕龙》，此后该校成为台湾"龙学"的大本营，培养出不少"龙学"人才，结出了累累果实。其他如台湾政治大学中国文学系的张立斋、台湾大学中国文学系的廖蔚卿、淡江文理学院的黄锦鋐等人，亦均曾开设《文心雕龙》课程。教学相长的结果，必然是"龙学"著述的产生，如张立斋《文心雕龙注订》、李景溁《文心雕龙评解》《文心雕龙新解》、易苏民主编《文心雕龙研究》、张严《文心雕龙通识》、黄锦鋐等《文心雕龙研究论文集》等。其中李景溁的《文心雕龙新解》一书为台湾地区产生的《文心雕龙》最早的全译本，颇受欢迎。

至70年代，台湾地区的《文心雕龙》研究渐趋兴旺。老一辈"龙学"园丁的辛勤耕耘终于开花结果，新一代"龙"的传人登上学术舞台，诸如王更生、沈谦、陈拱、王久烈等人，他们一方面接过"龙学"的教鞭，在各大学开设《文心雕龙》课程，另一方面亦笔耕不辍，相继出版各类"龙学"专著。如李中成《文心雕龙析论》、张严《文心雕龙文术论诠》、唐亦男《文心雕龙讲疏》、蓝若天《文心雕龙的枢纽论与区分论》、王叔岷《文心雕龙缀补》、王久烈等译注《语译详注文心雕龙》、王金凌《刘勰年谱》、沈谦《文心雕龙批评论发微》、黄春贵《文心雕龙之创作论》等。尤为引人注目的是王更生，他不仅发表论文数十篇，而且出版专著四五部，并编选论文集一部，如《文心雕龙研究》《文心雕龙导读》《重修增订文心雕龙研究》以及《文心雕龙范注驳正》等，其中《文心雕龙研究》一书既是台湾地区第一部较为全面而系统的"龙学"专著，也可以说是"龙学"史上第一部规模较大的系统论著，具有重要的开创之功。

进入 80 年代，台湾地区发表的"龙学"论文并无明显增加，但"龙学"专著的出版则令人瞩目，不少学者推出了自己具有代表性的成果。如沈谦《文心雕龙之文学理论与批评》、王金凌《文心雕龙文论术语析论》、李曰刚《文心雕龙斠诠》、龚菱《文心雕龙研究》、王梦鸥《古典文学的奥秘——文心雕龙》、王更生《文心雕龙读本》、陈兆秀《文心雕龙术语探析》、王礼卿《文心雕龙通解》、方元珍《文心雕龙与佛教关系之考辨》、刘荣杰《文心雕龙譬喻研究》、王更生《重修增订文心雕龙导读》等。其中有些著述直接来自教学，乃以讲义为基础修订而成，如李曰刚、王更生等人的著作；有的则以学位论文为基础修订而成，如沈谦、王金凌、方元珍等人的著作。尤其是黄侃门人李曰刚的《文心雕龙斠诠》，全书超过180余万字，乃作者倾二十年之功完成的一部巨著，也是"龙学"史上规模最大的著作，正如牟世金所言："总的来说，这是一部相当宏富的综合性论著，虽名为'斠诠'，校、注、解译、理论研究各个方面都很全备，实为博大精深之巨著。"① 王更生的《文心雕龙读本》一书，则有意为学子们提供《文心雕龙》的学习资料乃至教材，为"龙学"的薪火相传再次播种。

90 年代以来，台湾的"龙学"专著亦时有出版，标志着"龙学"后继有人。如李慕如《由文心雕龙知音篇谈刘勰文学批评》、沈谦《文心雕龙与现代修辞学》、彭庆环《文心雕龙综合研究》、黄亦真《文心雕龙比喻技巧研究》、王更生《文心雕龙新论》《中国古代文学理论的秘宝——文心雕龙》、王忠林《文

---

① 牟世金：《台湾文心雕龙研究鸟瞰》，济南：山东大学出版社，1985 年，第 99 页。

心雕龙析论》、华仲麐《文心雕龙要义申说》、吕武志《魏晋文论与文心雕龙》、陈拱《文心雕龙本义》等。尤其是陈拱的《文心雕龙本义》一书，皇皇百万余言，其中不少内容早在七八十年代即已发表流传，此期得以完整出版，乃汇聚作者毕生精力之作，也成为台湾最为重要的"龙学"著作之一。

台湾地区五十年间的六百余篇论文，涉及"龙学"各方面的内容。一是有关刘勰生平的研究，如张严《刘勰身世考索》、王更生《梁刘彦和先生年谱稿》、李曰刚《梁刘勰世系年谱》、王梦鸥《文心雕龙成书年代质疑》、潘重规《刘彦和佐僧祐撰述考》等论文。二是对《文心雕龙》的综合研究，如张严《刘勰的文学观》、向琅《文心雕龙的基本理论》、华仲麐《文心雕龙要义申说》、王梦鸥《谈中国第一部文学理论专著——文心雕龙》、王更生《文心雕龙的文学观》等论文。三是《文心雕龙》之总论研究，台湾亦称之为"文原论"，如柯庆明《论刘勰的原道说》、张雁棠《文心雕龙之文学本原论》、庄雅洲《刘勰的文原论》、徐复观《文心雕龙浅论之六——文之枢纽》、罗联络《文心雕龙"原道""征圣""宗经"试释》等论文。四是对文体论的研究，台湾亦称之为"文类论"，影响最大的是徐复观1959年6月发表于《东海学报》的《〈文心雕龙〉的文体论》一文，其他如周弘然《文心雕龙的文体论》、彭庆环《文心雕龙文体论》、李再添《文心雕龙之文类论》、王更生《论刘勰"文体分类学"的基据》等论文。五是对创作论的研究，台湾亦称之为"文术论"或"修辞学"，如廖蔚卿《刘勰的创作论》《刘勰的风格论》、黄春贵《文心雕龙之创作论》、沈谦《神思与养气——文心雕龙论文学创作》《文心雕龙之通变论》、陈拱《文心雕龙风骨篇疏释》等论文。六是对批评论的研究，台湾或称之为"文衡论"，如李宗懂《文心雕龙文学批评研究》、杜松柏《刘勰的文学批评论》、沈谦《文心雕龙论批评原理》《文心雕龙论批评方法》、廖蔚卿《刘勰论时代与文风》等论文。七是各种专题研究，如王更生《文心雕龙之美学》、杜若《文心雕龙的修辞论》、王金凌《论文心雕龙中的清》、黄锦鋐《空海的文镜秘府论与文心雕龙的关系》、方元珍《谈刘勰与民间文学》等论文。

上述论文中，颇为引人注目的是徐复观《〈文心雕龙〉的文体论》的长文及其引起的相关讨论。徐先生指出："文体论乃文学批评鉴赏之中心课题。亦系《文心雕龙》之中心课题，顾自唐代古文运动以后，文体之观念日趋模糊，明代则竟误以文类为文体，遂致现代中日两国研究我国文学史者，每提及《文心雕龙》之文体论时，辄踵谬承讹，与原意大相出入。此不特妨碍对原书之研究，且亦易引起一般文学批评鉴赏上之混乱。"① 徐氏的研究，即从厘清"文体"与"文类"入手，对《文心雕龙》乃至中国文论中的"文体"概念进行了全新的阐释。其云："文学中的形相，在英国、法国一般称之为 Style，而在中国则称之为文体。体即是形体、形相。文体虽与语言及思想感情，并列而为文学的三大要素之一，但语言和思想感情必须表现而成为文体时，才能成为文学的作品。"因此，徐先生认为："《文心雕龙》，广义地说，全书都可以称之为我国古典的文体论。"② 这

---

① 徐复观：《〈文心雕龙〉的文体论》，《中国文学精神》，上海：上海书店出版社，2006 年，第 145 页。
② 徐复观：《〈文心雕龙〉的文体论》，《中国文学精神》，上海：上海书店出版社，2006 年，第 146、147 页。

确乎与《梁书·刘勰传》所谓"论古今文体"颇为一致了。然而,《文心雕龙》之"论文叙笔"与"剖情析采"两个部分毕竟不同,怎样统一而为"文体论"呢?徐先生说:"文体可分为普遍性的文体及历史性的文体。普遍性的文体,是指构成文体的普遍性的因素;历史性的文体,指的是由不同的时代、不同的文类所给与以限定的特殊性的因素。……《文心雕龙》的上篇正是历史性的文体研究,而下篇则正是普遍性的文体研究。因此,下篇才是文体论的基础,也是文体论的重心。"① 他认为:"近数十年来,在中、日有关中国文学史的著作中,一提到《文心雕龙》时,便说上篇是文体论,下篇是与文体论相对的什么修辞说或创造论等,这不能不算是一个奇怪的现象。"② 所以,"只有复活《文心雕龙》中的文体观念,并加以充实扩大,以接上现代文学研究的大流,似乎这才是一条可走的大路"③。

正如颜崑阳所说,"相对于徐氏之前诸多有关文心雕龙文体观念的讨论来说,这篇论文无疑地具有革命性的创见"④,加之徐先生的论述视野开阔,有着很强的理论性和逻辑力量,因而受到不少《文心雕龙》研究者的肯定和采信,如李曰刚、张立斋、陈拱等"龙学"大家均受其影响,此亦如龚鹏程所指出:

---

① 徐复观:《〈文心雕龙〉的文体论》,《中国文学精神》,上海:上海书店出版社,2006年,第148—149页。
② 徐复观:《〈文心雕龙〉的文体论》,《中国文学精神》,上海:上海书店出版社,2006年,第149页。
③ 徐复观:《〈文心雕龙〉的文体论》,《中国文学精神》,上海:上海书店出版社,2006年,第209页。
④ 颜崑阳:《论文心雕龙"辩证性的文体观念架构"——兼辨徐复观、龚鹏程"文心雕龙的文体论"》,中国古典文学研究会主编:《文心雕龙综论》,台北:台湾学生书局,1988年,第74页。

"此文纵横博辩,影响很大,并由异端逐渐成为正宗。"① 但所谓"正宗",也只是在一定范围内,实际上,徐先生所要"复活"的这个"文体观念"是否真的属于《文心雕龙》,是很容易引起争议的。龚鹏程即云:"我以为他的论点根本就是错的。依他的讲法,不但《文心雕龙》的文体观念更难理解,中国文评理论的纠葛藤蔓也会更趋繁多。"② 应该说,这并非耸人听闻之谈。颜崑阳则认为,"以往对'文心雕龙'的'文体观念'诸多诠释,常落在单一的、平面的逻辑概念,而甚少人注意到它辩证性的观念架构","文心雕龙的文体观念根本是放在文学史的时间辩证发展上,及客观形式规范与主体性情的空间辩证融合的架构上所作的思考",进而"形成一立体性的架构",因此,"徐、龚二氏皆只见其一面、得其一端,因此形成概念的对抗"。③ 龚、颜两位先生皆各有所见,而又无不受徐氏之文所启发;事实上,由徐先生之论所引发的有关"文体论"的思考,在近五十余年的"龙学"史上一直不乏讨论,直至今日,可见徐氏论文之"革命性创见",确乎是非同凡响的。

纵观台湾地区五十年的"龙学"发展,其于《文心雕龙》的认识,一方面受西方文艺理论的深刻影响,另一方面又执着于发展民族文学的坚定信念,因而体现出一种中西杂糅的理论

---

① 龚鹏程:《〈文心雕龙〉的文体论》,《中国文学批评史论》,北京:北京大学出版社,2008年,第125页。
② 龚鹏程:《〈文心雕龙〉的文体论》,《中国文学批评史论》,北京:北京大学出版社,2008年,第125页。
③ 颜崑阳:《论文心雕龙"辩证性的文体观念架构"——兼辨徐复观、龚鹏程"文心雕龙的文体论"》,中国古典文学研究会主编:《文心雕龙综论》,台北:台湾学生书局,1988年,第76、77、122页。

特色。如70年代,出版界曾介绍《文心雕龙》为"中国文艺批评上的名著",认为其"引论古今文体及其作法,又和唐时刘知幾的《史通》、清代章学诚的《文史通义》称为中国文学批评三大名著"。又说:"《文心雕龙》是一本文学概论,凡五十篇,可以分为三部分:首为《原道》《征圣》《宗经》《正纬》及《序志》五篇,属于通论;次自《辨骚》《明诗》到《诸子》《奏启》《书记》等二十一篇,属于文体论;末为《神思》《体性》以至《知音》《程器》等二十四篇,属于修辞学。这部书全出以骈俪文,但不以辞害意,更是难得。"① 所谓"文艺批评""文学概论"云云,显然都来自西方观念;而所谓"古今文体及其作法"以及"修辞学""不以辞害意"等,又充分照顾了《文心雕龙》的固有特色。不过总体而言,正如牟先生所指出,台湾"龙学"与大陆"龙学"同为中华文化的组成部分,有着割不断的联系,有着高度的一致性;我们都尊重共同的民族和文化传统,也都有责任发扬民族文化之精华,而不是数典忘祖而仰人鼻息。"因此,在文学理论上必须建立起我们自己的'分析线路''批评标准'和'研究方法',一句话,就是要走我们自己的道路,使我们的作品、批评和理论,都具有中国作风和中国气派。"② 牟先生认为,台湾的《文心雕龙》研究,正是在这种背景下形成"显学"的,因而是值得我们予以认真总结的。

---

① 黄侃:《文心雕龙札记》(五元文库),台北:学人月刊杂志社,1971年,"封面介绍"。
② 牟世金:《台湾文心雕龙研究鸟瞰》,济南:山东大学出版社,1985年,第107页。

两岸"龙学"之交汇

"文革"甫一结束,王元化便开始修改他在"文革"前即已完成初稿的《文心雕龙创作论》一书,"我以近一年的时间进行修改和补充,于一九七八年完稿"[1],该书于1979年由上海古籍出版社出版。对停滞了十年的大陆"龙学"而言,《文心雕龙创作论》一书的出版,作为新时期"龙学"的破晓之作,昭示着《文心雕龙》研究的春天来到了。

一、新时期"龙学"的兴盛

从1976年至1989年,可以说是大陆"龙学"的兴盛与繁荣时期。在短短的十余年时间里,出版专著六十余种,发表研究论文上千篇。仅以数量而论,"龙学"的迅猛发展也是不言而喻的,可谓盛况空前。

六十余种专著,大致可以分为六类:第一类是校注,如王利器《文心雕龙校证》、周振甫《文心雕龙注释》、杨明照《文

---

[1] 王元化:《文心雕龙讲疏》,桂林:广西师范大学出版社,2004年,"新版前言",第2页。

心雕龙校注拾遗》、詹锳《文心雕龙义证》等。第二类是译释，如陆侃如和牟世金《文心雕龙译注》、郭晋稀《文心雕龙注译》、赵仲邑《文心雕龙译注》、张长青和张会恩《文心雕龙诠释》、向长清《文心雕龙浅释》、祖保泉《文心雕龙选析》、周振甫《文心雕龙今译》等。第三类是理论研究，如王元化《文心雕龙创作论》、詹锳《〈文心雕龙〉的风格学》、马宏山《文心雕龙散论》、牟世金《雕龙集》、张文勋《刘勰的文学史论》、蒋祖怡《文心雕龙论丛》、毕万忱和李淼《文心雕龙论稿》、王运熙《文心雕龙探索》、涂光社《文心十论》、张少康《文心雕龙新探》、陈思苓《文心雕龙臆论》、李庆甲《文心识隅集》等，皆为《文心雕龙》理论研究的精深之作。第四类是美学研究，如李泽厚和刘纲纪主编《中国美学史》第二卷第十七章《刘勰的〈文心雕龙〉》、缪俊杰《文心雕龙美学》、易中天《〈文心雕龙〉美学思想论稿》、赵盛德《文心雕龙美学思想论稿》等。第五类是编译，如王元化选编《日本研究〈文心雕龙〉论文集》、彭恩华编译《兴膳宏〈文心雕龙〉论文集》等。第六类是学科综述，如牟世金《刘勰年谱汇考》、朱迎平编《文心雕龙索引》等。

　　"龙学"兴盛时期的千余篇文章，论题涉及《文心雕龙》的各个方面，无论广度还是深度，都远远超过前两个时期。一是关于刘勰生平身世的研究。历史上有关刘勰生平的资料匮乏，诸如刘勰的生卒年、刘勰的家世等，一直是幽暗不明的问题。本期不少学者进行了认真的探索，尤其是对刘勰的生卒年，提出了不少新说。二是关于《文心雕龙》理论体系的研究。早在1964年，牟世金先生即提出"探讨刘勰自己的文学理论体系"①。1981年，牟先生在《中国社会科学》杂志上发表了《〈文心雕龙〉的总论及其理论体系》一文，第一次对《文心雕龙》的内在理论体系做出了全面概括，他认为这一体系是以"衔华佩实"为核心，以研究物与情、情与言、言与物三种关系为总纲组成的。王运熙先生则认为："从刘勰写作此书的宗旨来看，从全书的结构安排和重点所在来看，则应当说它是一部写作指导或文章作法，而不是文学概论一类书籍。"② 其他如张文勋《〈文心雕龙〉的理论体系》、马宏山《也谈〈文心雕龙〉的理论体系》、李淼《略论〈文心雕龙〉的理论体系》、周振甫《〈文心雕龙〉的体系》、刘凌《〈文心雕龙〉理论体系新探》等，都是探索《文心雕龙》理论体系的专题论文。三是关于《文心雕龙》总论的研究。刘勰把《文心雕龙》的前五篇称为"文之枢纽"，研究者一般以"总论"称之，但牟世金认为，"'枢纽'并不等于'总论'"，"《正纬》和《辨骚》虽列入'文之枢纽'，但并不是《文心雕龙》的总论。属于总论的，只有《原道》《征圣》《宗经》三篇。其中《征圣》和《宗经》，实际上是一个意思，就是要向儒家圣人的著作学习"。③ 因此，《文心雕龙》的总论，只提出"原道"和"宗经"两个最基本的主张，这是关于《文心雕龙》总论的基本把握。至于"文之枢纽"的每一篇，学者们都进行了认真的探索，尤其着力于《原道》和《辨骚》两篇。如关于"原道"之"道"为何物，

---

① 牟世金：《近年来〈文心雕龙〉研究中存在的几个问题》，《江海学刊》1964年第1期。
② 王运熙：《〈文心雕龙〉的宗旨、结构和基本思想》，《复旦学报》1981年第5期。
③ 牟世金：《〈文心雕龙〉的总论及其理论体系》，《中国社会科学》1981年第2期。

便有儒道、佛道、自然之道、儒玄交融之道等不同的说法。四是关于《文心雕龙》文体论的研究。如缪俊杰的《〈文心雕龙〉研究中应注意文体论的研究》一文，从文章的篇名即可看出作者对这一问题的重视。周振甫在其《文心雕龙今译》中指出："他的创作论，就是从文体论里归纳出来的；他的文学史、作家论、鉴赏论、作家品德论，也是从他的文体论中得出来的……没有文体论，就没有创作论、鉴赏论等，也没有文之枢纽，没有《文心雕龙》了，所以文体论在全书中是很重要的部分。"① 其他如王达津《论〈文心雕龙〉的文体论》、蒋祖怡《〈文心雕龙〉文体论的特色及其局限》等，都是有关刘勰文体论的专题论文。五是关于《文心雕龙》创作论的研究。如牟世金在《社会科学战线》上发表的长文《〈文心雕龙〉创作论新探》，便是全面研究《文心雕龙》创作论体系的力作。该文指出："刘勰的创作论体系，是以《神思》篇为纲，以情言关系为主线，对物情言三者相互关系的全面论述构成的。"② 至于对《文心雕龙》创作论各个具体问题的研究，众多学者的精彩之论更是不胜枚举。如关于艺术构思论，王元化提出："《神思》篇是《文心雕龙》创作论的总纲，几乎统摄了创作论以下诸篇的各重要论点。"③ 关于艺术风格论，詹锳则创立了"《文心雕龙》的风格学"，对刘勰关于风格与个性的关系、才思与风格的关系、时代风格、文体风格、风骨与风格、定势与风格等问题，都做了详细的探索，从而构成了一个"风

---

① 周振甫：《文心雕龙今译》，北京：中华书局，1986年，第49页。
② 牟世金：《〈文心雕龙〉创作论新探（上）》，《社会科学战线》1982年第1期。
③ 王元化：《文心雕龙创作论》，上海：上海古籍出版社，1984年，第246页。

格学"的体系。关于风骨论,涂光社认为:"《风骨》篇是一篇专论文学艺术动人之力的杰作。"[①] 牟世金从刘勰的理论体系出发,认为刘勰所谓"风""骨""采"三者的关系,不过是儒家"志""言""文"三种关系的翻版。[②] 石家宜也强调应从刘勰的理论体系出发研究"风骨"论,认为"风骨"乃是《文心雕龙》的一个核心审美范畴。[③] 张少康则综合考察齐梁时期有关诗文书画的风骨论,认为"风骨"是齐梁时期各个文艺领域所共有的美学标准。[④] 其他关于通变、定势、情采、比兴、夸饰等,都有许多专题研究论文,可谓异彩纷呈。六是关于《文心雕龙》批评论的研究。王运熙《〈文心雕龙〉评价作家作品的思想政治标准》、缪俊杰《刘勰的文学批评理论和批评实践》、穆克宏《刘勰的文学批评理论》等,都是关于刘勰文学批评论的专题论文。

此期"龙学"的兴盛还有一个重要的表现,那就是中国《文心雕龙》学会的成立及其系列学术活动的开展。1982年10月,国内研究《文心雕龙》的专家、学者齐聚济南,召开了全国第一次《文心雕龙》讨论会,这是学会成立的预备会议,会后还出版了《文心雕龙学刊》第一辑(齐鲁书社,1983年)。1983年8月,中国《文心雕龙》学会在青岛成立,并决定以

[①] 涂光社:《〈文心雕龙·风骨〉篇简论》,《古代文学理论研究》第三辑,上海:上海古籍出版社,1981年,第223页。
[②] 牟世金:《从刘勰的理论体系看风骨论》,《古代文学理论研究》第四辑,上海:上海古籍出版社,1981年,第195页。
[③] 石家宜:《"风骨"及其美学意蕴》,《古代文学理论研究》第四辑,上海:上海古籍出版社,1981年,第208页。
[④] 张少康:《齐梁风骨论的美学内容》,《文学评论丛刊》第十六辑,北京:中国社会科学出版社,1982年,第227页。

《文心雕龙学刊》为会刊。是年 10 月,中国社会科学院派出以王元化、章培恒和牟世金为代表的《文心雕龙》考察团访问日本,与日本学者交流"龙学"的成果。翌年 11 月,中日学者《文心雕龙》学术讨论会在上海举行。1986 年 4 月,中国《文心雕龙》学会第二次年会在安徽屯溪召开。1988 年 11 月,《文心雕龙》国际研讨会在广州召开,来自十多个国家和地区的"龙学"家共聚一堂,这是"龙学"史上前所未有的盛事,也标志着《文心雕龙》研究进入了空前兴盛时期。正如王更生所说:"中国大陆自 1949 年以来,在'《文心雕龙》学'的研究方面,投入的学者之众,作品产量之富,普及速度之快,以及作品样式的多采多姿;这其间,尤其从 1983 年 8 月,成立专门研究《文心雕龙》的全国性学会,正式出版了'《文心雕龙学刊》'和'《文心雕龙研究》',并在国际间开展了《文心雕龙》学术交流活动之后,'《文心雕龙》学'的研究益加蓬勃,研究的领域更跨越国界,向域外延伸了他的触角,成果较前益加显著。并引起了世界各国汉学家的关注。"[①] 这都是实事求是之论。

二、20 世纪末"龙学"的反思

从 1989 年至 20 世纪末的十余年时间,大陆的《文心雕龙》研究进入一个相对沉寂的时期,可以称之为"龙学"的徘徊和反思时期。这种研究状况的出现,既有社会历史大环境方面的

[①] 王更生:《中国大陆近五十年(1949—2000)〈文心雕龙〉学研究概观——以戚良德著的〈文心雕龙学分类索引〉为依据》,《文心雕龙研究》第九辑,保定:河北大学出版社,2011 年,第 61 页。

原因，也有"龙学"自身发展的具体原因。从后一个方面说，1989年6月19日，主持中国《文心雕龙》学会日常工作的秘书长牟世金去世，学会工作短期内基本陷入瘫痪状态，应该说这对"龙学"的发展是有一定影响的。从前一个方面说，90年代初的市场经济大潮席卷中华大地，古典学术的研究受到较大冷落和冲击，这是"龙学"进入徘徊时期的社会历史原因。与此同时，学科设置的调整也悄然进行，原本作为一个硕士招生专业的"中国文学批评史"被归并到文艺学或中国古代文学，原本可以作为一个硕士研究方向的"《文心雕龙》研究"则不复存在。这些政策性的导向对"龙学"的冲击也是巨大的。一个明显的事实是，当时大学里选修《文心雕龙》课程的人数急剧下降，学习《文心雕龙》有什么用的质疑时常可以听到。所谓"文变染乎世情，兴废系乎时序"[1]，学术亦然，何况刘勰所谓"文"原本就是包括人文学术在内的。

不过，人文学术的研究和发展是有较强的连续性的，除去"文革"这样的极端之例，上述大小环境和事件还不足以破坏"龙学"的连续性。在上一个时期"龙学"兴盛和繁荣的背景下，进入90年代后的"龙学"虽在表面上不再显得那样轰轰烈烈，但仍有不少学者坚守阵地，默默耕耘，从而留下了不少"龙学"成果。此期出版各类著作八十余种，发表各类文章近千篇。从论著的数量上看，可以说《文心雕龙》研究仍然是相当兴盛的。但本期的"龙学"较之上一时期的兴盛有所不同，实

---

[1] [梁] 刘勰：《文心雕龙·时序》，戚良德辑校：《文心雕龙》，上海：上海古籍出版社，2015年，第253页。

际上已不再那么热闹非凡而引人注目，而是进入了一个徘徊、反思进而总结的阶段，这与世纪末的整个学术氛围也是密切相关的。

此期最为重要的"龙学"著作，大部分具有总结的性质。首先是牟世金去世后方得面世的《〈文心雕龙〉研究》，此书乃作者"毕生所能雕画的一条'全龙'"[①]，其为牟先生精研《文心雕龙》三十年的总结之作自不必说，也可以说是《文心雕龙》理论研究的一部总结之作，在"龙学"史上具有里程碑的意义。其次是杨明照领衔主编的《文心雕龙学综览》，此书第一次全面汇集和检阅"龙学"的成果，是一部名副其实的集大成之作。牟世金主持编选的《文心雕龙研究论文集》，也是着眼现代"龙学"史的具有集成性的作品。再次是贾锦福主编的《文心雕龙辞典》和周振甫主编的《文心雕龙辞典》，也是具有重要总结意义的"龙学"著作。冯春田的《文心雕龙语词通释》，则堪称一部《文心雕龙》语词词典。第四是各种总结性的文集，如牟世金《雕龙后集》、蒋祖怡《中国古代文论的双璧——〈文心雕龙〉〈诗品〉论文集》、寇效信《文心雕龙美学范畴研究》以及《张文勋文集》第三卷《〈文心雕龙〉研究》等，均为重要的具有总结意义的"龙学"著作。第五是具有集成性的专著，如林其锬和陈凤金《敦煌遗书文心雕龙残卷集校》、穆克宏《文心雕龙研究》、祖保泉《文心雕龙解说》、杨明照《增订文心雕龙校注》等。

---

① 牟世金：《〈文心雕龙〉研究》，北京：人民文学出版社，1995年，"自序"，第2页。

除了上述总结之作以外，本期尚有不少专著，皆为作者长时期研究《文心雕龙》的结晶，如石家宜《〈文心雕龙〉整体研究》、韩湖初《文心雕龙美学思想体系初探》、孙蓉蓉《文心雕龙研究》、詹福瑞《中古文学理论范畴》、李平《文心雕龙综论》、冯春田《文心雕龙阐释》等。此外，朱广成《〈文心雕龙〉的创作论》、李炳勋《文心雕龙理论体系新编》、王明志《文心雕龙新论》、李蓁非《文心雕龙释译》、吴林伯《〈文心雕龙〉字义疏证》、于维璋《刘勰文艺思想简论》、张灯《文心雕龙辨疑》、李天道《文心雕龙审美心理学》、林杉《文心雕龙创作论疏鉴》、王运熙和周锋《文心雕龙译注》、周绍恒《〈文心雕龙〉散论及其他》等，皆为各有所长的"龙学"专著。

本期的近千篇文章，首先是延续前一个时期对很多问题的思考，如祖保泉《对〈文心雕龙〉文学理论体系的思考》、石家宜《〈文心雕龙〉理论体系探微》等文章，继续对《文心雕龙》的理论体系进行研究和概括。再如施惟达《〈文心雕龙〉文体论新议》、罗宗强《刘勰文体论识微》、戚良德《"论文叙笔"初探》、黄河《〈文心雕龙〉文体研究的美学意义》、祁海文《关于〈文心雕龙〉"论文叙笔"的若干问题的思考》、林杉《刘勰"论文叙笔"今辨》等文章，则继续对《文心雕龙》的文体论进行思考。其次，是对"龙学"的各种反思。如杨明照先生《〈文心雕龙〉有重注必要》一文，就"龙学"的基础工程提出一个重要问题，那就是流行数十年的范注本，"是在黄《注》的基础上发展起来的，固然提高了一大步，有很多优点；

但考虑欠周之处，为数也不少"①，因此实有重注的必要。再如周绍恒对《文心雕龙》的成书年代进行新考，认为清代刘毓崧成于齐代之说"不能成立"，"《文心雕龙》是在梁代成书的"②。周先生还对刘勰的出身进行了新的考证，他认为："毫无疑问，刘勰是出身于士族，而非庶族。"③ 蒋世杰也对刘勰出身于庶族之说表示怀疑，他认为"论定刘勰出身庶族的依据不足"，而出身士族之说则不够准确，因此提出刘勰出身士族衰门新说。④ 与此相关的问题，如刘勰晚年出家的原因，林其锬亦做了新的论证，他认为："刘勰人生理想系于昭明太子，昭明在宫廷斗争中失宠忧惧而亡，断了刘勰前程，也使其精神支柱倒塌，所以在穷途末路之日选择了削发为僧的终老末品，究其根由实在迫于政治环境，而且同萧梁宫廷斗争有关。"⑤ 第三，本期有数篇论文关注海外"龙学"的发展，如林其锬《〈文心雕龙〉研究在海外的历史、现状与发展》、李逸津《论〈文心雕龙〉在俄罗斯的传播与研究》、王晓平《关于〈文心雕龙〉在日本的传播与影响》、李明滨《李谢维奇和他的〈文心雕龙〉研究》等，对"龙学"在海外的传播情况进行了介绍和研究。第四，提出新的"龙学"论题，如韩湖初连续发表三篇文章论

---

① 杨明照：《〈文心雕龙〉有重注必要》，曹顺庆编．《文心同雕集》，成都．成都出版社，1990年，第1页。
② 周绍恒：《〈文心雕龙〉成书年代新考》，《文心雕龙学刊》第六辑，济南：齐鲁书社，1992年，第381页。
③ 周绍恒：《刘勰出身庶族说商兑》，《文心雕龙研究》第三辑，北京：北京大学出版社，1998年，第266页。
④ 蒋世杰：《刘勰出身士族衰门说考释》，《云南教育学院学报》1999年第4期。
⑤ 林其锬：《"城门失火，殃及池鱼"——试论刘勰的出家与梁宫廷内争的关系》，《文心雕龙研究》第四辑，北京：北京大学出版社，2000年，第214页。

述《文心雕龙》的生命美学思想,他认为"生命美学思想不但是《文心雕龙》的根基,而且贯穿其整个理论体系,内容是丰富而深刻的"①,并指出:"《文心雕龙》包含丰富而深刻的生命美学思想,其要义是把化生万物的生命(及其运动)和美看成是宇宙的本性……由于把人与宇宙都看成是生命有机体,文章著作自然也是如此,由此便形成了把文学著作比喻为生命有机体的思想。这与西方美学史上的'生命之喻'思想是相通的。由此可见,刘勰的生命美学思想不但渊源甚古,而且在世界美学史上有着重要地位。"②

如果说本期"龙学"的反思和总结特征一开始就表现出来,那么在世纪之交的后期就更为明显了,其突出的表现是自觉开始了对 20 世纪"龙学"的全面总结。这方面的专著有张文勋和张少康等的《文心雕龙研究史》,论文则有若干篇,仅李平便有数篇这方面的论文,如《20 世纪中国〈文心雕龙〉研究的回顾与反思》《近二十年〈文心雕龙〉研究述论》《20 世纪中国〈文心雕龙〉研究综论》等,又如张连科《20 世纪〈文心雕龙〉研究》等论文。就"龙学"本身的发展而言,在对《文心雕龙》进行了较长时间的探索以后,研究者必然考虑总结历史、深化研究并开拓未来的问题,尤其是在世纪交替的历史时刻,这种对一门学科研究历史的总结就更有必要了。

---

① 韩湖初:《再论〈文心雕龙〉的生命美学思想》,《论刘勰及其〈文心雕龙〉》,北京:学苑出版社,2000 年,第 60 页。
② 韩湖初:《略论〈文心雕龙〉的生命美学思想》,《华南师范大学学报》1999 年第 1 期。

三、大中华"龙学"的统一

在20世纪的后十年里,"龙学"发展的一个突出表现是开启了较大规模的两岸"龙学"交流。如上所述,台湾"龙学"之根本在大陆,由于特殊的历史原因和人文环境,在20世纪六七十年代,台湾地区的"龙学"可以说极好地延续了大陆之"龙脉",因而是值得我们格外珍惜的;而大陆"龙学"在20世纪80年代有了突飞猛进的蓬勃发展,大有迎头赶上之势。于是,历史开启了颇富戏剧性的一幕,我们看到海峡两岸的"龙学"终于在世纪末加快了相互融合的步伐。

台湾"龙学"的一大特点是重视专著的撰写和出版,应该说,这是适应"龙学"及传统文化研究方式的必由之路。正因如此,台湾出版界不仅重视台湾学者"龙学"成果的出版,而且随着两岸文化交流日渐深入,大陆学者的"龙学"著述也开始得以在台湾出版。如刘纲纪《刘勰》、张少康《文心雕龙新探》、吴圣昔《刘勰文学原理的建构与精髓》、陈咏明《刘勰的审美理想》、李建中《心哉美矣——汉魏六朝文心流变史》、王元化《文心雕龙讲疏》、詹锳《文心雕龙的风格学》、罗立乾注译《新译文心雕龙》、张文勋《文心雕龙探秘》、龙必锟译注《文心雕龙》、张勉之和张晓月《雕心成文——〈文心雕龙〉浅说》、林其锬和陈凤金《文心雕龙集校合编》等,这些著作在台湾的出版,显然可以促进两岸"龙学"之交流。

当然,面对面的学术会议则是更直接的交流方式。1995年7月,《文心雕龙》国际学术讨论会在北京举行。会议是由中国

《文心雕龙》学会、北京大学、韩国岭南中国语文学会、中国山东省日照市（刘勰祖籍莒县所在地）联合召开的。值得注意的是，当时中国的"龙学"精英大多到会，如台湾的黄锦鋐、王更生、张敬、李景溁、蔡宗阳、黄景进，香港的黄维樑、陈志诚、罗思美等。此外，国外学者如日本的冈村繁、兴膳宏，俄罗斯的李谢维奇，加拿大的梁燕城，韩国的李鸿镇，美国的罗锦堂，马来西亚的杨清龙等，均出席此次会议，说明这是一次空前规模的国际"龙学"盛会。会议期间，学会常务理事会还专门召开了会议，决定聘请日本的冈村繁、兴膳宏教授，中国台湾地区的黄锦鋐、王更生、李景溁、蔡宗阳、黄景进教授和宋春青先生，中国香港地区的黄维樑、陈志诚、罗思美教授，作为学会顾问。[1] 从而，中国《文心雕龙》学会开始成为一个具有重要国际影响的学会。

1999年5月，大陆学者十六人应台湾师范大学国文学系和语文学会之邀，参加了刘勰《文心雕龙》学术研讨会和会后的参观、访问活动。本次会议与会人员除台湾地区各大学的有关专家学者，还有香港地区和新加坡的同行。参加这次研讨的大陆学者有徐中玉（华东师范大学）、张少康（北京大学）、蔡钟翔（中国人民大学）、邱世友（中山大学）、穆克宏（福建师范大学）、蒋凡（复旦大学）、石家宜（南京师范大学）、郁源（湖北大学）、张文勋（云南大学）、詹福瑞（河北大学）、林其锬（上海社会科学院）、韩泉欣（浙江大学）、孙蓉蓉（南京大

---

[1] 参见《北京〈文心雕龙〉国际学术讨论会》，《文心雕龙研究》第二辑，北京：北京大学出版社，1996年，第393—394页。

学)、韩湖初（华南师范大学）、罗立乾（武汉大学）、赵福海（长春师范学院）等。① 显然，这是一个颇具代表性的团队，可以说基本汇集了当时大陆"龙学"之精英，其赴台参与"龙学"盛会的意义是重大的。可以预期，随着上述交流的推进，"龙学"的研究视野亦随之扩大，思维方式和方法自然受益良多，"龙学"必将迎来又一个新的历史发展时期。

事实也正是如此，进入 21 世纪之后，大中华"龙学"融合的步伐可谓突飞猛进。一个看似并不起眼而可能具有重要意义的现象是，我们已然可以见到大陆出版社出版的台湾学者的"龙学"著作：既有台湾老一辈学者的著述，如王叔岷《慕庐论学集·文心雕龙缀补》、张立斋《文心雕龙注订》《文心雕龙考异》、王梦鸥《古典文华的奥秘——文心雕龙》等，也有台湾新一辈学人的著述，如简良如《〈文心雕龙〉之作为思想体系》。我们也可以见到内地出版社出版的香港、澳门学者的"龙学"著作：既有香港、澳门地区著名学者的论著，如香港黄维樑《从〈文心雕龙〉到〈人间词话〉——中国古典文论新探》、澳门邓国光《〈文心雕龙〉文理研究：以孔子、屈原为枢纽轴心的要义》，也有年轻学人的撰述，如澳门欧阳艳华《征圣立言——〈文心雕龙〉体道思想研究》等。尤为可喜的是，还出现了香港和内地学者合作的著述，如黄维樑和万奇编撰《文心雕龙精选读本》。总体来看，虽然数量还不算多，但已经足以令人鼓舞了，相信这样的著作一定会越来越多。

---

① 参见《大陆学者参加台湾〈文心雕龙〉学术研讨会》，《文艺理论研究》1999 年第 4 期。

更为重要的是，近年来由中国《文心雕龙》学会举办的数次年会，每一次均有相当规模的台湾"龙学"代表队参加，大陆和台湾学者欢聚一堂，对我们共同的文论宝典进行研讨，显示出两岸的"龙学"已经初步融为一体。而今，尽管海峡两岸在其他方面还有种种的困难和阻隔，但对"龙学"大家庭的兄弟姐妹而言，可以毫不夸张地说，我们早已是两岸一家亲了。正所谓"春江水暖鸭先知"，两岸"龙学"的率先融合是不是可以视为中华民族走向统一的文化先导呢？

第七章
20世纪"龙学"八大家

与古典"龙学"相比,20世纪"龙学"的一个显著不同是《文心雕龙》作为一门学科走上现代大学的讲台。20世纪初期,黄侃在北京大学、刘永济在武汉大学、范文澜在南开大学讲授《文心雕龙》,其后许多大学都开设《文心雕龙》专题课程,吸引了一批人走上研究《文心雕龙》的道路。比如,北京大学的张少康、汪春泓等,武汉大学的吴林伯、罗立乾、刘纲纪、李建中等,南开大学的罗宗强等,山东大学的陆侃如、牟世金、冯春田、戚良德等。这便是"龙学"之路,前后相传,薪火不断,从而形成了一门学问。我们拟于本章集中介绍的八位"龙学"大家,其中黄侃、范文澜和李曰刚三位先生,他们的"龙学"成果,无一例外都是三尺讲台的产物;杨明照、詹锳、牟世金、王更生等的"龙学"成果,亦长期服务于大学教学,或为教学相长的结晶;唯王元化的《文心雕龙讲疏》并非大学课堂的直接成果,但王先生亦长期服务于高等教育事业,培养了数位《文心雕龙》和中国文论研究的人才。可以说,20世纪的"龙学"大家乃是从讲台走来,从教学起步的。

黄侃与范文澜

黄侃是名冠天下的语言文字学大师,却在"龙学"史上留下一部不朽的名著,堪称现代"龙学"的学术经典,那就是《文心雕龙札记》。居今而言,学术史上出版次数最多因而版本最多的"龙学"著作,应该非这部黄氏《札记》莫属了。黄侃之后,史学名家范文澜亦留下一部"龙学"名著,这便是《文心雕龙注》。这部著作不像黄氏《札记》那样拥有众多版本,但同样创造了自己的学术奇迹,那就是直到今天,它仍然是大陆各类学术论著之中引用《文心雕龙》原文时最常见的版本。

一、黄侃(1886—1935)

历经百年发展之后,我们现在来看黄侃之于现代"龙学"的意义,可以毫无疑问地说,他是独一无二的一代"龙学"宗师,是现代"龙学"最重要的奠基人。应该说,黄侃对"龙学"大厦之建造,最初并没有一个完整的规划和设计,只是顺势而为,顺意而作。然而,有两个历史事实值得大书特书,一是他培养了两个学生:范文澜、李曰刚,二是他留下了一部

《文心雕龙札记》。《札记》一书对《文心雕龙》进行诠释，其于理论研究之用心，前无古人，从而开启了现代"龙学"之新篇章；范、李二人则高擎"龙学"之火炬，照亮了现代"龙学"的百年征程。范文澜对整个现代"龙学"的规划意义，李曰刚对台湾"龙学"发展的奠基作用，都是无可替代的。仅此而言，黄侃对百年"龙学"奠基之功，我们借用元好问评价陈子昂之句，可以说：论功若准平吴例，合著黄金铸季刚。

黄侃把《文心雕龙》搬上大学讲坛，意味着对这部书的高度肯定和特别重视，这既以清代对《文心雕龙》的研究为背景，又有着黄氏自己的想法。其曰：

> 论文之书，鲜有专籍。自桓谭《新论》、王充《论衡》，杂论篇章。继此以降，作者间出，然文或湮阙，有如《流别》《翰林》之类；语或简括，有如《典论》《文赋》之侪。其敷陈详核，征证丰多，枝叶扶疏，原流粲然者，惟刘氏《文心》一书耳。[①]

即是说，"论文"之专书，《文心雕龙》乃独一无二，较之章学诚所谓"成书之初祖"，显然更进一步，亦更加准确。其作独到者，一是"敷陈详核"，亦即论说允分；二是"征证丰多"，亦即资料丰富；三是"枝叶扶疏"，亦即主次分明、条理清晰；四是"原流粲然"，亦即本末相承、自成体系。这一

---

① 黄侃：《题辞及略例》，《文心雕龙札记》，上海：上海古籍出版社，2000年，第3页。

评价要言不烦,却又具体而准确,显示出黄侃的标准已经颇具现代色彩,亦说明《文心雕龙》之走上大学讲坛,乃是理性之选,而非权宜之计。这一举动之奠定"龙学"百年基业者,正以此也。

至如具体的讲说方式,黄侃有着更为详细的说明,一则曰:"今为讲说计,自宜依用刘氏成书,加之诠释;引申触类,既任学者之自为,曲畅旁推,亦缘版业而散见。"亦即对刘勰原作进行阐释,并搜罗相关资料予以佐证,亦便于学习者举一反三、触类旁通。再则曰:"如谓刘氏去今已远,不足诵说,则如刘子玄《史通》以后,亦罕嗣音,论史法者,未闻庋阁其作;故知滞于迹者,无向而不滞,通于理者,靡适而不通。"这里,黄侃再次说明选择《文心雕龙》进行讲说的原因,犹如"论史法"而不能不读刘知幾的《史通》一样,欲论文法,就不能不讲《文心雕龙》。虽然"刘氏去今已远",但黄氏自认堪为"嗣音",只要不拘形迹,便可找到古今相通之理。三则曰:"自愧迂谨,不敢肆为论文之言,用是依傍旧文,聊资启发,虽无卓尔之美,庶几以弗畔为贤。"① 即是说,之所以"依傍旧文"者,乃为"聊资启发"也,则借题发挥便为题中应有之义。这便是《札记》之作:因为欣赏《文心雕龙》,所以我们不时看到黄侃对刘勰之说不吝赞扬;因为与彦和心有灵犀,所以我们不难读到黄侃对《文心雕龙》的准确阐释;因为需要"肆为论文之言",所以我们也就看到不少并非刘勰原

---

① 黄侃:《题辞及略例》,《文心雕龙札记》,上海:上海古籍出版社,2000年,第3页。

意的黄氏之说。

黄侃的《文心雕龙札记》最早由北平文化学社于1927年出版，除卷首《题辞及略例》之外，正文部分共二十篇，包括《序志》一篇以及《神思》至《总术》的十九篇札记，后附骆鸿凯所撰《物色》札记一篇。潘重规曾提到："先师平生不轻著书，门人坚请刊布，惟取《神思》以次二十篇畀之。"① 可见，这并非黄氏所撰《札记》之全貌。黄侃哲嗣黄念田亦谓："先君以公元1914年至1919年间任教于北京大学，用《文心雕龙》等书课及门诸子，所为《札记》三十一篇，即成于是时。1919年后，还教武昌高等师范学校凡七载，复将《札记》印作讲章。1935年秋，先君逝于南京，前中央大学所办《文艺丛刊》拟出纪念专号，乃检箧中所藏武昌高等师范所印讲章，录出《原道》以下十一篇畀之。《神思》以下二十篇，则先君1927年居北京时，已付北京文化学社刊印。"② 即是说，《文心雕龙札记》的全璧为三十一篇。除了1927年所出二十篇外，其余十一篇分别为《原道》《征圣》《宗经》《正纬》《辨骚》《明诗》《乐府》《诠赋》《颂赞》《议对》《书记》，即五篇"总论"之全部，加上文体论六篇。李平则提到，"《札记》首次以全貌出现当属四川大学石印本"，该本乃于1947年印行，即为三十一篇，并附骆鸿凯所撰《物色》之札记；且据参与该本印行之事的祖保泉回忆，当事人之一的佘雪曼"出其所藏《札记》三十二篇，并

---

① 潘重规：《文心雕龙札记跋》，黄侃：《文心雕龙札记》，台北：文史哲出版社，1973年，第232页。
② 黄念田：《后记》，黄侃：《文心雕龙札记》，上海：上海古籍出版社，2000年，第237页。

一再说'黄先生只写三十一篇'"。①

然而，曾为黄氏门人的金毓黻却有着不同的说法。其云："黄先生《札记》只缺末四篇，然往曾取《神思》篇以下付刊，以上则弃不取，以非精心结撰也；厥后中大《文艺丛刊》乃取弃稿付印，然以先生谢世，缺已过半。"② 所谓"只缺末四篇"，概指《物色》之外的《时序》《才略》《知音》《程器》四篇，黄念田亦认为："惟文化学社所刊之二十篇，为先君手自编校，《时序》至《程器》五篇如原有《札记》成稿，当不应删去。且骆君绍宾所补《物色》篇，《札记》即附刊二十篇之后，此可证知先君原未撰此五篇。"则黄侃未作后五篇之札记，已然成为共识。问题是文体论部分的札记该有多少呢？黄念田指出："至《祝盟》讫《奏启》十四篇是否撰有《札记》，尚疑莫能明。顷询之刘君博平，刘君固肄业北大时亲聆先君之讲授者，亦谓先君授《文心》时，原未逐篇撰写《札记》，且检视所藏北大讲章，讫无《祝盟》以下十四篇及《时序》下五篇。于是知武昌高等师范所印讲章全据北大原本，并未有所去取，而三十一篇实为先君原帙，固非别有逸篇未经刊布也。"③ 实际上，黄侃曾于1919年、1925年、1926年分别在《新中国》、《大公报》（天津）、《华国月刊》等发表过《文心雕龙札记》的一些篇章④，其中文体论部分只有《明诗》《乐府》《诠赋》《颂赞》

---

① 李平、金玉生：《〈文心雕龙札记〉成书及版本述略》，《〈文心雕龙〉与21世纪文论研究国际学术研讨会论文集》，北京：学苑出版社，2009年，第524—525页。
② 金毓黻：《静晤室日记》卷一一八，沈阳：辽沈书社，1993年，第5162页。
③ 黄念田：《后记》，黄侃：《文心雕龙札记》，上海：上海古籍出版社，2000年，第237—238页。
④ 参见戚良德：《文心雕龙学分类索引》，上海：上海古籍出版社，2005年。

四篇，此或可证明黄念田的说法是较为可信的。

同为黄氏门人的范文澜则提到，"黄先生授以《文心雕龙札记》二十余篇"，又说："《文心》五十篇，而先生授我者仅半，殆反三之微意也。"① 既然黄氏《札记》已有三十一篇刊出，则其篇数即使不能增多，亦当不会再减少，这是可以肯定的，但这并不能证明范说必误。此或可说明，后来作为著作的《札记》是一回事，黄氏在课堂上所讲则是另一回事了。当然，范说所指，亦可理解为文化学社本的《文心雕龙札记》。但无论哪种情况，所谓"授以《文心雕龙札记》二十余篇"，是一个尤为值得我们关注的问题，毕竟，《札记》三十一篇虽为全璧，却是黄侃去世之后方得面世的。

我们探讨黄侃《札记》的篇目，意在说明一个问题，那就是作为"龙学"的奠基人，黄氏对《文心雕龙》五十篇的取舍，其所看重者何在，这对后世将有着重要影响。我们从其生前所刊《札记》二十篇以及范文澜所说，可以明确无误地知道，黄氏所推重者，乃《文心雕龙》之创作论也。换言之，其所不太重视者，乃《文心雕龙》之文体论也。这不仅有着上述明显的证据，而且还有黄氏自己的说明。其《神思》札记有云：

> 自此至《总术》及《物色》篇，析论为文之术，《时序》及《才略》已下三篇，综论循省前文之方。比于上篇，一则为提挈纲维之言，一则为辨章众体之论。诠解上篇，

---

① 范文澜：《文心雕龙讲疏》，《范文澜全集》第三卷，石家庄：河北教育出版社，2002年，"自序"，第5页。

> 惟在探明征证,榷举规绳而已,至于下篇以下,选辞简练而含理闳深,若非反覆疏通,广为引喻,诚恐精义等于常理,长义屈于短词;故不避骈枝,为之销解,如有献替,必细加思虑,不敢以瓶蠡之见,轻量古贤也。①

应该说,细绎黄先生之本意,其于《文心雕龙》之上、下篇并无轩轾,只是以其功能不同,故有诠释方式之异;但上述理解本身,又说明其所看重者,乃为下篇,所谓"选辞简练而含理闳深",所谓"诚恐精义等于常理",这些说法固为《文心雕龙》下篇之实际,但在不同的研究者看来,其实是不一样的。一个明显的例子是,黄叔琳作《文心雕龙辑注》时,其最为用力者乃文体论,其于创作论各篇甚少加注,这说明其与黄侃的想法截然不同。因此,黄侃对《文心雕龙》创作论之"反覆疏通,广为引喻",当然不错,而且以此为我们留下了一部"龙学"经典,但这并不说明其于创作论部分的偏重就是理所当然的,也并不说明读《文心雕龙》之文体论,真的就是"惟在探明征证,榷举规绳而已"。总之,这些认识和选择有着黄侃鲜明的个性色彩,这便是《文心雕龙札记》的实际。

黄侃对创作论的格外重视,除了上述一般的说明,还有更深层的原因,那就是文学观问题。其《原道》札记在引阮元《与友人论古文书》之说后,指出:"窃谓文辞封略,本可弛张,推而广之,则凡书以文字,著之竹帛者,皆谓之文。"他说,这

---

① 黄侃:《文心雕龙札记》,上海:上海古籍出版社,2000年,第93页。

是"文"之"至大之范围","故《文心·书记》篇,杂文多品,悉可入录"。但他又认为:"若夫文章之初,实先韵语;传久行远,实贵偶词;修饰润色,实为文事;敷文摛采,实异质言。"即是说,所谓"文章",便意味着"修饰润色",正因如此,黄侃指出:

> 即彦和泛论文章,而《神思》篇已下之文,乃专有所属,非泛为著之竹帛者而言,亦不能遍通于经传诸子。然则拓其疆宇,则文无所不包,揆其本原,则文实有专美。特雕饰逾甚,则质日以漓,浅露是崇,则文失其本。又况文辞之事,章采为要,尽去既不可法,太过亦足召讥,必也酌文质之宜而不偏,尽奇偶之变而不滞,复古以定则,裕学以立言,文章之宗,其在此乎?①

所谓"专有所属",这大约是黄氏看重《文心雕龙》之创作论的真正原因。他明确认识到"文"有广狭之分,其大可以"无所不包",但从根本而言,"则文实有专美","而《神思》篇已下之文",正是对文之"专美"的探讨。只不过,要把握"专美"之度,既不能过分"雕饰",又不能过于"浅露",但既然是文章,终究是"章采为要",所以只要做到"不偏""不滞"即可,这便是"文章之宗"。《序志》篇有云:"古来文章,以雕缛成体。"黄侃解释说:"此与后章文绣鞶帨离本弥甚之说,似有差违,实则彦和之意,以为文章本贵修饰,特去甚去泰耳。

---

① 黄侃:《文心雕龙札记》,上海:上海古籍出版社,2000年,第10—11页。

全书皆此旨。"① 即是说,《文心雕龙》全书之宗旨,与黄氏对文章宗旨的理解,乃是完全一致的。《文心雕龙》之能够走上大学讲坛者在此,《文心雕龙》之创作论得到青睐者亦在此了。

毫无疑问,《文心雕龙札记》一书的最大亮点在于对《文心雕龙》创作论之阐释。这些阐释并非完全正确,但无论正确与否,皆有其独特的魅力。《文心雕龙札记》堪称少有的"龙学"经典,但经典并非完美无缺,经典之所以成为经典,就在于无论其中的对错,都对后世有着深远的影响。黄氏《札记》中有不少对《文心雕龙》的精确阐发,也有不少完全属于黄侃的发挥,还有一些阐发并不准确,但都对后世产生了广泛而深远的影响,这便是经典。如《神思》篇有这样几句:"拙辞或孕于巧义,庸事或萌于新意。视布于麻,虽云未贵;杼轴献功,焕然乃珍。"黄侃谓:"此言文贵修饰润色。拙辞孕巧义,修饰则巧义显;庸事萌新意,润色则新意出。"② 只看黄氏之说,似乎没有任何问题,但对照刘勰之论,则显然并不相同。刘勰的原文是"拙辞或孕于巧义,庸事或萌于新意",黄侃却变成了"拙辞孕巧义""庸事萌新意",这至少在句式上是完全不同的,怎么会是一回事呢?我们再来看刘永济的阐释:"修改之功,为文家所不免,亦文家之所难。舍人拙辞二语,陈义至确。盖孕巧义于拙辞者,辞修而后巧义始出;萌新意于庸事者,察精而后新意始明。"③ 刘先生把这两句话变成了"孕巧义于拙辞""萌新

---

① 黄侃:《文心雕龙札记》,上海:上海古籍出版社,2000年,第217页。
② 黄侃:《文心雕龙札记》,上海:上海古籍出版社,2000年,第95页。
③ 刘永济:《文心雕龙校释》,北京:中华书局,1962年,第102页。

意于庸事",正好与刘勰的句式相反,却不啻是黄侃之意的解说。正是在这一理解的基础上,郭绍虞进一步指出:"这里以麻、布为喻,形象地说明了想象活动就是作家对现实生活素材进行艺术加工。"① 可以说从现代文艺理论的角度落实了从黄侃到刘永济的理解。至王元化的《文心雕龙创作论》,这一思路得到了更为彻底的发挥,王先生说:"这句话正是针对作家运用想象对现实进行加工而言。怎样才能使看来并不华丽的'拙辞'蕴含着意味深长的'巧义'呢?怎样才能使大家都熟悉的'庸事'萌生出人所未见的'新意'呢?作家并不需要把看来朴讷的'拙辞'变成花言巧语,并不需要把大家熟悉的'庸事'变成怪谈奇闻……他只是凭借想象作用去揭示其中为人所忽略的'巧义',为人所未见的'新意'罢了。"② 黄氏之论是否正确姑且不论,其于现代"龙学"的深远影响,于此亦可见一斑了。

二、范文澜（1893—1969）

范文澜的《文心雕龙注》乃以《文心雕龙讲疏》为基础,《讲疏》之作,则来自课堂。其云:"予任南开学校教职,始将两载,见其生徒好学若饥渴,孜孜无怠意,心焉乐之。亟谋所以餍其欲望者。会诸生时持《文心雕龙》来问难,为之讲释征引,惟恐惑迷,口说不休,则笔之于书;一年以还,竟成巨帙。

---

① 郭绍虞主编：《中国历代文论选》第一册,上海：上海古籍出版社,2004年,第239页。
② 王元化：《文心雕龙创作论》,上海：上海古籍出版社,1984年,第133页。

以类编辑,因而名之曰《文心雕龙讲疏》。"① 实际上,师生互动之所以"竟成巨帙"者,显然源于范先生对《文心雕龙》一书的认知,所谓"会诸生"云云,这个"会"字透露了其中的消息,那就是"龙学"乃久蕴于心之事,只是等待时机而已。所谓"讲释征引,惟恐惑迷"者,所谓"口说不休,则笔之于书"者,正说明《文心雕龙》之巨大的吸引力。其曰:"论文之书,莫善于刘勰《文心雕龙》。旧有黄叔琳校注本。治学之士,相沿诵习,迄今流传百有余年,可谓盛矣。惟黄书初行,即多讥难……今观注本,纰缪弘多,所引书往往为今世所无,辗转取载,而不著其出处。显系浅人之为。纪氏云云,洵非妄语。然则补苴之责,舍后学者,其谁任之?"② 即是说,一方面早就认识到"论文之书"乃以《文心雕龙》为最善,另一方面亦对旧有的黄注本不满意,而又恰逢学生持书问难,则"补苴之责",可谓责无旁贷了。所谓"舍后学者,其谁任之",如此之底气,又来自何处呢?当然来自范先生独特的从学经历,其曰:

> 曩岁游京师,从蕲州黄季刚先生治词章之学。黄先生授以《文心雕龙札记》二十余篇,精义妙旨,启发无遗。退而深惟曰:"《文心》五十篇,而先生授我者仅半,殆反三之微意也。"用是耿耿,常不敢忘,今兹此编之成,盖亦

---

① 范文澜:《文心雕龙讲疏》,《范文澜全集》第三卷,石家庄:河北教育出版社,2002年,"自序",第5页。
② 范文澜:《文心雕龙讲疏》,《范文澜全集》第三卷,石家庄:河北教育出版社,2002年,"自序",第5页。

遵师教耳。异日苟复捧手于先生之门乎，知必有以指正之，使成完书矣。①

可见，诸生持书问难者，其来也有自；"补苴之责"在肩者，亦泂非一日；而舍我其谁者，谅有《札记》在手也。所谓"用是耿耿，常不敢忘"，则充分说明《文心雕龙讲疏》之作，实乃久有之志，则黄侃先生之"龙学"衣钵，岂非注定可传？当然，能让范先生具有如此"反三之微意"者，乃黄侃当初讲授之成功也，所谓"精义妙旨，启发无遗"，如此名师高徒，方奠定了百年"龙学"之宏大基业，也注定了其后之兴旺发达。

对范文澜在"龙学"上的贡献已有不少探讨，但其在现代"龙学"史上到底有什么样的地位，似乎还缺乏一个准确的概括。笔者以为，不管有意无意，范文澜可以说是现代"龙学"大厦的设计师，对现代"龙学"之建构起了关键作用。此话怎讲？我们看百年"龙学"的主要内容，诸如刘勰的生平、家世及其基本思想，《文心雕龙》的理论体系，《文心雕龙》文本的校注整理以及内容的阐释，都在范先生这里发端了。可以说，现代"龙学"的基本架构是范文澜完成的。

首先是刘勰的生平和家世，范先生在清代刘毓崧之说的基础上进行了进一步的考证，虽还较为简略，但其中不少说法令人信服，因而产生了重要影响。在引录清人刘毓崧《通谊堂集·书文心雕龙后》之后，范先生指出："刘氏此文，考彦和书

---

① 范文澜：《文心雕龙讲疏》，《范文澜全集》第三卷，石家庄：河北教育出版社，2002年，"自序"，第5页。

成于齐和帝之世,其说甚确,兹本之以略考彦和身世。"① 正如范先生所说,刘勰之"本传简略,文集亡逸,如此贤哲,竟不能确知其生平,可慨也已"②,但通过其此番缀辑,刘勰一生之重大关节,令人豁然在目。一是"彦和之生,当在宋明帝泰始元年前后",即公元465年前后;二是"母没当在二十岁左右",因正值"丁婚娶之年,其不娶者,固由家贫,亦以居丧故也";三是"永明五六年,彦和年二十三四岁,始来居定林寺,佐僧祐搜罗典籍,校定经藏";四是"齐明帝建武三四年",即公元496、497年,"乃感梦而撰《文心雕龙》,时约三十三四岁,正与《序志》篇齿在逾立之文合";五是"《文心》体大思精,必非仓卒而成,缔构草稿,杀青写定,如用三四年之功,则成书适在和帝之世,沈约贵盛时也";六是刘勰卒年"当在武帝普通元二年间",即公元520、521年。如此,"彦和自宋泰始初生,至普通元二年卒,计得五十六七岁"。③ 虽然这些结论不乏猜想之处,但范先生以其深厚的史家功底,对刘勰一生事迹进行了合理推断,不少说法成为此后考定相关问题的重要参照。如关于刘勰生年,牟世金考定为宋泰始三年(467);《文心雕龙》始撰与完成之年,牟先生考定为齐建武五年(498)、梁天监元年(502);刘勰之卒年,牟先生考定为梁普通三年(522)。这些考定均与范说相去不远,则范先生之考的功绩亦由此可见了。

其次是对刘勰基本思想的认识,范先生认为刘勰的思想属于儒家古文学派,此说至今仍是很有道理的。其云:"刘勰撰

---

① 范文澜注:《文心雕龙注》,北京:人民文学出版社,1958年,第730页。
② 范文澜注:《文心雕龙注》,北京:人民文学出版社,1958年,第731页。
③ 范文澜注:《文心雕龙注》,北京:人民文学出版社,1958年,第730—731页。

《文心雕龙》，立论完全站在儒学古文学派的立场上。……刘勰自二十三四岁起，即寓居在僧寺钻研佛学，最后出家为僧，是个虔诚的佛教信徒，但在《文心雕龙》（二十三四岁时写）里，严格保持儒学的立场，拒绝佛教思想混进来，就是文字上也避免用佛书中语……可以看出刘勰著书态度的严肃。"[1] 应该说，范先生此论的出发点未必合适，如谓"刘勰著书态度的严肃"在于"严格保持儒学的立场"等，这在今天看来，有着明显的时代烙印。但范先生对刘勰思想本身的认定，则有着相当的合理性，是值得重视的。一则曰"完全站在儒学古文学派的立场上"，这是一个实事求是的认识。王元化后来也认为"刘勰撰《文心雕龙》，基本上是站在儒学古文派的立场上"，并指出："刘勰的原道观点以儒家思想为骨干，这是不容怀疑的。他撰《文心雕龙》，汲取了东汉古文派之说。他的宇宙起源假说也的确接近于汉儒的宇宙构成论。"[2] 二则曰"拒绝佛教思想混进来"，这一说法固然有些绝对，但从基本事实而言，仍是大致不错的。正如范先生所指，刘勰"是个虔诚的佛教信徒"，但《文心雕龙》究为"论文"之作，虽然不一定有所谓"拒绝"的态度，也未必明确"避免用佛书中语"，但《文心雕龙》中确乎极少使用佛学概念，这是毋庸置疑的。

第三是对《文心雕龙》一书的基本认识，范先生认为："《文心雕龙》的根本宗旨，在于讲明作文的法则，使读者觉得

---

[1] 范文澜：《中国通史简编》修订本第二编，北京：人民出版社，1964年，第418—419页。
[2] 王元化：《刘勰的文学起源论与文学创作论》，《文心雕龙讲疏》，桂林：广西师范大学出版社，2004年，第62、64页。

处处切实，可以由学习而掌握文术，即使讲到微妙处（'言所不追'处），也并无神秘不可捉摸的感觉。"① 此论极为平实，却不啻"知音"之言。范先生认为《文心雕龙》的根本宗旨在于"讲明作文的法则"，这不仅符合刘勰"为文之用心"的说明，而且衡诸《文心雕龙》一书的实际，可以说是最为切实的判断。尤其是较之后来把《文心雕龙》作为文学概论或文艺学的认识，范先生之论显然更为准确。这说明，"龙学"之巨大发展虽为事实，但在一些问题的认识上，却并非总是后来居上的。范先生还进一步指出，《文心雕龙》的特点在于具有可操作性，让读者觉得切实可行，从而真正掌握为文之术。他还特别提到，即使那些看似微妙之处，在刘勰那里也并无神秘之感。如此之论，堪为真正的知言，可谓深得刘勰之"用心"，若非涵泳《文心雕龙》日久，若非深入刘勰思想之堂奥，是断不可能轻易说出的。我们只要一读《神思》之篇，看刘勰怎样回答"思理为妙"，便可对范先生之说感同身受。可惜的是，范先生这一平易之论，很少引起人们的注意，反而被大量不着边际的虚饰之说淹没，令人唏嘘。范先生又说："《文心雕龙》是文学方法论，是文学批评书，是西周以来文学的大总结。此书与萧统《文选》相辅而行，可以引导后人顺利地了解齐梁以前文学的全貌。"② 此说已显示出现代文艺学的影响，但指出刘勰之书可"与萧统《文选》相辅而行"，其独具慧眼，已为后来学术之发展所证明。

---

① 范文澜：《中国通史简编》修订本第二编，北京：人民出版社，1964年，第419页。
② 范文澜：《中国通史简编》修订本第二编，北京：人民出版社，1964年，第419页。

第四是对《文心雕龙》理论体系的把握，这是范文澜之于"龙学"的巨大贡献。其云："刘勰是精通儒学和佛学的杰出学者，也是骈文作者中稀有的能手。他撰《文心雕龙》五十篇，剖析文理，体大思精，全书用骈文来表达致密繁富的论点，宛转自如，意无不达，似乎比散文还要流畅，骈文高妙至此，可谓登峰造极。"① 这些说法言简意赅，却又极为准确，对后世有着极大影响。一则曰"剖析文理，体大思精"，此虽继承清代章学诚之观点，但范先生有着自己的理解。其云："《文心雕龙》五十篇（其中《隐秀》篇残缺），总起来是科条分明，逻辑周密的一篇大论文。刘勰以前，文人讨论文学的著述……都只是各有所见，偏而不全。系统地全面地深入地讨论文学，《文心雕龙》实是唯一的一部大著作。"② 正是这种切实的理解和评价，使得"体大思精"③之语成为《文心雕龙》之定评，与章学诚所谓"体大而虑周"具有异曲同工之妙。二则曰"骈文高妙至此，可谓登峰造极"，这不仅符合《文心雕龙》的实际，而且从"为文"的角度而言，这实在是一个至关重要的问题。在刘勰的

---

① 范文澜：《中国通史简编》修订本第二编，北京：人民出版社，1964年，第418页。
② 范文澜：《中国通史简编》修订本第二编，北京：人民出版社，1964年，第419页。
③ 按："体大思精"一语，古人常用以评价网罗宏富、集其大成者，如南朝宋代范晔《狱中与诸甥侄书》自谓其《后汉书》云："自古体大而思精，未有此也。"（［梁］沈约：《宋书》卷六十九，北京：中华书局，2011年，第1831页）明代著名诗论家胡应麟评价杜甫亦谓："李才高气逸而调雄，杜体大思精而格浑。"（［明］胡应麟：《诗薮》，上海：上海古籍出版社，1979年，第70页）清代黄叔琳评价《文心雕龙·才略》篇云："上下百家，体大而思精，真文囿之巨观。"（［清］黄叔琳注、［清］纪昀评：《文心雕龙辑注》，北京：中华书局，1957年，第404页）

时代，以骈文而"论文"并无稀奇，但以高妙的骈文来论文就不多见了，至若达到"登峰造极"之境，则成为一个值得研究的重要问题。换言之，《文心雕龙》之成功，与其骈文写作的成功有无密切关系呢？答案应该是肯定的。

更为重要的是，范先生对《文心雕龙》理论体系之把握，不仅有上述准确认识和概括，而且对其进行了具体的分析，并以图表来展示，这对后来的"龙学"产生了深远影响。如所周知，刘勰把《文心雕龙》分为上、下篇，范先生指出"《文心》上篇凡二十五篇，排比至有伦序"①，因而可以"列表"表示。范氏之表并不复杂，却有着重要影响：一是把《辨骚》篇列为"文类之首"；二是把《辨骚》至《哀吊》的九篇作为"文类"，把《杂文》《谐讔》两篇作为"文笔杂"，把《史传》至《书记》的九篇作为"笔类"。② 这些认识或为后世"龙学"所取法，或成为此后讨论的话题，如关于《辨骚》篇的归属问题，便一直为"龙学"家们所关注。

当然，范先生对《文心雕龙》下篇之把握尤为成功，其云："《文心》上篇剖析文体，为辨章篇制之论；下篇商榷文术，为提挈纲维之言。上篇分区别囿，恢宏而明约；下篇探幽索隐，精微而畅朗。孙梅《四六丛话》谓彦和此书，总括大凡，妙抉其心，五十篇之内，百代之精华备矣，知言哉！"③ 为了显示《文心雕龙》下篇"组织之靡密"，范先生也精心制作了一个图表，我们摹制引录如下：

---

① 范文澜注：《文心雕龙注》，北京：人民文学出版社，1958年，第4页。
② 参见范文澜注：《文心雕龙注》，北京：人民文学出版社，1958年，第4—5页。
③ 范文澜注：《文心雕龙注》，北京：人民文学出版社，1958年，第495页。

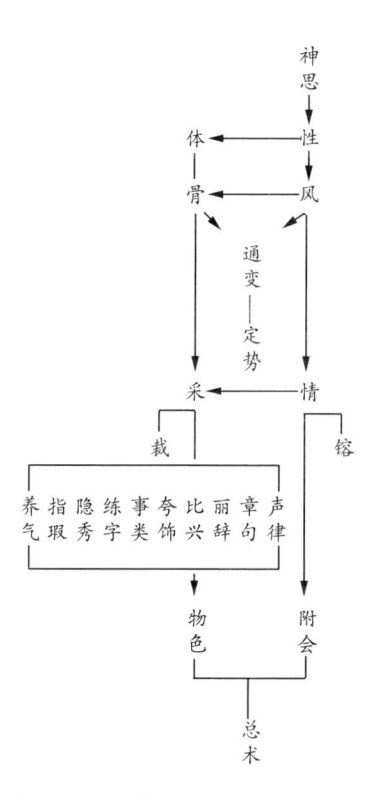

```
            神
            思
      体 ← 性
      │
      骨 ← 风
      │   │
      │   通变—定势
      │   │
      ↓   ↓
      采 ← 情
     ╱ ╲   │
    裁   ╲ 镕
   ┌─────────────────────┐
   │养指隐练事夸比丽章声│
   │气瑕秀字类饰兴辞句律│
   └─────────────────────┘
         ↓     ↓
         物    附
         色    会
          └─┬─┘
            总
            术
```

这个图表对《文心雕龙》创作论的理论体系进行了简明扼要的概括,影响极大:一是它把《物色》篇纳入了创作论,使得后来不少研究者也认为《物色》篇位置有错;二是它把《声律》至《养气》的|篇作为一个单元,成为《文心雕龙》创作论集中探讨文采问题的一部分,亦对后世之研究产生了较大影响;三是以图表的形式表示《文心雕龙》之理论体系,具有一目了然之功效,后来研究者多有借鉴,如李曰刚的《文心雕龙斠诠》一书,便以图表丰富而著称。在笔者看来,除了将《物色》篇纳入创作论值得商榷之外,范先生此表颇为精巧,后来表格虽夥,却无出其右者。

第五是范先生之注释具有极大的创造性，较之历史上的注本，用焕然一新来形容，是一点也不过分的。这是其成为现代"龙学"最重要的奠基作之一并风行近百年而不衰的根本原因。如其注"心哉美矣"之句曰："'（《阿毗昙心序》）探其幽致，别撰斯部，始自界品，讫于问论，凡二百五十偈。以为要解，号之曰心。'彦和精湛佛理，《文心》之作，科条分明，往古所无。自《书记》篇以上，即所谓界品也，《神思》篇以下，即所谓问论也。盖采取释书法式而为之，故能鳃理明晰若此。"[①]且不论此说是否完全合理，其令人耳目一新的创造性是显然可见的。

[①] 范文澜注：《文心雕龙注》，北京：人民文学出版社，1958年，第728页。

李曰刚与杨明照

20世纪六七十年代，"龙学"在台湾地区生根开花，并结出了丰硕的果实。如果把现代"龙学"比作一座大厦，那么在六七十年代的台湾地区有着不少"龙学"大厦的建造师，其中李曰刚无疑是最重要的人物之一。李先生类似于大陆的范文澜，对台湾地区的"龙学"架构进行了重大规划，并准备了大量的建筑材料。而在大陆学者之中，按照范文澜所设计的"龙学"蓝图进行全方位建构的"龙学"家，则首推杨明照。杨先生可以说是现代"龙学"大厦在大陆的第一个极为重要的建造师，他从刘勰生平资料的挖掘入手，不辞辛劳，为现代"龙学"奉献出一砖一瓦，为大陆"龙学"大厦之建设做出了不可磨灭的卓越贡献。

一、李曰刚（1906—1985）

李曰刚的《文心雕龙斠诠》由台湾"国立"编译馆中华丛书编审委员会1982年印行，该书并无书号，因而只能算是内部资料。但这部著作在台湾地区流传颇广，影响很大，如牟世金所说："台湾对《文心雕龙》的研究，从文字的理解到理论的阐发，大都源出于李氏此书。因此，这是研究台湾《文心雕龙》学的一部重要著作。"① 该书分为上、下编装订，共有 2580 页，版面字数超过 180 万，为目前规模最大的"龙学"专著。书前有序言、例略、原校姓氏、斠勘据本；书后有附录，分别为刘勰著作二篇、梁书刘勰传笺注、刘毓崧书文心雕龙后疏证、刘彦和身世考略、刘彦和世系年谱、文心雕龙板本考略、引用书目。正文部分分为上、下编，上编自卷一至卷五，下编自卷六至卷十，每卷五篇，合为五十篇。其体例为：每篇分为"题述"和"文解"两大部分，"题述"阐明每篇旨要及结构段落，"文解"部分则将原文分段列出，每段后再分为"直解""斠勘""注释"三项，"直解"翻译文意，"斠勘"订正文字，"注释"诠解词义。牟世金认为："如此宏构，实为海内外龙学之第一巨制。"② 的确言之不虚。

《文心雕龙斠诠》之作亦源于三尺讲台，乃黄侃"龙学"在台湾地区的发扬光大。对此，李先生有着详细说明，其曰：

> 笔者蚤岁肄业于南雍，选读是书于蕲春黄季刚师，即入其滋味，醰醰沁脾，欲罢不能；嗣后复寻章摘句，不断钻研，并陆续蒐集有关资料，盈箱累箧；加之近十数年开此课于台湾师范大学，初授诸生选修，继导硕博专研，逐篇编撰讲义，日积月累，不禁装订六大厚册。从游屡请付梓，今承"国立"编译馆为中华丛书征稿，谨愿以一己寝

---

① 牟世金：《台湾文心雕龙研究鸟瞰》，济南：山东大学出版社，1985 年，第 98 页。
② 牟世金：《台湾文心雕龙研究鸟瞰》，济南：山东大学出版社，1985 年，第 100 页。

馈斯业十数年之所得，就正同好，期能披沙拣金，借石攻错，而可玉成一真善美之读本，有裨后进之讲习。[1]

这里，李先生还提到了其大作的特点或著述目标，那就是真、善、美。李先生说："所谓'真'，指文字斠订精确，文章绎解信达，而求其实质之本真；所谓'善'，指题旨阐发透辟，词义诠释详明，而求其体用之完善；所谓'美'，指辞说铺叙雅丽，关节排比清新，而求其形式之优美。必也三者具备，则雕龙之董治，乃可谓有成；而斠诠之撰著，亦可告不虚矣。"[2] 即是说，作者不仅追求内容上的精确和完善，而且亦讲究形式上的整齐和优美，从而自觉贯彻刘勰所谓"雕龙"之精神。

对此，牟世金曾做了热情洋溢的肯定，他说："其博大如此，主要就是它在校、注、释、论各个方面，都相当详尽而又力图各方面皆集前人之大成。黄侃之论、范文澜之注、刘永济之释、王利器之校、杨明照的校笺，以及台湾诸家、日本的斯波六郎等，各家之精论妙解，几毕集于是书。王更生评此书说'他这部巨著实具有黄札、范注、刘释、杨校的优点'，这是并不为过的。特别是黄札、刘释，差不多已被全转录于《斠诠》之中。偶有一篇之内，黄刘二家之说并不一致，亦取一说而兼录另一说以备参考。"牟先生一以指出其集大成的特色，一以赞扬作者"虚怀若谷的态度"，并将其归之于中华文化的发展问

---

[1] 李曰刚：《文心雕龙斠诠》，台北：台湾"国立"编译馆中华丛书审委员会，1982年，"序言"，第8页。
[2] 李曰刚：《文心雕龙斠诠》，台北：台湾"国立"编译馆中华丛书审委员会，1982年，"序言"，第9页。

题。其曰：

> 像李曰刚先生这样一位颇负盛望的学者，其能若此，固与其虚怀若谷的态度有关，而目的却是为我中华民族文化的发展。故其自序有云："笔者末学肤受，明知蚊力不足以负山，蠡瓢不足以测海，然不揣谫陋，勉成斯编者，冀能存千虑之一得，为复兴中华文化、发展民族文学，而略尽绵薄耳！"这种精神是令人钦佩而值得发扬的。①

显然，牟先生的介绍和评价既着眼于"龙学"发展史，又有着"更加广阔与深远"的考量，有着"比纯粹的学术讨论更加深厚的底蕴"②。应该说，这种"底蕴"并非强加上去的非学术的色彩，而是原本深深地蕴含其中的。当李曰刚建构其"海内外龙学之第一巨制"的时候，他想到的原本就是"为复兴中华文化、发展民族文学，而略尽绵薄耳"，所谓"天下兴亡，匹夫有责"③，所谓"为往圣继绝学，为万世开太平"④，人文学术原本就承载着许多不可推卸的历史使命。

如果说，牟先生的上述评价属于较为纯粹客观的论说，那么王更生的认识就是一种切身的体会了。王先生曾跟随李先生学习《文心雕龙》，他总结了《文心雕龙斠诠》的五大特色：一是在结构方面，有气象宏伟、体大虑周的特色；二是在内容

---

① 牟世金：《台湾文心雕龙研究鸟瞰》，济南：山东大学出版社，1985年，第100页。
② 萧华荣：《着眼于中华"全龙"的腾飞》，《社会科学战线》1986年第4期。
③ 梁启超：《痛定罪言》，《梁启超全集》，北京：北京出版社，1999年，第2778页。
④ [宋]张载：《张子全书》卷十四，上海：商务印书馆，1935年，第292页。

方面，有纲举目张、充实完备的特色；三是在选材方面，有会通古今、资料丰富的特色；四是在态度方面，有取精用宏、折中一是的特色；五是在图表方面，有绘制图表、以助说解的特色。因此，王先生认为，"这不仅是刘勰的功臣，更是当前'《文心雕龙》学'研究领域的先驱，可以不朽矣"。[①] 王先生所列举的这些方面确乎都是《文心雕龙斠诠》一书的突出特点，尤其是其"气象宏伟"的结构、"会通古今"的内容和"折中一是"的态度，体现出李先生"龙学"之当仁不让的气势，不愧为黄季刚的"龙学"传人。

不少《文心雕龙》的译释之作均有"题解"之类的项目，分别对各篇题旨予以介绍、说明，一般篇幅较短。《文心雕龙斠诠》于《文心雕龙》五十篇亦均有"题述"，以阐明各篇要旨，但与一般著述不同的是，李先生把各篇"题述"都当成学术论文来作，从而成为该书最具理论色彩的部分。据笔者统计，其五十篇"题述"总计达730多页，约有五十万字。其中中等规模的"题述"，如《原道》近万字，《宗经》约一万三千字；篇幅较短的"题述"，如《征圣》不足三千字；最短的为《谐讔》，有两千余字。其下篇的"题述"一般较长，最长的为《体性》篇，近四万言；其次为《练字》《时序》两篇，均三万余言。其他如《指瑕》篇约两万五千余字，《隐秀》篇约两万余字。尤其是一些研究者通常并不十分重视的篇章，如《练字》《指瑕》等，均有长篇"题述"予以论说。可以说，仅"题述"一项，实已成五十万言之理论专著，《文心雕龙斠诠》一书之非

[①] 王更生：《文心雕龙管窥》，台北：文史哲出版社，2007年，第271—277页。

同一般的气势，于此亦可见一斑了。

在《文心雕龙》创作论的研究中，自《神思》至《情采》六篇因其理论性较强而受到较多关注，研究也较为充分；自《镕裁》至《总术》的十余篇，尤其如《章句》《丽辞》《事类》《练字》《指瑕》等篇，因其主要论述修辞之术而受到的关注较少。但李先生的《斠诠》却没有这样厚此薄彼，其于这部分的"题述"反而极为用力，这实在是难能可贵的。如《练字》篇，李先生为其作"题述"三万余言，对相关问题不惮辞费而敷陈其义，令人颇有满目琳琅之感。我们即以此为例，一窥其鸿风懿采。《练字》篇"题述"分为四个大部分：（壹）练字之意义，（贰）练字之必要，（叁）练字之途径，（肆）练字之法式。李先生重点研究的是第四部分"练字之法式"，又包括三个方面的内容：甲、先言四项避忌，一是避诡异，二是省联边，三是权重出，四是调单复；乙、次言七项揣摩，一是改字法（包括"用字自改"和"用字他改"），二是叠字法，三是虚字法，四是配字法，五是增字法，六是删字法，七是类字法；丙、再言八项调整，一是反复法，二是兼摄法，三是贯省法，四是成套法，五是转折法，六是交错法，七是复语法，八是谐叶法。如此细致而系统的练字法，这就难怪要用三万字的篇幅来论述了。

我们看上述"七项揣摩"之第五"增字法"，其云："增字者，增润诗文之字词，使其语句更加圆活，表述更加完善者也。语其效用，最显著者有六端。"[①] 一曰可以尽情态，二曰可以属

[①] 李曰刚：《文心雕龙斠诠》，台北：台湾"国立"编译馆中华丛书编审委员会，1982年，第1767页。

文理，三曰可以畅气脉，四曰可以美声调，五曰可以明指称，六曰可以成对文。看上去简单的"增字法"，竟然有如此多的讲究。如"尽情态"之用，其举唐代李嘉祐诗曰："水田飞白鹭，夏木啭黄鹂。"王维各增二字成为："漠漠水田飞白鹭，阴阴夏木啭黄鹂。"确乎具有"尽情态"之功效，正如宋代叶梦得《石林诗话》所说："此两句好处，正在添'漠漠''阴阴'四字，此乃摩诘为嘉祐点化，以自见其妙。"① 又如"成对文"之用，其举《论语·学而》："子贡曰：'贫而无谄，富而无骄，何如？'子曰：'可也；未若贫而乐，富而好礼者也。'"② 一般而言，这里似乎没有什么问题，但清代阮元考察各本注释，认为应在"贫而乐"后增一"道"字。李先生说："按增一道字，则'贫而乐道'与'富而好礼'对偶成文，语辞匀整，而上句'贫而无谄，富而无骄'，亦自然成对也。"③ 不能不说，此一字增与不增，语言效果是不一样的；更重要的是，从"成对文"的角度而言，其原文确有可能是"贫而乐道"的。

再看上述"七项揣摩"之第六"删字法"，其云："删字者，删去多余之字，以求语词之精炼，与夫意境之高妙者也。其效用亦有六端。"④ 一曰可以归简洁，二曰可以芟骈枝，三曰可以免重出，四曰可以避冗复，五曰可以省诘词，六曰可以成

---

① ［宋］叶梦得：《石林诗话》，［清］何文焕辑：《历代诗话》，北京：中华书局，1981年，第411页。
② 杨伯峻译注：《论语译注》，北京：中华书局，2006年，第10页。
③ 李曰刚：《文心雕龙斠诠》，台北：台湾"国立"编译馆中华丛书编审委员会，1982年，第1770页。
④ 李曰刚：《文心雕龙斠诠》，台北：台湾"国立"编译馆中华丛书编审委员会，1982年，第1770页。

对文。看起来更为简单的"删字法",竟然也有如许奥妙。如"避冗复"之用,李先生说:"句有闲字,意有重沓,名曰冗复,文必一句不可削,一字不得减,始称精炼。"① 这样的要求,说起来容易,做起来则难。其举《史记·屈原贾生列传》之文:"每一令出,平伐其功,曰以为'非我莫能为也'。"② 李先生指出:"王若虚以为'曰'字与'以为'意重。按若删去'以为'二字,可避冗复。"③ 可以说,这确为语法错误,却又很少有人计较。又举欧阳修赞唐太宗有曰:"自古功德兼隆,由汉以来未之有也。"④ 李先生指出:"若虚以为,既曰'由汉以来',则'自古'字,亦重复。按二者可任删其一。"⑤ 这里的问题更为隐蔽,一般情况下很难追究,但从"一字不得减"的要求而言,王若虚之论显然是有道理的。

仅由上述"增字法"和"删字法"两项的具体内容,我们已不难看出,李先生所论完全着眼于中国古代文章的写作实践,具有极强的可操作性,可以说是文章写作之指南。尤其需要指出的是,这些看起来相当琐碎的为文之术,在现代文艺学之中是难以见到的,但在中国古代的诗词文话之中,却是极为常见的;在现代文学理论之中,这些具体的写作方法或者只是文章修改技巧,是经常被忽略的,是不登大雅之堂的,也是难以进

---

① 李曰刚:《文心雕龙斠诠》,台北:台湾"国立"编译馆中华丛书编审委员会,1982年,第1771页。
② [汉]司马迁:《史记》卷八十四,北京:中华书局,2011年,第2183页。
③ 李曰刚:《文心雕龙斠诠》,台北:台湾"国立"编译馆中华丛书编审委员会,1982年,第1771页。
④ [宋]欧阳修、宋祁:《新唐书》卷二,北京:中华书局,2011年,第48页。
⑤ 李曰刚:《文心雕龙斠诠》,台北:台湾"国立"编译馆中华丛书编审委员会,1982年,第1772页。

入高论宏裁之法眼的,但对中国文章的写作而言,这才是真正的所谓"为文之用心",所谓"雕琢其章""雕缛成体",没有这样的精雕细刻之功,何来花团锦簇之文章?以此而论,李先生在这些问题上所下的功夫不仅不是浪费,而且这才是真正符合刘勰所谓"文心雕龙"之精神的。实际上,在《文心雕龙》的研究中,能够如此下功夫的人,有能力下如此功夫的人,实在是太少了,这不禁让我们想起黄侃在《文心雕龙·章句》篇上所下的功夫,《文心雕龙札记》不过十余万言,而《章句》一篇之札记即达两万言,尽展黄氏语言学家之所长,不过其只一篇而已,仅具实验之意义,然而李先生于每篇"题述"均戛戛独造,尤于《事类》《练字》《隐秀》《指瑕》等篇章用力,其"雕龙"之功,既得黄季刚之真传,更不负刘彦和之"用心"也。仅此而言,《文心雕龙斠诠》的不少"题述"看起来似乎连篇累牍,实则不应嫌其长,而当虑其短,无乃多多益善乎?此正王充所谓"为世用者,百篇无害;不为用者,一章无补"[1]之谓也。此无他,对于各种文体的汉语文章写作而言,这是切实有用、立竿见影的写作指南,这是真正实现汉语文章之美的必由之路。所谓发展民族文学、复兴中华文化,此正为入手之紧要处也,则李先生之良苦用心,亦于此展露无遗矣!

二、杨明照(1909—2003)

杨明照之于"龙学"的意义,首先在于一部厚厚的《文心

---

[1] [汉]王充:《论衡·自纪》,黄晖:《论衡校释》,北京:中华书局,1990年,第1202页。

雕龙校注拾遗》，虽其名曰"拾遗"，但这并非一部普通的拾遗补阙的资料汇编。当翻开这部书的时候，我们会惊讶地发现，八百多页的篇幅之中，正文不足四百页，"附录"接近五百页，辑录如此广博、系统的"龙学"分类资料，即使在检索手段颇为先进的今天，也是很难做到的，无怪乎人们将其誉为"龙学"的小百科全书了。且不说其正文部分对《文心雕龙》文本的大规模校勘，即以其"附录"而论，在20世纪80年代初期，杨先生凭借一己之力刀耕火种，奉献出这样一部"龙学"百科巨著，这对当时刚刚起步的新时期"龙学"而言，犹如久旱之后的甘霖，其浸润浇灌之功，确乎是不可磨灭的。令人称奇的是，四十年后的今天，《文心雕龙校注拾遗》的百科之功仍然并未失效，其中很多重要资料，仍是生活于信息时代的研究者所不易寻觅的。

更重要的是，杨先生虽将这部分内容谦称为"附录"，但其经过深度整理而至有伦序，分别以"著录""品评""采摭""因习""引证""考订""序跋""版本""别著"等归类编排，徜徉其中，不啻涉猎一部古典"龙学"史，其琳琅满目而丰富多彩，较之一般的史著有过之而无不及。尤堪称道者，杨先生于每一个部分均有小序，提点指要，使其更具史论之功。正如杨明照所说："从上面所钞的第二、三、四、五、六附录短序中，已不难看出《文心雕龙》在历史上地位之高，影响之大。其范围远远超出文学理论批评之外，遍及经史子集四部，绝非《诗品》《二十四诗品》《六一诗话》《后山诗话》《四六话》《韵语阳秋》《四六谈麈》《文则》《沧浪诗话》《修辞鉴衡》《姜斋诗话》《渔洋诗话》《谈龙录》《随园诗话》等诗文评论著所能望其项背。"① 早在四十年前，杨先生便发出如此宏论，其之所以掷地有声者，盖以上述系统翔实之资料为据也。所谓"远远超出文学理论批评之外"，所谓"遍及经史子集四部"，这样的认识，并非对《文心雕龙》一书之泛论，而是关乎此书的理论性质，更关乎中国文论之独特价值及其话语体系问题。

在《文心雕龙校注拾遗》这部"龙学"小百科之中，有一篇近两万字的《梁书刘勰传笺注》，这是杨先生半世心血之结晶。如所周知，《梁书·刘勰传》乃有关刘勰生平最重要的文献，除去其中所引《序志》篇原文，仅有339字。杨先生以雅正之文言为之"笺注"，篇幅超过原著50倍，其用力之勤，实彦和之功臣也。正如日本著名汉学家户田浩晓所说："文中用了丰富的史料来注释《梁书·刘勰传》，有关刘勰传记的注释，全都详细地采用了。……我想，到现在为止，关于刘勰传记的研究，还没任何其他著述超过了它。"② 正因如此，其中关于刘勰生平事迹的研究，直到今天仍具有重要的参考价值。

如《梁书·刘勰传》有"勰早孤，笃志好学，家贫不婚娶"之语，叙述颇合情理，看起来似无问题。然而杨先生指出："按舍人早孤而能笃志好学，其衣食未至空乏，已可概见。而史犹称为贫者，盖以其家道中落，又早丧父，生生所资，大不如昔耳。非即家徒壁立，无以为生也。如谓因家贫，致不能婚娶，

---

① 杨明照校注拾遗：《文心雕龙校注拾遗》，上海：上海古籍出版社，1982年，"前言"，第17页。
② [日] 户田浩晓：《杨明照氏〈文心雕龙校注〉读后》，曹顺庆编：《文心同雕集》，成都：成都出版社，1990年，第312页。

则更悖矣。"[1] 杨先生用语简洁，却论证精细而严密，尤能于看似没有问题之处发现问题。所谓"勰早孤，笃志好学"，一般而言，我们关注的是刘勰虽成了孤儿，却仍能发奋图强，"笃志好学"，不坠其志，从而最终成就其"论文"事业，然而杨先生却从中发现了一个重要的问题，那就是这一记述说明"其衣食未至空乏"，即是说，"笃志好学"是需要条件的，至少应当衣食无忧，否则何以可能？此理一经说破，可谓平常之至，但又不啻是一个重要的发现，其关乎一系列的问题，那就是所谓"家贫"，乃意味着只是"家道中落"而已，决非家徒四壁，否则生计尚成问题，又怎能读书？既然生计不再是问题，则所谓不婚娶者，也就并非因为家贫，而当另有原因了。

正是在此基础上，杨先生征诸史实，找出了数个因"精心学佛"而不婚娶的例证，认为："谓舍人之不婚娶，纯由家贫，可乎？或又以居母丧为说，亦复非是。因三年之丧后，仍未婚娶也。"从而得出著名的结论："然则舍人之不婚娶者，必别有故，一言以蔽之，曰信佛。"[2] 近二十年前，笔者曾指出："多数研究者不同意这个意见，但我觉得，这是颇有道理的。"[3] 其理不仅在于杨先生找出的那些"皆非寒素"而不婚娶的例证，更在于僧祐之榜样的力量，正如杨先生所说："舍人依居僧祐，既多历年所，于僧祐避婚为僧之事，岂能无所闻知，未受影响？

---

[1] 杨明照校注拾遗：《文心雕龙校注拾遗》，上海：上海古籍出版社，1982年，第391页。
[2] 杨明照校注拾遗：《文心雕龙校注拾遗》，上海：上海古籍出版社，1982年，第391页。
[3] 戚良德：《文论巨典——〈文心雕龙〉与中国文化》，开封：河南大学出版社，2005年，第8页。

若再证以上引褚伯玉、刘訏之避婚,则舍人因信佛而终身不娶,更为有征已。"① 可见不仅发现"家贫不婚娶"一语的问题需要慧眼,而且回答何以不婚娶更是需要多方面周密的思考。杨先生之后,尽管已有不少文章探索这个问题,且亦皆有其理,但笔者以为,杨先生的论证和结论仍是最具说服力的。

《文心雕龙校注拾遗》出版之后,杨先生"无日不涉猎四部有关典籍。凡可补正《文心雕龙校注拾遗》的资料,皆一一录存",并于1996年暑假"又贾余勇重新校理刘舍人书,前著之漏者补之,误者正之;《文心》原文及黄、李两家注,亦兼收并蓄,以便参阅,名曰《增订文心雕龙校注》"②,该书于2000年出版,成为杨先生一生校注《文心雕龙》的集成之作。张文勋曾指出:"杨明照毕生研究《文心雕龙》,其成就主要在校注……"③ 杨先生于《文心雕龙》校注所花费的心血,确乎是值得记取的。

杨先生之校,以上述广博而深厚的文献资源为功底,充满首创和发现之功。如《原道》篇有"日用而不匮"一句,黄叔琳、李详、范文澜三家皆未及出处,斯波六郎之《文心雕龙范注补正》则举三国时期袁宏《三国名臣序赞》"仁义在躬,用之不匮"④,亦不为无据。杨先生则指出,《左传·襄公二十九

---

① 杨明照校注拾遗:《文心雕龙校注拾遗》,上海:上海古籍出版社,1982年,第392页。
② 杨明照校注拾遗:《增订文心雕龙校注》,北京:中华书局,2000年,"前言",第19页。
③ 张文勋:《文心雕龙研究史》,昆明:云南大学出版社,2001年,第177页。
④ [日]斯波六郎:《文心雕龙范注补正》,黄锦鋐编译:《文心雕龙论文集》,台北:学海出版社,1979年,第5页。

年》正有"用而不匮"之句①，则不言而明也。再如《声律》篇有"良由内听难为聪也"一句，明代王惟俭"训故本"作"良由外听易为□，而内听难为聪也"②，而其下文则曰："故外听之易，弦以手定，内听之难，声与心纷。"明显涉及"外听""内听"两个方面，故"训故本"显然是有道理的，但这个漏掉的字又是什么呢？杨先生翻检类书，发现明代徐元太《喻林》卷八十九正有此文，其曰："良由外听易为察，内听难为聪也。"③ 不仅证明了王惟俭之本的正确，而且又找出了其未明之字。这一字之校，其于恢复刘勰原文之功，何其大焉！又如《总术》有"动用挥扇，何必穷初终之韵"之句，范文澜注云："'动用挥扇'二句，未详其义。"④ 杨先生于此校曰："按此文向无注释，殆书中之较难解者。然反覆研求，亦有迹可寻：二语既承上'张琴'句，其义必与鼓琴之事有关。《说苑·善说》篇：'雍门子周以琴见乎孟尝君。……雍门子周引琴而鼓之，徐动宫、徵，微挥羽、角……'舍人遣辞，即出于此。如改'用'为'角'，改'扇'为'羽'，则文从字顺，涣然冰释矣。"⑤ 一旦将"动用挥扇"改成"动角挥羽"，确乎就"涣然冰释"了，杨先生之校有理有据，令人拍案叫绝。又如《序志》篇有"自生人以来，未有如夫子者也"之句，《南史》所引则改"人"为"灵"字，杨先生校曰："按'灵'字非是。'人'当作

---

① 杨明照校注拾遗：《增订文心雕龙校注》，北京：中华书局，2000年，第16页。
② [明]王惟俭：《文心雕龙训故》，《〈文心雕龙〉资料丛书》，北京：学苑出版社，2004年，第684页。
③ 杨明照校注拾遗：《增订文心雕龙校注》，北京：中华书局，2000年，第435页。
④ 范文澜注：《文心雕龙注》，北京：人民文学出版社，1958年，第659页。
⑤ 杨明照校注拾遗：《增订文心雕龙校注》，北京：中华书局，2000年，第536页。

'民'，盖唐避太宗讳改而未校复者也。《孟子·公孙丑》上：'……自生民以来，未有夫子也。'即此文之所自出。原道篇'晓生民之耳目矣'，亦作'生民'。"① 此校一则指出原句致错之源，二则找到原文典出何处，三则以内证作为补充，令人无可辩驳。正如户田浩晓所说："在《校注》中发前人所未发的卓见，随处都有。"②

杨明照的"龙学"论文不算多，但凡有所论，均精心独创，识见超拔，一些判断不仅在"龙学"史上产生过重要的影响，而且历久弥新，在今天看来仍然概括准确，令人信服，这同样是非常了不起的成就。这里我们举两个例子，以为说明。一是刘勰的思想问题。1962年，杨先生发表《从〈文心雕龙·原道、序志〉两篇看刘勰的思想》一文，仅从这一题目便可看出，杨先生一下子抓住了探索刘勰思想的关键之处。这不仅因为《原道》为《文心雕龙》之第一篇，而《序志》则为最后一篇，更因为刘勰在这两篇所论，乃直言不讳地阐述了自己的世界观、人生观和价值观。欲探求刘勰的思想，虽然不能说仅此两篇足矣，却可以说非此两篇不可。杨先生首先认真分析《序志》的有关论述，指出"刘勰从事《文心雕龙》的写作，是由于他那浓厚的儒家思想所指使"，且"刘勰在《序志》篇里所表现的思想确为儒家思想"。③ 然后回头考察历史上的"原道"之论，认为："刘安所原之道，是道家之'道'；韩愈所原之道，是尧、

---

① 杨明照校注拾遗：《增订文心雕龙校注》，北京：中华书局，2000年，第617页。
② ［日］户田浩晓：《杨明照氏〈文心雕龙校注〉读后》，曹顺庆编：《文心同雕集》，成都：成都出版社，1990年，第315页。
③ 杨明照：《学不已斋杂著》，上海：上海古籍出版社，1985年，第476—477页。

舜、禹、汤、文、武、周公、孔子之'道'。而刘勰所原之道，则为自然之'道'。"①杨先生实事求是地指出："文原于'道'的论点是刘勰的创见吗？个人看法它来源于《周易》。"继而推论："文原于'道'，是刘勰对文学的根本看法，也是全书的要旨所在。篇中的论点既然出自《周易》，而《周易》又是儒家学派的著作，从总的倾向来看，刘勰写作《文心雕龙》时的主导思想应该是儒家思想。"从而，"刘勰在《原道》篇里所表现的思想，也只能说是儒家思想"。②

二是"文之为德也"一句的释义。如所周知，这是《文心雕龙》开篇之语，对它的理解至关紧要。正如杨先生所说："《原道》是《文心雕龙》的开宗明义第一篇，'文之为德也大矣'又是统摄全篇的第一句，理解得正确与否，关系至巨。"③范文澜将"文之为德"简化为"文德"④，固然如杨先生所说"已觉非是"，而后来不少研究者在这一句上大费周章，绕了很多圈子，但最终的理解却似乎亦愈发偏离刘勰的本意。我们回头看杨先生的阐释，要言不烦，却证据确凿。他说："《礼记·中庸》'鬼神之为德，其盛矣乎'的'鬼神之为德'，《论语·雍也》'中庸之为德也，其至矣乎'的'中庸之为德'，与'文之为德'语式差不多。'文之为德'不能简化为'文德'，犹如'鬼神之为德''中庸之为德'不能简化为'鬼神德''中庸德'一样。道理很简单：都不符合各自原有的含义。"又举孔融《难

---

① 杨明照：《学不已斋杂著》，上海：上海古籍出版社，1985年，第477页。
② 杨明照：《学不已斋杂著》，上海：上海古籍出版社，1985年，第479—481页。
③ 杨明照：《〈文心雕龙·原道篇〉"文之为德也"句试解》，《文史》第三十二辑，北京：中华书局，1990年，第282页。
④ 范文澜注：《文心雕龙注》，北京：人民文学出版社，1958年，第6页。

曹公表制酒禁书》"酒之为德久矣"句，并结合《原道》之论而谓："把人文宣扬得如此伟大，目的就是要突出文之为德。两文的谋篇布局既如出一辙，'酒之为德'与'文之为德'的语言结构又完全相同，'为德'虽各有所指，但都应作功用讲则一。……'文之为德也大矣！'犹言文的功用很大啊！这一极为重要的论点，不仅与《原道》篇的主旨吻合，而且是自始至终贯穿着全书的。"① 笔者也认为，这样的理解与刘勰著《文心雕龙》的整体思路乃是吻合的。试想，《文心雕龙》乃"论文"之作，"文"何以需要专门为"论"？作为这样一部著作的开篇语，刘勰说"文的功用很大啊"，正是回答了《文心雕龙》之作的必要性问题，可谓顺理成章。所以，尽管对刘勰这句话有不少新的解说，但杨先生的阐释朴实而确切，最为符合刘勰"为文之用心"。

---

① 杨明照：《〈文心雕龙·原道篇〉"文之为德也"句试解》，《文史》第三十二辑，北京：中华书局，1990年，第282页。

詹锳与王元化

《文心雕龙》是一部只有三万七千多字的书，但研究它的专著中，却不乏大部头的作品。在20世纪的"龙学"史上，有两部规模较大的著作，一是李曰刚的《文心雕龙斠诠》，二是詹锳的《文心雕龙义证》。这两部著作分别成为海峡两岸20世纪"龙学"的标志性成果之一。相比之下，王元化的《文心雕龙讲疏》只有二十余万字，但自黄侃的《文心雕龙札记》诞生之后，如果要找一部影响最大的著作，可以说非王元化的《文心雕龙讲疏》莫属了，此书至今已有十几个版本。

一、詹锳（1916—1998）

《文心雕龙》是一部什么书？每个"龙学"家必有自己的认识和回答，或作为研究的起点，或成其研究的归宿。詹锳先以"风格学"为题提供一部"龙学"专论，又以"义证"的形式提供一部博大精深的"龙学"巨著，都与他对《文心雕龙》的独特认识密切相关。其云：

> 通过几十年的摸索，我感到《文心雕龙》主要是一部

讲写作的书,《序志》篇一开始就讲得很清楚:"夫文心者,言为文之用心也。"过去有人把《文心雕龙》当作论文章作法的书,也有人把《文心雕龙》当作讲修辞学的书,都有一定的道理。但这部书的特点是从文艺理论的角度来讲文章作法和修辞学,而作者的文艺理论又是从各体文章的写作和对各体文章代表作家作品的评论当中总结出来的。[①]

这一对《文心雕龙》的基本认识可以说概括了自黄侃以来直到20世纪80年代末的近现代"龙学"有关《文心雕龙》一书性质的几乎全部观点,即写作学、文章作法、修辞学、文艺理论,詹先生的高明在于,他独一无二地贯通了这所有说法。应该说,这样的贯通正符合《文心雕龙》一书的理论实际,因而使得詹先生的"龙学"具有了极强的概括力和包容能力。例如,在20世纪80年代中期,对《文心雕龙》的主流观点是以其为文艺理论,虽有少数学者认为这部书具有文章学的性质,但其主要价值仍然是文学理论。这在一定程度上便限制了对《文心雕龙》理论价值及其实践意义的认识。但詹先生既从文艺理论的角度研究刘勰的文艺思想,也从文章写作乃至修辞学的角度认识《文心雕龙》的重要意义。如在论述《文心雕龙》文体风格的时候,詹先生便指出:"其中关于'论'体的风格要求,对于今天的论说文写作是有指导意义的。关于赋体的风格要求,对今天抒情、描写文的写作,具有一定的借鉴意义。关于诔碑的风

---

① 詹锳义证:《文心雕龙义证》,上海:上海古籍出版社,1989年,"序例",第1页。

格要求，对于传记文的写作也有一定的借鉴意义。"① 这种着眼文章学角度的阐发，在《文心雕龙义证》一书中也是随处可见的。

然而，詹先生并未停留于上述看起来已经是极为通达的认识上，而是站在当代学术的前沿，进一步指出："《文心雕龙》研究文采的美，因而以'雕镂龙文'为喻，从现代的角度看起来，《文心雕龙》中所涉及的理论问题属于美学范畴。然而以《文心雕龙》为代表的中国古代文艺理论，毕竟不同于西方的文艺理论。"② 如果说，上一段话是詹先生对20世纪80年代以前"龙学"的准确概括，那么这一段话则是他对20世纪80年代以后乃至新世纪"龙学"的指引。笔者也曾指出，对《文心雕龙》的美学研究成为20世纪80年代末至90年代的一种"历史的选择"③，而詹先生则特别提醒，"从美学的角度来研究《文心雕龙》，不能不和西方的美学对照，却不能生硬地用西方的文艺理论和名词概念来套"④，这在今天看来，仍然具有极强的现实针对性和"龙学"方法论意义。因此，詹先生上述两段话加起来，对《文心雕龙》一书性质的认识及其由此决定的基本的研究方法，可以说概括无遗了。

毫无疑问，詹锳之于"龙学"的重要贡献首先是薄薄的《〈文心雕龙〉的风格学》一书。牟世金曾指出，该书"揭示了

---

① 詹锳：《〈文心雕龙〉的风格学》，北京：人民文学出版社，1982年，第160页。
② 詹锳义证：《文心雕龙义证》，上海：上海古籍出版社，1989年，"序例"，第2页。
③ 戚良德：《历史的选择——关于〈文心雕龙〉的美学研究》，《山东大学学报》1993年第3期。
④ 詹锳义证：《文心雕龙义证》，上海：上海古籍出版社，1989年，"序例"，第2—3页。

《文心雕龙》确有系统的风格学"①，这实在是一个了不起的成就。正如詹福瑞所指出："此书用现代西方美学观点来研究《文心雕龙》，建构了完整的《文心雕龙》风格学的理论体系，开创了《文心雕龙》研究的新领域。"② 当然，詹锳最具分量的"龙学"著作则是《文心雕龙义证》，这不仅体现在其一百三十余万字的篇幅，而且体现在这部书是詹先生四十年研读《文心雕龙》的心血结晶。詹福瑞说："这部书，既反映了詹先生几十年研究《文心雕龙》的创获，又可以看出自古及今历代研究《文心雕龙》的成果，是范文澜《文心雕龙注》之后，又一部全面而谨严的证义为主，兼有汇注、集解性质的本子。"③ 甚至有学者说，该书"堪称是当代《文心雕龙》研究的压卷之作"④，就其对《文心雕龙》一书的会注会校而言，这也是并不为过的。

《文心雕龙义证》具有明显的集成性，这首先表现在它的版本搜罗和会校之功上。詹先生指出："《文心雕龙》是我国文学理论批评史上最有影响的一部著作，可是由于古本失传，需要我们对现存的各种版本进行细致的校勘和研究，纠正其中的许多错简，才能使我们对《文心雕龙》中讲的问题，得到比较正确的理解。"⑤ 不过在詹先生之前，对《文心雕龙》的版本校勘

---

① 牟世金：《"龙学"七十年概观（中）》，《社会科学战线》1987年第4期。
② 詹福瑞：《詹锳》，杨明照主编：《文心雕龙学综览》，上海：上海书店出版社，1995年，第310页。
③ 詹福瑞：《詹锳先生的治学道路与学术风格》，《阴山学刊》1992年第3期。
④ 张连科：《20世纪〈文心雕龙〉研究》，《辽宁大学学报》2001年第4期。
⑤ 詹锳：《〈文心雕龙〉版本叙录》，《文心雕龙义证》，上海：上海古籍出版社，1989年，第9页。

已有不少成果,如范文澜《文心雕龙注》、杨明照《文心雕龙校注》、王利器《文心雕龙校证》等。有鉴于此,詹先生对"杨王二家所校各本""大都进行复核,写成《文心雕龙板本叙录》"①,其意在集成、补正是显然可见的。詹先生所录版本达三十余种,并对这些版本一一做了介绍。他强调"眼见为实",因而除了其中少数版本未见外,其余皆为自己亲眼所见。如元至正本、徐燉校汪一元私淑轩刻本、天启二年曹批梅庆生第六次校定本、天启七年谢恒抄冯舒校本等,詹先生均做了详细介绍,而这些版本在其他各家著作中或信息不够详细,或付之阙如。正因有此较为完备的版本基础,《文心雕龙义证》一书得以网罗众家校勘成果,比对各家所校异同,发现其中校勘错误,提出修订或补充意见,从而成为重要的"会校"之作。

当然,会校并非《文心雕龙义证》之重心,其主体部分乃是对《文心雕龙》文本的会注和集解。詹先生有云:

> 本书带有会注性质。《文心雕龙》最早的宋辛处信注已经失传。王应麟《玉海》《困学纪闻》中所引《文心雕龙》原文附有注解。虽然这些注解非常简略,本书也予以引录,以征见宋人旧注的面貌。黄叔琳《文心雕龙辑注》,大多采录明梅庆生《文心雕龙音注》(简称"梅注")、王惟俭《文心雕龙训故》(简称"训故")。明人注本目前比较难得,王惟俭《训故》尤为罕见。兹为保存旧注,凡是梅本和

---

① 詹锳义证:《文心雕龙义证》,上海:上海古籍出版社,1989年,"序例",第4页。

《训故》征引无误的注解，大都照录明人旧注，只有黄本新加的注才称"黄注"。①

可见，詹先生的"会注"，首先是汇集宋明以来至清代黄叔琳的《文心雕龙》旧注成果，这些成果从数量上看并不算多，但却代表了数百年《文心雕龙》研究的成就，詹先生以此为基础，显然是非常正确的。他又说："全书以论证原著本义为主，也具有集解的性质，意在兼采众家之长，而不是突出个人的一得之见，使读者手此一编，可以看出历代对《文心雕龙》研究的成果，也可以看出近代和当代对《文心雕龙》的研究有哪些创获。"② 如此明确的思路和目标，使得詹先生的《文心雕龙义证》成为大陆第一个《文心雕龙》的会注集成本，至今亦无出其右者。

既为"会注"，当然是要汇聚各家的成果，却并非简单地罗列，而是仍然面临一个选择的问题，这不仅要具备犀利独到的眼光，更要有尽可能广泛的范围，研究者必须闻见广博，因此，真正做好古籍的会注集成实在不是一件简单的事情，而对"体大思精"的《文心雕龙》而言，其难度更是可想而知了。如《比兴》开篇有云："《诗》文弘奥，包韫六义，毛公述传，独标兴体，岂不以风通而赋同，比显而兴隐哉！"③ 其中"风通而赋同"一语，向为理解的难点，其"会注"就显得格外必要了。

---

① 詹锳义证：《文心雕龙义证》，上海：上海古籍出版社，1989年，"序例"，第5页。
② 詹锳义证：《文心雕龙义证》，上海：上海古籍出版社，1989年，"序例"，第7页。
③ ［梁］刘勰：《文心雕龙·比兴》，詹锳义证：《文心雕龙义证》，上海：上海古籍出版社，1989年，第1333页。

正因如此，詹锳不惜笔墨，对这五个字进行彻底索解，用了一千余字的篇幅。[①] 但从其引录可见，涉及"龙学"八家成果而已，真要做到囊括无遗，篇幅肯定还要成倍扩大，那显然是不可取的。这里便见出了詹先生的"会注"之功。其所引录者，一是王利器、黄侃、范文澜和杨明照四家之说，"龙学"大家的校注成果我们看到了；二是李曰刚之说，代表了台湾"龙学"的基本观点；三是郭绍虞的见解，此并非《文心雕龙》的注释，而是来自郭先生的两篇文章，充分显示出了詹先生独特的取材眼光；四是郭晋稀和牟世金的见解，代表了当时大陆较有影响的"龙学"观点。可见，詹先生的"会注"决非不加选择的简单罗列，而是颇为用心的集其大成。

又如《程器》篇，多数注本忽略对"程器"二字的注解，此二字固非独特理论范畴，却并非一望而知，实则需要索解。从范文澜、杨明照到周振甫诸位先生的注本，均未予置辞。詹先生则首列《汉书·东方朔传》"武帝既招英俊，程其器能，用之如不及"之句，又引颜师古"程谓量计之也"之注，再引《论衡·程材》篇"世名材为名器，器大者盈物多"之论，其有意为读者解读"程器"二字已然可见。[②] 但有关资料并不止这些，詹先生又以其常用的方式转引李曰刚之注曰："程器者，量计器用材能之谓也。……案'程'本为度量之总名，《荀子·致仕》：'程者，物之准也。'《礼记·月令》：'按度程。'注：'程为器所容者。'又度也，见《吕氏春秋·慎行》篇'后

[①] 詹锳义证：《文心雕龙义证》，上海：上海古籍出版社，1989年，第1335—1336页。
[②] 詹锳义证：《文心雕龙义证》，上海：上海古籍出版社，1989年，第1864页。

世以为法程'句注。"① 在此基础上，詹先生总结说："按'器'是材器，这个材器和现在一般所说的文学创作才能不是一个意思，它指的是具有道德人品和识见的'栋梁之材'。'程器'就是衡量一个作家有没有这种包括道德品质、政治识见在内的全面的修养。"② 就笔者所见，这是对《程器》篇之"程器"二字最为详尽和切实的解读，其于理解刘勰本篇的思想乃至《文心雕龙》有关作家道德人品的认识，都是极为必要和重要的。

应该说，上述"会注"固然见出功力，选择固然需要眼光和视野，但还不能完全代表"集解"之功。所谓"会注"，主要是汇合别人的见解，尽管这种汇合有着充分的取舍，体现了选择者一定的学养，但其中所"会"，毕竟都与所"注"的内容密切相关，因而范围毕竟还是有限的。而真正的"集解"，固然首先要集中别人的见解，但更要在此基础上，提出集解者自己的意见，至少也要显示某种倾向性，则集中哪些见解，其选择性就主观得多了，其范围也就大得多了，从而对集解者的学术水平也就要求更高了。詹先生曾提到："笔者写这部书的方法，是要把《文心雕龙》的每字每句，以及各篇中引用的出处和典故，都详细研究，以探索其中句义的来源。"③ 这样的追求，显然并非"会注"的问题了。

如《原道》开篇"文之为德也大矣"一句，历来为解释的重点和难点，各家说法不一，但詹先生却没有采用"会注"

---

① 詹锳义证：《文心雕龙义证》，上海：上海古籍出版社，1989年，第1866页。
② 詹锳义证：《文心雕龙义证》，上海：上海古籍出版社，1989年，第1867页。
③ 詹锳义证：《文心雕龙义证》，上海：上海古籍出版社，1989年，"序例"，第3页。

的方式，并未引用任何一家对这句话的注释，而是引录了《论语》《中庸》《四书集注》《周易正义》等语来进行释义，其云：

> 《论语·雍也》："中庸之为德也，其至矣乎。"《中庸》："鬼神之为德，其盛矣乎。"朱注："为德，犹言性情功效。"此处句法略同，而德字取义有别。《易·乾·文言》正义引庄氏曰："文谓文饰，以乾坤德大，故特文饰以为《文言》。"德即宋儒"体用"之谓，"文之为德"，即文之体与用，用今日的话说，就是文之功能、意义。重在"文"而不重在"德"。由于"文"之体与用大可以配天地，所以连接下文"与天地并生"。①

显然，这些引文都不是对《原道》开篇这句话的直接注释，是否引证，完全取决于注释者的判断和选择，而这又成为对刘勰原文进行阐释的基础和根据。这里之所以要引用《论语》和《中庸》的话，是因为刘勰的句式与它们相同，但詹先生随后指出"而德字取义有别"，至于何处"有别"，则再引《周易正义》之语，然后做出判断；这一判断虽以之为据，却重在解释刘勰，因而有着很大的跳跃和跨度，不仅解释了什么是"文之为德"，而且还指明了下文"与天地并生"的逻辑。如此"集解"，既体现了"无征不信"的原则，又充分表现了詹先生对《文心雕龙》的理解，因而使得《文心雕龙义证》一书不只是

---

① 詹锳义证：《文心雕龙义证》，上海：上海古籍出版社，1989年，第2页。

简单的"会注"之作，而成为"以论证原著本义为主"①的理论著述。

二、王元化（1920—2008）

王元化的《文心雕龙讲疏》一书不仅在"龙学"领域是公认的经典，而且其知名度远远超出了一般的"龙学"著作，在比较文学、美学、文艺理论、古典文论、国学等众多研究领域都是被经常提到的经典之作；同时，作为著名的文化学者和思想家，王先生在众多研究领域亦均有独到的建树，其很多研究成果较之《文心雕龙讲疏》显然具有更大的包容性和读者面，但就其影响而论，似乎无出这部看起来更为专业的"龙学"著作之右者。然而，王先生曾用"喜忧参半"来描绘自己面对这部书的心情，这个词在一定程度上也概括了这部产生在特殊时代的经典之作的历史特点。

关于《文心雕龙讲疏》一书的著述缘起，王元化不止一次地做过或详或略的表述，其"日译本序"云："本书的酝酿是在40年代，写作是在60年代，出版则是70年代。80年代本书重印时，又作过一些增补。至于重订本《文心雕龙讲疏》的出版，则是90年代初了。"②因此，阅读和评价王先生的这部经典，要有一个重要的前提和思想准备，那就是必须明白这部著作虽初版于1979年，但实际上产生在半个世纪以前的特殊思想和人文

---

① 詹锳义证：《文心雕龙义证》，上海：上海古籍出版社，1989年，"序例"，第7页。
② 王元化：《〈文心雕龙讲疏〉日译本序》，《文心雕龙讲疏》，桂林：广西师范大学出版社，2004年，第360页。按：该书"新版前言"中亦有类似说明。

环境中，有着不可磨灭的时代印记。王先生特别指出："这本书基本完成于四十年前，倘用我目前的文学思想和美学思想去衡量，是存在较大的差距的。但要将我今天的看法去校改原来的旧作，那是不可能的，除非另起炉灶，再写一本新书，由于这个缘故，我对现在这个定本的出版，怀有一种喜忧参半的心情。"①

王先生的高足吴琦幸也曾谈到："先生坦诚说……事实上，我的研究还是有不少遗憾的，这本书中的有些观点呢，也没有脱离机械论，尤其是在立场观点上，延续了当时的说法。……如果要重新修订的话，要脱胎换骨了。不过我无法再花大力气去修订了。有待于后人的评价吧。"② 这一再的提醒说明，王先生的确意识到这本"基本完成于四十年前"的著作与自己"对中国文论的新看法"之间，"存在较大的差距"，这是我们不能忽略的。一方面，无论我们评价高低，首先我们应当对这样一部著作表示由衷的敬意，这并非因为王先生是大家，而是因为这部著作自身所显示的力量，自身所取得的成功，是因为其历经半个世纪之后仍展现出的学术、思想魅力。可以说，这部著作实现了郭绍虞的预言，"其价值决不在黄季刚《文心雕龙札记》之下也"③。另一方面，产生在那样一个特殊时代的这部学术著作，必然有着不可回避的一些问

---

① 王元化：《文心雕龙讲疏》，桂林：广西师范大学出版社，2004年，"新版前言"，第2页。
② 吴琦幸：《王元化谈话录：1986—2008》，上海：上海人民出版社，2015年，第279页。
③ 蒋述卓《识佳文于未振——郭绍虞与王元化〈文心雕龙创作论〉的写作》，王元化：《文心雕龙讲疏》，桂林：广西师范大学出版社，2004年，"备考"，第363页。

题，这是今天评价它不能不正视的。在这方面，我们同样不能因为作者是大家，就只有顶礼膜拜，而是应当实事求是地指出其不足和遗憾，也只有这样做，才是真正符合王先生自己的要求和意愿的。吴琦幸曾谈到王先生对鲁迅的态度："我批评鲁迅是有一点，实际上我是很尊敬他的……但对他的缺点我一定要指出来，这才是一个真正的治学态度嘛，迷信什么你就让我全部说好，我是做不到的。"① 笔者以为，王先生能够在特殊的年代留下这样一部影响巨大的经典之作，与其独特的学术人格和胸襟是分不开的。

正如牟世金所指出，其"值得注意的，首先是严谨审慎的治学精神"②，这种态度堪为后世楷模。首先是作者所采用的"释义"和"附释"的方法，体现出其实事求是的著作态度，令人敬佩。其云："有人不大赞成我采取附释的办法，建议我把古今中外融会贯通起来。这自然是最完满的论述方式，也正是我写作本书的初衷。但是限于水平，我还没有能力做到这一步。为了慎重起见，我觉得与其勉强地追求融贯，以致流为比附，还不如采取案而不断的办法，把古今中外我认为有关的论点，分别地在附释中表述出来。"③ 其次，其"严谨审慎的治学精神"，还有牟世金所指出的"王著本不只'八说'，还有几

---

① 吴琦幸：《王元化谈话录：1986—2008》，上海：上海人民出版社，2015年，第449页。
② 牟世金：《〈文心雕龙〉研究的回顾与展望——祝〈文心雕龙〉学会成立并序〈文心雕龙研究论文选〉》，《文心雕龙学刊》第二辑，济南：齐鲁书社，1984年，第46页。
③ 王元化：《〈文心雕龙创作论〉初版后记》，《文心雕龙讲疏》，桂林：广西师范大学出版社，2004年，第344页。

'说'既不愿收入其书,虽几经要求,至今仍不愿付梓,原因就是自认为'不成熟'"①,这样的著述态度,尤令今天急功近利的我们感到汗颜。

《文心雕龙》是一部什么书?王先生说:"《文心雕龙》是中国古代文论的集大成者,它在内容上将史、论、评兼综在一起,读了这部书可以了解我国从先秦到南朝齐代的文学发展史,文学理论的原则与脉络,文学体裁的分类与流变,文学批评与文学鉴赏的标准和风格。总之,它可以说是当时的一部文学百科全书。"② 应该说,这段话明确肯定了《文心雕龙》在中国古代文论中的崇高地位,代表了20世纪八九十年代人们对《文心雕龙》的基本认识和评价,这里突出强调的一点是,《文心雕龙》具有"史、论、评兼综"的特点。对此,王先生曾不止一次地进行说明,如谓:"在写作方法上,刘勰把'史''论''评'糅合在一起。"③ 这正是对其地位所做出评价的根本所在,所谓"当时的一部文学百科全书",着眼点应该就在这里。

在笔者看来,与"《文心雕龙》把史、论、评糅合起来,成为一部具有系统性的专著"④ 这一认识相比较,更能反映王先生对《文心雕龙》一书之独特认识,还在后来他关于《文心雕

---

① 牟世金:《〈文心雕龙〉研究的回顾与展望——祝〈文心雕龙〉学会成立并序〈文心雕龙研究论文选〉》,《文心雕龙学刊》第二辑,济南:齐鲁书社,1984年,第46页。
② 王元化:《一九八七年在瑞典斯德哥尔摩大学的演讲》,《文心雕龙讲疏》,桂林:广西师范大学出版社,2004年,第311页。
③ 王元化:《〈文心雕龙〉创作论八说释义小引》,《文心雕龙讲疏》,桂林:广西师范大学出版社,2004年,第88页。
④ 王元化:《一九八八年广州〈文心雕龙〉国际研讨会闭幕词》,《文心雕龙讲疏》,桂林:广西师范大学出版社,2004年,第337页。

龙》文体论的评价。据吴琦幸的回忆，王先生曾明确指出，《文心雕龙》"这部书不仅仅是一部重要的文艺理论书，也是一部重要的中国文体学的书"，这应该是王先生在写完"《文心雕龙》创作论"之后，对《文心雕龙》的一个新认识。这个认识以对中古时期中国社会发展的总体认识为基础，认为"尤其是在文学艺术方面，各种文体都已经成熟，从先秦的《诗经》《尚书》、铭文等到民间的歌谣、传说等，都用优美的文字记录下来。因此，有待一部巨著来进行分门别类，将文学的概念、文体的划分以及文学规律性的东西加以总结……刘勰在那种历史条件下成为撰写这一文学理论的大家"[1]。应该说，这是一个较为成熟的想法了。

王先生还把对《文心雕龙》文体论的这种重视同它的系统性和逻辑性联系在一起，这就更是一个独特认识了。其云："刘勰《文心雕龙》的系统性、逻辑性，恐怕是中国古籍中最值得瞩目的。逻辑性和系统性是关联在一起的。没有逻辑性，就不可能构成一个完整的系统。……只要研究一下《文心雕龙》文体论各篇，就可看到，其组织之靡密，结构之严谨，在当时堪称创举。"[2] 这种对文体论的重视和强调，是写作"《文心雕龙》创作论"前后的王先生所没有或不明确的。他曾经说："《文心雕龙》关于文学创作的理论在当时的世界范围内可以说是首屈一指的，这部前无古人后无来者的奇书到今天还是中国古典文

---

[1] 吴琦幸：《王元化谈话录：1986—2008》，上海：上海人民出版社，2015 年，第 48 页。
[2] 王元化：《一九八八年广州〈文心雕龙〉国际研讨会闭幕词》，《文心雕龙讲疏》，桂林：广西师范大学出版社，2004 年，第 337 页。

论的宝山,值得发掘。"① 又说:"他在这个书中切实分析了历代文体演变的过程以及功能,主要是从教化伦理的观念来分析各种文体。他从文学创作、写作的技巧等各方面分析和论述,形成了中国第一部系统的文学理论著作。"② 虽然这里谈到了刘勰对"历代文体演变的过程以及功能"的分析,但这和上述对文体论的强调是完全不同的,这里重视的是刘勰"从文学创作、写作的技巧等各方面分析和论述,形成了中国第一部系统的文学理论著作",这也正是王先生要写作"《文心雕龙》创作论"的原因。他说:"创作论是侧重于文学理论方面的。释义企图从《文心雕龙》中选出那些至今尚有现实意义的有关艺术规律和艺术方法方面的问题来加以剖析,而这方面的问题几乎全部包括在创作论里面,这就是释义以创作论作为主要研究对象的原因。"③ 可以想见,假如王先生早就认识到《文心雕龙》这部"系统的文学理论著作"不仅仅体现在创作论方面,"其组织之靡密,结构之严谨"更体现在文体论上,那么王先生对《文心雕龙》的研究可能决不仅仅是"《文心雕龙》创作论",我们后来看到的《文心雕龙讲疏》也就可能具有更丰富的内容了。因此,王先生把"《文心雕龙》创作论"改成了《文心雕龙讲疏》,有没有这方面的想法呢?王先生后来一再表示的对《文心雕龙》的新想法,有没有对文体论的新认识呢?

---

① 吴琦幸:《王元化谈话录:1986—2008》,上海:上海人民出版社,2015年,第50页。
② 吴琦幸:《王元化谈话录:1986—2008》,上海:上海人民出版社,2015年,第48—49页。
③ 王元化:《〈文心雕龙〉创作论八说释义小引》,《文心雕龙讲疏》,桂林:广西师范大学出版社,2004年,第88—89页。

王先生对《文心雕龙》的基本认识，还谈到过一个重要问题，那就是他认为《文心雕龙》不仅仅是文学理论，而是有着刘勰对社会的分析。他说："我对《文心雕龙》有兴趣的时候，正是我在一次政治运动中被隔离之后，思想处于非常低落的时候。这部书的内涵不仅是文学理论，更有着对社会的分析，尤其对六朝之前的文学的深刻认识。"[①] 但令人遗憾的是，王先生没有对此多谈，没有进一步跳出文学理论的范围，阐述刘勰对社会的分析。而且这段话的记录可能也有点问题，"更有着对社会的分析"与"尤其对六朝之前的文学的深刻认识"这两者之间应该不是这样的逻辑关系。笔者总是觉得，晚年的王先生对《文心雕龙》的认识，不仅已经跳出了"创作论"的圈子，已经着眼与创作论同等重要的"文体论"，而且更跳出了"文学"的圈子，看到了刘勰及其《文心雕龙》的社会思想和文化意义。而这，应该是隐含着这样一个逻辑：作为一个著名文化学者和思想家，何以选择《文心雕龙》这样一部著作进行解剖；或者反过来，从文学理论研究起步的王先生，何以走向文化思想的研究和建设，而且在这样一个过程中，他始终没有放弃对《文心雕龙》的思考。无论哪个方向和过程，似乎都能说明这样一个问题或结论：《文心雕龙》"不仅是文学理论"。如上所述，王先生《文心雕龙讲疏》这本书的影响已远远超出了文学理论的范围，也可以说是一个佐证。

因此，王先生对《文心雕龙》的基本认识和评价，更重要

[①] 吴琦幸：《王元化谈话录：1986—2008》，上海：上海人民出版社，2015年，第38页。

的不在于他指出"《文心雕龙》是中国古代文论的集大成者",甚至"是当时的一部文学百科全书",尽管这也是重要的,而在于王先生对《文心雕龙》的认识经历了一个过程,从重视其"创作论"到重视其"文体论",从重视其在"文学理论"上的创见,到重视其超出"文学"的文化思想乃至社会意义。从《文心雕龙创作论》到《文心雕龙讲疏》这一书名的变迁,似乎也有所表征,但王先生留下的这部论著主要还是一部文学理论著作,则所谓"喜忧参半"者,是否也有这一方面的原因呢?所谓"另起炉灶,再写一本新书"①,这本"新书"的面貌我们虽难以想见,但其基本的思想倾向是否会延续笔者所说的这样一个趋势呢?

对《文心雕龙》创作论的研究,显然是《文心雕龙讲疏》的中心内容。笔者以为,在"《文心雕龙》创作论八说"中,最成功的是《释〈体性篇〉才性说》,如区分风格的主观因素和客观因素,其云:"刘勰提出体势这一概念,正是与体性相对。体性指的是风格的主观因素,体势则指的是风格的客观因素。"② 又如对刘勰风格论的基本评价,王先生说:"我以为刘勰以后的古代风格理论,总不及刘勰对风格问题的剖析那样具有丰富的内容和深刻的见解了。"③ 正如程千帆所说:"王元化讲我国古代文论中的风格,比别人讲得都好,这是由于他对德国古

---

① 王元化:《文心雕龙讲疏》,桂林:广西师范大学出版社,2004年,"新版前言",第2页。
② 王元化:《释〈体性篇〉才性说》,《文心雕龙讲疏》,桂林:广西师范大学出版社,2004年,第146页。
③ 王元化:《释〈体性篇〉才性说》,《文心雕龙讲疏》桂林:广西师范大学出版社,2004年,第151页。

典美学体会深。不是硬用黑格尔套刘彦和，或者反过来。"[①] 程先生可谓一语中的，目光犀利。如果要找一篇不太成功的，笔者觉得应该是《释〈比兴篇〉拟容取心说》，而其姊妹篇《再释〈比兴篇〉拟容取心说》一文，虽其观点未必尽是，但从文章本身而言则相当成功，不仅有力地补充了前文，而且其逻辑思维严密，文风敦厚练达，展现出一代大家的文章风范，不可多得，令人向往。

---

① 程千帆：《程千帆先生访谈录》，王元化：《文心雕龙讲疏》，桂林：广西师范大学出版社，2004年，"备考"，第379页。

牟世金与王更生

在 20 世纪的"龙学"史上,有两位出版"龙学"专著最多的人,一位是大陆的牟世金,另一位是台湾的王更生,他们出版的"龙学"著作均超过十种。颇为巧合的是,两位先生均出生于 1928 年(戊辰龙年)7 月,其经历、学养虽各有不同,但其于"龙学"的执着和虔诚却是非常相似的。

一、牟世金(1928—1989)

王元化曾指出:"世金同志可以说得上是《文心雕龙》的功臣。这一点,有他的大量论著可以为证。"① 程千帆则于三十多年前说:"世金先生早年跟随陆侃如先生学习,研究《文心雕龙》,卓著成绩,蜚声海内外。"② 牟先生的"龙学"著作,有与陆侃如合著的《文心雕龙选译》《刘勰论创作》《文心雕龙译注》,以及独立完成的《雕龙集》《台湾文心雕龙研究鸟瞰》《刘勰年谱汇考》《雕龙后集》《〈文心雕龙〉研究》等十余种,

---

① 王元化:《〈文心雕龙研究〉序》,《文学报》1988 年 7 月 7 日。
② 程千帆:《〈中国古代文论家评传〉序》,牟世金主编:《中国古代文论家评传》,"序",第 2 页。

这在截至20世纪80年代末的《文心雕龙》研究中，可以说是绝无仅有的，仅以此论，说他是"《文心雕龙》的功臣"，显然并非虚言。其中，《文心雕龙选译》为1949年后最早的《文心雕龙》译本，《文心雕龙译注》则为1949年后第一个《文心雕龙》全译本；《台湾文心雕龙研究鸟瞰》是迄今为止大陆唯一一部全面介绍台湾"龙学"成果的专著，《刘勰年谱汇考》则是迄今为止大陆唯一一本全面考订刘勰生平的专著；《〈文心雕龙〉研究》在1988年春天写成之时，是大陆第一本综合研究《文心雕龙》的专著。这些着眼"龙学"学科全面建设的"第一"，不仅不因其为开拓之作而显得过于粗糙，而且皆以其精心结撰而显出深厚的功力，直到今天还是"龙学"不可或缺的重要参考书，其中不少作品已成为"龙学"名著。

王元化所谓"《文心雕龙》的功臣"，自然还有另一层含义，那就是牟先生是中国《文心雕龙》学会的创始人。早在1982年，牟先生便积极筹备并精心组织，在济南召开了全国第一次《文心雕龙》讨论会，这次会议被称为"开创《文心雕龙》研究新局面的一次重要会议"，也正是在这次会议上，酝酿成立《文心雕龙》学会，并组成了以王元化为组长的学会筹备小组，"以山东大学为学会基地，进行筹备工作"[①]。次年8月，中国《文心雕龙》学会在青岛成立，牟先生在会上当选为常务理事兼秘书长，并被推举为《文心雕龙学刊》编辑组组长。因此，王先生说："他也是全国《文心雕龙》学会的倡议筹建者，

[①] 《开创〈文心雕龙〉研究新局面的一次重要会议》，《文心雕龙学刊》第一辑，济南：齐鲁书社，1983年，第473、477页。

学会的繁杂事务几乎都是由他承担起来的,因此学会倘在学术界有所贡献,首先得归功于他。"① 牟先生去世后,王先生在一篇怀念文章中又说:"我可以说全国《文心雕龙》学会是他以他一人的心血筹备而成的,如果不是为他的埋头苦干和对学术的真诚精神所感动,这个学会是不会成立并维持到今天,我也不会滥竽充数地来充当这个学会的负责人之一的。"② 作为受人尊敬的长者,王先生的真诚表彰令人感佩。

学会成立之后,旋即组成了中国《文心雕龙》考察团访问日本;学会成立的第二年,又在上海举行了中日学者《文心雕龙》学术讨论会。1986 年,学会在安徽屯溪召开了第二次年会。1988 年,学会在广州召开了《文心雕龙》国际研讨会。到牟先生去世,学会编辑出版了六本《文心雕龙学刊》③,选编一本《文心雕龙研究论文集》。这一系列空前而有组织的学术活动,把《文心雕龙》研究推向一个新阶段。可以说,"龙学"真正成为国内外瞩目的显学,正是从此开始的,是与中国《文心雕龙》学会的这些切实的工作密不可分的。在这个意义上,说牟先生是"《文心雕龙》的功臣",当然也是名副其实的。

正因如此,张文勋在所著《文心雕龙研究史》中说:"牟世金大半生研究《文心雕龙》,是'中国《文心雕龙》学会'主要创始人之一,对我国'龙学'的发展,做出重大贡献。"④ 张

---

① 王元化:《〈文心雕龙研究〉序》,《文学报》1988 年 7 月 7 日。
② 按:牟先生去世不久,王先生写了一篇纪念短文寄给牟先生的家人,此段话即为笔者当时所录;该文后来是否发表,笔者难以确定。
③ 按:《文心雕龙学刊》第六辑虽出版于牟先生去世之后的 1992 年,但该辑实乃牟先生去世前夕指导笔者所编成。
④ 张文勋:《文心雕龙研究史》,昆明:云南大学出版社,2001 年,第 187 页。

少康等的《文心雕龙研究史》也指出："由王元化先生和他（按：指牟先生——引者）发起，在他的具体筹划和安排下，经过了1982年济南《文心雕龙》学术讨论会的酝酿和准备，1983年在青岛成立了中国《文心雕龙》学会，对团结全国研究《文心雕龙》的力量，交流《文心雕龙》研究的学术信息，推动《文心雕龙》研究的深入，发展和海外研究《文心雕龙》学者的交流，都起到了十分重要的作用。"① 在谈到牟先生的《〈文心雕龙〉研究》时，张少康等又深有感触地说："作者生前是山东大学中文系教授，长期从事中国古代文学理论批评史和《文心雕龙》选修课的教学与研究工作，自1983年中国《文心雕龙》学会成立以来，又一直担任学会的秘书长，负责学会日常工作，组织筹备年会、编辑学会刊物等，各种事务十分繁忙。'春蚕到死丝方尽，蜡炬成灰泪始干'，用这两句古诗来形容作者对《文心雕龙》研究的献身精神，实在并不为过。"② 在笔者看来，作为80年代"龙学"发展过程的亲历者，两位张先生的说法不仅仅是一种评价，也是一种怀念，其中蕴含着因"龙学"而结成的深厚情谊，让人感动。

直到2013年9月，在山东大学召开的纪念中国《文心雕龙》学会成立三十周年国际学术研讨会暨学会第十二次年会上，专程从香港赶来参加会议的前会长张少康以《纪念"〈文心雕龙〉的功臣"——谈谈牟世金的〈文心雕龙〉研究》为题，动

---

① 张少康、汪春泓、陈允锋、陶礼天：《文心雕龙研究史》，北京：北京大学出版社，2001年，第336页。
② 张少康、汪春泓、陈允锋、陶礼天：《文心雕龙研究史》，北京：北京大学出版社，2001年，第392页。

情地回忆了牟先生在学会成立过程中的种种辛劳,其中三次谈到牟先生当为"功臣"。张先生认为,就学会的成立而言,牟先生是"最主要的功臣";就学会的产生和发展而言,牟先生是"真正的功臣";对"龙学"的发展而言,牟先生是"卓越的功臣"。[①] 可以说,张先生这三个"功臣",要言不烦而用意深厚,高度准确地评价了牟先生在百年"龙学"史上的地位和贡献,不愧为牟先生的同道和"知音"。

牟先生的"龙学"之路,可以说是从《文心雕龙》的今译起步的,在他的"龙学"著作中,以翻译为主的著作就有四种。尤其是由牟先生修订并补充完成的《文心雕龙译注》(上、下册,齐鲁书社1981、1982年出版),这是"龙学"史上较早的《文心雕龙》全译注本。它虽然仍以20世纪60年代的《选译》为基础,但牟先生不仅补译补注了《选译》未收的二十五篇,而且对《选译》的二十五篇也全部仔细推敲,统一修订。因此,《译注》实际上已成面目全新之作了。对此,石家宜先生曾经做过深入分析。其云:

> 新著面貌焕然,须刮目相看。……牟著的理论质地好:一篇引言,洋洋洒洒达六七万字,纵横捭阖,层层推进,条分缕析,益见谨细,从《文心》整个体系上作出这样全面深入的理论剖析,目前是不多见的。……他对所引的每一条资料包括范注的全部引文都找原文查核,从不用第二

---

① 张少康:《纪念"〈文心雕龙〉的功臣"——谈谈牟世金的〈文心雕龙〉研究》,戚良德主编:《儒学视野中的〈文心雕龙〉》,上海:上海古籍出版社,2014年,第3—10页。

手资料,这种尊重历史的基本态度贯穿在整个校注工作中。……正是这种执着的注重论据使牟著充满了首创性。①

石先生不仅做了切中肯綮的分析,而且给以高度评价。詹锳也曾说:"牟世金同志新出的《文心雕龙译注》比1963年他和陆侃如先生合写的《文心雕龙选译》提高了一大步。"② 张少康等的《文心雕龙研究史》则指出:"《文心雕龙译注》是牟世金在研究《文心雕龙》文本方面的代表作。《译注》与原来的《选译》相比,不仅是补齐了原来未译注的篇章,而且在学术水平上有了很大的提高,补充了作者许多新的研究成果,成为一部融学术性和普及性于一炉的《文心雕龙》全注本和全译本。"③

牟先生的《〈文心雕龙〉研究》于1995年付梓行世后,得到学术界的高度评价,如张文勋认为:"这是我国著名的'龙学'家牟世金生前殚精竭力完成的一部研究专著……《〈文心雕龙〉研究》是他的一部具有总结性的学术专著,也是90年代我国'龙学'研究的标志性成果。"④ 又如张少康等亦谓:"《〈文心雕龙〉研究》无疑是新时期以来众多《文心雕龙》论著中最为优秀的一部。"⑤ 牟先生在"自序"中则说:"这是我毕生所

---

① 石家宜:《〈文心雕龙〉研究的勃兴》,《读书》1984年第5期。
② 詹锳:《〈文心雕龙〉的风格学》,北京:人民文学出版社,1982年,第165页。
③ 张少康、汪春泓、陈允锋、陶礼天:《文心雕龙研究史》,北京:北京大学出版社,2001年,第336页。
④ 张文勋:《文心雕龙研究史》,昆明:云南大学出版社,2001年,第187页。
⑤ 张少康、汪春泓、陈允锋、陶礼天:《文心雕龙研究史》,北京:北京大学出版社,2001年,第392页。

能雕画的一条'全龙'。"① 可见，无论对牟先生个人还是对20世纪的"龙学"史而言，《〈文心雕龙〉研究》一书均具有非同寻常的意义。

早在1979年，当牟先生第一次看到台湾王更生的《文心雕龙研究》时，就为大陆未能有一部完整、系统的《文心雕龙研究》而深感遗憾；同时，他也下定决心，要写出一部真正超越前人的研究著述来，并为此开始了种种准备工作。牟先生曾提到，自己的各种"龙学"著作，无论注、译、考、论，还是对前人研究的总结，都是为完成《研究》一书所做的准备。他指出："虽然早在1944年便有朱恕之的《文心雕龙研究》问世，近年来，台湾也有王更生、龚菱等人的《文心雕龙研究》陆续出版，本书仍不避其重复，盖特取其'研究'之意。"牟先生认为，"以《研究》为名的'龙'著先我而出者虽多"，但中华人民共和国成立之后，"这还是第一部"。② 实际上，当牟先生的《〈文心雕龙〉研究》一书于1995年出版时，大陆已经出版了穆克宏的《文心雕龙研究》和孙蓉蓉的《文心雕龙研究》，不过牟先生于1988年春天为自己的《〈文心雕龙〉研究》写"序"的时候，确实"还是第一部"。更重要的是，即使到了今天，在中国大陆、中国台湾地区以及日本已出名为《文心雕龙研究》的著作虽有八九种，但不仅在规模上牟先生的这本著作仍为第一，而且真正综合研究刘勰及其《文心雕龙》而具有重大创见

---

① 牟世金：《〈文心雕龙〉研究》，北京：人民文学出版社，1995年，"自序"，第2页。
② 牟世金：《〈文心雕龙〉研究》，北京：人民文学出版社，1995年，"自序"，第4页。

者,也只有王更生的《重修增订文心雕龙研究》可以与之媲美。

牟先生的《〈文心雕龙〉研究》全书分为八章。第一章是"绪论",首先论述了《文心雕龙》乃"中国古代文论的典型",从而阐明了《文心雕龙》研究在中国文论史研究中的举足轻重的意义;然后对"龙学"的历史进行了回顾和展望;最后论述了"产生《文心雕龙》的时代思潮"。第二章为"刘勰",对刘勰的家世、生平进行了新的考证,并论述了刘勰的思想。第三章专门探讨"《文心雕龙》的理论体系",首先清理了"《文心雕龙》的篇次问题",然后探讨"《文心雕龙》的总论",继之说明"《辨骚》篇的归属问题",最后对"'体大思精'的理论体系"做出系统表述。第四章论"文之枢纽",探究了"'原道'论的实质和意义""'征圣''宗经'思想"以及"《正纬》和《辨骚》的枢纽意义"。第五章研究"论文叙笔",由"概说"和"楚辞论""论诗""论赋""论民间文学"几个部分组成。第六章探讨"创作论",首先研究了"创作论的体系",然后论述了《文心雕龙》的"艺术构思论""风格论""风骨论""通变论"和"情采论"。第七章研究"批评论",首先介绍了刘勰对建安文学的评价,然后论述了刘勰的"批评论和鉴赏论"以及"作家论"。第八章是"几个专题研究",分为四节:刘勰对古代现实主义理论的贡献、从《文心雕龙》看古代文论的民族特色、从"范注补正"看《文心雕龙》的注释问题、台湾《文心雕龙》研究鸟瞰。可以说,《〈文心雕龙〉研究》的完成,确乎标志着牟世金成为一位最为全面的"龙学"家。从"龙学"史上看,多数研究者或长于校勘,或重在注释,或精于评点,或深于论证。牟先生则以其不下十种"龙学"著作而集合成《〈文心雕龙〉研究》一书，成为在"龙学"之注、译、考、论各个方面都有重要贡献的"龙学"家。

总之，在20世纪的"龙学"史上，牟世金以数百万字的著述对《文心雕龙》进行了全面精到的系统研究，从而成为"《文心雕龙》的功臣"。他不仅是刘勰生平研究的集大成者，也是《文心雕龙》现代注释和翻译的开拓者，更是《文心雕龙》理论体系的不懈探索者以及最早开展"龙学"史研究的学者，他还是中国《文心雕龙》学会的创始人，"对我国'龙学'的发展，做出重大贡献"。正因如此，可以毫不夸张地说，牟世金是20世纪"龙学"的一座里程碑。

二、王更生（1928—2010）

王更生是20世纪台湾地区出版"龙学"论著最多的人，他数十年在"龙学"园地里耕耘不辍，先后出版了《文心雕龙研究》《文心雕龙导读》《重修增订文心雕龙研究》《文心雕龙范注驳正》《文心雕龙读本》《重修增订文心雕龙导读》《文心雕龙新论》《中国古代文学理论的秘宝——文心雕龙》《文心雕龙管窥》等"龙学"论著十余种。尤为可贵的是，王先生宣称自己是刘勰的小学生，一生不仅研究《文心雕龙》，更用心践行《文心雕龙》的写作理念，把文章写得花团锦簇，美不胜收。

王先生一生不仅勤于著述，成果丰赡，不断为"龙学"大厦添砖加瓦，而且甘为人梯，善做园丁，用心培养和浇灌"龙学"新秀，终于使得台湾"龙学"园地"子孙相续"，乃至

"桃李梅杏,菴丘蔽野"①,用王先生自己的话说是"已将原本一片荒漠的焦土,化为百花竞艳的沃壤"②,为"龙学"在台湾地区的流传和发展做出了重大贡献,谓之"龙"的传人,可谓名副其实。

台湾地区的"龙学"在20世纪60年代末70年代初有一定发展,出版了一些有一定分量的专著,但较为零散,尤其是规模较小,难以构成对《文心雕龙》的系统研究。至1976年3月,王更生推出其《文心雕龙研究》,不仅台湾地区的"龙学"面貌为之焕然一新,而且这部书也是整个"龙学"史上第一部分量最重的《文心雕龙》综合研究著述。以此而言,王先生不仅是台湾地区"龙"的传人,也可以说是"龙学"史上重要的传人之一。而且,尤为值得称道的是,这部著作并不以其推出较早而显得粗陋,而是以其宏大的气魄和结构成为"龙学"史上的重要著述,其中有些专题讨论具有深远的意义。牟世金曾指出,该书把较大的篇幅用在对《文心雕龙》美学、经学、史学、子学之研究上,"不仅独步当时,至今仍无出其右者"③。

更重要的是,这部著作出版之后,王先生不仅认真反思修改,使其臻于完善,很快推出重修增订本,且一发而不可收,相继推出诸如《文心雕龙导读》《文心雕龙范注驳正》等明显具有学科建设意义的著述,并主编《文心雕龙研究论文选粹》,

---

① [汉]王充:《论衡·超奇》,黄晖:《论衡校释》,北京:中华书局,1990年,第616页。
② 王更生:《文心雕龙新论》,台北:文史哲出版社,1991年,第313页。
③ 牟世金:《台湾文心雕龙研究鸟瞰》,济南:山东大学出版社,1985年,第79页。

以全面推动"龙学"的发展；至1985年，推出八十万言的《文心雕龙读本》（上、下），对《文心雕龙》全书进行了"注释"和"语译"，可以说初步建构起了比较系统的"龙学"体系。当此之际，加上三年前已经印出的李曰刚的《文心雕龙斠诠》，台湾地区的"龙学"大厦可谓耸立云霄。此时的大陆也已经出版了周振甫的《文心雕龙注释》，陆侃如、牟世金的《文心雕龙译注》等大批"龙学"著作，并于1983年成立了中国《文心雕龙》学会，开始了一个"龙学"新时代。尽管当时的两岸信息并不通畅，然而今天看来，各自的"龙学"步伐迈得可以说基本一致，这真是历史的安排。从这个意义上说，王更生也成为台湾地区当之无愧的"龙学"传人。

当然，王先生成为台湾地区最重要的"龙"的传人，一个不可忽视的因素是他对"龙学"传人的不懈培养。朱文民曾指出："王更生先生在整个教学生涯中，从小学、中学、大学专科、本科生，已经没法统计培养了多少学生，但是他指导的硕士、博士生是可数的，见于记载的有50人，其中硕士生31人，博士生19人。这些研究生以《文心雕龙》作为学位论文研究对象的就我所知有13篇，这些论文大都是王先生以自己的论题或观点，指导学生进一步阐发而成为学位论文的。例如《文心雕龙》与经学，即是王先生研究的老课题，他又交给学生蔡宗阳做深入研究，进而成为一篇学位论文，日后出版为专著《刘勰文心雕龙与经学》。综观王更生指导的无论是硕士论文还是博士论文，都是掷地有声的宏论。例如方元珍教授的《文心雕龙与佛教关系之考辨》、黄端阳《刘勰〈文心雕龙〉枢纽论研究》

等等。"① 因此，此乃"龙"脉绵延、"龙学"生生不息之源泉。

王先生也是积极推动两岸"龙学"交流，为我中华"全龙"鸣锣开道的人。1988年11月，《文心雕龙》国际研讨会由广州暨南大学主办，王先生即积极准备与会，"并写了一篇《台湾文心雕龙学的研究与展望》准备发表；想不到当时台湾方面尚未开放到可以赴大陆从事学术交流的程度，以至事到临头，未能成行。事后，收到香港大学陈耀南教授的来信，和香港中文大学黄维樑教授在《星岛日报》11月21日刊出的专栏《三思篇》，才知道世金先生偕夫人赵璧清女士抱病赴会。终于因为我的缺席，使原本期盼已久的二龙珠岛之晤未能实现"②。当得知牟先生于1989年6月份去世之时，王先生致信牟先生夫人赵璧清老师，言辞之恳切，令人动容，其曰："他那种具有深度和广度的分析与组织，洋溢着智慧的火花，给台湾学者极大的鼓励。先生不仅学有专精，对龙学的研究和推广，付出极大的心力，从每本书的行文措辞上，还肯定知道他是一位古道热肠、外刚内柔、彬彬多礼的君子。所以先生的去世，不但在学术上，使我失去一位可供切磋的知己，就在为人处世方面，也使我失去一位学习取法的楷模。"③ 翌年2月6日，王先生便"远从台湾专程来吊祭这位志同道合永未谋面的知音"，当得知牟先生遗著《雕龙后集》即将出版之际，王先生为之作序，其中谈到牟先生在《台湾文心雕龙研究鸟瞰》一书中对自己的评价时，王

---

① 朱文民：《"龙学"家牟世金与王更生先生比较研究》，戚良德主编：《儒学视野中的〈文心雕龙〉》，上海：上海古籍出版社，2014年，第112页。
② 王更生：《〈雕龙后集〉序》，牟世金：《雕龙后集》，济南：山东大学出版社，1993年，"序"，第2页。
③ 按：此段引文摘自王更生给牟先生家人的书信。

先生说:"当时觉得世金先生措语虽不修饰,自有一股撼人心弦的力量;从他那行文如流水的字里行间,透出高妙的学养和皎洁的人格。"① 海峡两岸两位"龙"的传人虽未曾谋面,但其互为知音、心系"龙学"之情,令人难忘。

此后,王先生一有机会,便积极参与两岸的"龙学"交流活动。1993年7月,王先生赴内蒙古呼和浩特市参加中国古代文学理论学会第八次年会暨国际学术会议,笔者有幸聆听了先生在大会上的发言,未改的河南乡音,不变的文心之情,其掷地有声的话语至今萦绕耳畔:"我是刘勰的一个小学生。"② 1995年7月,王先生又赴北京参加《文心雕龙》国际学术讨论会,并受聘为中国《文心雕龙》学会顾问。1999年5月,王先生在台湾主持举办刘勰《文心雕龙》学术研讨会,邀请大陆学者十六人参加会议,并于会后亲为导游,组织参观、访问活动。2000年4月,先生又赴江苏镇江参加《文心雕龙》国际学术研讨会,并发表论文《龙学研究的回顾与展望》。直到2009年11月,王先生还以八十多岁高龄参加了在安徽芜湖召开的《文心雕龙》国际学术研讨会暨中国《文心雕龙》学会第十届年会,提交了名为《中国大陆近五十年(1949—2000)〈文心雕龙〉学研究概观——以戚良德著的〈文心雕龙学分类索引〉为依据》的长篇论文,并做大会主题报告。王先生指出:"经过改革开放后二十年的努力,《文心雕龙》研究,不但赢得了'龙学'的雅号,而从事研究的学者们,更被学术界尊为'龙学家'。不仅

---

① 王更生:《〈雕龙后集〉序》,牟世金:《雕龙后集》,济南:山东大学出版社,1993年,"序",第1—2页。
② 按:该发言后来是否整理刊出,笔者尚未检索到。

如此，它更和当前所谓的'甲骨学''敦煌学''红学'同时荣登世界'显学'的殿堂，受到国际汉学家的重视。"[1] 可以说，王先生正是这一过程的重要见证人、全力推动者，他不仅是台湾地区"龙"的传人，也是海峡两岸"龙学"的使者，为中华"龙"的腾飞做出了不可磨灭的贡献。

王更生最重要的"龙学"著作，当然也是《文心雕龙研究》一书。在"龙学"史上，名为《文心雕龙研究》的著作有不少，但意义不同。多数此类著述取其宽泛之义，即其内容属于对《文心雕龙》的研究，但并不考虑整体性、综合性，并非对《文心雕龙》的全面研究。而王更生以及后来牟世金的《〈文心雕龙〉研究》则显然着眼《文心雕龙》全书，企图对这本书进行全面综合论述。

王先生于1976年便推出了他的《文心雕龙研究》之作。该书共分为十四章，第一章为"绪论"，第二章为"梁刘彦和先生年谱"，第三章为"文心雕龙史志著录得失平议"，第四章为"文心雕龙板本考"，第五章为"文心雕龙之美学"，第六章为"文心雕龙之经学"，第七章为"文心雕龙之史学"，第八章为"文心雕龙之子学"，第九章为"文心雕龙文体论"，第十章为"文心雕龙风格论"，第十一章为"文心雕龙风骨论"，第十二章为"文心雕龙声律论"，第十三章为"文心雕龙批评论"，第十四章为"文心雕龙在中国文学史上之地位"。从这一章节结构看，其着眼《文心雕龙》全书之综合研究的目的显然可见，但

---

[1] 王更生：《中国大陆近五十年（1949—2000）〈文心雕龙〉学研究概观——以戚良德著的〈文心雕龙学分类索引〉为依据》，《文心雕龙研究》第九辑，保定：河北大学出版社，2011年，第96页。

又有着一定的随意性。如牟世金所说："其书最大的不足，是忽视了创作论部分的研究。……其书有关这方面的研究，只风格、风骨和声律三章，而略于《神思》《通变》《情采》《物色》等大量重要的论题。"① 王先生自己也意识到了这个问题，在《文心雕龙研究》问世后，他"立即发觉许多不容掩饰的缺点"，这些缺点，"其中第三章'文心雕龙史志著录得失平议'，性属资料的著录，和'文心雕龙研究'的主题，似未吻合。第五章'文心雕龙之美学'，因当时仓促成稿，于《文心雕龙》行文造境之美，亦未尽得环中。第十章'文心雕龙风格论'，十一章'文心雕龙风骨论'，十二章'文心雕龙声律论'，从刘彦和文学创作的整体上来看，此三章无疑是别题单行；他如运思养气问题，情采配合问题，裁章谋篇问题，比兴夸饰问题，以及隐秀、镕裁、事类、指瑕等，诸般必备的要目，均待详加阐释。仅此，势难见其文学创作的全貌"。②

正因如此，王先生于1979年推出《重修增订文心雕龙研究》，"将原书第六章'文心雕龙之经学'，改为'文心雕龙文原论'，并移于'史学''子学'之后，以正本清源。原书第十、十一、十二各章经删除后，另作'文心雕龙"文术论"'补之，以综述刘彦和文学创作之理论体系与实际，使前此之所谓别题单行，疏略不备者，举而纳诸本文之中，期能理圆事密，了无遗珠"。至如原来"文心雕龙板本考""文心雕龙之美学""文

---

① 牟世金：《台湾文心雕龙研究鸟瞰》，济南：山东大学出版社，1985年，第78—79页。
② 王更生：《重修增订"文心雕龙研究"序》，《重修增订文心雕龙研究》，台北：文史哲出版社，1979年，第17页。

心雕龙文体论"等章内容,则均做了程度不同的扩充,尤其是"美学"一章,由原来的七千字增加到三万五千字。正如王先生所说:"重修增订后的'文心雕龙研究'较原本十四章之数少三章。其中除第二章'梁刘彦和先生年谱',十一章'结论'(文心雕龙在'中国文学史'上之地位),完全保有原作面目,很少更动外,其他九章,均做了彻底而大幅度的调整,并甚而完全改写者亦有之。"① 他指出:

> 重修增订本"文心雕龙研究"的最大特色,是掌握了《文心雕龙》"为文用心"的精神。把"文原论""文体论""文术论""文评论",像四支擎天的玉柱,先架设在全书的主体部位,构成研究的中坚。然后前乎此者,是《文心雕龙》之"美学""史学""子学"。借着"美学"的认知,可以逆推作者刘彦和文艺哲学的真象,借着"史学"和"子学"的关系,可以略窥刘彦和纳"史""子"以入文学领域的胸襟与胆识。②

即是说,《重修增订文心雕龙研究》共十一章,第一章为"绪论",对《文心雕龙》研究状况进行回顾和展望,最后一章为"结论",论述《文心雕龙》一书在"中国文学史"上之地位。中间九章为主体,可以分为三个部分:一是第二、三章,分别

---

① 王更生:《重修增订"文心雕龙研究"序》,《重修增订文心雕龙研究》,台北:文史哲出版社,1979年,第18—19页。
② 王更生:《重修增订"文心雕龙研究"序》,《重修增订文心雕龙研究》,台北:文史哲出版社,1979年,第19页。

对刘勰生平和《文心雕龙》的版本情况进行考察；二是第四、五、六章，分别研究《文心雕龙》之美学、史学和子学；三是第七、八、九、十章，按照《文心雕龙》一书的结构，分为"文原论""文体论""文术论""文评论"，这是全书的核心内容，"构成研究的中坚"。如此建构，使其成为一部着眼"龙学"全局的《文心雕龙》综合研究之作。

第八章
百年"龙学"与未来之路

清代著名学者阮元有云："学术盛衰，当于百年前后论升降焉。" 20世纪以来的现代百年"龙学"与古典"龙学"有着根本的不同和长足的发展，这种不同和发展当然集中体现为"龙学"成果的极大丰富。据笔者的不完全统计，百年"龙学"的专著和专书已超过八百部（种），专门学术论文和一般介绍性文章则超过一万篇，总字数肯定超过一亿汉字。这一巨大成果是20世纪以前的一千四百年古典"龙学"所难以望其项背的。同时，《文心雕龙》开始走向世界。20世纪50年代，施友忠将《文心雕龙》翻译成英文，向美国以及西方世界完整展示了这部中国文论元典的魅力；至90年代，在美国汉学家宇文所安编写的《中国文学思想读本》中，《文心雕龙》被视作中国文学思想的核心著作予以介绍。目前，《文心雕龙》已被翻译为英文、日文、韩文、德文、法文、俄文、意大利文等多种文字，各国均有一些"龙学"专家。因此，"龙学"的主力军虽然仍为中国学者，但这门学问的世界性已是不可逆转之势。季羡林曾指出："《文心雕龙》在世界上声誉很高，日本人研究得比较多。……《文心雕龙》这本书的内容、主要理论，要搞清楚是很不容易的，需要几代人的努力，几代都要学习。"这是完全正确的。

百年"龙学"地图

为什么大家会对一本书饶有兴致、如此用力？这不是谁来号召的，而是自发的。《文心雕龙》不仅是三千年中国文论史上独一无二的元典，更是中国传统文化的一道独特风景，正是这种独特性吸引了大批学者来研究它，进而形成百年"龙学"之奇观。在众多的研究者之中，既有鼎鼎大名的文化宗师，更有术业专攻的文论学人，亦有跃跃欲试的年轻新秀，还有各个领域的《文心雕龙》爱好者；有人穷毕生时光探究"龙学"之奥秘，有人以学余之力采撷"文心"之花朵，有人系统钻研而图弥纶群言，有人小题大做而成一家之说。凡此种种，产生了众多的"龙学"著述，并在不断产生着新的成果，牟世金先生谓之"'龙'门深似海"[1]，良有以也。

就目前笔者所掌握的情况而言，在中华大地上，除了西藏之外，其他所有省市自治区以及特别行政区均有"龙学"研究者，均有"龙学"著作出版。尤为令人鼓舞的是，有不少地域

---

[1] 牟世金：《〈文心雕龙〉研究》，北京：人民文学出版社，1995年，"自序"，第2页。

的《文心雕龙》研究颇富特色,并具有较为自觉的学术承传,可以说已初步形成了"龙学"流派,从而彰显出"龙学"的巨大生命力。同时,亦有相当数量的外国学者对《文心雕龙》产生兴趣并进行研究。有鉴于此,我们尝试对百年"龙学"进行初步的地域划分,并试图从学术流派的角度进行名称之概括,最终以图表的方式予以呈现。显然,这样的概括还是非常简单的,无论名称的表述、地域的归属、学者的搜集以及呈现方式等,均存在种种不当,但这无疑是一个新的尝试。之所以要这样做,最重要的是,它将非常直观而简洁地展现百年"龙学"之盛况。

下面即为"龙学"地域分布简表:

序号	名称	地区	姓名
1	京津龙学	北京	刘师培、黄侃、王利器、周振甫、张光年、向长清、杜黎均、艾若、钟子翱、黄安祯、禹克坤、沈锡麟、蔡钟翔、童庆炳、缪俊杰、刘文忠、张少康、詹福瑞、左东岭、袁济喜、张晶、汪春泓、陶礼天、陈允锋、刘乐贤、王峰、陈咏明、姚爱斌
		天津	范文澜、罗宗强、李逸津
		河北	顾随、詹锳、胡海、杨青芝
2	东北龙学	辽宁	丛肖之、涂光社、丁景祥、王少良、海丁、马骁英
		吉林	毕万忱、李淼、贾树新、金宽雄、金晶银
		黑龙江	王明志、褚世昌、陈建农

（续表）

序号	名称	地区	姓　名
3	内蒙龙学	内蒙古	王志彬（林杉）、王志民、杨效春、万奇、高林广、李金秋、孔祥丽、何颖
4	西北龙学	甘肃	郭晋稀、杨森林、权绘锦
		陕西	朱恕之、寇效信、苏宰西、陈蜀玉、王学礼、姜晓洁、李长庚
		山西	蔡润田、邢建堂、傅锦瑞、郭鹏
		宁夏	杨森林、梁祖萍、赵耀锋
		新疆	马宏山、钟兴麒、钟鸣
		青海	董家平、安海民
5	中州龙学	河南	温绎之、李炳勋、徐正英、罗家湘、王承斌
6	齐鲁龙学	山东	陆侃如、牟世金、于维璋、张可礼、冯春田、戚良德、贾锦福、刘凌、朱文民、萧洪林、王守信、孔德志、刘小波、唐正立、李明高、钟国本、刘硕伟、李婧、杨倩
7	巴蜀龙学	四川	刘咸炘、杨明照、陈思苓、龙必锟、李天道、曹顺庆、刘颖、王万洪
		重庆	熊宪光
8	珞珈龙学	湖北	刘永济、包鹭宾、吴林伯、贺绥世、刘纲纪、罗立乾、易中天、李建中、高文强、陈志平

（续表）

序号	名称	地区	姓名
9	江左龙学	江苏	李详、钱基博、叶长青、庄适、石家宜、吴圣昔、周明、顾农、钱永波、孙蓉蓉、左健
		安徽	祖保泉、李平
10	沪上龙学	上海	骆正深、王元化、王运熙、李庆甲、林其锬、陈凤金、萧华荣、杨明、黄霖、彭恩华、朱迎平、胡晓明、陆晓光、汪洪章、周锋、周兴陆
11	钱塘龙学	浙江	冯葭初、杜天縻、蒋祖怡、韩泉欣、朱广成、徐季子
12	湖湘龙学	湖南	姜书阁、张长青、张会恩、刘业超、陈书良、周绍恒、李映山、陈祥谦
13	闽赣龙学	福建	穆克宏
		江西	李蓁非、吴中胜
14	云贵龙学	云南	张文勋、杜东枝、骆文心、张国庆、孙兴义、朱供罗
		贵州	张灯
15	岭南龙学	广东	黄海章、赵仲邑、邱世友、卓支中、饶芃子、马白、韩湖初、吴美兰、孙多杰、雍平、王毓红、陈迪泳
		广西	赵盛德、王弋丁、胡大雷、张利群、胡粹
		海南	杨清之
		香港	潘重规、饶宗颐、程兆熊、石垒、高凤、胡纬、陈耀南、黄维樑、黄兆杰、卢仲衡、林光泰、刘庆华
		澳门	邓国光、欧阳艳华

(续表)

序号	名称	地区	姓　名
16	台湾龙学	台湾	张立斋、李景溁、徐复观、李日刚、李中成、王梦鸥、张严、易苏民、郑蕤、黄锦鋐、彭庆环、唐亦男、王礼卿、王叔岷、蓝若天、陈拱、王更生、王久烈、龚菱、黄春贵、蔡宗阳、张仁青、陈兆秀、沈谦、王金凌、李农、冯吉权、刘荣杰、刘宗修、颜昆阳、方元珍、游志诚、王忠林、华仲麐、吕武志、李慕如、黄亦真、赖欣阳、黄端阳、简良如、许玫芳、王义良、卓国浚、温光华、陈秀美、尤雅姿、刘渼、李德才、吕立德、郭章裕、施筱云、杨晓菁、林显庭、洪增宏、郑宇辰
17	日本龙学	日本	铃木虎雄、斯波六郎、目加田诚、冈村繁、兴膳宏、户田浩晓、门胁广文、甲斐胜二
18	韩国龙学	韩国	车柱环、崔信浩、李民树、崔东镐、金民那
19	美国龙学	美国	施友忠、宇文所安、汪荣祖、蔡宗齐、林中明、杨国斌、邵耀成
20	欧洲龙学	俄罗斯	波兹涅耶娃、李谢维奇
		德国	李肇础
		法国	朱利安
		意大利	兰珊德、贾西媚
		西班牙	雷琳克
		匈牙利	费伦茨·杜克义
		捷克	奥德什赫·格拉尔

上述图表中，有几个问题需要说明：一是学派之划分与名称，主要从学术传统、习惯称谓以及地域归属等方面综合考量，真正形成"龙学"流派的可能还是少数，故不甚严格；二是学派之排列顺序，大致由北而南，自西而东，由中国大陆而中国台湾地区及其他国家和地区；三是学者之入选标准，除少数情况之外，一般以是否有"龙学"著作出版为限；四是学者之排列顺序，大致以辈分而论，但台湾情况多有不明，暂参照著作出版时间之先后，亦并非绝对；五是学者之学派或地域归属，主要从学派着眼，视具体情况而论。显然，这些问题都较为复杂，难以做出一个完全合适的选择，因而目前的安排可以说远未成熟，其中不妥之处尚多，重要遗漏亦在所难免，还需进行多方面的论证和进一步调整、补充，以便使其更趋完善。

超越现代文学观念

由上可见，近百年的"龙学"取得了长足的进步和发展，这是毋庸置疑的事实；但另一个事实则是，《文心雕龙》主要停留在文艺学的视野中，这部书主要就是被作为文学理论和批评著作来研究。除此之外，由于《文心雕龙》所论文体的广泛性，也有一些研究者认为这部书是泛文学理论或杂文学理论著作，但这也恰好说明研究者的参照系仍然是文艺学，《文心雕龙》还是没有超出文艺学的视野。当然，也有一少部分研究者从文章学的角度进行研究。《文心雕龙》是文论，因而文艺学的研究是必须的，也是重要的，但我们却往往忽略了刘勰"论文"的出发点，尤其是刘勰所论之"文"的文化、人文意义。

近年来，笔者曾不止一次地表达过这样一个看法：以《文心雕龙》为典型和代表的中国文论资源十分丰富，是中华文化重要而独特的组成部分，有着自己完整的理论体系和话语系统，并涉及中华文化的方方面面；然而，自近代以来，随着西学之传入以及文学观念的转变，中国文论对中华文章和文化的有效性、适应性被严重忽视或忽略，中国文论的完整性和独特性遭受削足适履的伤害。尽管我们近数十年来对《文心雕龙》和中国文论的重视是空前的，研究成果也颇为丰富，但研究理路、阐释方式以及价值尺度主要还是西学的，《文心雕龙》和中国文论的本来面目和独特价值仍然有待进一步彰显。《文心雕龙》和中国文论不等于今天的"文学概论"或者"文艺学"，而是有着独特的话语方式和理论体系，有着多样的内容和形式，并具有独特的意义，这一切均基于多姿多彩的中国文化和文章。正因如此，《文心雕龙》与中国古代文论的价值实际上远远超越今天的"文学理论"，从而直通 21 世纪的文化建设，乃至政治、经济和社会生活。

之所以强调《文心雕龙》不等于今天的"文学概论"，因而"龙学"之发展必须超越现代文学观念，首先是基于刘勰自己的说明。他为什么要写《文心雕龙》这样一部"论文"之作呢？这缘于他对"文章"重要性的认识。其曰："唯文章之用，实经典枝条。五礼资之以成，六典因之致用；君臣所以炳焕，军国所以昭明：详其本源，莫非经典。"[1] 显然，刘勰心目中的"文章"、刘勰所论之"文"，与我们今天所谓"文学"并不一致，并非我们今天的"文学"，而是儒家经典的"枝条"，是军国社稷须臾不可或缺的重要工具。从这个意义上说，《文心雕龙》这部书的首要目的并非指导人们如何进行今天所谓"文学创作"，而是着眼所有的文章写作。文章写作当然可以也应该包括"文学创作"，但出发点的不同决定了其理论性质的不同，这是必须予以明确的。

---

[1] ［梁］刘勰:《文心雕龙·序志》，戚良德辑校:《文心雕龙》，上海：上海古籍出版社，2015 年，第 286 页。

《文心雕龙》是一部什么书呢？《序志》谓："搦笔和墨，乃始论文。"因而《文心雕龙》是一部"论文"之作，这肯定是没有问题的，那么说《文心雕龙》是一部"文论"也肯定是错不了的。既然是一部文论，似乎当然也就是文学理论。实则不然，中国古代的"文论"不等于今天所谓"文学理论"。这里的问题就在于刘勰的这个"文"不是今天我们说的"文学"，所谓"文论"，也就决不等于今天所谓文艺学或者文学概论。正是看到了这个问题，所以王运熙等认为《文心雕龙》不是文学理论，而是文章理论，这样说的出发点是完全正确的，是企图还原《文心雕龙》本来面目的做法。但需要分清的是，在当代文艺学的背景下，说《文心雕龙》不是文学理论而是文章理论，有可能与说《文心雕龙》是文学理论一样，仍然不全对。因为刘勰的"文"也不全是今天我们所谓的"文章"。《文心雕龙》之"文"，乃是今天所谓"文学"和"文章"的总和。在刘勰的概念中，在《文心雕龙》中，这个"文"也叫"文章"，但却不是今天的"文章"，而是包括今天所有的"文学"和"文章"。所以，从严格的意义上说，无论认为《文心雕龙》是文学理论还是文章理论，可能都不完全符合刘勰著作的初衷，也就与《文心雕龙》的理论实际有相当距离。不过相比之下，由于有着中国文化传统的影响，所谓"文章"有时是一个较为宽泛的概念，因而"文章理论"之说较之所谓"文学理论"，在某种程度上是更为符合《文心雕龙》之实际的。换言之，在较为宽泛的意义上，《文心雕龙》是可以称之为文章理论的。

第八章　百年"龙学"与未来之路

周扬曾把《文心雕龙》誉为文学理论的"百科全书"①，这一说法是颇为耐人寻味的。按说，现代"文学理论"原本是一个范围不大、边界较为清晰的学科，假如真的限定在这个范围之内，所谓"百科全书"，其意义可能是有限的。如上所说，《文心雕龙》早已超出了这个范围，因此，其确为"百科全书"，但却不仅仅是在文学理论的范围之内。比如《文心雕龙》的文体论，乃是名副其实的中国古代文体的"百科全书"，其价值和意义远远超出了文学理论的范畴。如所周知，《文心雕龙》的文体论占有全书五分之二的篇幅，但在近百年的"龙学"史上一直没有得到充分的重视和研究；虽然近年来已有部分学者开始关注这个问题，但其视野主要还是文艺学的。应该说，《文心雕龙》文体论长期不受重视的原因，主要是因为文艺学视野的限制，因为刘勰所讨论的大部分文体不属于今天所谓"文学"的体裁，也就难以纳入文艺学的论述范围。因此，从文艺学的角度研究《文心雕龙》的文体论，一是不可能真正重视它，二是不可能准确认识它，从而也就不可能真正认识其理论价值和实践意义之所在。所以，彻底搞清刘勰用近一半的篇幅来"论文叙笔"的真正目的，就必须超越现代文学观念。显然，从所谓"文学创作"的角度说，《文心雕龙》文体论所涉及的大部分文体已经没有什么意义了；换言之，占《文心雕龙》五分之二篇幅的"论文叙笔"，实际上只有少数几篇与今天所谓"文学"有关，它又怎么能进入文艺学的视野，又怎么能在文艺学

---

① 周扬：《关于建设具有中国民族特点的马克思主义文艺理论问题》，《社会科学战线》1983 年第 4 期。

的框架内得到肯定和重视呢？然则，有着如此文体论的一部《文心雕龙》，其在文艺学视野中的尴尬也就是可想而知的了。假如走出文艺学的视野，从各种应用文的写作角度来说，那么《文心雕龙》之"论文叙笔"乃是中华文章写作的宝典，不仅对于认识中国古代文章至关重要，而且在今天仍有着广泛而重要的实用价值。

不只是《文心雕龙》的文体论，即使在现代"龙学"史上备受关注的"创作论"部分，仅仅局限于文艺学视野的研究也仍然是大有问题的。《文心雕龙》的创作论部分，因为其与现代文艺学可以较好地接轨，所以多数研究者认为《文心雕龙》最有价值的部分是"剖情析采"的创作论，因此对这一部分的研究也最为充分，成果最为丰富。但饶有趣味的是，这一部分的十九篇，实际上得到研究者极大关注的只是开头的五六篇，而后面的十几篇与文体论一样，并未得到充分的重视和研究。这仍然是文艺学视野中的《文心雕龙》研究所必然出现的结果。因为"剖情析采"部分的大量内容，其实仍然与现当代文艺学的着眼点完全不同。刘勰说："文场笔苑，有术有门。"[①] 一方面，这个所谓创作论，仍然是基于二十篇"论文叙笔"的创作论；另一方面，刘勰真正费尽心力进行研究的，乃是为文之"术"，也就是具体的写作方法，而这在现当代文艺学中是不被重视的，何况刘勰所讨论的那些方法，针对的并不是今天所谓文学创作。因此，超越现代文学观念的"龙学"必然需要重新

---

① ［梁］刘勰：《文心雕龙·总术》，戚良德辑校：《文心雕龙》，上海：上海古籍出版社，2015 年，第 247 页。

审视所谓"创作论",并回答其真正的价值和意义在哪里。

无论从"论文叙笔"的文体论来说,还是从"剖情析采"的创作论而言,《文心雕龙》不仅是文章写作的宝典,也是打开中国古典文化大门的一把钥匙。一方面,刘勰把当时所能见到的各种文体都纳入了自己的论述范围,从而使这部书成为一部分体文章史,成为中华文章的渊薮,因而要进入中国古典文学文化之门,谙熟《文心雕龙》便成为一条捷径;另一方面,刘勰又有意识地集中探讨文章写作和鉴赏的原理,认为"缀文者情动而辞发,观文者披文以入情:沿波讨源,虽幽必显",并说"世远莫见其面,觇文辄见其心"①,从而提出了一系列正确解读文章的方法,这就更为我们进入中国古典文学文化堂奥提供了一把金钥匙。比如,多年前,著名古典文学专家萧涤非曾说:"如果说我那本写于中华人民共和国成立前的《汉魏六朝乐府文学史》还不无可取之处,那也是由于得到《文心雕龙》'文变染乎世情,兴废系乎时序'这两句话的启发。"② 不仅古典文学,实际上整个中国文化都在刘勰的视野之中,其《知音》有云:"书亦国华,玩绎方美。"他要求人们做书籍的"知音君子",范围之广,可想而知。可以说,刘勰乃是中华文化和文明的忠实传承者。

台湾"龙学"前辈王梦鸥先生曾有一部普及性的"龙学"专著,台湾时报文化出版社于1982年出版时的题名为《古典文学的奥秘——文心雕龙》,大陆线装书局2013年出版时将书名

---

① [梁]刘勰:《文心雕龙·知音》,戚良德辑校:《文心雕龙》,上海:上海古籍出版社,2015年,第277页。
② 萧涤非:《风诗心赏》,北京:中华书局,2008年,"代前言",第1页。

中的"古典文学"改成了"古典文华",我们不知道这一字之改是何初衷,但在笔者看来却是相当重要的,具有极大的象征意义。在当今"文学"概念意义之下,《文心雕龙》固为"古典文学的奥秘",但却并不限于此,或谓远远不够;若谓其为"古典文华的奥秘",则真正堪当其任也。文华者,文章华采也,文化昌盛也。从文章华采的意义而言,《文心雕龙》乃中华文章之学,正是清人谭献所谓"文苑之学,寡二少双"之意。从"文化昌盛"的意义上说,《文心雕龙》一书确乎揭示了中华文化的奥秘。从思想内容上说,刘勰没有后世所谓"文学"的概念,而是一种人文的概念。从方法论上说,刘勰具有文化的胸怀和眼光,是站在文化的立场上来研究各种"文"的。刘勰的"文"甚至也不只是"文章",而毋宁是"文化"。因此,超出现代"文学"的观念,才能真正走近《文心雕龙》,此乃"龙学"进一步发展的必由之路。

第八章　百年"龙学"与未来之路

还原中国文论话语

把《文心雕龙》当成一部文艺学著作或者一部中国古代的文学概论,实际上使得我们的《文心雕龙》研究离刘勰写作这部书的初衷越来越远,从而我们对这部书的认识也就越来越走样了。从这个角度而言,百年"龙学"虽然较之古代"龙学"有着更为丰富的成果,实则并非全是进步的,许多认识并非都是正确的,尤其是对《文心雕龙》基本性质的认识,很多时候可能是偏离事实的。当然,这又是由当时的社会历史、思想观念和人文环境所决定的,经常是不以研究者的意志为转移的。相比之下,古代"龙学"由于离刘勰的时代更近,其文化语境有时更接近刘勰的思想,因而对其著述之初衷反倒有着更为明确的认识。因此,在人文学术的领域中,人们并非总是后来居上的。

《文心雕龙》是"论文"之作,因而它当然是一部"文论",但问题是,刘勰心目中的"文论"与我们从西方引进的"文艺学"或"文学概论"不是一回事。正因如此,当我们以现代文艺学或文学概论的视角去观察、研究《文心雕龙》之时,极有可能背离刘勰写作这部书的初衷,抓不住《文心雕龙》的理论中心和实际,也就很难看到这部书的理论价值和真正意义;或者说,我们对其理论价值和意义的阐发只能是文艺学或文学概论的,因而是不全面的、有很大局限的。这样最终的结果就是,尽管《文心雕龙》的文艺学研究取得了大量重要的成果,但《文心雕龙》这部书既难以成为文艺学的主流,而在其他领域也同样得不到应有的重视和地位。基于此,笔者以为《文心雕龙》乃至整个中国古代文论的研究所面临的一个当务之急是中国文论话语的还原,亦即回归中国古代文论的本义;回归的关键则是从中国古代"文""文章"的原意出发,体悟中国古人所谓"论文"的初衷,进而把握其文论的确切内涵,从而认识其真正的价值和意义。

五四运动以来,中国现当代文艺学蓬勃发展,占据了人文学科的显要位置,却并非中国古代文论的自然延续和发展,甚至有时二者根本关系不大。这当然不只是中国文论的问题,而是中国传统文化普遍面临的一个问题,那就是现代文化与传统文化进行了某种程度的切割,在很多方面已然连根刨断。五四运动以后我们文化的发展,主要理念是从西方引进而来的。当然,彻底的割断不可能,比如语言,我们仍然会使用汉语、汉字,但也由文言变成了白话,而且我们有一个阶段曾想推广拼音文字。所以不只是文论,几乎所有重要的理论都来自西方。从文论的角度说,现代大学里面的文艺学,或文学概论、文学理论,乃是从西方引进的,从体系到理论范畴、理论内容都是舶来品,只不过里面的话是汉语,用的字是汉字,与中国传统文论的关系其实不大。当然,有的教材里面用了一些中国古代文论的范畴、概念,但那些引用主要是为了佐证,为了阐释那个西方的文艺学体系；即是说，虽然其中有了一些古代文论的内容，但主要作为点缀之用。因此，现代文艺学并非中国古代文论的自然发展，而是另起炉灶的新产品；至于中国古代文论的传统，几乎是被割断、被抛弃了。以此而言，所谓中国古代文论的回归或还原，是否还有可能呢？换言之，现代文学理论已历百年，人们不仅耳熟能详、驾轻就熟，而且在很多方面看起来也是行之有效的，至少在现当代文学领域，无论理论还是创作，均有着极好的适应性，又何须中国古代文论之回归和还原？

这里，我们首先要理解什么是中国古代文论的回归、还原，明白这是一个什么性质的问题。所谓回归、还原，不是说我们彻底抛弃现在的文艺学，撇开从西方引进的文学理论，让大家直接来念《文心雕龙》，全部用古代文论来说话，用古代文论的范畴、概念来分析我们现当代的文学作品，如此回归和还原肯定是行不通的。然而，文艺学的西方话语体系又并非不可改变的，也不是唯一可行的，更不是放之四海而皆准的。同时，中国古代文论的话语、范畴、体系，它的很多理论主张，原本是可以用的，只不过我们多年不用，忘记了使用，不知道运用而已。不予使用不等于不可使用，不知可用不等于无可使用。比如叶朗先生的《美学原理》，他就用《文心雕龙》的"意象"来作为核心范畴建构自己的美学体系，事实证明是可行的，这便是一种回归，一种还原。"意象"之成为文论范畴已经一千五百年，何以突然就可用了呢？而且是用在了建构舶来品的"美学"体系之中？叶朗并未抛弃西方美学话语，只是不再排斥中国文论之进入，进而将二者熔为一炉、同生共长，则所谓回归、还原，或非难事也。再如现在中国香港、台湾地区有些学者，以《文心雕龙》之理论解剖白先勇的小说、解读电视剧《大长今》，乃至分析其他现当代文学作品，这都是有益的实验，也证明了古代文论的强大生命力。

简而言之，不再以西方为中心，不再以从西方引进的文学理论为中心，而是可以我们固有的中国文论来说话，甚至也可以《文心雕龙》为中心，以我们中国原有的文论话语、文论体系为根本，吸收西方的文艺学，吸收我们现有的文学理论中的那些观点，以此融通汇合，这便是一种回归和还原。事实证明，中西方文论是相通的，而不是水火不相容的，其融合乃是完全可能的。所谓回归和还原，只是说我们抛弃了很长一段时间，忘记了我们自己家里原本有很多财富，其实是可以拿出来使用的。有些问题不必强调以你为主还是以我为主，要看其是不是更符合文学的实际，更符合文章的实际。比如从文体的角度来讲，现代文艺学的文体观念显然不适合我们中国固有的文体。诗歌、散文、小说、戏剧，这对中国古代文章而言是远远不够的，有些名目也是未必合适的，而《文心雕龙》的文体论谈到了三四十种，其中很多文体是我们到现在仍然使用的，我们在孔府举行祭孔大典，要写一个祭文，这个祭文属于现代文学当中的哪一种呢？显然现代文学概念是包括不了的，而我们的文章概念不止能包括，而且刘勰专门告诉你如何写祭文。这是直接能用的，不存在不能回归、不能还原的问题，只是我们用不用、知不知道用的问题；只要愿意用，拿来就可以用。中国古文论研究曾有一个说法，就是所谓现代转换，其实很多时候连转换都不存在、不需要。有很多范畴、概念直接就可以用，如

"风骨""意境""神韵"等,这些概念在古代文论阐释的时候有些说不清楚,可是在文章的评价当中,其实是可以直接用的。有些文章,我们谓之很有风骨,读者是明白的,作者是首肯的乃至高兴的,这说明"风骨"这个概念是可以直接用的,何须转换?既不用转换,当然也就没有回归不成的问题,没有不可还原的问题,只要我们愿意运用,知道使用,自然是可以的。如此说来,这个问题反倒是很简单的。首要的是态度问题、观念问题,有了正确的态度和观念,就可以落实到回归和还原的行动之中,也许没有我们想象中那样难。

当然,这其中有一个认识、鉴别和理解的问题。叶朗之所以选择并敢于运用"意象"范畴,这源于他对这一概念的认知。刘勰说:"夫麟凤与麏雉悬绝,珠玉与砾石超殊,白日垂其照,青眸写其形。然鲁臣以麟为麏,楚人以雉为凤,魏民以夜光为怪石,宋客以燕砾为宝珠。形器易征,谬乃若是;文情难鉴,谁曰易分?"[①] 与"文情"相比,中国古代文论之"难鉴",亦同样并不"易分",这便是"龙学"和中国古代文论研究之要务了。季羡林早就指出:"中国的文艺理论及其术语,是从中国自己的语言艺术实践中升华出来的。我们完全应当理直气壮地使用自己的术语,以此揭示自己独特的思维方式和审美情趣。"[②] 又说:"我们中国文论家必须改弦更张,先彻底摆脱西方文论的枷锁,回归自我,仔细检查、阐释我们几千年来使用的传统的术语,在这个基础上建构我们自己的话语体系,然后回头来面

---

① [梁]刘勰:《文心雕龙·知音》,戚良德辑校:《文心雕龙》,上海:上海古籍出版社,2015年,第276页。
② 季羡林:《东方文化复兴与中国文艺理论重建》,《文艺理论研究》1995年第6期。

对西方文论,不管是古代的,还是现代的,加以分析,取其精华,为我所用。"① 对此,我们深以为然,但又不能不说,这个检查和阐释要彻底摆脱西方文论的枷锁而回归自我,则是一个相当艰苦的过程,需要"龙学"家和中国文论研究者的不懈努力。无论如何,我们都必须认真面对并最终踏上中国文论话语的回归和还原之路。

因此,超越从西方引进的所谓"文学"观念,回归中国文论的话语体系,从而原原本本地阐释《文心雕龙》及其与中国文章、文学以至文化的关系,发掘其独特的价值和意义,并在此基础上,放眼全球文化和文学,找到中国文论自己的位置,乃是《文心雕龙》与中国文论研究的归宿。《文心雕龙》全书只有三万七千余字,但对这部书的研究之所以形成一门著名的学问——"龙学",这与其元典性及其与中国文化的密切关系是分不开的。我们清理一千五百年的《文心雕龙》研究史,开拓新的学术空间,就是要重新审视和把握《文心雕龙》这部旷世文论宝典,特别是其于中国文论话语体系之建构的根本意义。

---

① 季羡林:《门外中外文论絮语》,《文学评论》1996年第6期。

第八章 百年"龙学"与未来之路

回归中华文教传统

作为中国古代"寡二少双"的"文苑之学",《文心雕龙》为我们提供了一个极为精密而又颇具开放性的理论体系,因而成为中国古典文论中"笼罩群言"的空前绝后之作,从而得到了世人的广泛认可和重视,并进而形成一门所谓"龙学"。一百年来,许多国学大师都兴趣盎然地把目光投向了《文心雕龙》,诸如刘师培、黄侃、刘咸炘、范文澜、刘永济、陆侃如、杨明照、王利器、詹锳、王元化等,都有著名的"龙学"著作问世,这既说明了《文心雕龙》之非凡的价值和吸引力,也说明了"龙学"形成之必然,更说明其必然具有的强大生命力。但在现当代西方文艺学的话语体系中,《文心雕龙》的理论体系一方面受到了关注、重视和研究,但另一方面其研究成果融入现当代文艺学的可能和实践,都还远远不如人意。大家无不承认《文心雕龙》建构了一个体大思精的理论体系,而这个体系又似乎难以为现当代文艺学所用,问题出在哪里呢?我们有必要重新思考:刘勰所建构的是一个什么样的体系?它的真正价值和当代意义是什么?

不能忘记的是,刘勰之所以"搦笔和墨,乃始论文",乃源于孔夫子的召唤。所谓"大哉,圣人之难见也,乃小子之垂梦欤",所谓"自生人以来,未有如夫子者也"①,如此隆重的"仪式感",皆为说明自己重任在肩,也就意味着所论之"文"乃非同一般。《宗经》有云:"夫文以行立,行以文传;'四教'所先,符采相济。"②即是说,刘勰所论之"文",《文心雕龙》之"文",乃"文行忠信"的"四教"之首,则刘勰所要研究的是孔门之"文教"的问题。所谓"唯文章之用,实经典枝条",所谓"象天地,效鬼神,参物序,制人纪;洞性灵之奥区,极文章之骨髓"③,这个"文章",既关乎军国大政,亦不离人伦日用,与社会生活的各个方面密切相关。王元化亦曾指出:"他(按:指刘勰)在这个书中切实分析了历代文体演变的过程以及功能,主要是从教化伦理的观念来分析各种文体。"④所以,我们才一再强调《文心雕龙》不只是一部文学理论,更是一部儒家人文修养和文章写作的教科书,这里的文章写作既包括今天所谓"文学创作",更包括政治、经济、文化以及日常生活中所有的文字工作。可以说,凡是需要动笔的事情,都是《文心雕龙》所要研究的范围;而且,在刘勰的观念中,一张假条和一篇诗赋同样需要认真对待,都应当一丝不苟。而"动笔的事情"最终所体现出的,正是一个人全部的文化修养和教育

---

① [梁]刘勰:《文心雕龙·序志》,戚良德辑校:《文心雕龙》,上海:上海古籍出版社,2015年,第286页。
② [梁]刘勰:《文心雕龙·宗经》,戚良德辑校:《文心雕龙》,上海:上海古籍出版社,2015年,第14页。
③ [梁]刘勰:《文心雕龙·宗经》,戚良德辑校:《文心雕龙》,上海:上海古籍出版社,2015年,第13页。
④ 吴琦幸:《王元化谈话录:1986—2008》,上海:上海人民出版社,2015年,第48页。

背景。归根结底,刘勰"论文"的出发点不是今天所谓文学创作,而是关乎一个人全部的文化教养,此即所谓"人文化成"的问题,也就是孔门"四教"之"文教"。所谓"五礼资之以成,六典因之致用;君臣所以炳焕,军国所以昭明",显然,在刘勰的观念中,这个"文章"之用,比我们今天的"文学"重要得多了,它真正可以称得上"经国之大业,不朽之盛事"[①]。以此而言,把《文心雕龙》当成文学理论,认为这是一部文艺学著作,假如刘勰泉下有知,可能是不会同意的,可能是要摇头的;他可能会说,那是大材小用了,也就并未真正得其用心之所在。

《程器》篇有句很有名的话,叫作"安有丈夫学文,而不达于政事哉",从表面上看,似乎提醒人们所谓"学文"不能只知道文,而是还要充分地参与政事、关注现实,以便建功立业。而从实质而言,刘勰之所以那样说,根本则决定于他所论述的"文",所谓"文以行立,行以文传","学文"而"达于政事"乃是必然之理。作为"经典枝条",刘勰所谓"文"本就关乎社稷军国,关乎礼乐典章,关乎人文化成,当然是要达于政事的,必然是与政事密不可分的,那甚至根本就是为政的一个方面而已。试想,假如《文心雕龙》只是所谓"文学理论",那么以我们今天的观念而论,学文学的人即使不必远离"政事",也不会有刘勰所谓必达于政事的道理。《程器》又云:"是以'君子藏器','待时而动',发挥事业。固宜蓄素以弸中,散采

---

① [三国]曹丕:《典论·论文》,魏宏灿校注:《曹丕集校注》,合肥:安徽大学出版社,2009年,第313页。

以彪外；楩楠其质，豫章其干。摘文必在纬军国，负重必在任栋梁；穷则独善以垂文，达则奉时以骋绩：若此文人，应'梓材'之士矣。"①在刘勰这里，"摘文"的目的在于"纬军国"，其与"负重"之"栋梁"别无二致，这样的"文人"，与今天所谓文学家显然是大相径庭的。

正因如此，以《文心雕龙》为代表的中国文论，乃关乎所有政治、经济以及社会领域的人生通识，其最终达成通向人生自由境界的文化能力。也正是从这个意义上，我们说《文心雕龙》既是一部中国文章写作之实用宝典，又是一部中国人文精神培育的教科书；既是中国文艺学和美学之枢纽，也是中国文章宝库开启之锁钥。刘勰所谓"安有丈夫学文，而不达于政事哉"，不仅是说大丈夫学文是为了从政，学文只是建功立业的一个手段，更是说"文"与"政"原本是密不可分的，所谓"文武之术，左右惟宜"，学文和学政乃是一致的，学文必然通向学政，因为"文"的能力也就关乎"政"的能力，这才是《文心雕龙》之作的出发点。从这个角度去认识刘勰及其《文心雕龙》，我们就可以明白，这部书既是文艺学的、文学概论的，对所谓"文学创作"有着重要的意义，同时又是"写作学""秘书学"乃至"新闻学"的，它着眼于一个人的文字、文化能力和修养，进而着眼于一个人的人文素养和基本能力，从而关乎一个人的人生境遇和全部事业。

毫无疑问，站在中国思想文化经典巨人之肩上的刘勰奉献

---

① ［梁］刘勰：《文心雕龙·程器》，戚良德辑校：《文心雕龙》，上海：上海古籍出版社，2015年，第282页。

出了一部新的思想文化经典,这部经典述往知来、开学养正,为当时以及后来之人提供了一个人生文化修养的指南,更提供了一个可以具体操练的思路和程式。从前者而言,乃是"原道心以敷章,研神理而设教",所谓"木铎启而千里应,席珍流而万世响;写天地之辉光,晓生民之耳目矣",所谓"观天文以极变,察人文以成化;然后能经纬区宇,弥纶彝宪,发挥事业,彪炳辞义"。[1] 即以"文""文章"作为实现教化的重要手段,这也是人之所以为人的根本特征。从后者而言,则是一部《文心雕龙》的全部任务,所谓"雕琢其章,彬彬君子"[2],所谓"按辔文雅之场,环络藻绘之府"[3],最终写出"采如宛虹之奋鬐,光若长离之振翼"的"颖脱之文"[4]。而这一切要从最基本和基础的"童子功"开始,所谓"童子雕琢,必先雅制"[5],这对我们今天的整个文化教育是富有重要意义的,可能比《三字经》《弟子规》之类的意义要大得多;从某种程度上说,也迫切、现实得多。

近百年来,《文心雕龙》在大学讲台上展示了自己的魅力,可以说正是上述意义之初步展现,但还远远不够;多数情况下,

---

[1] [梁]刘勰:《文心雕龙·原道》,戚良德辑校:《文心雕龙》,上海:上海古籍出版社,2015年,第4页。
[2] [梁]刘勰:《文心雕龙·情采》,戚良德辑校:《文心雕龙》,上海:上海古籍出版社,2015年,第194页。
[3] [梁]刘勰:《文心雕龙·序志》,戚良德辑校:《文心雕龙》,上海:上海古籍出版社,2015年,第287页。
[4] [梁]刘勰:《文心雕龙·通变》,戚良德辑校:《文心雕龙》,上海:上海古籍出版社,2015年,第186页。
[5] [梁]刘勰:《文心雕龙·体性》,戚良德辑校:《文心雕龙》,上海:上海古籍出版社,2015年,第179页。

《文心雕龙》还只是作为一门选修课,其真正重要的功能还缺乏充分认知。之所以如此,应该说与我们对"龙学"性质的认识有关。《文心雕龙》不应只是专业人士研究的对象,而与当今大学教育密切相关,如思想文化教育、审美修养、写作训练等方面,《文心雕龙》均有着不可替代的巨大作用,但我们的认识却非常不够。再如社会服务方面,"龙学"一直高居于学术金字塔的顶端,很少有人考虑《文心雕龙》这部中国文化元典之作可以服务社会实践。实际上,社会生活的很多方面是需要《文心雕龙》的,比如要考公务员,就要考"申论",要写文章;各种场合的发言、报告,都是文章;就算干企业,也要做各种文件,这都是刘勰所讲的"文章"功夫,也就都离不开《文心雕龙》的具体指导。宋代黄庭坚曾告诫后学谓:"刘勰《文心雕龙》,刘子玄《史通》,此两书曾读否?……讥弹古人,大中文病,不可不知也。"[①] 以今天的观念而言,一为文论,一为史书,何以皆谓之"大中文病"?则黄庭坚所谓"文",并非今天所谓"文学",而是有着更为宽泛的意涵。所谓"不可不知"者,正以其乃文化修养教科书也。

应该说,中国文论和文化研究如何走出强大的西方文学、文化话语体系的影响,回归和还原中国文论和文化的话语之本,从而构建本土化的中国文论、文学、文化话语体系,既是一个巨大的挑战,也是我们义不容辞的历史使命。一千五百多年的《文心雕龙》学术史说明,《文心雕龙》研究之所以发展成一门

---

① [宋]黄庭坚:《与王立之》,刘琳等校点:《黄庭坚全集》,成都:四川大学出版社,2001年,第1370页。

"龙学",与"甲骨学""敦煌学""红学"同时荣登世界"显学"的殿堂,乃是一种历史的选择,根本上取决于《文心雕龙》本身巨大的思想、学术价值,尤其取决于其作为中国文论典型之深厚的人文蕴涵,则新世纪的"龙学"必将有着更为开阔的学术视野,走向更加宽广的学术舞台,从而为中华文化的复兴增添力量,为世界文化和文明的发展做出自己独特的贡献。

主要参考书目

1. ［清］黄叔琳注、［清］纪昀评：《文心雕龙辑注》，北京：中华书局，1957年。

2. 范文澜注：《文心雕龙注》，北京：人民文学出版社，1958年。

3. 黄侃：《文心雕龙札记》，北京：中华书局，1962年。

4. 刘永济校释：《文心雕龙校释》，北京：中华书局，1962年。

5. 潘重规：《唐写文心雕龙残本合校》，香港：新亚研究所，1970年。

6. 王更生：《重修增订文心雕龙研究》，台北：文史哲出版社，1979年。

7. 黄锦鋐编译：《文心雕龙论文集》，台北：学海出版社，1979年。

8. 王元化：《文心雕龙创作论》，上海：上海古籍出版社，1979年。

9. 王利器校笺：《文心雕龙校证》，上海：上海古籍出版社，1980年。

10. 陆侃如、牟世金：《文心雕龙译注》(上、下)，济南：齐鲁书社，1981、1982年。

11. 詹锳：《〈文心雕龙〉的风格学》，北京：人民文学出版社，

1982 年。

12. 李曰刚：《文心雕龙斠诠》，台北：台湾"国立"编译馆中华丛书编审委员会，1982 年。

13. 杨明照校注拾遗：《文心雕龙校注拾遗》，上海：上海古籍出版社，1982 年。

14. 牟世金：《雕龙集》，北京：中国社会科学出版社，1983 年。

15. 王元化选编：《日本研究〈文心雕龙〉论文集》，济南：齐鲁书社，1983 年。

16. 王元化：《文心雕龙创作论》，上海：上海古籍出版社，1984 年。

17. 王更生：《文心雕龙读本》，台北：文史哲出版社，1985 年。

18. 杨明照：《学不已斋杂著》，上海：上海古籍出版社，1985 年。

19. 牟世金：《台湾文心雕龙研究鸟瞰》，济南：山东大学出版社，1985 年。

20. 周振甫：《文心雕龙今译》，北京：中华书局，1986 年。

21. 牟世金：《刘勰年谱汇考》，成都：巴蜀书社，1988 年。

22. 中国古典文学研究会主编：《文心雕龙综论》，台北：台湾学生书局，1988 年。

23. 詹锳义证：《文心雕龙义证》，上海：上海古籍出版社，1989 年。

24. 曹顺庆编：《文心同雕集》，成都：成都出版社，1990 年。

25. 王更生：《文心雕龙新论》，台北：文史哲出版社，1991 年。

26. 牟世金：《雕龙后集》，济南：山东大学出版社，1993 年。

27. 牟世金：《〈文心雕龙〉研究》，北京：人民文学出版社，1995 年。

28. 杨明照主编：《文心雕龙学综览》，上海：上海书店出版社，1995年。

29. 杨明照校注拾遗：《增订文心雕龙校注》，北京：中华书局，2000年。

30. 张文勋：《文心雕龙研究史》，昆明：云南大学出版社，2001年。

31. 张少康、汪春泓、陈允锋、陶礼天：《文心雕龙研究史》，北京：北京大学出版社，2001年。

32. 范文澜：《文心雕龙讲疏》，《范文澜全集》第三卷，石家庄：河北教育出版社，2002年。

33.《〈文心雕龙〉资料丛书》，北京：学苑出版社，2004年。

34. 王更生：《文心雕龙导读》，台北：华正书局，2004年。

35. 王元化：《文心雕龙讲疏》，桂林：广西师范大学出版社，2004年。

36. 戚良德：《文论巨典——〈文心雕龙〉与中国文化》，开封：河南大学出版社，2005年。

37. 戚良德：《文心雕龙学分类索引》，上海：上海古籍出版社，2005年。

38. 黄霖编：《文心雕龙汇评》，上海：上海古籍出版社，2005年。

39. 汪春泓：《〈文心雕龙〉的传播和影响》，北京：学苑出版社，2002年。

40. 朱文民：《刘勰传》，西安：三秦出版社，2006年。

41. 王更生：《文心雕龙管窥》，台北：文史哲出版社，2007年。

42.《日本福冈大学〈文心雕龙〉国际学术研讨会论文集》，台北：文史哲出版社，2007年。

43. 杨明照：《杨明照论文心雕龙》，上海：上海科学技术文献出版社，2008年。

44. 戚良德：《文心雕龙校注通译》，上海：上海古籍出版社，2008年。

45. 刘咸炘：《文心雕龙阐说》，《推十书》（增补全本）戊辑，上海：上海科学技术文献出版社，2009年。

46. 李平：《文心雕龙研究史论》，合肥：黄山书社，2009年。

47. 林其锬、陈凤金集校：《增订文心雕龙集校合编》，上海：华东师范大学出版社，2011年。

48. 戚良德主编：《儒学视野中的〈文心雕龙〉》，上海：上海古籍出版社，2014年。

49. [梁]刘勰撰、戚良德辑校：《文心雕龙》，上海：上海古籍出版社，2015年。

50. 戚良德：《百年"龙学"探究》，上海：上海古籍出版社，2019年。

51. [宋]朱熹：《四书章句集注》，北京：中华书局，1983年。

52. 杨伯峻编著：《春秋左传注》（修订本），北京：中华书局，1990年。

53. 高亨：《周易大传今注》，济南：齐鲁书社，1979年。

54. [汉]司马迁：《史记》，北京：中华书局，2011年。

55. [汉]班固：《汉书》，北京：中华书局，2011年。

56. [唐]房玄龄等：《晋书》，北京：中华书局，2011年。

57. [梁]沈约：《宋书》，北京：中华书局，2011年。

58. [唐]姚思廉：《梁书》，北京：中华书局，2011年。

59. [唐]令狐德棻等：《周书》，北京：中华书局，2011年。

60. [唐]魏征等：《隋书》，北京：中华书局，2011年。

61. [唐]李延寿：《南史》，北京：中华书局，2011年。

62. [宋]欧阳修、宋祁：《新唐书》，北京：中华书局，2011年。

63. [元]脱脱等：《宋史》，北京：中华书局，2011年。

64. [清]张廷玉等：《明史》，北京：中华书局，2011年。

65. 赵尔巽等：《清史稿》，北京：中华书局，1977年。

66. [宋]司马光编著：《资治通鉴》，北京：中华书局，1956年。

67. [唐]刘知幾著、[清]浦起龙释：《史通通释》，上海：上海古籍出版社，1978年。

68. [清]章学诚著、叶瑛校注：《文史通义校注》，北京：中华书局，2014年。

69. [清]永瑢等：《四库全书总目》，北京：中华书局，1965年。

70. [汉]王充著、黄晖：《论衡校释》，北京：中华书局，1990年。

71. [梁]释僧祐撰、李小荣校笺：《弘明集校笺》，上海：上海古籍出版社，2013年。

72. 林其锬、陈凤金集校：《刘子集校》，上海：上海古籍出版社，1985年。

73. [宋]朱熹：《朱子全书》，上海：上海古籍出版社，2002年。

74. [清]王夫之：《船山全书》，长沙：岳麓书社，1988年。

75. [三国]曹丕著、魏宏灿校注：《曹丕集校注》，合肥：安徽大学出版社，2009年。

76. [晋]陆机著、杨明校笺：《陆机集校笺》，上海：上海古籍出版社，2016年。

77. [唐]陈子昂著、徐鹏校点：《陈子昂集》(修订本)，上海：上海古籍出版社，2013年。

78. [唐]王勃著、[清]蒋清翊注：《王子安集注》，上海：上海古籍出版社，1995年。

79. [唐]卢照邻著、李云逸校注：《卢照邻集校注》，北京：中华书局，1998年。

80. [唐]李白著，瞿蜕园、朱金城校注：《李白集校注》，上海：上海古籍出版社，1980年。

81. [唐]杜甫著、[清]仇兆鳌注：《杜诗详注》，北京：中华书局，1999年。

82. [唐]韩愈著、马其昶校注：《韩昌黎文集校注》，上海：上海古籍出版社，1986年。

83. [唐]韩愈著、钱仲联集释：《韩昌黎诗系年集释》，上海：上海古籍出版社，1984年。

84. [唐]陆龟蒙著、何锡光校注：《陆龟蒙全集校注》，南京：凤凰出版社，2015年。

85. [唐]白居易著、朱金城笺校：《白居易集笺校》，上海：上海古籍出版社，1988年。

86. [唐]司空图著，祖保泉、陶礼天笺校：《司空表圣诗文集笺校》，合肥：安徽大学出版社，2002年。

87. 中华书局编辑部点校：《全唐诗》(增订本)，北京：中华书局，1999年。

88. [宋]苏轼著、孔凡礼点校：《苏轼文集》，北京：中华书局，1986年。

89. [宋]欧阳修著、李逸安点校：《欧阳修全集》，北京：中华书局，2001年。

90. [宋]邵雍著，郭彧、于天宝点校：《邵雍全集》，上海：上海古籍出版社，2015年。

91. [明]李东阳著、钱振民校点：《李东阳集》，长沙：岳麓书社，2008年。

92. [明]李梦阳：《空同集》，上海：上海古籍出版社，1991年。

93. [明]王世贞：《弇州山人四部稿》，台北：伟文图书出版有限公司，1976年。

94. [明]袁宏道著、钱伯城笺校：《袁宏道集笺校》，上海：上海古籍出版社，1981年。

95. [清]王士禛著、袁世硕主编：《王士禛全集》，济南：齐鲁书社，2007年。

96. [清]袁枚著、王英志主编：《袁枚全集》，南京：江苏古籍出版社，1993年。

97. [清]姚鼐：《惜抱轩诗文集》，上海：上海古籍出版社，1992年。

98. [清]姚鼐：《惜抱轩尺牍》，合肥：安徽大学出版社，2014年。

99. [清]姚鼐编：《古文辞类纂》，武汉：崇文书局，2017年。

100. [清]章学诚：《章学诚遗书》，北京：文物出版社，1985年。

101. [梁]钟嵘著、陈延杰注：《诗品注》，北京：人民文学出版社，1980年。

102. 李壮鹰校注：《诗式校注》，北京，人民文学出版社，

2003年。

103. 张伯伟编著：《全唐五代诗格汇考》，南京：江苏古籍出版社，2002年。

104. [宋]严羽著、郭绍虞校释：《沧浪诗话校释》，北京：人民文学出版社，1983年。

105. [明]谢榛著，李庆立、孙慎之笺注：《诗家直说笺注》，济南：齐鲁书社，1987年。

106. [明]王世贞著、罗仲鼎校注：《艺苑卮言校注》，济南：齐鲁书社，1992年。

107. [清]叶燮著、霍松林校注：《原诗》，北京：人民文学出版社，1979年。

108. [清]王士禛著、[清]张宗柟纂集：《带经堂诗话》，北京：人民文学出版社，1963年。

109. [清]袁枚著、顾学颉校点：《随园诗话》，北京：人民文学出版社，1982年。

110. [清]袁枚著、郭绍虞辑注：《续诗品注》，北京：人民文学出版社，2005年。

111. [清]孙梅著、李金松校点：《四六丛话》，北京：人民文学出版社，2010年。

112. [清]何文焕辑：《历代诗话》，北京：中华书局，1981年。

113. 丁福保辑：《历代诗话续编》，北京：中华书局，1983年。

114. 郭绍虞主编：《中国历代文论选》，上海：上海古籍出版社，2004年。

115. 徐震堮等选编：《历代书法论文选》，上海：上海书画出版社，1979年。

116. 傅振伦编：《刘知幾年谱》，北京：中华书局，1963年。

117. 张舜徽：《史学三书平议》，北京：中华书局，1983 年。

118. ［日］池田温著，张铭心、郝轶君译：《敦煌文书的世界》，北京：中华书局，2007 年。

119. 范文澜：《中国通史简编》（修订本第二编），北京：人民出版社，1964 年。

120. 冯友兰：《中国哲学史新编》，北京：人民出版社，1999 年。

121. 徐复观：《中国文学精神》，上海：上海书店出版社，2006 年。

122. 饶宗颐：《饶宗颐二十世纪学术文集》，台北：新文丰出版股份有限公司，2003 年。

123. 李泽厚：《中国古代思想史论》，北京：人民出版社，1986 年。

124. 李泽厚：《美的历程》，桂林：广西师范大学出版社，2001 年。

125. 李泽厚、刘纲纪主编：《中国美学史》第二卷，北京：中国社会科学出版社，1987 年。

126. 朱东润：《中国文学批评史大纲》，上海：上海古籍出版社，2001 年。

127. 敏泽：《中国文学理论批评史》，长春：吉林教育出版社，1993 年。

128. 牟世金主编：《中国古代文论家评传》，郑州：中州古籍出版社，1988 年。

129. 龚鹏程：《中国文学批评史论》，北京：北京大学出版社，2008 年。

130. 吴琦幸：《王元化谈话录：1986—2008》，上海：上海人民出版社，2015 年。

后　记

　　这是我第三次愉快完成李振宏教授分派的任务。李先生不愧为著名历史学家，知人善任，具有大将风度。每一次交给我的任务不仅正中我的专业靶心，而且都是我喜欢的题目，甚至还是我正准备做或已经开始做的事情，比如这本《文心雕龙学术史》，可以说一直是我想做的事情，李老师的督促使我完成了一桩心愿。当然，更重要的是，李老师是一位称职而出色的主编，他对所主编的每一套书均有精心的设计和构想，无论整体布局还是每本书的内容和结构，都有着十分具体的要求，不仅使作者有所遵循，而且颇具切实的指导意义。同时，李老师又给予作者充分的信任，可以在符合整体要求的前提下，充分发挥自己的学术专长。凡此种种，皆为顺利完成任务之保证也。

　　遥想十八年前，在王学典教授的引荐下，刚从韩国执教回来的我第一次接受李教授俯委重任，为先生主编的"元典文化丛书"撰写《〈文心雕龙〉与中国文化》一书。记得当时素不相识的李老师在电话中告诉我："这套丛书大部分都已经出版了，只剩下最后的几种，由于种种原因未有合适的作者，你可以试试，但时间要求很紧，半年之内必须交稿。"我在李老师规定的时间之内，大约提前半个多月交上稿件的电子版，那是我独立完成的第一本书，当然也是用电脑第一次完成一本书，总字数约二十八万字。

交稿半年多之后，我接到了一个河南打来的长途电话，对方自报家门说，他是河南大学历史系的刘坤太，是我那本书的特约责任编辑。记得刘老师的电话打了约有半小时，内容完全是表扬，简直可以用"盛赞"来形容。人都是愿意听好话的，多少年过去了，我依然记得刘老师表扬我的内容，他说你这本书完全是一气呵成，所以自己也是一口气看完的，感觉非常过瘾。然后，刘老师谈了三点看法：第一，我们这套丛书已经出了数十种，我觉得你这本的质量是最好的；第二，我在文史编辑室做特约编辑以来，这是我看过的最满意的稿子；第三，我很快就不再做这里的特约编辑了，退出之前能够读到这么一本书，真是可遇而不可求，感到非常幸运。刘老师的结论有两点：一是这部书虽然字数大大超出了丛书体例的要求，但将不做删节，且一字不改，完全按原稿出版；二是将来欢迎我在河南大学出版社出书，将给予免检的待遇。最后，刘老师只提了一条意见，那就是这本书的大标题。按照这套丛书的体例，每一本书都有一个简洁的大标题，副题则一律是"《××》与中国文化"，我自己原来拟定的标题是"文苑之学"，刘老师说，这么一部气势恢宏的"大作"，我们建议把大标题改为"文论巨典"。我当然不假思索地同意了刘老师的意见。记得刘老师还邀请我一定去河南做客，去开封做客。可想而知，这一通电话，听得我血脉偾张，自然也惶恐万分；事后想来，那幸亏是电话，假如当面受到这样的表扬，真不知该如何措手足。我一再发自

后　记

肺腑地表示，刘老师真是过奖了，但电话里的刘老师却一再说，我们素不相识，此前我根本不知道你是谁，我干嘛跟你说假话呢？

我在这里详细地记录这一段久蕴于心的书缘，当然不是也没有必要在事隔多年之后再来一番自我表扬，那本小书其实远远当不起刘坤太教授的夸奖之辞，但对当时的我来说，那是何等的鼓励和嘉奖？虽然那本书在刘老师的电话之后两年才得以面世，但除了书名大标题"文论巨典"四字为刘老师所定，其他确实一字未改，说明作为主编的李振宏教授完全遵从了刘老师的意见；而且该书装帧精美，印制考究，成了我极为珍视的一部书，这对一个从事学术研究的人来说，又是何等的重要！直到今天，虽然我从未去过开封，更未曾与刘坤太教授谋面，实际上从那之后任何联系都没有，但心中的感激之情，又怎能忘怀？

大约2007年底，我又为李振宏教授完成了"国学新读本丛书"的《文心雕龙》一书，仍然是河南大学出版社出版，虽然责任编辑不再是刘坤太教授，但我的书稿依然受到了高度的肯定，出版社甚至把三审意见寄给我，那上面的溢美之词着实令人汗颜。与上一本书不同的是，这次的出版速度极快，交稿几个月后便问世了，确如当年刘坤太教授所说，我基本得到了免检的待遇。值得一提的是，作为一个较为年轻的作者，在当时出书颇为困难的情况下，我不仅有机会顺利出版了两本书，而且每一本书都得到了数千元稿费。河大人和河南大学出版社惠我之多，又怎敢忘却！

可想而知，当李教授第三次交给我任务之时，又怎能不欣然领命？只是而今与以前略有不同，尽管我丝毫不敢怠慢，从接受任务之日开始，便尽力做着种种准备，但无论精力和时间，都难以专心而快速地完成了。所幸我还算第一批交稿者，尽管最后的书稿与我原先的设想还有不小的差距，但聊可欣慰的是，我对《文心雕龙》学术史的叙述和探讨尽量避免简单重复已有相关著述，而是注重体现自己的特色。比如，有意采用两条线索进行叙述，一是探索《文心雕龙》对中国文论或明或暗的影响，二是突出"龙学"史上的重要事件和人物，这两个方面都是本书的鲜明特色。希望以这样的方式，在有限的篇幅之内，可以对《文心雕龙》学术史有一个清晰而准确的把握。成功与否，尚祈读者赐正。

良德谨记

2020年2月初稿

4月删订